作文
好撇步
主編
作文深耕種子教師暨國文老師聯合執筆
傳授基測．學測．統測．指考作文妙招
本書有範文，有解析，有成語佳句，是一本對作文具實質助益的好書！
－國立台灣師範大學潘麗珠教授
配合基測、學測、統測、指考的「引導式」作文題型，可幫你輕鬆寫好作文！
－台北市立大同高中李慶宗校長
字斟句酌皆珠璣，操翰雕華盡文采——這是一本掌握寫作方向，提升寫作能力的好書！
－台北市立明湖國中丁榮金校長

作文好撇步

施教麟 主編

五南圖書出版公司 印行

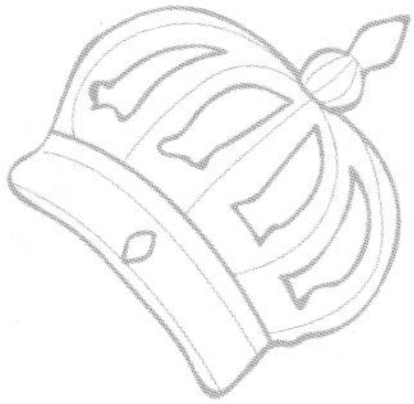

施教麟

主編

編撰委員（依姓氏筆畫順序）

王慈惠　呂雅雯　吳韻宇　林孟華　施教麟

姚舜時　張月娟　陳淑慧　戴淑敏　簡素蘭

編撰委員簡介

施教麟　主編

任職：台北市明湖國中國文老師

經歷：曾任教育部九年一貫深耕種子教師

報紙專欄作家

得獎紀錄：

- 榮獲台北市教育局九十、九十一學年度閩南語演說比賽第一名
- 榮獲台北市教育局九十一、九十二學年度校刊比賽特優
- 榮獲台北市教育局九十二學年度網路寫作比賽第一名
- 榮獲台北市教育局九十三學年度教案設計比賽第一名

王慈惠

任職：台北市建成國中國文老師

得獎紀錄：

- 榮獲九十一學年度九年一貫課程博覽會學校特色課程佳作

●榮獲九十二學年度台灣學校網界博覽會地方歷史古蹟類銀獎
●榮獲九十三學年度台灣學校網界博覽會地方歷史古蹟類銀獎

呂雅雯

任職：中壢市自強國中國文老師

經歷：曾任桃園縣國中國文科輔導團專員

得獎紀錄：

●榮獲九十二學年度全國 Grea Teach 創新教學特優
●榮獲九十三學年度桃園市 Grea Teach 優良教師

吳韻宇

任職：桃園市慈文國中國文老師

經歷：曾任教育部九年一貫深耕種子教師
現任桃園縣國中國文科輔導團教師

得獎紀錄：

●榮獲八十八學年度桃園縣國語文教師組字音字形競賽第一名

- 榮獲八十八學年度台灣區語文競賽教師組字音字形第四名
- 榮獲九十一學年度桃園縣語文教育特殊優良教師
- 榮獲九十二學年度全國 Grea Teach 創新教學特優

林孟華

任職：台北市金華國中國文老師兼訓導主任

經歷：曾任台北市國中國文科輔導團教師

「國語週刊」歷史奶奶專欄作者

得獎紀錄：

- 榮獲八十五學年度台北市國中教師組演講即席比賽第二名
- 榮獲第一屆扶輪盃閩南語演講比賽第二名
- 榮獲八十九學年度台北市語文類師鐸獎

姚舜時

經歷：前台北市金華國中國文老師

曾任台北市國中國文科輔導團教師

曾任教育部九年一貫深耕種子教師

得獎紀錄：

● 榮獲八十六學年度台北市教師組朗讀比賽第一名

● 榮獲八十六學年度台灣區教師組朗讀比賽第五名

● 榮獲八十九學年度台北市語文類師鐸獎

張月娟

任職：台北市士林國中國文老師

經歷：曾任台北市國中國文科輔導團教師

得獎紀錄：

● 榮獲八十八學年度台北市國語文競賽中學教師組作文第一名

陳淑慧

任職：台北市明湖國中國文老師

經歷：現任台北市教學資源輔導團教師

得獎紀錄：

● 榮獲台北市九十一學年度九年一貫博覽會生命教育教案設計特優
● 榮獲台北市九十三、九十四學年度校刊比賽特優
● 榮獲台北市九十四學年度鄉土教育教案設計特優
● 榮獲九十四學年度台北市導師類師鐸獎
● 榮獲台北市九十五學年度推動國高中生命教育教學活動組第一名

戴淑敏

任職：高雄縣大樹國中總務主任兼國文老師

得獎紀錄：

● 榮獲八十六學年度台灣省創造思考教學活動設計優等獎
● 榮獲八十八學年度高雄縣語文競賽教師組作文比賽第一名
● 榮獲八十八學年度高雄縣教師自製電腦多媒體教學比賽第三名
● 榮獲九十五學年度高雄縣國中小永續校園徵文比賽優選

簡素蘭

任職：台北市實踐國中國文老師

經歷：中國時報中文正紅專欄主筆

得獎紀錄：

- 榮獲九十三學年度教育部教學卓越獎金質獎
- 榮獲九十三學年度第一屆亞太暨大中華區創意教師 ict 方案比賽特優
- 榮獲九十四學年度全國 Grea Teach 創意教師比賽語文組特優
- 榮獲九十五學年度 Innoschool 學校經營語文組優等

主編序

「我的家境小開」、「現在的小孩已經不再是小孩」、「我最尊敬的爸爸是位會計師」，這是民國九十四年國中基測首次加考寫作（題目：體諒別人的辛勞），批閱教師所蒐集的「驚世妙文」。拜讀之際，每每有「拍案不足以叫絕」之嘆。驚嘆之餘，卻不禁讓人憂心「他家世良好，出手大方，是一位『小康』」、「現在的大人已經不再是大人」、「我最不尊敬的爸爸是位骨科醫生」等奇文也會出現。

大家可能認為這些只是「特例」中的「特例」，不過茶餘飯後供人消遣之有趣話題罷了！然而只要接觸過國中生，就會發覺這些都是「普遍」中的「普遍」，這些不過冰山一角。

內容豐富實用

厚植寫作實力

嗚呼！寫作達人之道無他，求其「多讀常寫」耳！然則國中生課業繁重，既無暇「多讀」，復無力「常寫」，於是寫作能力之提升，更需講求寫作策略和時間效益。本書基於此原則，邀請優秀之一線國文教師，藉其多年教學經驗，編寫一八〇篇仿自作文測驗之題目和範文。其內容體例有：

一、題目說明：簡單說明題目後，再設定寫作涵蓋條件。

二、範文：由教師根據涵蓋條件撰寫一篇範文。

三、解析：「解析」是針對學生最弱的地方，分成：

㈠審題

這部分是文章寫作方向的關鍵。審題一有閃失就全盤皆輸，所謂「一步錯，步步錯」。這裡教導學生如何審題才能抓住正確的寫作方向。

㈡取材

取材妥當才能呼應題目、貼切題目。這裡提供寫作的參考材料，讓寫作取材更多樣化。

㈢其他

每個題目都有其特殊的寫作手法和注意事項，這裡有更進一步的說明。

四、牢牢記住：是依據範文內容易寫錯、讀錯的字形和字音，以ⓧ和ⓥ的對照方式，提供學生參考和練習。

五、成語佳句：除摘錄範文內的成語或佳句，以豐富學生文章的修辭和內涵外，也提供其他相關的佳句，讓學生寫作時能達到舉一反三、運用自如的功效。

平時累積實力

考場得心應手

根據教育部公布，寫作主要在測驗學生「記敘、描述、說明、議論」之綜合能力。據此，學生寫作訓練當以「記敘文」、「論說文」為主。本書共收錄一八〇篇範文，其文體分配比例也是遵照此原則，以記敘文最多（共九十三篇），論說文次之（共五十四篇），抒情文又次之（共三十三篇）。本書所選定之題目，以符合國、高中、高職生生活經驗為主，目的在讓學生寫作時容易發揮，進而接受寫作、喜愛寫作。

階段準備 循序漸進

寫作需要長期訓練，建議採用底下兩階段進行，循序漸進下，寫作技巧方能日起有功；日積月累後，寫作經驗才能更加豐富。

第一階段：平時準備

建議先挑選幾篇自己喜愛之題目，排定寫作日期，每周撰寫一篇，但不限定寫作時間。題目事先知曉，平時即可思索這些題目之寫作題材。寫完一篇後，再和範文比較，並參考本書的「解析」單元。如此，既能欣賞老師的文章，復能領略寫作技巧。幾篇撰寫下來，當更能掌握寫作方法。

第二階段：考前實作

良好的考場作答技巧，需要考前的模擬實作訓練。本階段寫作訓練大抵同前，但是題目改由臨時從書中抽選，不再給予充分的思索時間，完全比照作文測驗的「五十分鐘」。幾回下來，當更能掌握時間和考場反應。

再拜陳三願

寫作成達人

寫作是語文的綜合表達，寫好一篇文章不只為了拿高分，它更能訓練組織、邏輯、推理等能力，好處不勝枚舉。固然考試領導教學，然而「載舟覆舟，盡在一水」，學子能重視寫作訓練，當能有效提升語文能力，精進其他智能。

古有五代詞人馮延巳〈長命女〉一詞，詞曰

春日宴，綠酒一杯歌一遍。再拜陳三願：

一願郎君千歲；二願妾身常健；三願如同樑上燕，歲歲長相見。

身為國文老師的我也有三願：

「一願學生愛寫作、二願學生愛寫作、三願學生愛寫作」。是的，只要持之以恆，你也能成為寫作達人。

施教麟

目錄

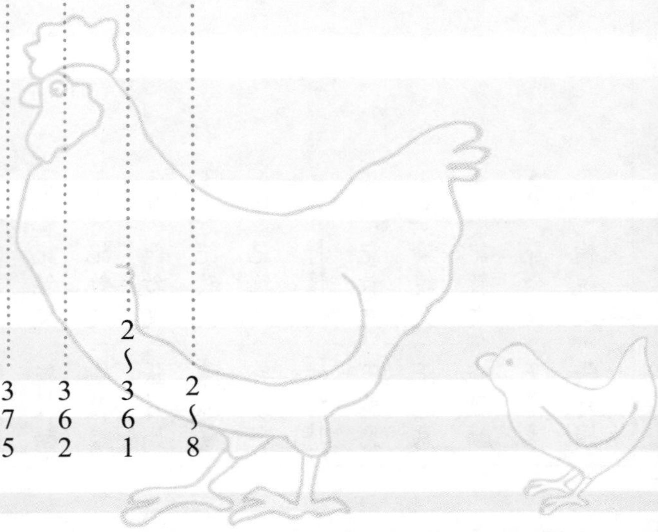

作文題目目次

一本書的啟示

◎論說文

說明

書是不可或缺的精神糧食，書中的內涵是作者窮其一生的心血結晶，因此書本往往能增長智慧，帶給人們啟示。請你以「一本書的啟示」為題目，寫出一篇涵蓋下列條件的文章：

- 敘述你所閱讀的書籍書名、作者及此書特色。
- 描述本書的內容大意、各篇要旨。
- 陳述你的讀後心得、感想。

範文

寒假期間我看了一本蟬聯數週排行榜冠軍的暢銷書——《在天堂遇見的五個人》，這本書是《最後14堂星期二的課》作者的最新力作，艾爾邦再次說出一個扣人心弦的故事，以對話為主軸，把人物描寫得栩栩如生、躍然紙上，內容溫暖而充滿智慧，透露出作者獨特的人生觀，使讀者更深刻體悟生命意義。

書中的主角艾迪是遊樂園裡的老工人，他認為自己受到命運束縛，被孤僻卻又暴躁的父親逼得他放棄夢想而龍困淺灘，僅能待在這個海灘小鎮，孤單一人。在艾迪八十三歲生日這一天，為了救一個小女孩而命喪黃泉，進了天堂。在天堂裡，艾迪陸續遇見了在他生命裡關鍵的五個人。艾迪彷彿是重新複習著自己的一生，這最重要的五個人逐一闡述著他們的人生，訴說著自己的故事，以及什麼時候在人間與艾迪相遇，他們是艾迪生命裡匆匆的過客，但他們的使命，就是告訴艾迪在世上所存在的意義。有的淡而美、有的既激烈又無奈，他們以不同的角度、不同的觀點解答艾迪對人生的疑惑。最後艾迪終於恍然大悟：原來，自己的生命裡一直都有別人的生命；人與人之間會在最無法預料的時空，產生交集。如同書中所言：「每一個人都會對另一個人造成影響，另一個人又對其他人造成影響，這整個世界充滿了故事，然而所有的故事共同串連成一個完整的故事。」所以，在這個世界上每一個人都是重要的，我們來到人間，是為了與別人相遇。

往昔當我遇到挫折、瓶頸時，失落常常讓我怨天尤人、迷失自我，在悲傷無助的情況下我墜入了萬丈深淵，我不斷地思索著生命的意義是什麼？然而，烏雲隨著年紀的增長而漸行漸遠，讓我體悟到「人生的無常與挫折往往是生命中最珍貴的老師。」現在，我只要遭遇任何挫折與失敗，都能以積極樂觀的態度勇往前進，並且朝著正向思考，凡事「盡力就是完美」，並以一顆感恩的心慶幸自己能身處這個快樂天堂，迎接生命的挑戰！

解析

審題：

題目是「一本書的啟示」，撰寫時要將重心放在「啟示」，不能只寫書的大綱而已。

取材：

取印象深刻的一本書為題材來寫，先簡要敘述書籍的大概內容，再陳述自己的心得感想。也可採夾敘夾議的方法，一邊陳述書籍內容、一邊發表心得感想。

其他：

建議平日精讀幾本好書，才能針對「啟示」加以深入描述而言之有物。

牢牢記住

⊗「嬋」聯→	✓「蟬」聯
⊗「詡詡」如生→	✓「栩栩」如生
⊗「耀」然紙上→	✓「躍」然紙上
⊗孤「癖」→	✓孤「僻」
⊗暴「燥」→	✓暴「躁」
⊗關「鑑」→	✓關「鍵」
⊗「產」述→	✓「闡」述
⊗「晃」然大悟→	✓「恍」然大悟
⊗瓶「井」→	✓瓶「頸」

成語佳句

- 扣人心弦：形容很令人感動。
- 栩栩如生：形容十分逼真，好像有生命力的樣子。
- 躍然紙上：形容描寫或刻畫得十分生動。
- 恍然大悟：猛然地醒悟，不再迷失。
- 怨天尤人：抱怨上天，責怪別人。比喻面對不如意時，不肯自我檢討。
- 人生的無常與挫折往往是生命中最珍貴的老師。
- 英國湯瑪斯：閱讀所獲得的最大樂趣，就好像透過鏡子，看到自己的心靈。

一件小事

◎論說文

說明

生活中每天不斷都有小事發生，有的深具意義，有的影響深遠。請你以「一件小事」為題目，寫出一篇涵蓋下列條件的文章：

- 寫出事情發生的經過與當時的心境。
- 寫出事後的結果與當下的感想。
- 寫出事後個人的檢討、反省與自我的期許。

範文

有句話說：「勿以善小而不為，勿以惡小而為之。」習慣的養成也是如此，很多成功者都因為有良好的習慣，按部就班持續努力，所以最後成功了；但也有許多作姦犯科者，因沾染惡習，最後鋃鐺入獄，萬劫不復。

國中一年級時我常遲到，「你屬豬嗎？」對於同學的揶揄，我早就司空見慣，放學後也常因此被導師留下來罰背書。不過我一點都不以為意，反正爸媽都晚下班，太早回家也很寂寞，留下來反而有老師陪讀，說不定我能維持前五名，是因為這樣「奮鬥」得來的，所以依然晚睡晚起，生活作息上並沒有什麼改變，直到有一天……。

「現在提名優良學生人選，代表本班參選全校模範生，選上了可以和市長合影留念，申請入學也會加分，但是學業成績平均要八十五分以上……。」成績要符合這項高門檻，全班不會超過五個。第一輪表決我最高票，第二輪卻名落孫山，原因是有位同學提醒全班，常遲到的人如何當模範生？

事後我深深檢討，其實是咎由自取，這是縱容惡習的結果，我決定要改過——從那天起再也不遲到。日子久了我也忘記當年那件小事，作息正常卻已是習慣，不但我忘了，連同學也忘了，就在九上我當選了學校模範生，順利獲得和市長合影與申請入學加分的機會，我簡直樂瘋了！

雖然這只是人生旅途的一件小事，卻讓我深深體會到習慣的重要，好習慣讓人成為天使，壞習慣卻讓人變成惡魔。所以培養良好習慣雖是一件小事，卻可能是人生致勝的關鍵。別再說「以後」了，就改成「此刻」吧！革除陋規惡習，培養良好習慣，我們的生活一定會煥然一新、亮麗耀眼的！

解析

審題：

題目是「一」件，不宜多件事情分段陳述。再者必須是「小事」，造成個人身家重大變故的經驗，均不宜入文。

取材：

本文取材宜選擇一件不受注目，個人卻很有感觸的事件來闡明論述，並說明此件小事對自己日後為人處事的影響。

其他：

要特別注意的是，日復一日循環的「流水帳」不宜入題，個人沒有深刻體會的事件也避免大作文章。所以平日必須養成時時觀察，事事思考體會的好習慣，寫作就能旁徵博引，不虞匱乏了。

牢牢記住

⊗「郎」鐺入獄→	✓「鋃」鐺入獄
⊗萬「截」不復→	✓萬「劫」不復
⊗「耶」揄→	✓「揶」揄
⊗門「坎」→	✓門「檻」
⊗「疚」由自取→	✓「咎」由自取
⊗「漏」規惡習→	✓「陋」規惡習
⊗「換」然一新→	✓「煥」然一新

成語佳句

- 萬劫不復：指難以挽救的命運。
- 咎由自取：全部的災禍都是自己招惹來的。
- 陋規惡習：惡劣的慣例和不好的習慣。
- 煥然一新：形容非常明顯地呈現出嶄新的面貌，給人全新的感覺。
- 好習慣讓人成為天使，壞習慣卻讓人變成惡魔。
- 勿以善小而不為，勿以惡小而為之。

一件衣服

◎記敘文

說明

我們身上所穿的每一件衣服都有它的來由，有的是由親友餽贈而來，有的是自己購買而來。請你以「一件衣服」為題目，寫出一篇涵蓋下列條件的文章：

- 描述出這件衣服的長相。
- 寫出得到這件衣服的經過。
- 寫出對它的感情。

範文

掛在衣櫃裡面的這一件藍色運動背心，我已經穿不下了，但我始終捨不得拿去丟棄，因為它有著媽媽的味道。

我的媽媽遠從越南嫁到台灣鄉下，我的爸爸年紀比較大，他是建築工人，生下我後，爸爸的體力漸漸地無法再負荷粗活的工作，爸媽只好將我留在鄉下給阿媽照顧，兩人一起到台北找工作，爸爸當起了大樓警衛，媽媽找到了菜市場的清潔工作。由於工作忙碌，他們難得回鄉下，所以我的童年是那麼的孤寂。

有一年的暑假爸媽回鄉下探親，看到我大熱天還穿著套頭長袖衣而滿身大汗，媽媽翻箱倒櫃，就是找不到一件短袖上衣可替我換上。到了晚上，媽媽用腳踏車載我，來到鎮上一家服飾店，店員看見媽媽國語不靈光，挑得又是便宜貨，就一副愛理不理的表情。雙方幾經討價還價，最後媽媽以兩百元買下這一件藍色的運動背心。回到家，媽媽趕緊讓我穿上它，由於長期未接觸媽媽，我對媽媽感到很陌生，連一句「謝謝」都講不出口。

一年後我上了鄉下的小學，有一天阿媽突如其來對我說：「媽媽要回去越南，不會再來台灣了。」我急著問：「為什麼？」阿媽回答說：「媽媽不愛你啦！」我聽了差點哭出來，心理卻疑惑著：「如果不愛我，怎麼會買衣服給我呢？」後來我才知道爸媽離婚了。

「恨」屋及烏，我一度埋怨媽媽，連帶著很不喜歡這個家，直到去年升上國中，我才知道媽媽離開的原因是「爸爸酗酒後的暴力行為」，而不是「不愛我」呀！媽媽回去越南前，又買了一堆衣服給我，但是我很少穿，因為那是離別前的感傷衣服啊！

爾偶想念媽媽，我就取出這件衣服「睹物思人」，然而隨著時光流逝，我對媽媽的印象越來越模糊了。或許，在越南的她早已經忘記這件藍色運動背心，但是我會繼續保留這件有著媽媽愛心的衣服，直到我長大，帶著它到越南……。

解析

審題：

題目是「一件衣服」，其實它是「最難忘的一件衣服」的縮寫。也就是衣服只是象徵，重要的是寫出你對它的感情。

取材：

取材時，重要的是衣服背後的故事。像本文中的藍色運動背心雖然平凡，背後故事卻令人動容。

其他：

時間布局上可採用「鏡框法」，也就是「現在」→「過去」→「現在」。首段可寫眼前這件衣服的模樣，中間再回憶以前如何獲得，末段又回到現在對它的感情。

牢牢記住

⊗負「何」→ ✓負「荷」

⊗忙「錄」→ ✓忙「碌」

⊗「籃」色→ ✓「藍」色

⊗「敢」緊→ ✓「趕」緊

⊗「默」生→ ✓「陌」生

⊗「兇」酒→ ✓「酗」酒

⊗「賭」物思人→ ✓「睹」物思人

⊗印「像」→ ✓印「象」

成語佳句

- 翻箱倒櫃：形容四處地尋找。
- 愛屋及烏：因為關愛一個人，連帶的也愛護停留在屋頂上的烏鴉。後用來比喻愛一個人時，自然而然地也會關愛與他相關的人或物。文中的「恨」屋及烏，乃配合文意而將「愛」改成「恨」。
- 睹物思人：看到離人所留下的物品，而不自覺地懷念對方。
- 夫妻本是同林鳥，大限來時各自飛。
- 上帝拿走了你一樣東西，說不定是把更好的給你。

一件善事

◎記敘文

說明

「助人為快樂之本」、「日行一善」這是我們從小就知道的道理。善事不分大小的，行善更不是有錢人的專利。請你以「一件善事」為題目，寫出一篇涵蓋下列條件的文章：

- 寫出你一次行善的來龍去脈。
- 寫出行善後的心情。

範文

行善對我來說，是一件遙不可及的事情，因為我是一個沒有賺錢能力的國中生，即使有心幫助別人，也會因為沒錢而心有餘力不足。更何況我每天的生活重心只有考試，根本未曾注意週遭有哪些人需要我的幫助，一直到幾年前住家因颱風淹大水，我才發現一個不用花錢的助人方法。

記得那次淹水造成整個社區停電斷水，連對外交通都中斷，全家吃了好幾天泡麵。那天中午，我外出改買冷凍水餃，突然傳來「請各位來領取免費便當」的聲音，我簡直不敢相信自己的耳朵。仔細一看，原來是「慈濟」在發放便當，我當場領了三個熱騰騰的便當回家，爸爸邊吃邊說：「以後有機會我們也要幫助別人。」

我的家境並不富裕，無法用金錢幫助別人，但是我們有時間。淹水退去後，媽媽一個月兩次到醫院擔任義工；開計程車的爸爸則每月一次免費載樓下的獨居老人，前往醫院領藥；我呢？仍舊以課業為重，能做的就是蒐集全家的發票，投到植物人發票捐贈箱。每次投入發票後，我都感到非常快樂，所謂「快樂之權，操之在己」，一點也沒錯。最近，我蒐集發票的範圍擴大到學校，下課時我到導師室請老師們共襄盛舉，老師們都很願意「樂捐」，而且還幫我向同學們索取。現在，社區發票箱裡面，有一半以上是我的傑作呢！

我知道發票的中獎機率太低了，對別人的實質幫助有限，但是每一張都有我的愛心，每一張都代表著我的行善決心。我知道如果真的中了頭獎，也不會有人感謝我，這些我都無所謂，不是有人說：「行善不欲人知」嗎？作善事如果一味地求回報，那就失去做善事的意義了。

　　我原本自私自利又貧瘠的心靈，每捐過一次發票後，彷彿就成長、充實不少。「助人為快樂之本」，這種快樂，唯有真正行善過的人才能深深體會。

解析

審題：

題目是「一件善事」，就要具體地寫出自己如何行善，千萬不可寫成「行善的好處」及「行善的方法」等泛泛之論。

取材：

「行善」的取材俯拾即是，「捐錢資助」乃有經濟能力的大人才能辦到，學生無此能力，可取金錢之外的「小善」為題材，由小善處見慈悲心，更令人動容。

其他：

行善過程的描寫是涵蓋選項之一，但文章要有內涵、有深度，則必須在行善後，對於「別人如何受惠」、「自己內心的感受」這兩大點宜多加著墨。另外，「回報」也是很好的立意。

牢牢記住

- ✗「搖」不可及→　✓「遙」不可及
- ✗「既」使→　✓「即」使
- ✗熱「疼疼」→　✓熱「騰騰」
- ✗樂「損」→　✓樂「捐」
- ✗回「抱」→　✓回「報」
- ✗「貪」瘠→　✓「貧」瘠

成語佳句

- 共襄盛舉：對好的事情，大家一起合力促成。
- 心有餘力不足：有心想做力量卻不足，無法達成。
- 快樂之權，操之在己。
- 莫因善小而不為，勿以惡小而為之。
- 積善之家必有餘慶。
- 施人慎勿念，受失慎勿忘。
- 受人點滴，當泉湧以報。
- 施比受更有福。
- 諸惡莫作，諸善奉行。

一份好禮物

◎記敘文

說明

我們常在特別的日子或特別的事件後，收到別人的禮物，這禮物就記錄著那段特殊的回憶。請你以「一份好禮物」為題目，寫出一篇涵蓋下列條件的文章：

- 選出一份你收到最有意義的禮物。
- 說明令你覺得有意義的原因。
- 描述禮物的內容。
- 說明禮物背後的故事。

範文

人的成長過程中，總會遇到許多事情。有些事像過眼雲煙，倏忽即逝；有些事卻是熱鐵烙膚，記憶長存。在我國小唸書階段，就有這麼一件讓我刻骨銘心的事情，那是一個關於「禮物」的故事。

小學三年級時，全台灣國中小校園突然流行起黑白相間的「牛頭牌」運動鞋，誰要是有了這麼一雙名牌跑鞋，誰走路就有風，誰就可以高人一等。那天回到家，在虛榮心的作祟下，我又像無賴般哭鬧著，吼叫：「再不買一雙牛頭牌運動鞋給我，我就不去上學了。」剛賣完豬肉的母親，帶著疲憊的倦容隨口應付說：「考試前三名再說啦！」我考最好的一次也不過第十名，母親打算用成績來迫使我打消念頭。

班上高手太多，我根本不可能達到母親的要求，於是我使壞了。在同學的掩護下，老師並沒有發現我作弊，我捧回第二名的成績回家了。母親拿著成績單，不可置信地向大姐確認。「月底再買給你。」我對母親的拖延戰術，感到非常不耐煩，我的一張臭臉就跟著擺了好幾個禮拜。直到那天放學回家，看到餐桌上擺著那雙夢寐以求的運動鞋，我才心花怒放起來。小哥在旁邊抱怨地說：「哪有人生日禮物這麼好的？」原來母親怕其他兄弟姊妹仿效，改稱是我的生日禮物。等我年紀再大一點，我才知道那雙鞋子，竟然是母親瞞著父親，偷偷跟大伯借錢買來的。

事隔多年，新鞋已經成為破鞋，但我始終珍惜著，不料幾經搬家，鞋子竟然遺失了。偶爾經過名牌運動鞋專櫃，看到媽媽為小孩挑選鞋子的畫面，都會讓我駐足深思，因為這個運動鞋禮物，記錄著我的幼稍、任性、虛榮心和不光明的一面，但是也只說著母親無微不至的愛心。如今，母親已經離開人世間了，但那份愛心化成的無形禮物，卻深深影響著我。

解析

審題：

題目是「一份」，不是「好幾份」，撰寫時不要誤判。

取材：

禮物可以平凡，但是禮物背後的事件要感人。不要老是寫生日出國很高興；生日收到一部電腦很興奮；或生日時，家人為我偷偷準備派對，讓我很感動（結果只有自己感動，閱卷老師不為所動）。

其他：

文末要試著將層次提高，也就是將有形的禮物昇華到無形的愛心。

牢牢記住

⊗「速」忽即逝→	✓「倏」忽即逝
⊗熱鐵「絡」膚→	✓熱鐵「烙」膚
⊗「克」骨銘心→	✓「刻」骨銘心
⊗作「祟」→	✓作「祟」
⊗疲「備」→	✓疲「憊」
⊗不「奈」煩→	✓不「耐」煩
⊗夢「袂」以求→	✓夢「寐」以求
⊗「佇」足→	✓「駐」足

成語佳句

- 過眼雲煙：比喻虛浮易逝的事物。
- 心花怒放：形容非常的高興。
- 夢寐以求：形容願望的迫切。
- 我們能互相給予的最佳禮物是真心的關懷。
- 蘇軾：「人似秋鴻來有信，事如春夢了無痕。」
- 希臘哲學家柏拉圖：「節制是一種秩序，一種對於慾望與快樂的控制。」
- 印度泰戈爾：「耐不住眼前的誘惑，便失去了未來的幸福。」

一次難忘的上台經驗

◎記敘文

說明

在你成長的過程中，一定有過上台的經驗。或許是單獨一人上台比賽、領獎；也或者是與其他同學一起表演……。請你以「一次難忘的上台經驗」為題目，寫出一篇涵蓋下列條件的文章：

- 請敘述一次難忘的上台經驗。
- 寫出在台上的情形，並寫出上台前、下台後的心情。
- 這次上台的經驗對你而言有何啟示？

範文

我的心七上八下，碰碰跳著，跳動的脈搏，彷彿要逃離我的身體，不斷地掙扎著。帶著一顆忐忑不安的心情，今天是我第一次以合唱團團員的身分，代表學校參加比賽。

稍緊的領結，微短的裙子，包裹著我們不安的心

對比。「三號參賽隊伍請準備！」終於輪到我們了！在如此緊張的氣氛下，連團上最調皮的男同學，也都擺出一副認真的模樣，大家終於忍不住笑了出來。

「對！就是這樣！」老師對我們說：「把心中那塊大石頭放下來，放輕鬆，跟著感覺走就對了！」老師說得有道理，何必給自己這麼大的壓力呢？

站上合唱臺，指揮老師比了個手勢，鋼琴流瀉出熟悉的曲調，我們使出渾身解數，把每一個音符、每一個停頓、每一個高低起伏、每一段漸強漸弱，都發揮得淋漓盡致。這是屬於我們的舞台，只任我們盡情揮灑、高歌。拉上最後一個高音，彷彿是一道曙光劃破雲層，響徹雲霄的高亢點亮所有人的靈魂，整首曲子在高潮中結束。台下的觀眾爆出如雷的掌聲，爲三個多月的辛酸血淚畫下完美句點。

最後，我們真的如願以償，得到最佳的名次。不過，真正的收穫並不是成績，而是大家為了共同目標邁進的努力，那精神令人感動且記憶深刻。這場合唱比賽，困難從一開始的選曲就開始蔓延，僵持不下的票數懸吊著每個人的心，也悄悄開始考驗整個團體的

誌，使來一堂一堂的學習時間讓動作一致，人人全心投入這場完美的追求。

有時候，結果固然令人陶醉，卻無法匹敵過程所具有的獨特和刻骨銘心，就如同越是漫長的黑夜，在晨曦來臨時會醞釀出更多的感動一般。而我，會一直記得那段青澀且珍貴的回憶。

解析

審題：

「一次難忘的上台經驗」，題目為「一次」，所以同學在挑選時必須以一次特殊且難忘的上台經驗來書寫，而不是寫很多次。

取材：

主題為上台經驗，但在鋪陳上，同學不妨將上台前的緊張、興奮，台上賣力的表現，台下觀眾的反應，甚至下台後的感受想法，都可依序寫於文章中。

其他：

敘事的文章應選擇精彩重要的部分來描述，其餘則作為陪襯，使主題更加鮮明。

牢牢記住

- ⊗脈「博」→ ✓脈「搏」
- ⊗一「付」眼鏡 → ✓一「副」眼鏡
- ⊗渾身解「術」→ ✓渾身解「數」
- ⊗收「獲」→ ✓收「穫」
- ⊗成「積」→ ✓成「績」
- ⊗「慢」延 → ✓「蔓」延
- ⊗「將」持 → ✓「僵」持
- ⊗懸「掉」→ ✓懸「吊」
- ⊗「合」諧 → ✓「和」諧

成語佳句

- 鴉雀無聲：形容非常的寂靜。
- 渾身解數：使出所有的本領。
- 淋漓盡致：形容文章或說話表達得十分詳盡、暢快。
- 如願以償：比喻願望能夠實現。
- 俗諺：「台上一分鐘，台下十年功。」
- 胡適：「要怎麼收穫，先那麼栽。」
- 詩人艾略特：「如果我們要更多的玫瑰花，就必須種植更多玫瑰的幼苗。」

一則新聞的啟示

◎論說文

說明

現代資訊發達，一日千里，透過報紙、電視與網路等媒體，我們可以知悉全球的新聞，進而與世界接軌。請你以「一則新聞的啟示」為題目，寫出一篇涵蓋下列條件的文章：

- 選取一則新聞事件，並敘述其內容。
- 說明該新聞事件造成的衝擊。
- 陳述個人的想法，提出自己的建言。

範文

台灣曾發生一樁震驚社會的新聞，就讀某○○高中的玻璃娃娃，在同學背他上體育課時，因天雨路滑，導致同學一時失察，失手摔死了對方。高等法院審理後，認定這名同學有過失，應該和母親一起賠償家屬三百多萬元。這起事件經過媒體的披露，造成舉國譁然。法官表示，法院的判決並非要大家不要幫助別人，而是希望在幫助別人之前，能量力而為。

儘管新聞的熱度已隨著時間而消退，後來重審後，該名同學改判無罪，但是這起事件所引發的寒蟬效應還是不斷地發酵，例如：雲林某幼稚園就在這起事件後，拒收身心障礙的兒童，家長們也告誡子女「在外不要多管別人的閒事」。

這是一個多麼可悲的現象，如果我們的教育是告訴孩子們「各人自掃門前雪，莫管他人瓦上霜」，我們又怎麼能期待孩子的未來能有分辨善惡真偽的能力？一個自私自利的人，我們又怎麼能期待他的未來能夠造福社會國家？一個社會如果盡是偽君子，我們又如何期待國家的進步與革新？其實整起新聞事件中，被大家忽略的是學校「無障礙空間」的缺失，試想，如果當時該校有完善的設備，還會有這齣悲劇的發生嗎？

再者，我們應該要教育全民在面對弱勢族群時該有的正確觀念：除了給予他們一個善意的生活環境外，我們的關懷、尊重才是他們所希望得到的。法國作家雨果曾說：「世界上最寬闊的東西是海洋，比海洋更寬闊的是天空，比天空更寬闊的是人的胸懷。」唯有包容，我們才能真正去尊重、幫助弱勢的人，千甚不能讓「關懷」僅是一句口號，更不能淪為候選者博取大眾好感的工具。如此，才能避免類似的悲劇再度發生。

解析

審題：

題目重點在「啟示」二字，新聞內容的闡述宜去蕪存菁，提出自己的見解才是本文的重點。

取材：

涉及政治立場的新聞、年代久遠的新聞宜避免。另外，選擇的新聞最好能引起眾人的共鳴。

其他：

養成每日收看電視新聞的習慣，如果時間不夠充裕，也應該抽空瀏覽報紙或網路等媒體的新聞標題。具爭議性的話題，可閱讀社論，建構自己的價值觀與評判事情的角度。注意！不要只是空泛的評價事件的對錯，要能提出具體的見解、建言。

字字計任

⊗一「椿」→ ✓一「椿」

⊗導「至」→ ✓導「致」

⊗失「查」→ ✓失「察」

⊗「陪」償→ ✓「賠」償

⊗「批」露→ ✓「披」露

⊗判「絕」→ ✓判「決」

⊗「僅」管→ ✓「儘」管

⊗告「戒」→ ✓告「誡」

⊗「輪」為→ ✓「淪」為

⊗「搏」取→ ✓「博」取

成語佳句

- 量力而為：衡量自己的能力來做事。
- 寒蟬效應：形容人們因為有其他顧忌，而不敢表達意見。
- 諺語：「各人自掃門前雪，莫管他人瓦上霜。」
- 法國雨果：「世界上最寬闊的東西是海洋，比海洋更寬闊的是天空，比天空更寬闊的是人的胸懷。」
- 世上最空虛的，就是那些滿腦子只裝著自己的人。

一段愉快的回憶

◎記敘文

說明

人生是一條喜怒哀樂不斷循環發生的道路，有歡笑、有淚水、有得意、有悔恨。選擇一段愉快的回憶，細細地去咀嚼它，又是什麼滋味呢？請你以「一段愉快的回憶」為題目，寫出一篇涵蓋下列條件的文章：

- 寫出這段愉快的回憶發生的背景。
- 寫出發生這段愉快的回憶的經過與當時的心境。
- 寫出這段愉快的回憶對你日後行為的影響。

範文

記得那年中秋，伯父邀請我們全家一起去賞楓，內向的我原本不想去，但是禁不起堂姊妹盛情的邀約就答應了。

奧萬大的楓林，永遠絢麗燦爛的讓人心悸。還未正式踏入他的領域，火紅的楓葉已經開始搖擺招手。老舊的原木小屋襯托著純樸幽靜，鳥語蟲鳴迴盪在山林之中。我們任由笑聲與風和鳴，沿著小徑蜿蜒至林中深處。震懾！數以萬計的楓木群「頂天蔽地」，不只地上鋪著厚厚的楓毯，頂上茂密的枝葉也遮住天，仰頭一抬，風吹動了一樹火紅，像是撥動了整片天。

夜晚凝視著皎潔的月光，我和堂姊比賽背詩，「暮從碧山下，山月隨人歸」、「舉杯邀明月，對影成三人」、「欲上青天攬明月」。除了明月，閃動的星光一如仙子，開心的在滿地楓紅上「凌波微步」，耀眼的令人無法忽視。

一道閃電劃破夜暮，豆大雨珠倏忽滴落，我們落荒逃入小木屋。又是一陣不及掩耳的迅雷，小木屋的光亮應聲熄滅，正當我憂心沒有蠟燭之際，十幾支小燭光一起朝我移動，映入眼簾的是堂姊妹的笑容。

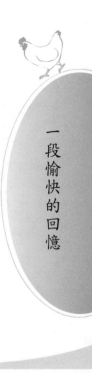

「祝你生日快樂！」大夥圍著已呆若木雞的我齊聲喊著，耀眼的不只是燭光，還有所有人眼中的祝福；溫暖的也不只是歌聲，還有聲聲催促拆禮物的聲響，每拆開一個都引來一陣歡呼與祝福。

當時的美景、情境與心情，我把它裝在回憶的行囊，時時拿出來回味，那是我一段愉快的回憶，感謝老天爺給我這麼好的家人，我會好好珍惜，也要真誠回饋所有愛我與我愛的人，讓所有人都跟我一樣幸福快樂！

解析

審題：

本主題有三個重點：第一要注意題目是「一段」，因此時間必須連貫發生；第二是「回憶」，可見事件時間點距今要有些時日，最近發生或還在進行的事件並不適合；第三是「愉快的」，所以平淡缺乏特色或不愉快的回憶，均不必寫入文章中。

取材：

選擇一段愉快又特殊的回憶，說明當時的情況與感觸，並說明這回憶對你日後待人處世的影響。

其他：

本文要特別強調的是，事件的特殊性與描摹事情的功力，日日重複發生且平淡無奇的事件不宜入題。

牢牢記住

⊗「炫」麗燦爛→	✓「絢」麗燦爛
⊗心「忌」→	✓心「悸」
⊗襯「託」→	✓襯「托」
⊗「回」盪→	✓「迴」盪
⊗蜿「沿」→	✓蜿「蜒」
⊗「姣」潔→	✓「皎」潔
⊗「靈」波微步→	✓「凌」波微步
⊗夜「幕」→	✓夜「暮」
⊗「摧」促→	✓「催」促

成語佳句

- 凌波微步：形容女性走路輕盈的樣子。
- 呆若木雞：形容因驚懼或困惑而失神的樣子。
- 李白：「暮從碧山下，山月隨人歸。」
- 李白：「舉杯邀明月，對影成三人。」
- 杜甫：「露從今夜白，月是故鄉明。」

一段難忘的往事

◎抒情文

說明

從小至今，是否有一個身影、一件事在你心頭縈繞，甚至對我們的觀念、態度產生了影響？事件中的人你「不一定」熟悉，這個事件你也「未必」要參與其中，只要它讓你印象深刻即可。請你以「一段難忘的往事」為題目，寫出一篇涵蓋下列條件的文章：

- 選出一則讓你印象深刻的事件。
- 說明此事件讓你印象深刻的原因。
- 說明此事件的內容。
- 說明事件對你的影響。

範文

還記得當年時序已邁入初秋，燠熱的天氣讓家家戶戶的冷氣仍轟隆轟隆地響，躺在床上的我聽著室友翻著書頁、喃喃自語的聲音，彷彿是周公正在夢鄉召喚著我，當我眼皮正要垂下之際，忽然一陣天旋地轉，只聽得耳畔傳來一陣驚呼：「地震！發生地震了！」接著，杯子、碗盤啪嚓碎落一地，當時的我心中閃過一個念頭——就是「逃」！

我翻身下床，先打開房門，穿上鞋子後就和室友們摸黑往宿舍大門走去，只見門口淨是黑壓壓的人群，吵雜的聲音讓空氣更顯悶熱。這時，舍監打開宿舍大門，指揮大家往學校的體育館前進，本來霓虹閃爍的街道，早已陷入一片漆黑，穿梭在大街小巷中的救護車、警車的警笛聲，為這驚悚的夜更增添了無比的哀悽。

隨著隊伍來到了體育館後，席地而坐的我不停撥打著手機上的家中電話，只見手機螢幕傳來「系統忙碌」的字樣，我的心彷彿一顆石頭墜落無底深淵，焦躁的心情隨著收音機裡不斷播送的各地災情而更忐忑不安。許多家住中、南部的同學得知地震的震央就位在中台灣的南投時，早已無助的哭成一團。此時，我的手機乍然響起，耳邊傳來父親焦急的詢問聲，我的淚水終於奪眶而出，此時的我才了解到全家人齊聚一堂的天倫樂才是最大的幸福。

經過一晚的折騰後，我們掩不住滿臉的倦容返回宿舍，沿途可見本來冷漠的人們，手拿大包小包的[illegible]

災物資準備送往災區。陽光灑落一地，照亮了原本漆黑的大地，也溫暖了每個人的心靈，我深信歷經九二一地震洗禮後的這塊土地，必能擁有更旺盛的生命力，更能勇敢地面對各種困難與挑戰。

解析

審題：

題目為「難忘」的往事，寫作此文前，便需謹慎思考在記憶深處是否有件事令你難忘？難忘的原因為何，也要寫出，方能博得認同。

取材：

可分成三大方面，包括個人事件：生病、受傷、得獎、生日、旅行等；親友事件：婚、喪、喜、慶等；社會事件。

其他：

事件無所謂大小，只要能深入描寫，即使是一己之事，也能感動人心。

牢牢記住

錯誤		正確
⊗「懊」熱	→	✓「燠」熱
⊗耳「盼」	→	✓耳「畔」
⊗黑「鴨鴨」	→	✓黑「壓壓」
⊗霓虹閃「礫」	→	✓霓虹閃「爍」
⊗驚「聳」	→	✓驚「悚」
⊗「息」地而坐	→	✓「席」地而坐
⊗「墮」落深淵	→	✓「墜」落深淵
⊗焦「燥」	→	✓焦「躁」
⊗奪「框」而出	→	✓奪「眶」而出
⊗「振」災	→	✓「賑」災
⊗洗「理」	→	✓洗「禮」

成語佳句

- 喃喃自語：獨自輕聲地說話。
- 席地而坐：坐下的意思。
- 忐忑不安：形容情緒起伏大，無法安定。
- 陽光灑落一地，照亮了原本漆黑的大地，也溫暖了每個人的心靈。

一個不雅的綽號

◎記敘文

說明

你曾經幫別人取過綽號？或者被叫過綽號嗎？幫別人取不雅的綽號，有時只是一時好玩，但很可能傷了別人的心，只是我們不自知罷了。請你以「一個不雅的綽號」為題目，寫出一篇涵蓋下列條件的文章：

- 述說這個不雅綽號。
- 被取綽號的人的情緒反應與影響。
- 自己如何看待不雅綽號。

範文

很多人從小到大都曾經被身旁的同學、朋友取過綽號，尤其不同求學階段，綽號可能不止一個，其中有可愛高雅的，也有粗俗難堪的。

國中階段的同學總是特別注重外在美，因此太高的人會被叫「竹竿」、「電線桿」；太胖的人會被叫「小胖」、「肥婆」；太矮的人會被叫「矮個」、「冬瓜」；太瘦的人會被叫「排骨」、「瘦皮猴」。在這些數也數不清的綽號當中，讓我印象深刻的是「豬腳」這個不雅的綽號。

有一天，某位女同學發現班上有個穿著短褲，大腿稍粗的田徑隊女生，她就像發現一則很有趣的事情般，笑著跟其他人說：「喂，大家快來看她的大腿，像不像豬腳？」當時，這位田徑隊女同學並沒有說什麼，只是紅著臉，趕緊用裙子遮蓋大腿。而整個夏天她就在「豬腳！豬腳！」的綽號聲中度過了，唉！持續的聲音不輸給樹上那群知了……。我們那位男班導卻沒發現這件需要處理的綽號事件，因此「豬腳」這個不雅的綽號，就這樣跟著女同學……。

時光飛逝，不雅的綽號，也跟著同學的驪歌輕唱，眾人分道揚鑣而消聲匿跡了，然而我深深明白，當年那位女同學的無奈……。

上高中後，我的導師對取綽號這件事處理的很恰當。她讓班上不喜歡自己綽號的人舉手，抒發被取綽號的心情，然後和班上同學達成協議，若是這些同學不喜歡，我們就不要再叫這些難聽的綽號，因為「把自己的快樂，建築在別人的痛苦上」，是很不道德的行為。更何況一個不雅的綽號，對當事人的傷害是多麼的深啊！

你呢？你有綽號嗎？你會替人取綽號嗎？叫人綽號前，請想一想，千萬別傷害到他人喔！

解析

審題：

題目是「一個」，重點內容不要分散寫「很多個」；題目是「不雅」，重點內容不要只當成「搞笑有趣」而已。

取材：

注意所要選擇的綽號，不一定非要是自己的綽號，但最好是自己有所了解，或有所感受的，最後更要著重在自己如何看待這個不雅的綽號。

其他：

綽號是本名以外帶有諷刺意味的外號，但不要「把自己的快樂，建築在別人的痛苦上」，就是本篇記敘文所要進一步表達的意旨。

牢牢記住

⊗「錯」號→	✓「綽」號
⊗電線「干」→	✓電線「桿」
⊗田「逕」隊→	✓田「徑」隊
⊗時光飛「世」→	✓時光飛「逝」
⊗分道揚「鏢」→	✓分道揚「鑣」
⊗「離」歌→	✓「驪」歌
⊗無「耐」→	✓無「奈」

成語佳句

- 分道揚鑣：指各奔前程。
- 消聲匿跡：形容去向不明。也作「銷聲匿跡」。
- 把自己的快樂，建築在別人的痛苦上，是很不道德的行為。
- 王守仁：「朋友相處，常見自己不是，方能默化得人之不是。」
- 己所不欲，勿施於人。
- 俗諺：「良言一句三冬暖，惡語半句六月寒。」

一個陌生人

◎記敘文

說明

我們每天的生活，無可避免會與許多我們不認識的人接觸，這些人可能是便利商店裡親切的店員、可憐的路旁乞丐等，他們是否牽動過你的思緒，在你心中激起漣漪。請你以「一個陌生人」為題目，寫出一篇涵蓋下列條件的文章：

- 描述那個人的樣貌、神態。
- 與他（她）相遇的場景。
- 兩人的互動。
- 那個人給你的感動或啟發。

範文

記得小時候，每當我與妹妹走在前往學校的路上，總會看見三兩個小朋友，惡作劇的朝著某一戶人家裡丟石頭。那戶人家的門內總是橫倚著一道柵欄，柵欄內關著的不是寵物，而是一個流著口水、四肢畸形，長得很奇特的小孩。[illegible]嗚嗚叫喊，那些調皮的孩子似乎仍意猶未盡地拿著石頭猛丟，直到小孩的爺爺、奶奶運動完後返家，他們才一溜煙的鳥獸散。

某一天的早晨，我和妹妹因為起得晚，正急急忙忙地往學校跑去時，卻看見那戶人家屋裡的柵欄竟無端的開啟，那小孩的爺爺、奶奶焦急地向經過的學童打探他們孫兒的消息，那滿布皺紋的臉上，流淌的不知是汗水還是淚水。我想，或許是哪個調皮的孩子打開了柵欄的門，然後不負責任地跑走了，只希望老天爺能垂憐那對可憐的老夫婦，讓他們趕緊找到孫兒。

當天放學回家後，我和妹妹從母親口中得知那戶人家的故事。原來老夫婦的女兒死於難產，留下的孩子因為缺氧導致智能不足以及生長遲緩，最後才由外公外婆收養。聽完媽媽的描述，我和妹妹顧不得還沒吃完的飯，便心急地往那戶人家跑去，看見那個長相奇特的孩子一樣坐在柵欄內玩耍時，我和妹妹鬆了好大的一口氣，然後相視而笑。

上了國中，因為搬家，我就再也沒經過那戶人家，看過那個孩子。某天的下午，我因為要回母校拜訪老師，經過那戶人家，看到頭髮已經花白的爺爺、奶奶坐在門口，柵欄內的小孩也已長高、長胖了。這時，我的眼眶早已潤溼，或許對他們來說，平安相守就是最大的福氣吧！反觀我們，因為不懂得知足而時生抱怨，我們怎能不深自檢討呢？

解析

審題：

本文以「陌生人」為題，這個陌生人並未與我們相識，卻在我們的心中刻畫出痕跡，讓我們心生感觸，一定要寫出感觸為何，才能提昇文章的層次。

取材：

這個陌生人可以是路旁的乞丐，也可以是站在路口指揮交通的警察。多做聯想、觀察，相信曾在我們心頭留下痕跡的人一定不少。

其他：

以「人」為題的文章，絕對脫離不了描寫此人的神情樣貌，這點要記住，否則就離題了。

牢牢記住

- ✗「奇」型→ ✓「畸」型
- ✗意「尤」未盡→ ✓意「猶」未盡
- ✗一「溜（ㄌㄧㄡ）」煙→ ✓一「溜（ㄌㄧㄡˋ）」煙
- ✗流「倘」→ ✓流「淌」
- ✗「縐」紋→ ✓「皺」紋
- ✗導「至」→ ✓導「致」
- ✗相「識」而笑→ ✓相「視」而笑
- ✗眼「框」→ ✓眼「眶」
- ✗一「門」柵欄→ ✓一「道」柵欄

成語佳句

- 意猶未盡：指興致還無法滿足。
- 知足的人才是有福氣的人。
- 不去感嘆自己缺少什麼，而能珍惜自己手中所掌握的事物，才是聰明的人。
- 德蕾莎修女：「愛的反面不是仇恨，而是漠不關心。」

一個感人的故事

◎記敘文

說明

當人們抱怨「世風日下，人心不古」時，一個撫慰人心的故事，觸動你我心弦，內心深處湧現一片祥和寧靜，感動油然而生。請你以「一個感人的故事」為題目，寫出一篇涵蓋下列條件的文章：

- 敘述一個感人故事的內容大意。
- 描述這則故事感人之處。
- 陳述你的心得、感想。

範文

最近向學校圖書館借了一本發揮人性善良光輝、創造溫暖幸福滋味的好書——《蜜蜜甜心派》。這本書蒐羅了韓國艱困時代平凡動人的真實故事，展現人們在逆境中奮力掙扎以求生存的堅定意志。書裡的一篇一章，一字一句，都扣人心弦，其中「母親的等待」一文最令我感動不已。

由於家境清寒，兒子只能就讀學費全免的專校，因此必須住在學校宿舍。有一天，母親排除萬難到宿舍探望兒子，兒子卻連一句問候的話都沒說，只是冷漠地站在門口。母親把摺了好幾摺的鈔票塞到兒子手中，兒子看到母親滿是汙垢的雙手，覺得很丟臉，竟關起房門，將母親的愛意拒於千里之外。幾年後，兒子因為車禍肇事進了監獄服刑，母親依舊溫柔地等待，兒子在悔恨之餘，決定要好好地孝順母親。卻在過年前夕，母親不幸發生車禍，撒手人寰。「媽，您為什麼沒有多等一天？哪怕只有一天就好！」兒子流下傷心的淚水，遺憾未能及時行孝。

西諺有云：「上帝無法照顧每一個人，所以創造了母親。」母親全年無休、無怨無悔地付出，當我們生病的時候，日日夜夜悉心照顧，藥吃了沒？燒退了沒？在天寒地凍的時候關心我們，衣服穿了沒？外套帶了沒？無微不至的關愛，不求回報，不斷付出，深怕我們餓了、冷了、病了。即使是命運多舛，母親是我們永遠的守護神，是我們最安全的避風港。

為人子女的我們，現在就要盡孝道，而不是等到以後，否則就會如同這個故事的男主角一般，想要孝養母親卻為時已晚，再也換不回母親的生命，徒留感恨。「烏鴉有反哺之恩，羔羊有跪乳之義」，身為「萬物之靈」的我們，更應該懷著感恩的心，勇於表達內心的感謝之情，享受為人子女的幸福，必能嘗到親情無價的甜美。

解析

審題：

題目是「一個感人的故事」，所以要將重心放在「感人」，不能只寫故事的大綱而已。

取材：

可將曾經聽過、或曾經發生在自己身上，令你深受感動的故事為題材來寫，可以先簡要敘述故事的大概內容，再抒發自己的感想。

其他：

感動人心的故事很多，寫作重點必須放在這個故事帶給你的感觸，抒發情感必須濃郁，所以修辭技巧的運用十分重要。

牢牢記住

- ⊗發「輝」→ ✓發「揮」
- ⊗好幾「折」→ ✓好幾「摺」
- ⊗汙「詬」→ ✓汙「垢」
- ⊗「兆」事→ ✓「肇」事
- ⊗撒手人「環」→ ✓撒手人「寰」
- ⊗遺「撼」→ ✓遺「憾」
- ⊗命運多「喘」→ ✓命運多「舛」
- ⊗「徙」留→ ✓「徒」留

成語佳句

- 扣人心弦：形容言論或表演等深深地打動人心。
- 撒手人寰：逝世的意思。
- 天寒地凍：形容天氣極度的寒冷。
- 樹欲靜而風不止，子欲養而親不待。
- 上帝無法照顧每一個人，所以創造了母親。
- 雨果：「慈母的手臂是由愛構成的，孩子睡在裡面怎能不香甜？」

一隻老鷹

◎抒情文

說明

天地萬物、青山綠水、蟲魚鳥獸，這大自然的所有一切，都是我們最好的老師，都蘊含著無限深奧的學問與做人處事的道理，所謂「大地假我以文章」，就是這個意思。請你以「一隻老鷹」為題目，寫出一篇涵蓋下列條件的文章：

- 交代清楚為何會注意到這隻老鷹？
- 說出老鷹的何種舉動引發你的感觸？
- 說出自己的感觸與省思。

範文

那天，一個風和日麗的清晨，我和爸爸爬上山頂。「一隻老鷹曾經來過！」爸爸語重心長地對我說。就在同一個地點，二十年前的一個秋冬之際，爸爸跟著爺爺經過這裡，拾起掉落地面的小鷹，餵牠食物、擦藥，放回高處，母鷹俯衝而下，以迅雷不及掩耳的速度抓回小鷹，在高空中盤旋一週，好像在表達謝意，然後就走了，再也不見蹤影。

爸爸告訴我，為什麼他會迷上爬山？迷上到山頂來看鷹姿？因為那是他和爺爺最後一次談話的地方，爺爺用心良苦地帶他清晨起身爬到山巔，勸他：「浪子回頭金不換。」勸他：「要珍惜生命並且善用有用之身。」，只可惜他當時年輕氣盛，而忠言尤其逆耳，仍然執意過著好勇鬥狠的日子，他聽不到奶奶的哭泣聲，更看不到爺爺雙眉深鎖的愁容，直到爺爺、奶奶相繼鬱鬱而終，他才幡然醒悟，可惜，為時已晚。

翻開爺爺生前的手札：「也是去年這個時候，一樣的藍天，一樣的白雲，就是再也未見那隻翱翔展翅的鷹姿！是誰說過的？山本來有翅膀，非常堅硬紮實的一對翅膀，被白雲借走後，又被鷹奪走，因此山只好動彈不得地站在哪裡，白雲繞著山飄，鷹又繞著白雲飛，可是，再怎麼飛也逃不過雲層，再怎麼飄也繞不過山頭！這就是天意，這也是宿命，注定一切律動都離不開山，注定再堅硬紮實的翅膀也飛不過自然呀！」

一位慈祥老人說：「我們人啊，好手好腳，就應該做好事，走好路！」爸爸提醒我：「生命的著力點就在眼前，活在當下，活在認真自得之中，一切的一切不過是轉念之間罷了！生命的源頭就在山頂，在天地之間的那股浩然之氣！」

「一隻老鷹！」我指著空中喊道。

解析

審題：

重點在說出「一隻老鷹」予人的感念與省思。

取材：

可分成三大方面，包括：老鷹的特性；老鷹於大自然之中所呈現的姿態；聯想到人類生命在大自然中該有的定位。

其他：

這類題目一般都會寫動物園看到老鷹，或者寫飼養老鷹的故事，本文以抒情方式呈現，從爸爸的經歷著手，繼而引發省思，是另一種別出心裁的手法。

牢牢記住

- ✗風「合」日麗→ ✓風「和」日麗
- ✗語重心「常」→ ✓語重心「長」
- ✗「縱」影→ ✓「蹤」影
- ✗年輕氣「勝」→ ✓年輕氣「盛」
- ✗「番」然醒悟→ ✓「幡」然醒悟
- ✗「敖」翔展翅→ ✓「翱」翔展翅

成語佳句

- 迅雷不及掩耳：比喻快得來不及防備。
- 忠言逆耳：忠誠直率地勸告或批評，聽起來令人心裡不舒服，難以接納。
- 好勇鬥狠：喜歡逞血氣之勇和人爭鬥。
- 鬱鬱而終：因鬱悶而去世。
- 《靜思語》：「我們最大的敵人不是別人，而是自己。」
- 希臘亞里斯多德：「每塊大理石都蘊含著一座美麗動人的雕像，只要我們將積存的灰塵清除掉，它就會顯現出來。」
- 日本松下幸之助：「懷抱無窮的希望，選擇自己的前途邁進。」

一張卡片

◎抒情文

說明

逢年過節或特別的日子，我們常會利用卡片來傳遞關懷與祝福。請你以「一張卡片」為題目，寫出一篇涵蓋下列條件的文章：

- 寫出收寄卡片的情境背景或動機。
- 寫出卡片的主要內容。
- 寫出收寄卡片時的感動或期許。

範文

「每逢佳節倍思親」，逢年過節卡片便成了親友間，傳遞關懷問候最「禮輕情意重」的好禮，收的卡片愈多就覺得愈溫暖。其實一張紙到底能蘊藏多少濃情蜜意，可能因人而異，但對我來說，每次收到卡片都是無限歡喜，打開後像春蘭秋桂的花香一樣撲鼻而來，在腦中盤旋，在心中迴盪，譜出一段令人回味不已的旋律，發展出一組人際關懷的交響曲，收錄了所有的悸動與回憶。

「千呼萬喚始出來」的畢旅令人永生難忘，回程車上老師發了一張紙片，鼓勵大家把旅途中值得感謝的人或事寫下來。我寫道：「感謝瑤瑤幫我舀湯、夾菜，借我盥洗用具，又花了兩個小時翻箱倒篋幫我找護身符，讓我玩的安心，真令我感動！另一段是：「感謝玲玲，怕我暈車把靠車窗的位置讓給我，把隨身聽的耳機分一個給我，和我一起歡唱，果然是『獨樂樂不如眾樂樂』。」

星期一進了教室，每個人的桌上都放了一張卡片，我的是淡紫色的薰衣草圖案，非常典雅，裡面貼著從小紙片剪下的文字，原來是導師分門別類彙整貼在每人的卡片上，其中一張紙片是玲玲寫的：感謝毛毛（我），不但平常幫我解決課業上的疑難雜症，畢旅時當所有人都去玩驚險刺激的遊戲時，她卻願意「不離不棄」留下來陪我這個膽小鬼。另一張是瑤瑤的：畢旅時沒帶傘的我反成了大小姐，一下雨毛毛的傘就會飛過來和我一起「共患難」，其實那把小傘功用不大，原本只有一人會全溼，變成兩人半溼，但是覺得很溫馨。

看著卡片上歪斜的字，內心酸酸的有點想哭，原來感動可以這麼廉價也可以這麼無價。卡片傳遞了感謝與關懷，幫我和同學搭起「心心相印」的橋樑。也感謝導師的細心安排，這一張卡片讓班上同學的感情更好，讓畢旅更加難忘。

解析

審題：

本題的文體可以是記敘兼論說，從多個角度探討卡片傳達情意的功能，也可以寫成記敘兼抒情，仔細描繪與卡片相關的情境與感情，以及這一張卡片所造成的影響。

取材：

從小到大，我們寄出許多卡片，也收到許多卡片，因此宜同中求異，強調難以忘懷的經驗際遇或內容情感，方能讓人眼睛一亮。

其他：

該類型的題目人人都會寫，卻不容易寫好，因此選擇情境特殊而合理的經驗，才能寫出令人驚豔的文章。

牢牢記住

- ⊗傳「地」→ ✓傳「遞」
- ⊗「運」藏→ ✓「蘊」藏
- ⊗「季」動→ ✓「悸」動
- ⊗「冠」洗→ ✓「盥」洗
- ⊗翻箱倒「篋（ㄐㄧㄚˊ）」→ ✓翻箱倒「篋（ㄑㄧㄝˋ）」
- ⊗「熏」衣草→ ✓「薰」衣草
- ⊗溫「心」→ ✓溫「馨」
- ⊗心心相「映」→ ✓心心相「印」

成語佳句

- 每逢佳節倍思親：獨自在異鄉的人，逢年過節時，就會更加思念親人。
- 禮輕情意重：俗語說的「千里送鵝毛，禮輕情意重」。指自遙遠的地方饋贈微薄的禮物，禮物雖不值錢，情意卻很深厚。
- 千呼萬喚始出來：指再三地呼喚和催促。
- 獨樂樂不如眾樂樂：獨自聆聽音樂的美妙，不如和別人一起分享。
- 友誼是芬芳的花朵。
- 體諒別人，贏得永遠的友誼。

一張選票

◎論說文

說明

民主社會最可貴的，就是民眾可以自由表達意見，也能藉由選票拔擢人才。生在民主時代的民主國家，我們應如何愛惜手中神聖的一張選票呢？請你以「一張選票」為題目，寫出一篇涵蓋下列條件的文章：

- 選票代表的意義。
- 敘述一張選票代表的價值。
- 如何善用自己的一張選票？

範文

遠古時代的國君，常以愚民政策統治國家，也就是以有智駕馭無智。自從平民教育興起之後，知識份子在平民階層起帶頭作用，造就了懂得表達意見，不平則鳴的中產階層。中產階層的肥皂箱演說，終於爭取到了一張選票。有了這一張神聖的選票，君主制度於焉落幕。

相較於古代的封建社會，相較於目前的共產國家，我們擁有一張選票是彌足珍貴的。在古代的封建社會中，讀書人偶有不平，必須藉由寓寄的詩文，甚至借古諷今的著作來表達心意。敢於據理力爭、言論頂撞的，幾乎慘遭橫禍。明成祖時大興文字獄，不正是打擊異己、消弭不同意見嗎？共產國家箝制人民思想言論，稍有異見，動輒勞改奴役。我們何其有幸，生在這擁有一張選票的自由地區啊！

經由選票，我們間接可以掌控國家的施政方針。有了選票，我們無須為言論不同而送上腦袋，也不會因擔憂國策失當，而需仿效屈原投江自盡。因此對於這得來不易的一張選票，怎能不格外重視呢？

為了善用這張選票，我們應有充分的教育，教育人民成為懂得明辨是非，懂得分別輕重，這是民主的基本素養。否則，賜與無知的人選票，再以聳動不實的誑語，操縱其投票，這種民主便流於野蠻，令人痛心疾首。

擁有一張選票，就是擁有表達意見的鑰匙；擁有一張選票，就是擁有一定的民主素養；擁有一張選票，就是擁有知識建國的力量。當我們懂得這張選票的價值，我們會珍惜選票的無窮力量；當我們珍惜選票的無窮力量，我們會努力提昇自己的素質領域；當我們努力提昇自己的素質領域，我們會有更正確精準的判斷力；當我們擁有更正確精準的判斷力，選票就為我們做出最有智慧的意見表達。

請大家善用一張選票！

解析

審題：

本題重在發表對於民主的認知，應該先將選票看成是民主的代表，寫出選票的重要性、意義、價值等，透過對一張選票的闡發，論及民主制度的珍貴。

取材：

取材上，可考慮古今的比較、空間的對照，藉以表達出對於一張選票代表的民主制度的珍視。

其他：

使用古今比較、空間對照時，需要有充足正確的背景知識，平時要多閱讀，才能儲存足夠的知識，寫作時就能輕鬆引用資料了。

牢牢記住

- ⓧ駕「御」→ ✓駕「馭」
- ⓧ「瀰」足珍貴→ ✓「彌」足珍貴
- ⓧ借古「奉」今→ ✓借古「諷」今
- ⓧ消「迷」→ ✓消「弭」
- ⓧ「前」制→ ✓「箝」制
- ⓧ「狂」語→ ✓「誑」語

成語佳句

- 據理力爭：依據事實的真理，盡力地爭取。
- 痛心疾首：比喻非常的痛恨。
- 擁有一張選票，就是擁有表達意見的鑰匙；擁有一張選票，就是擁有一定的民主素養；擁有一張選票，就是擁有知識建國的力量。
- 當我們懂得這張選票的價值，我們會珍惜選票的無窮力量；當我們珍惜選票的無窮力量，我們會努力提昇自己的素質領域；當我們努力提昇自己的素質領域，我們會有更正確精準的判斷力；當我們擁有更正確精準的判斷力，選票就為我們做出最有智慧的意見表達。
- 機會不是自己出現，就是自己去創造。

一張舊照片

◎記敘文

說明

很多人會利用照片記錄成長的經驗、與他人接觸的情景、旅遊的回憶、環境的變遷以及美麗的景象等等。請你以「一張舊照片」為題目，寫出一篇涵蓋下列條件的文章：

- 選擇一張令你印象深刻的照片。
- 說明令你印象深刻的原因。
- 詳述照片中的影像。
- 說明背後的故事。

範文

眼前這張經過護貝的相片，人物栩栩如生，不因年代久遠而有絲毫褪色。

我對媽媽的記憶也和這張照片一樣，歷久彌新。看！相片中坐在輪椅上的媽媽，左手拿著才吃一半的西瓜，右手又伸出垂涎桌上西瓜的模樣，時光好像又回到了那一年。

那年，突如其來的中風，讓母親無法行走，一開始母親努力配合復健，然而進展牛步不前，讓她意志消沉、萬念俱灰，雖然我們百般鼓勵，她還是選擇放棄。漸漸地，她回到嬰兒般，又哭又鬧，讓人精神緊繃。一向對兒女關懷備至的母親，變成需要我們的呵護了。

不久，她將重心放在飲食上，胃口奇大，偏偏醫生交代要控制體重，在我們堅持「健康第一」之下，母親常常低頭生悶氣。有時為了母親多吃一片西瓜，狠心和她僵持不下；有時為了母親多喝一碗綠豆湯，怒目和她相向。我們總是壓住內心的不忍，板起臉孔拒絕母親超量的索求，日復一日演著同樣的戲碼，母親也就越來越沉默不語了。

母親節前，媽媽病情突然加重，向來有威權的父親嘆口氣說：「到了這種地步，愛吃什麼就給她吃吧！」然而，當我們還在猶豫不決之際，母親卻已無法吞嚥任何食物了。母親節過後，媽媽終究不敵病魔而撒手人寰了！

此情可待成追憶，只是當時已惘然。此刻，腦際浮起母親伸手垂涎桌上西瓜，而我起身取走的狠心模樣。悔恨嗎？當然懊悔不迭。時間可以治療一切，我漸漸走出了哀傷。雲淡風輕之際，我深信在天國的母親，她會體諒我當時的苦衷，更會諒解我為她所做的一切。

媽媽，又是西瓜盛產季節，供桌上放著您最愛吃的西瓜，您就盡情享用吧！

解析

審題：

題目是「一張」，不是「好幾張」，撰寫時不要誤判。是「舊」照片，不要寫成「新」照片。

取材：

取材以能感動讀者為佳，所以取「生離死別」的相片題材最能撼動人心。當然旅遊相片、全家福相片、生日派對相片也可入題。只不過歡樂的相片震撼性比較低。

其他：

這個題目的時間布局上，可用「現在」→「過去」→「現在」的「鏡框法」。時空交錯下，讓人遊走相片故事和眼前景象。

牢牢記住

- ⊗「詡詡」如生→ ✓「栩栩」如生
- ⊗絲「豪」→ ✓絲「毫」
- ⊗「退」色→ ✓「褪」色
- ⊗垂「延」→ ✓垂「涎」
- ⊗萬念俱「恢」→ ✓萬念俱「灰」
- ⊗鼓「厲」→ ✓鼓「勵」
- ⊗撒手人「環」→ ✓撒手人「寰」
- ⊗「往」然→ ✓「惘」然

成語佳句

- 栩栩如生：形容文學、藝術作品表現得非常生動逼真，好像有生命力一般。
- 歷久彌新：經過長時間的考驗，不但沒有衰退，反而更可圈可點。
- 撒手人寰：比喻人逝世。
- 雲淡風輕：形容發生重大事情後，心情逐漸歸於平淡。
- 此情可待成追憶，只是當時已惘然。
- 最美好的東西是看不到、摸不到的，但是可以用心感覺。

一條街道

◎記敘文

說明

有人每天上班下班、上學放學，都經過同一條街道；有人異國旅遊，一生只經過那條旅遊街道一次。請你以「一條街道」為題目，寫出一篇涵蓋下列條件的文章：

- 選擇一條令你印象深刻的街道。
- 說明令你印象深刻的原因。

範文

小時候住在彰化二水鄉下，整個鄉只有一條熱鬧的小街，熱鬧的原因是家家戶戶都生了一堆小孩。這條短短不到五百公尺的小街，提供了全鄉的生活機能，舉凡服飾店、郵局、雜貨店、鄉公所、火車站等，都匯集在這窄小的街道上。

火車站前有爸爸擺設的豬肉攤，離火車站不遠的住家，則是母親的另一豬肉攤，母親除了要哄騙七個小孩外，還要留意上門的客人。有時住家生意差，母親就叫我騎腳踏車將豬肉載往生意好的父親處；有時住家生意好，我又要從火車站載回豬肉，這來回運送都要經過這條全鄉唯一的精華街市。有時我會聽到住在隔壁的歐巴桑，為了兩根蔥和菜販討價還價；「好吃的草湖芋仔冰，快來買喔！」這是阿榮伯開著發財車四處兜售所傳來的叫賣聲。偶爾，經過那家純手工麵店，可以看到大排長龍的人潮，將原本就狹窄的空間，擠得更是水洩不通。

我則鍾愛郵局旁那家黑糖刨冰店，特別是夏日炎炎來一碗蜜豆冰，涼意沁入心脾；郵局對面的二水國小是我的母校，裡面有我的歡樂童年；學校旁邊的媽祖廟廣場，是我放學後另闢的第二遊戲戰場；不遠處的小診所，更有我的出生紀錄呢！這條街道來回走一圈不用十五分鐘，它和台灣所有的鄉村一樣，都是早起的作息。每天清晨天方亮，它就人聲鼎沸了，上午不到十點就歸於平淡，「燦爛」的時光是那麼的短暫，就像我的童年一樣。

在時代潮流下，多年來的人口外流已經讓它失色不少；最近的低生育率，更是讓它雪上加霜。它是一條平凡的小街道，在台灣鄉村可謂俯拾即是。我之所以對它印象深刻，實在是「人情」之故，因為它除了見證我的成長外，更記錄著我的同學、親友、家人的一切。已經遷居大都市多年的我，每每午夜夢見逢年過節和母親在街道一隅灌賣香腸的模樣，等到夢醒時分，才驚覺母親早已離開我們了。但夢中的街景和母親慈祥的臉龐，是那麼的清晰！

你，是否也有這麼一條讓你刻骨銘心的街道呢？

解析

審題：

題目是「街道」，是要寫出這條街道的「特色」，不要寫成街道上的某一家店，或是某一處風景區。

取材：

每天經過的街道當然是寫作的好題材，這條街道可以「歡樂」為題材；也可用「悲傷」為主軸，道出悲傷之情；更可以用「今昔變化」感慨人世的滄桑。

其他：

街道特色的描繪要普遍化，每個景點或商家都要以簡潔的文字介紹，節奏要明快。當然，不能單純描述這條街道的特色，一定要加上自己的感受，才能提昇文章的內涵。

牢牢記住

- ✗「烘」騙↓ ✓「哄」騙
- ✗「竽」仔冰↓ ✓「芋」仔冰
- ✗「鐘」愛↓ ✓「鍾」愛
- ✗人聲「頂」沸↓ ✓人聲「鼎」沸
- ✗「府」拾即是↓ ✓「俯」拾即是
- ✗街道一「偶」↓ ✓街道一「隅」
- ✗清「悉」↓ ✓清「晰」
- ✗刻骨「名」心↓ ✓刻骨「銘」心

成語佳句

- 沁入心脾：形容感受深刻。
- 人聲鼎沸：形容眾人聚在一起，喧嘩熱鬧的樣子。
- 雪上加霜：比喻災禍接二連三的發生，使傷害更加的嚴重。
- 俯拾即是：比喻到處都有，很容易獲取。
- 對物要珍惜，對事要盡心，對人要感恩。
- 死亡是悲哀的，但活得不快樂更悲哀。
- 人生最大的浪費，是時間的浪費。
- 佛家語：「一花一天堂，一草一世界。」

一場意外

◎記敘文

說明

生活中充滿了意外，面對意外，我們該以健康的心態面對，當事過境遷，一場場的意外，就將化為一段段難忘的生命歷程。請你以「一場意外」為題目，寫出一篇涵蓋下列條件的文章：

- 敘述發生意外前。
- 敘述發生了什麼意外，意外產生時，心中有何感受？
- 這場意外帶來哪些改變？從中獲得哪些領悟？

範文

那一年的寒假，我們到墾丁度假。由溼冷的台北，一路抵達高雄，竟是個豔陽高照的好天氣！大夥兒匆匆換上泳衣，迫不及待地跳進游泳池，嘻嘻鬧鬧的玩了一上午，享受難得的浮生半日閒。吃過午飯，天空雖然蒙上了一層陰影，雲層也因為太陽的若隱若現，而變的灰灰暗暗，低迷的氣氛，彷彿有什麼意外要發生，但是這絲毫不減我們遊玩的興致。

午飯後，我們到飯店去租了協力車，興高采烈地繞行筆直的街道。當時我和妹妹都還太小，腳根本就搆不到踏板，只能坐在後座，大呼小叫的要爸媽騎快一點。大家玩得正高興，突然傳出令人血液凍結的尖叫，媽媽和我慌亂地棄車跑上前，只見坐後座的妹妹腳不小心捲進高速旋轉的輪子的畫面……。爸媽認為只是皮肉傷，所以沒有送醫院，只是稍微包紮止血。不過這樣一來，誰也沒有心情繼續遊山玩水，草草收拾了行李，便打道回府。

夜裡，家中氣氛很靜，靜得不尋常，彷彿刻意不說話。大家細心地照顧妹妹，不敢有所閃失。沒想到，接下來的兩個月，妹妹連站都站不起來，傷口癒合後更是不對勁，到醫院檢查後，才發現不只是皮肉傷，而是連骨頭都裂開了……。

到現在，意外還深深烙印在家人心中，多年後，才驚覺當初受傷的不只是妹妹的腳，還有大家的心。每個人對妹妹都有一股歉意，這幾年，妹妹對我無理取鬧時，我還是對妹妹和顏悅色，因為我不時會想起當時妹妹受傷的情景。雖然大家心照不宣，沒有責備爸爸，但是，我相信爸爸一定也自責不已。那一段旅程，讓我們永遠難忘，對妹妹的疼愛更加深厚，對家人的關心也更周全了。

解析

審題：

本文需要篩選題材，找出一件意外，情節要有意義，使人印象深刻。意外和原來的情境愈顯衝突，寫作時愈能表現，所以選材要特別留意。

取材：

藉由意外，回憶從前的那一事件，敘寫情節時，要寫入充分的感情、描寫清晰的景象，有助於使文章更具感染力。

其他：

此意外帶來的感受，務必寫進心坎裡，前後的改變要清楚呈現，將文章的戲劇張力寫出來。

牢牢記住

- ⊗迫不「急」待→ ✓迫不「及」待
- ⊗興「至」→ ✓興「致」
- ⊗興高「彩」烈→ ✓興高「采」烈
- ⊗「夠」不到→ ✓「搆」不到
- ⊗包「札」→ ✓包「紮」
- ⊗打「到」回府→ ✓打「道」回府
- ⊗癒「和」→ ✓癒「合」
- ⊗「落」印→ ✓「烙」印
- ⊗「欠」意→ ✓「歉」意
- ⊗「造」禍→ ✓「肇」禍

成語佳句

- 浮生半日閒：在忙碌的生活中，獲得短暫的空閒。
- 若隱若現：形容模糊不清的樣子。
- 和顏悅色：親切愉悅的臉色。
- 心照不宣：雙方心裡都清楚，不必刻意說明。
- 《靜思語》：「一個缺口的杯子，換一個角度仍然是圓的。」
- 俄國作家別林斯基：「不幸是一所最好的大學。」

一場電影

◎記敘文

說明

電影欣賞是現代人調劑身心的最佳休閒活動之一，不論是喜劇片、科幻片、文藝愛情片甚至是愛國片，膾炙人口的好片子令人想一看再看。請你以「一場電影」為題目，寫出一篇涵蓋下列條件的文章：

- 敘述看電影的緣由。
- 描述劇情。
- 說明這部電影帶給你的啟示。

範文

今年寒假期間，同學熱情地邀約我一齊當個「影評人」，我看了清朝末年著名武術家的傳奇故事——霍元甲。這部電影未演先轟動，尤其是劇情與史實大有出入，因此引來霍家後代的嚴重抗議。也因為好奇心的驅使，讓我更想一窺究竟。

霍元甲之父乃一代迷蹤拳宗師，卻不准霍元甲習武。在一次的擂台賽，霍元甲信心滿滿認為父親獨創的「霍家拳」一定能勝出，但霍父手下留情反遭對手暗算，讓霍元甲立下重誓將來一定要「贏」！滿腔熱血、仗義行俠的他，暗地裡自學有成，順利地繼承衣缽，接掌父親的武術館。

在人聲鼎沸、群情激昂的擂台前，霍元甲立下一張又一張的生死狀，贏得一場又一場的擂台賽，年少輕狂、恃武而驕的他，迷失在虛名之中而與人結仇，慘遭滅門報復。這種椎心之痛讓霍元甲自我放逐，不再追逐榮耀、頭銜，終於悟出武術的真諦——強化內外以求和平，而非炫耀武術贏得勝利。

「欲窮千里目，更上一層樓」，原本是勉人精益求精，追求生命的高峰，但劇中的霍元甲不斷精進武藝，追求自我實現，為的是曾經立下的重誓，於是將功名視得比生命還重要，不斷以擊敗天下高手為人生目標。因此，無法體悟父親手下留情，寧可自己受傷也不願對手喪生的用意；也從未察覺每次女兒在門口苦苦守候父親能早歸擁抱的期盼。霍元甲直至失去親人摯愛才從虛名蒙蔽之中，幡然醒悟，卻已錯失了美好的天倫之樂，實為生命中的遺憾！

我十分敬佩霍元甲能痛定思痛，迷途知返，在八國聯軍欺壓之下，華人被譏為東亞病夫時，他決定回到家鄉，號召憂國憂民的革命人士，創立「精武門」。面對各國大力士的挑戰，技壓群雄而蜚聲國際，振奮人心，讓外國武士心生敬畏而打了退堂鼓。

霍元甲在最後一場擂台賽中，因遭對手下毒，而毒發身亡，但是他的精武精神，將流傳千古，永垂不朽，留給世人無限的懷念。

解析

審題：

題目是「一場電影」，所以只要寫出一部曾經看過且印象深刻的電影即可，撰寫時要將重心放在看完這部電影後對你的啟發。

取材：

可以選擇自己熟悉的劇情改編的電影，自然有許多素材可利用。

其他：

充滿暴力、色情、血腥的電影不要寫進去。

牢牢記住

- ⓧ「軀」使→ ✓「驅」使
- ⓧ繼「成」→ ✓繼「承」
- ⓧ衣「砵」→ ✓衣「缽」
- ⓧ「頂」沸→ ✓「鼎」沸
- ⓧ「是」武而驕→ ✓「恃」武而驕
- ⓧ真「締」→ ✓真「諦」
- ⓧ蒙「敝」→ ✓蒙「蔽」
- ⓧ「番」然醒悟→ ✓「幡」然醒悟
- ⓧ遺「撼」→ ✓遺「憾」
- ⓧ「蜚（ㄈㄟˇ）」聲→ ✓「蜚（ㄈㄟ）」聲

成語佳句

- 滿腔熱血：比喻人很有熱忱。
- 精益求精：好還要更好，要達到完美的境地。
- 天倫之樂：比喻家人相聚時的快樂。
- 蜚聲國際：比喻名聲遠播，具有極高的知名度。
- 欲窮千里目，更上一層樓。
- 西諺：「挫折是成功的朋友。」
- 巴金：「生活並不是一個悲劇，它是一個搏鬥。」

一場藝術的饗宴

◎記敘文

說明

在繁忙的日子裡，適時停下腳步，放鬆步伐，人生就變得輕鬆自在。不論是到美術館、博物館欣賞文物，或是看場難得的好電影，聆聽一場高水準的音樂演奏，都會使我們的心靈重新獲得活水泉源。請你以「一場藝術的饗宴」為題目，寫出一篇涵蓋下列條件的文章：

- 文中須記敘一次你欣賞的藝術活動。
- 在欣賞參訪的過程，你看到什麼或聽到什麼？
- 這樣的經驗帶給你心靈上有何感動與啟示？

範文

團團燠熱的空氣，從四面八方湧來，無暇送走暮春的和暢惠風，初夏的豔陽卻提早照遍每個角落。終日穿梭在教室、補習班間，沉甸甸的是滿滿又疲累的步伐。回家途中，突然想起超商架上報紙頭版的廣告——「達文西特展，最後十天！」期待著這個週末假期的到來，這次絕對不可錯過與大師的邂逅。

如預期的人潮湧現在歷史博物館前，我想，大家都不想在這場藝術饗宴中缺席吧！達文西這位文藝復興時期的藝術巨匠，是橫跨生物、天文、科學、機械、建築等領域的天才。五百年來，「蒙娜麗莎」瞅視著無數欣賞、膜拜、研究她的人，那一抹氣定神閒、優雅又神祕的笑容，真令人流連忘返。

現場除了一些不朽的畫作外，還展示了許多珍貴的設計圖，例如：橋樑、水利、飛行傘等等，其中最引我好奇的莫過於「解剖學」的圖本。達文西為了更了解人體的構造，不顧宗教戒律，前後解剖了男女老少的屍體，甚至被教皇下令禁止進出醫院。看他一面解剖，一面寫生，為紀錄特徵而留下數量龐大的手稿，一代大師因執著而擁有的超凡成就，又豈是偶然所得？

「一花一世界，一葉一如來。」生命的感動俯拾即是，達文西捕捉少婦寧靜的笑靨，細畫一隻剛解剖過的手臂，靜觀鳥兒飛翔的連續動作，這些都只是為了追求創作的單純渴望，但如此的熱誠與專注卻撼動人心、扣人心弦。當頂客族一窩蜂追求時尚，上班族沉浸在股市浮動的數字，學生族埋首書堆汲汲營營於分數的同時，何妨暫停腳步，重新找回對生命的熱愛，對自然的感動。

步出展場，暑氣依舊，步伐卻不再沉重，心緒更是滿滿的悸動，無限的飛揚。

解析

審題：

「一場藝術的饗宴」，首先需確定寫作的經驗是某一次參觀或欣賞藝術的過程，而「饗宴」二字代表的是心靈的愉悅感受，寫作方向應以此為出發點。

取材：

文章取材可從「記敘」及「抒情」雙方面並行。可敘述的內容有：所參觀的藝術活動；參加活動的機緣；在過程中看到、聽到什麼？而在「抒情」部分不妨寫出在參觀前及參觀後的心情改變。

其他：

在描繪參觀的內容或欣賞的電影影片，應以「特寫」的方式來發揮，描繪出細膩的畫面及心情的感動。

牢牢記住

- ✗「澳」熱 → ✓「燠」熱
- ✗邂「逅（ㄍㄡˋ）」 → ✓邂「逅（ㄏㄡˋ）」
- ✗「謨」拜 → ✓「膜」拜
- ✗「幽」雅 → ✓「優」雅
- ✗「旁」大 → ✓「龐」大
- ✗笑「靨（ㄧㄢˋ）」 → ✓笑「靨（ㄧㄝˋ）」

成語佳句

- 扣人心弦：形容音樂演奏或故事情節令人十分的感動。
- 汲汲營營：形容人急切求取功名利祿的樣子。
- 一花一世界，一葉一如來：比喻只要細心體會大自然的奧妙，任何一花一草，都是另個美好的天地。
- 一沙一世界，一花一天堂，掌中握無限，剎那即永恆。
- 莎士比亞：「美麗的事物是永恆的快樂，它的可愛日有增加，不會消逝而去。」

九月的天空

◎抒情文

說明

四季總在不知不覺中更迭，每個季節都有其獨特的風貌；每個人對季節的感受也各自不同。古詩詞中常有傷春、悲秋的作品，在你的眼中四季又是如何的形象呢？請你以「九月的天空」為題目，寫出一篇涵蓋下列條件的文章：

- 請描繪你所看到的景象。
- 寫出這些畫面或景象給你的感受。
- 文章中至少包含兩句運用譬喻、轉化修辭的句子，並請在句後加註。如：愛熱鬧的克羅克斯（轉化）；綿綿春雨如牛毛、如花針一般（譬喻）。

範文

春雲是繾綣的；夏雲是洶湧的；秋天的雲呢？

秋雲是九月天空中的信使（譬喻），帶來許多不同的消息。

秋月裡，走一趟山林，不僅拾些野趣，也放鬆一下疲憊了整個夏日的肌膚。

假日的清晨，少了平時忙碌的景象，走在微感冷清的街道上，有種說不出的獨特感。探看窗外那一小方蒼穹，還帶有些許灰暗的藍，似乎像一疋抖散了的陰丹士林布，張掛得如此平整；又似一口藍井，令人望不見其深底。（譬喻）

車行到底站，隨著三兩遊人走下車，迎面而來的是微微溼潤的涼風。放眼遠處，一排排高大聳立的樹木，正隨著那陣風搖曳，就像在玩「傳口令」的遊戲，逐一向左，又逐一向右，再一列列往下傳，當近處的枝葉也婆娑起舞時（轉化），又一陣風迎面而來了。

沿著山徑向上，目的地是那廣袤的山崗。選一塊清靜草地，躺在「背包枕」上，天空便是最佳的螢幕。正上方雖是湛藍一片，但遠處許多小雲朵，正簇擁著一位女皇似的新娘，緩步走向舞台中央（轉化），不一會兒，大夥便散開各方。新娘展示她新款的，有數十呎長拖尾的白紗禮服；左邊是一群芭蕾舞女郎，正把蓬蓬裙旋出一朵朵的出水芙蓉；右邊則是一位騎士高坐馬上」讓人不禁想起那位「春風得意馬蹄疾，一日看盡長安花」的狀元郎——孟郊。

秋陽忽地從雲間冒出，不打緊，戴上遮陽帽；拿出望遠鏡，一路窺探草間小蟲；林間鳴禽；或是翱翔天際的鷹……。自然之趣即在其間。

拾級而下走向車站，回首，白雲悠悠正無心而出岫，我也揮一揮衣袖，不帶走任何雲彩！

解析

審題：

此題描述的主體是秋天的景色，若只以「記敘」的方式寫天空的景物，則顯得範圍太小；所以應以「抒情」為主，輔以景物描述，文章才會有深度。

取材：

宜寫自己較熟悉、有感覺的事物。天空中最具變化的就是雲，以此為主，寫雲的千變萬化，發揮想像，並配合譬喻、轉化的修辭，文章自然情感豐富了。

其他：

張秀亞的「雲與霧」，易家鉞的「可愛的詩境」，都以純熟的抒情筆調描景寫情，是練習仿寫抒情文最好的範文。

字字計佳

- ⊗繾「綣（ㄐㄩㄢˇ）」→ ✓繾「綣（ㄑㄩㄢˇ）」
- ⊗蒼「穹（ㄑㄩㄥˊ）」→ ✓蒼「穹（ㄑㄩㄥ）」
- ⊗廣「袤（ㄇㄠˊ）」→ ✓廣「袤（ㄇㄠˋ）」
- ⊗「簇（ㄔㄨˋ）」擁 → ✓「簇（ㄘㄨˋ）」擁
- ⊗「熬」翔 → ✓「翱」翔
- ⊗「拾（ㄕˊ）」級 → ✓「拾（ㄕㄜˋ）」級
- ⊗無心出「袖」→ ✓無心出「岫」

成語佳句

- 婆娑起舞：形容盤旋跳舞的美妙姿態。
- 出水芙蓉：形容文章清新或女子嫵媚的樣子。
- 孟郊「後及第」：「昔日齷齪不足夸，今朝放蕩思無涯。春風得意馬蹄疾，一日看盡長安花。」
- 陶淵明「歸去來辭」：「雲無心以出岫，鳥倦飛而知還。」
- 年輕，要多一點思考的深度；年老，要有點前進的傻勁。

二十年後的我

◎記敘文

說明

俗話說：「人生有夢，築夢踏實。」對於自己的未來，你是否曾有幻想？請你以「二十年後的我」為題目，寫出一篇涵蓋下列條件的文章：

- 二十年後自己的職業、工作內容。
- 生活上的突發狀況。
- 給自己的期許。

範文

　　現在的我任職於台北市某國中，是個充滿活力的國文老師。從小，我的夢想是成為精明幹練的女強人，但陰錯陽差下，大學考上了師大國文系，從此，我的辦公桌變成了講桌，我的職員理所當然的也就是我的學生了。

　　甫踏進學校，第一堂課的上課鐘聲隨即響起。我快步走向辦公室，拿起課本、麥克風，就精神抖擻地「欸，國文課了，怎麼還沒拿出課本來？」「老師喔！你是不是走錯教室了？這一節是英文課耶？」講臺下的學生滿臉狐疑地說。「啊？對不起！對不起！我是來提醒你們等一下別忘了要隨堂測驗，考不好的人要小心啦！」我面紅耳赤地轉身離開，身後隨即響起了一陣狂笑聲。

　　「唉！我又出糗了！」即使我腹笥便便，授起課來滔滔不絕，但是我迷糊的個性，著實也在班上鬧了不少笑話。還記得有一次在課堂上提到「柵欄（ㄌㄢˊ）」兩個字時，因為一時口快，便講成柵「狼（ㄌㄤˊ）」，後來幾天，學生看到我，不是喊老師好，反而是說「柵狼好」，真是令我又好氣又好笑！諸如此類的例子，不勝枚舉，但在無形之中也拉進了我與學生間的距離。

　　古語有云：「學然後知不足，教然後知困。」當我成為老師後，才深深了解當年老師對我的諄諄告誡，其中包含了多少的人生智慧，也才體會了身為老師需要有多大的包容心，才能忍受這些「小鬼」！常言道：「教師是人類靈魂的工程師」，身為第一線教

解析

審題：

「二十年後的我」，其實與「我的志願」、「我的未來」等題目如出一轍，皆屬於假想類的命題，沒有一定的答案，只要內容合理，文句流暢，要得高分並不困難。

取材：

寫作這類型的題目，可以從「我未來想從事的職業」、「從事該職業面臨的挑戰」以及「該職業的生活」等面向下筆，內容會更充實、有趣。但切忌寫到荒誕不實、不務正業的內容，例如：海盜、殺人犯、乞丐等。

其他：

寫作這類的題材，需要大膽的創意與馳騁的想像力，有人寫自己會成為全球第一首富，或是伸展台上亮眼的模特兒，不諱言地，許多人都曾懷抱過這樣的夢想，但別忘了要功成名就，享受富裕的生活前，所要付出的努力可是要加倍的。

牢牢記住

⊗精神「斗」擻→	✓精神「抖」擻
⊗面紅耳「次」→	✓面紅耳「赤」
⊗出「糗（ㄔㄡˇ）」→	✓出「糗（ㄑㄡˇ）」
⊗「濤濤」不絕→	✓「滔滔」不絕
⊗迷「胡」→	✓迷「糊」
⊗「諄（ㄔㄨㄣ）」諄→	✓「諄（ㄓㄨㄣ）」諄

成語佳句

- 精神抖擻：形容人精力充沛。
- 腹笥便便：形容學問淵博的樣子。
- 不勝枚舉：事物太多，無法詳細列舉。
- 韓愈：「古之學者必有師。師者，所以傳道、授業、解惑也。」
- 《禮記．學記》：「學然後知不足，教然後知困。知不足，然後能自反也；知困，然後能自強也。故曰：教學相長也。」
- 只有當你不斷地致力於自我教育的時候，你才能教育別人。

人生的驟雨

◎論說文

說明

有時不期然的一陣大雨，會讓街上行走的路人手忙腳亂，罵聲連連。同樣地，人生中也有許多我們無法預期的意外，當你面對這些意外時，你又會如何反應呢？請你以「人生的驟雨」為題目，寫出一篇涵蓋下列條件的文章：

- 闡述「驟雨」的意涵。
- 列舉曾遭逢挫折的名人故事。
- 闡述面對意外時，該有的反應。

範文

在某個炙熱的夏日午後，我和同學相約去看電影。當公車駛進台北市區，登時，一道閃電正巧劃過天際，轟隆轟隆的雷聲伴隨著豆大的雨滴自天空傾洩而下，路上的行人閃避不及，紛紛淋成了落湯雞。公車上的乘客早已是罵聲連連，而我和好友僅能四目相覷。這時，一個稚嫩的聲音響起：「媽媽，下雨天把討厭的太陽公公趕跑了，天氣也就不熱了！」雖然，我並未聽見小女孩的母親說了什麼，但是這席話在我的心中驚起了不小的波瀾。

人生中的挫折何嘗不像夏日午後突如其來的一場雨？因為無法預測，所以常讓人措手不及。在面對滂沱雨勢時，有的人選擇埋天怨地，但也有人可以漫步雨中，享受與雨共舞的閑情，就如同遭逢打擊的人們，有人可以東山再起，也有人因此一蹶不振。

西楚霸王項羽就是一個典型失敗的例子。他與劉邦競逐天下時，攻無不克，戰無不勝，好不威風。但一次的戰事失利，使得項羽被劉邦的軍隊困於垓下。此時，四方奏起了項羽家鄉的歌謠，令心高氣傲的項羽頓感無顏見江東父老，於是，「霸王別姬」、「烏江自刎」便成了數千年來最令人惋惜的憾事了。倘若，當時的項羽能夠坦然面對失敗，捲土重來，或許漢朝的皇帝就不是劉邦了。

歌德說過：「最大的困難就在於我們不去尋找困難。」因此，面對挑戰時，我們絕對不可以先舉白旗，反而要去承認困難，解決困難。如此，當雨過天青之際，我們必會驚喜天邊那抹彩虹竟是如此的豔鬪，一好戰勝挫折的人越戰越堅強。

解析

審題：

寫作此類題意晦澀不明的作文時，宜先審慎思考題意，下筆時，可在首段先行破題，如此，後文承接時，更易彰顯本文主旨。

取材：

成績不理想、被同儕或同事排擠、做生意失敗等，都是寫作可用的素材。但本文所要闡述的是在面對挫折時，所懷抱的態度，才是更重要的。

其他：

歷史人物中，不乏面對挫折屢仆屢起，最後終於成功的英雄好漢，例如：劉邦、國父、愛迪生等。但也有因為小挫折或無法面對挫折而招致失敗者，例如：關羽大意失荊州、現今社會的草莓族等，都可以做為寫作的素材。

牢牢記住

- ⊗「灸」熱→ ✓「炙」熱
- ⊗「頃」洩→ ✓「傾」洩
- ⊗滂「陀」→ ✓滂「沱」
- ⊗「慢」步→ ✓「漫」步
- ⊗「兢」逐→ ✓「競」逐
- ⊗自「吻」→ ✓自「刎」
- ⊗「婉」惜→ ✓「惋」惜
- ⊗「撼」事→ ✓「憾」事

成語佳句

- 四目相覷：形容驚訝萬分的樣子。
- 一蹶不振：比喻失敗後，無法再振作起來。
- 攻無不克：只要進攻，就不會失敗，也就是百戰百勝的意思。
- 歌德：「最大的困難就在於我們不去尋找困難。」
- 拿破崙：「人生的光榮，不在永不失敗，而在於能夠屢仆屢起。」
- 赫塞：「有勇氣承擔命運，才是英雄好漢。」

上學途中

◎記敘文

說明

有人家就在學校附近，有人需要轉換交通工具才能抵達學校。不論遠近或交通工具，每個人都有自己的上學之路。請你以「上學途中」為題目，寫出一篇涵蓋下列條件的文章：

- 寫出你上學的交通工具。
- 寫出上學途中看到的事物。
- 寫出上學途中的心情。

範文

我住在大都市的郊區山上，它是一個封閉型的社區，除了班次稀疏的社區巴士外，沒有任何公車經過。為求效率和方便，家家戶戶出門都依賴著轎車。

我的上學之路也一樣，每天爸爸開著轎車載送，由家門口直通校門口。路程雖然只有短短的三公里，但是正逢交通尖峰時刻，加上經過熱鬧的市中心，車總是大排長龍，需要耗費半小時才能抵達學校。

這三十分鐘的塞車時光，卻是我們全家交流的重要時候。每天車上的基本乘客有擔任司機的爸爸，他是一家小公司的老闆。坐在司機旁邊的是打扮得珠光寶氣的媽媽，她是一位銀行的協理。還有留著長頭髮，戴著耳環，常被爸媽指責不男不女的哥哥，他非常討厭唸書，目前在一家私立高中鬼混。加上我這位國三的千金大小姐，組合了轎車聊天室。

冬天寒風刺骨，夏天暑氣逼人，雨天泥濘不堪，晴天豔陽高照，在冷氣轎車裡，完全感受不到車外環境的惡劣，因為我們正忙於「大辯論」。爸爸最喜歡發表他的政治高論；媽媽則抱怨景氣不好，害她業績下滑；哥哥對牛郎追求富婆的流行話題興致勃勃；我則對藝人施打「玻尿酸」美容感到很新鮮。每個話題都引起激烈的辯論，這時，我總會想到國文課本「孔子的人格」一文，其中有句「盍各言爾志？」呵！在我上學途中，我們每天都講出了「志向」。

這就是我每天上學途中固定發生的事情，我很珍惜這段家人共聚的時光。在這短暫的半小時，哥哥不打電動玩具，媽媽不打手機八卦，爸爸不看政治報紙，我也不看美容雜誌，大家專心「聊天」。有人說：「這道來自分享。」是的，它讓家人的感情更融洽了。所以囉！我並不排斥塞車，因為「塞車」讓我們家人有更多的相處時光。

解析

審題：

「上學途中」這個題目不能只描述路上「所見所聞」，而是要寫出這些「所見所聞」對你的影響，也就是你如何利用「上學途中」讓自己更成長。

取材：

本文是以「人」取材，藉由車上人物談話，寫出上學途中的溫馨。若是以「事」取材，可取路旁清潔人員的工作。以「物」入材，可藉由「紅綠燈」道出「一日之所需，百工斯為備」的道理。

其他：

選定「一人一景」大力鋪寫，屬於「大題小作」。本文則採用「多人多景」，使用本手法節奏要明快，且要抓住人物特色。無論「一人一景」或「多人多景」，最後都要回歸「上學途中」主題。

牢牢記住

- ⊗「驕」車→ ✓「轎」車
- ⊗「戴」送→ ✓「載」送
- ⊗尖「風」→ ✓尖「峰」
- ⊗耗「廢」→ ✓耗「費」
- ⊗「底」達→ ✓「抵」達
- ⊗「辦」論→ ✓「辯」論
- ⊗「耽」任→ ✓「擔」任
- ⊗融「恰」→ ✓融「洽」
- ⊗泥「濘（ㄋㄥˊ）」→ ✓泥「濘（ㄋㄥˋ）」

成語佳句

- 大排長龍：形容排隊的人很多。
- 珠光寶氣：形容裝扮華麗的樣子。
- 興致勃勃：形容興趣很濃厚。
- 偉人不屑於將自己感受的痛苦，暴露給周圍的人。
- 對物要珍惜，對事要盡心，對人要感恩。
- 卡繆：「幸福不是一切，人還有責任。」
- 多采多姿的生活絕非是是非題，而是選擇題。

千里遊蹤

◎記敘文

說明

俗話說：「讀萬卷書，不如行萬里路。」旅遊不但可以豐富個人的生活，還可以開闊我們的眼界。回想過去的經驗，是否有一個城市或是一個國家令你流連忘返、回味無窮呢？請你以「千里遊蹤」為題目，寫出一篇涵蓋下列條件的文章：

- 挑選一個你去過的最具有特色的城市或風景區。
- 描述該地的風土人情。
- 描寫遊歷該地的心情。
- 遊歷該處的奇特經驗。

範文

在一個豔陽高照的四月天裡，適逢連休假期，老爸突然心血來潮地要帶全家人去宜蘭玩。很快地，我們便整裝出發，踏上了前往宜蘭的旅途。一路上，我和弟弟哼著輕快的曲調，兩張臉分別倚在兩側的車窗上，看著窗外景致的變化，本來一幢幢的樓房轉眼間已被綠油油的稻田取代，耳畔流轉的不再是惱人的喇叭聲，而是悅耳的鳥鳴聲，我們心中的興奮實在不是筆墨可以形容的。

「國立傳統藝術中心」是我們在宜蘭休憩的首站，一走進傳藝中心，一座富偉堂皇的廟宇——文昌祠便矗立眼前，我和弟弟隨著父母的腳步踱進廟裡，這裡沒有拈香祭拜的香客，僅有遠道而來的觀光客。在傳藝中心裡，除了古色古香的老式建築外，最特別的當屬坐船遊河的活動了。乘著遊艇，春風拂面，雁鵝點點隨伺在船兒左右，冬山河的美景真讓我有置身國外的感覺。

當晚，為了品嘗道地的宜蘭美食，我們便驅車前往頗富盛名的羅東夜市。猶記得在「羊舖子」前，人潮擁擠的盛況與店裡滿溢出來的香味，讓我們當下決定一「吃」為快，一碗藥燉羊肉湯令全家人齒頰留香，回味不已。

經過一晚的休息，隔天我們來到羅東運動公園，向園方租借腳踏車後，首先我們騎到了「展望廣場」，這座廣場兩旁蓊鬱的林蔭，驅散了不少惱人的暑氣。馳騁而下，我們沿著步道進入了「溼生植物區」，架高的橋樑，讓我們得以近身俯視這些在都市中難得一見的植物。來到羅東運動公園，當然不能不去「望天丘」，我們揮汗徒步攀上丘陵，園區內的美景不但盡收眼底，還可以遠眺龜山島呢！

伴隨著夕陽餘暉，我們終究得向美麗的蘭陽平原道別，兩天的宜蘭之旅，實在無法玩遍所有景點，但是宜蘭之美已留給我極深刻的印象，如果還有機會，我一定還會再來造訪這座美麗的城市。

解析

審題：

既然是「千里」遊蹤，就不宜描寫離生活環境不遠的出遊經驗，例如：家住台北就不適合寫「北美館一日遊」或「動物園遊記」等。

取材：

切記！遊記類文章除了描寫興奮的心情外，眼中所見的美景、腳上所踩的綠地都要去菁揀華寫入文章內，但不宜寫成流水帳。

其他：

劉鶚的「大明湖」，巧用修辭，可做為範本參考。

牢牢記住

- ⊗景「緻」→ ✓景「致」
- ⊗耳「傍」→ ✓耳「畔」
- ⊗「觸」立→ ✓「矗」立
- ⊗「捻」香→ ✓「拈」香
- ⊗「趨」車→ ✓「驅」車
- ⊗「翁」鬱→ ✓「蓊」鬱
- ⊗馳「逞」→ ✓馳「騁」
- ⊗遠「跳」→ ✓遠「眺」
- ⊗餘「輝」→ ✓餘「暉」

成語佳句

- 心血來潮：比喻一時興起，心裡突然產生某種想法。
- 古色古香：形容器物或藝術品具有古樸雅致的色彩情調。
- 齒頰留香：形容菜肴鮮美，令人回味不已。
- 我見青山多嫵媚，青山見我亦如是。
- 讀萬卷書，不如行萬里路。

口說好話

◎論說文

說明

要建立一個富而好禮的社會，就要重視說話品質。現代社會保障言論自由，人們卻放肆粗俗言談，令人痛心疾首。同學們，你認為口說好話是不是美化社會的一劑良藥呢？請你以「口說好話」為題目，寫出一篇涵蓋下列條件的文章：

- 你聽過社會上的粗鄙言詞嗎？
- 說好話的好處在哪裡？
- 先賢曾如何告誡我們謹言慎行？
- 建立說好話的社會，我們該怎麼做？

範文

慈濟功德會的證嚴法師有一句話：「口說好話，像口吐蓮花；口出惡語，像口吐毒蛇。」證嚴法師諄諄告誡年輕學子要說好話、做好事、存好心。因為，一個人的言行舉止代表教養和氣質，如果連自己的嘴巴都控制不了，時時說出不得體的言語，怎能讓人相信是擁有高尚人品的人呢？青少年朋友們，要別人喜歡自己，就先要使自己成為可愛的人；管好嘴巴，是成為可愛的人的第一步。如果能時時留心，刻刻注意，講出合宜、得體、優美、文雅的話語，任何人都會對你產生好印象的。與人相處，有如細水長流，需要用心耕耘人際關係，使用文雅的言語作人際溝通，對於提昇自己的人際關係一定是有助益的。

孔子曾說：「慎言、寡言、訥於言。」是要我們謹慎言語、少說話，甚至寧可口才遲鈍。至聖先師知道禍從口出，總要學生謹言慎行。佛家說：勿造口業，也是要信徒們不要嘴皮，不說謊話，不出惡毒言語，不搬弄是非。古人的智慧，聖人的叮嚀，在在告誡我們：管束自己的言語是何等重要！如果我們把惡口掛在嘴邊，讓兩舌成為習慣，我們的生活將是何等不堪！

每天放學時，我經過人群擁擠的校園、搭乘滿載同學的捷運，在嘈雜的人聲中返家。聽到同學談話中不堪入耳的話語，我總很感嘆：那位同學長得斯文清秀，為何嘴巴講出來的都是粗野的話呢？更讓人痛心的是，同學之間已將這種現象視為常態，他們並非在吵架，而是平時的交談。有人說，校園倫理正在快速崩解，我想，重建倫理，一定要先從嘴巴開始。我相信，上天給我們一張嘴，讓我們嘗盡人間美味，也讓我們吐出朵朵潔白蓮花！

解析

審題：

本文要議論出「說好話」、「不說好話」的差異，由此歸結出說好話的重要。

取材：

說好話會產生什麼效用？不說好話又會如何？古人對於說話的態度，對我們有何告誡？推論出建立富而好禮的社會，就應該是說好話的社會。

其他：

關於「說話」，有許多名言佳句可以引用，同學們平時要累積佳句，寫文章時，才能引用。寫論說文時，要使文章有分量，就要大量使用成語，較能產生擲地有聲的效果。末尾用希望作結，產生期許，使人有力行的嚮往，是值得嘗試的寫法。

牢牢記住

- ⊗控「治」→ ✓控「制」
- ⊗高「上」人品→ ✓高「尚」人品
- ⊗印「像」→ ✓印「象」
- ⊗「納」於言→ ✓「訥」於言
- ⊗遲「頓」→ ✓遲「鈍」
- ⊗「湧」擠→ ✓「擁」擠
- ⊗「曹」雜→ ✓「嘈」雜
- ⊗「迸」解→ ✓「崩」解

成語佳句

- 諄諄告誡：誠懇地再三勸告。
- 細水長流：比喻一點一滴地做下去，長久不懈。
- 謹言慎行：說話和行動都小心謹慎。
- 搬弄是非：企圖挑撥彼此，破壞雙方的感情，故意引起紛爭。
- 不堪入耳：形容言語粗俗，令人難以承受。
- 證嚴法師：「口說好話，像口吐蓮花；口出惡語，像口吐毒蛇。」
- 《論語》：「君子欲訥於言而敏於行。」

小故事大啟發

◎論說文

說明

從小我們都喜歡聽故事，因為我們可以從故事裡的人物，所發生的事件當中，學到受用無窮的生活智慧與哲理。請你以「小故事大啟發」為題目，寫出一篇涵蓋下列條件的文章：

- 具備振奮人心、鼓舞性質的故事。
- 簡述短篇故事的重要內容。
- 說明故事對我們的啟發。

範文

西方有一則故事，內容是這麼描述的：一棵無花果樹枝頭掛滿了青青的果子。一棵大樹擋住了它的陽光，無花果樹發現，遮擋陽光的樹上，一個果子也沒有。「你是誰？敢把我的陽光奪走！」那樹回答：「我是一棵老榆樹啊！」無花果樹說：「你連一個青果子都不會結，你站在我的面前不感到羞愧嗎？你等著瞧吧，我的青果子成熟以後，有你好瞧的！我的孩子們，每一個都會變成一棵大樹，組成一片茂密的森林，把你團團圍住！」

無花果一天一天地成熟了，不久，一隊士兵從這兒路過，發現了果實纍纍的無花果樹，立刻爬上去摘果子，樹枝被踩斷了，樹葉被弄掉了，所有的無花果一個也不剩。老榆樹感慨萬千地對無花果樹說：「啊！無花果樹呀，如果你不曾結果，也不會變成今天這副可憐的模樣啊！」

這則雖然是西方的故事，卻和中國的莊子哲學相似。許多人的處世態度猶如這棵無花果樹，自恃甚高，卻渾然不知自身的危機。這讓我想起莊子的「無用之用」的觀點。世人總以為：「枝頭掛滿了果實纍纍的無花果樹才是美麗的、有用的，而不會結青果子的榆樹是醜陋的、無用的。」事實上，故事結局並非如此。無花果樹僅剩斷枝殘葉和光禿的樹幹，徒留一個「美麗的錯誤」，而老榆樹卻因不會結果子，幸運地逃過一劫……。

人生不也是如此嗎？自以為是的解讀自我，輕蔑地看待別人；膨脹自己，糟蹋別人，結果呢？一切都是錯誤……。我們應該學習逆向去看待事情，時時存有「危機意識」，才能趨吉避凶，不要只看光鮮亮麗的外衣和表相而已。因為光鮮亮麗的外衣和表相，反而是惹禍上身的主因呀！這就是莊子哲學中「有用無用」的觀點。

儒家說：「反求諸己」，意思是發生事情時，要反過來自我檢討，而非指責他人，如此才能趨吉避凶。這是我從這則小故事中得到的大啟發，在此與大家分享。

解析

審題：

故事不一定要冗長或奇特，重點是情節要交代清楚，還有所帶來的啟發。

取材：

古今中外的小故事皆可入文，宜選擇能發揮自我感想的小故事。

其他：

歐陽脩的「賣油翁」一文，也是藉著故事來說明道理，是足供參考的好文章。

牢牢記住

- ⊗果實「累累」→ ✓果實「纍纍」
- ⊗「採」斷→ ✓「踩」斷
- ⊗感「慨（ㄎㄞˋ）」→ ✓感「慨（ㄎㄞˇ）」
- ⊗「混」然不知→ ✓「渾」然不知
- ⊗「澎」脹→ ✓「膨」脹
- ⊗糟「踏」→ ✓糟「蹋」
- ⊗「驅」吉避凶→ ✓「趨」吉避凶

成語佳句

- 感慨萬千：心中有許多感慨。
- 無用之用：《莊子·人間世》云：「人皆知有用之用，而莫知無用之用也。」一般人所謂的有用與無用，都是屬於有用之用的範圍，總是先立「用」的標準，合於這一標準要求的就是有用，不合於這一標準要求的就是無用。莊子的無用之用，是去掉標準，超越世俗的價值，而顯發生命本身的大用，所以稱之為「無用」之用。
- 光鮮亮麗的外衣和表相，反而是惹禍上身的主因。
- 一念之間，往往決定兩種不同的命運。

不一樣的一堂課

◎記敘文

說明

每位同學都有自己偏愛的課程，男女生也各自不同，在那麼多科目和那麼多課程中，有沒有哪節課是你感覺特別不同、感受特別深刻的呢？請你以「不一樣的一堂課」爲題目，寫出一篇涵蓋下列條件的文章：

- 請簡述這節課的經過。
- 請說明爲何這節課讓你感覺不一樣。
- 請寫出這節課對你的影響。

範文

　從上星期健教小老師就向大家宣布，這一週的健教課要到圖書館上課，因爲老師要讓我們看影片。大多數同學都抱著好奇的心理，等待著這節課，老師到底要讓我們看什麼呢？

　一上課老師便告訴大家，今天課程的主題是有關「生命」。同學們在底下開始竊竊私語，尤其男生那一桌，不時爆出一陣陣笑聲，表情也很曖昧。

　老師抿著嘴，似笑非笑得關了電燈，影片開始了。首先映入眼簾的是一家醫院，一輛救護車開來，推下來一位滿身鮮血的年輕男子，後面跟著警察，進到急診室，護士問：「怎麼回事？」警察帶點兒無奈的口吻說：「飆車啊！脖子摔斷了，看來要一輩子坐輪椅了！」醫生看了一下說：「馬上送手術室。」

　鏡頭跳到手術室，醫生穿戴著開刀時專用的衣帽，手術台上出現的卻是一位女子滿頭大汗呻吟著，醫生說：「還要一會兒，你不要緊張。」只見產婦用力撐起上身，說：「醫生，拜託！可不可以快一點？」「急也沒用！時間到了自然就出來啦！」「不行，快來不及了！」旁邊護士低聲說：「從來都是醫生催產婦，哪有產婦催醫生的？」

　終於孩子出生了，只見產婦拖著蹣跚的步伐，抱著剛出生的嬰兒，匆匆來到另一間病房。病床上躺著一位男子，看來已奄奄一息。婦人將嬰兒靠近男子低聲說：「這是我們的兒子！」男子看到小嬰兒時，眼角流出淚水……。影片結束了，老師打開燈，和全班討論「如何尊重生命」，直到下課鐘「噹！噹！噹！」響起。

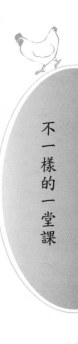

雖然已經下課了，我卻一直無法忘懷影片中，看待生命的強烈對比感。以前，我總認為父母的叮嚀很嘮叨，其實，天下的父母都希望子女能成龍成鳳，做子女的卻無法體會，任意揮霍自己的青春。

今天的這堂課，讓我重新思索平時父母對我的教導。其實父母最大的願望就是，我能好好讀書，平平安安地長大，成為有用的人。我想，這將會成為我人生的最高指導原則吧！

解析

審題：

題目是「不一樣的一堂課」，也就是和平常的課「不一樣」。每個人對事物的看法不盡相同，所以這個題目應該是很好發揮的。

取材：

應以課堂內容為主，提出因此而產生的想法及影響，就能符合要求了。

其他：

相關題材可參考杏林子的「心囚」，王溢嘉的「音樂家與職籃巨星」，豐子愷的「山中避雨」等。

牢牢記住

- ⊗這一「周」→ ✓這一「週」
- ⊗「愛」昧→ ✓「曖」昧
- ⊗「憫」著嘴→ ✓「抿」著嘴
- ⊗年「青」→ ✓年「輕」
- ⊗「境」頭→ ✓「鏡」頭
- ⊗「蹣（ㄆㄢˊ）」跚→ ✓「蹣（ㄇㄢˊ）」跚
- ⊗步「伐（ㄈㄚˊ）」→ ✓步「伐（ㄈㄚ）」
- ⊗下課「鍾」→ ✓下課「鐘」
- ⊗「望」懷→ ✓「忘」懷

成語佳句

- 竊竊私語：私下小聲的議論。
- 奄奄一息：形容生命垂危。
- 法國作家大仲馬：「生活沒有目標，就像航海沒有指南針。」
- 世上有兩件事不能等，一是孝順，一是行善。
- 人生只有一回，要好好珍惜。
- 生命的氣度與勇氣成正比。

不信贏不了

◎論說文

說明

俗話說：「人生不如意者，十常八九。」每個人隨著年齡的成長，失敗與挫折的頻率也不斷增加。當行事不順利或遇到困難時，有人積極面對，想辦法解決；有人則消極逃避不處理。至於你的看法是如何呢？請你以「不信贏不了」為題目，寫出一篇涵蓋下列條件的文章：

- 說明面對挫折失敗時的情況。
- 提出處理的方法或原則。
- 請舉實例說明。

範文

鳥兒在學會飛翔前，必須要先學會忍受墜落地面的疼痛；毛蟲在蛻變為彩蝶前，也必須忍受破繭而出的痛楚；一塊鐵若不經過反覆的鎚打，則顯不出它的鋒利；一個人若沒有經過困苦的磨練，當然也就顯不出他的光彩。困境時常會是我們眼前的絆腳石；但只要能善用它來砥礪自己，就會發現它其實是我們最好的墊腳石。

你聽過周大觀小朋友的故事吧！他小小年紀就罹患不治之症，但他並未因此自暴自棄，反而努力和病魔搏鬥，並用他的生命寫下了一首首動人的詩篇。正如羅曼．羅蘭所說：「生命像一股激流，沒有岩石和暗礁，就激不起美麗的浪花。」

有一位少年參加小提琴演奏比賽，結果落選。事後老師問他：「你下次是否還要來參加比賽？」少年堅決地回答：「要。」老師說：「那麼今天你是沒贏，而不是輸了！」「沒贏」和「輸了」這中間有什麼差別呢？假如這少年因為這次的落敗而心灰意冷，不再從事這項興趣，那麼他就是徹底地輸了；反之，如果他不因此退縮還愈加苦練，使自己的琴藝更上層樓，那麼他下次就有贏的機會。

再來說說楚漢相爭的故事，你曾想過項羽為什麼自刎嗎？那是因為劉邦認清項羽剛愎難屈的個性，在他兵敗退到烏江時，劉邦全軍唱起了楚歌，讓他因懷鄉而喪志，以愧見江東父老為由，於是引劍自殺了！項羽所以失敗，肇因於他無法面對困頓，而且缺少一份相信能反敗為勝的心。一個人要能夠接受失敗，並利用喘息之餘，思考如何站起來！

有人說：「不信贏不了，就是不服氣嘛！」不錯，但同樣是「不服氣」，有人沉著以對，有人則急躁憤慨。急躁只會讓自己陷入更深的泥淖；冷靜思考並積極面對，卻會帶來無限機會和可能的勝利！

如何選擇，就看你自己了！

解析

審題：

「不信贏不了」，這個題目的題旨是鼓舞大家在遇到失敗挫折時，能夠勇於面對困頓，下定決心捲土重來，所以要以論述的方式表達。

取材：

若自己生活經驗不夠多，可能沒有合宜的事例時，就要從曾學過古今中外的史事、文章、時事中去索取了。最好有正、反兩類的例子，那就更能突顯要表達的意念。

其他：

論說文要言之成理，最好能舉例說明。在敘述事件過程中，不妨將道理或想法融入其中，才顯得生動。

牢牢記住

- ✗「稅」變→ ✓「蛻」變
- ✗「拌」腳石→ ✓「絆」腳石
- ✗砥「勵」→ ✓砥「礪」
- ✗「殿」腳石→ ✓「墊」腳石
- ✗「羅」患→ ✓「罹」患
- ✗「博」鬥→ ✓「搏」鬥
- ✗自「吻」→ ✓自「刎」
- ✗急「燥」→ ✓急「躁」
- ✗憤「概」→ ✓憤「慨」

成語佳句

- 自暴自棄：自甘墮落，不求進步。
- 心灰意冷：心裡感到絕望，意志消沉。
- 剛愎難屈：堅持自己的看法，不肯採納別人的意見。
- 羅曼．羅蘭：「生命像一股激流，沒有岩石和暗礁，就激不起美麗的浪花。」
- 目標清楚的人，世界也得讓他三分。

介紹一本好書

◎記敘文

說明

大家都知道：三日不讀書則言語無味，面目可憎，套句廣告語：「一本好的書可以帶你上天堂」，閱讀可以提昇人的氣質，可惜的是好多人都忽略了。請你以「介紹一本好書」為題目，寫出一篇涵蓋下列條件的文章：

- 為何要介紹這本書？
- 這本書的書名為何？作者是誰？
- 自己的省思。

範文

我要跟大家分享的一本好書是：高雅芬芳的《雅舍小品》。

名為「雅舍」，其實是座落在半山腰連門牌號碼都沒有的簡陋房舍，但是在梁實秋先生眼裡竟成「雅舍」，足見他豁達的個性、隨遇而安的瀟灑！

談到孩子，梁實秋先生說：「我一向不信孩子是未來的主人翁，因為我親見孩子到處在做現在的主人翁。」真是一針見血的灼見。有感於父母對孩子的嬌寵，他輕描淡寫道：「諺云『樹大自直』，是說孩子不需管教，小時恣肆些，大了自然會好。可是，彎曲的小樹，長大是否會直呢？我不敢說。」可見其教育理念。

不過書中最令我佩服的則是他對音樂這麼抽象的事情，卻能做出如此實象的描繪，他說：「惟獨音樂，聲音一響，隨著空氣波盪而來，照直侵入你的耳朵，而耳朵平常都是不設防的，只得毫無抵禦的任它震盪刺激。」，他舉自己的親身經歷為證：「我曾經領略過一次四人合唱，……一陣彩聲把四位歌者送上演台，鋼琴聲響動，四位歌者同時張口，我登時感覺到有五種高低疾徐全然不同的調子亂擂我的耳鼓，四位歌者唱出四個調子，第五個聲音是從鋼琴裡發出來的！五縷聲音攪做一團，全不和諧。……我環顧四座，大家都面面相覷，好像都各自準備逃生，一種分崩離析的空氣瀰漫於全室。像這樣的音樂是極傷人的。」他自嘲：或許是因為經濟環境不好，以致耳朵未能受適當的教育而缺乏「音樂的耳朵」，就像莎士比亞名劇「威尼斯商人」裡，有一個人聽到蘇格蘭風笛，就要立刻跑去小解一樣的「怪癖」。他聽到胡琴聲則是「總覺得唧唧的聲音像是指甲在玻璃上抓」，彷彿間，大家也跟著他的描繪，跳起雞皮疙瘩，可見他敏銳的心、敏銳的觀察力。

《雅舍小品》寫於動盪不安的時代，梁實秋先生卻能略過現實的憂愁，保持赤子的頑皮心，以輕鬆的眼、輕鬆的筆，寫下獨到的幽默，溫柔敦厚卻又不失自由主義的紳士風度，真是值得再三品味的好書！

解析

審題：

題目重點在「介紹」二字，要說出為何選此書？另外，是「一本」好書，所以不要再提其他本書。

取材：

自己讀過較有感觸的課文或課外書，但必須是內容正面、思想健康的書籍。

其他：

老師或其他長輩介紹的優良課外讀物，都可以當作題材發揮。

牢牢記住

- ⊗「壑」達→ ✓「豁」達
- ⊗「驕」寵→ ✓「嬌」寵
- ⊗分崩離「拆」→ ✓分崩離「析」
- ⊗「次」肆→ ✓「恣」肆
- ⊗抽「相」→ ✓抽「象」
- ⊗抵「御」→ ✓抵「禦」
- ⊗「伸」士→ ✓「紳」士

成語佳句

- 一針見血：比喻話語簡短，切中要害。
- 面面相覷：形容做錯事或驚慌時互相對視，不知所措的樣子。
- 梁啟超：「學問之功，貴乎循序漸進，經久不輟。」
- 士大夫三日不讀書，則義理不交於胸中，言語無味，面目可憎。
- 少年好學，如初出的太陽；壯年好學，如日中的太陽；老年好學，如燭火的光明。
- 我們的知識是累積無數人的思想和經驗而成的。

天使與魔鬼

◎論說文

說明

所謂「天地生萬物，萬物生兩極」，天地之間的萬事萬物總是一體兩面，例如：男與女、好與壞、黑與白、善與惡等，如何取得平衡點，就需要用智慧來判斷。請你以「天使與魔鬼」為題目，寫出一篇涵蓋下列條件的文章：

- 寫出你心目中天使和魔鬼的定義？
- 請描繪天使與魔鬼交戰的過程。

範文

天地萬物都是一體兩面，每個人的身邊都圍繞著「天使的我」與「魔鬼的我」，每天都在我們耳邊絮絮叨叨的交戰著。例如：每當放學之時，就會發出天使之音：「老師交代的功課都沒做，回家一定要好好用功！」。待回到家中，魔鬼的聲音便溫柔地響起：「唉！先坐下來休息一下吧！」於是，放下書包，像洩了氣的皮球般癱坐在沙發上，「不小心」壓到遙控器，螢幕上正上演「少年偵探柯南」，「看他辦案可以增進智慧，你並不是在玩喔！」魔鬼的我慫恿著。好不容易等到柯南找出兇手，天使的我催促著說：「快去做功課吧！」正起身，卻傳來媽媽的呼喚：「開飯囉！」「吃飯皇帝大！」魔鬼的我說。連忙奔向餐廳，享用可口的晚餐。

吃飽飯，來到客廳，爸爸正在看電視影集，「這可是好萊塢經典之作，怎可錯過？」魔鬼的我立刻義正辭嚴的說：「更何況一吃飽，馬上進書房會消化不良喔！」嗯！有道理，便大大方方地坐下。

唉呀！一眨眼，怎麼已經晚上十點了。「還不快去唸書！」天使的我厲聲道。此時不禁浮現國文老師一雙凌厲的眼神，慌忙攤開國文課本，大聲地讀了起來：「假如我們有一種不良的習慣，想要改正過來，如果我們不下極大的決心，那種不良的習慣，便時時刻刻會來引誘我們去做不正當的事……。」

「這就是你一錯再錯的原因，別再偷懶了！」天使的我開口道。「他哪裡有偷懶？」魔鬼的我辯駁道：「反正還有明天嘛！」天使的我一聽，終於生氣了：「從開學到現在，積欠了多少作業？再不交就要依校規處理了！」「有什麼關係！」魔鬼的我反唇道。天使的我見魔鬼的我一派歪理，氣得發抖。兩人終於吵翻了……。

以上所言，相信大家必然心有戚戚焉。的確，萬事但存於一念之間，到底要聽魔鬼的我之言？還是要聽天使的我之勸？其實決定者還是自己。若再不及時幡然反正，將來遺憾的還是自己。深思吧！

解析

審題：

題目重點在「與」字，屬於「並列式」的論說文；既是「並列式」兩者都很重要，必須兩方面都言及。

取材：

不妨以日常生活當中天人交戰的經驗來發揮。

其他：

可參考梁啟超的「最苦與最樂」為行文架構。

牢牢記住

⊗「為」繞→ ✓「圍」繞

⊗「努努」叨叨→ ✓「絮絮」叨叨

⊗交「待」→ ✓交「代」

⊗「慫（ㄔㄨㄥˊ）」恿→ ✓「慫（ㄙㄨㄥˇ）」恿

⊗「意」正辭嚴→ ✓「義」正辭嚴

⊗「利」聲→ ✓「厲」聲

⊗「辨」駁→ ✓「辯」駁

⊗發「斗」→ ✓發「抖」

成語佳句

- 絮絮叨叨：形容說話囉嗦，沒完沒了。
- 吃飯皇帝大：閩南俗諺。比喻吃飯是一件重要的事，不能延誤。
- 義正辭嚴：道理正確，措詞嚴肅有力。
- 真正的快樂並不是去做自己喜歡的事，而是去喜歡自己該做的事。
- 一個人最大的敵人不是別人，而是自己。

天籟

◎抒情文

說明

「籟」是由孔竅所發出來的聲音。自然而美妙的聲響、音樂就叫做「天籟」，這種聲響，可以是發自自然、發自動物、發自人類。請你以「天籟」為題目，寫出一篇涵蓋下列條件的文章：

- 說明你心目中的「天籟」為何？
- 敘說將之列為自己心目中的「天籟」的原因。
- 說明這「天籟」給你的感受與影響。

範文

那陣劃破靜寂、穿透清晨的呼喚聲，至今仍是在我耳畔縈繞不絕的「天籟」。

國中即將畢業那個寒假，我以「長大」為理由，一再懇求爸爸讓我住外面，就租在校門對面的公寓四樓。和我同住的同學也是第一次離家，難免既緊張又興奮；不過，她的個性較穩重，而且又是長女，因此大都自己掌理，更凸顯出我的笨拙。幸好阿嬤全程參與，連整理行李、鋪床疊被，都是她一手包辦。

一直到晚上十點多，她再三叮嚀：「肚子餓就去買東西吃，錢不夠跟阿嬤講。這裡有蠟燭，萬一停電不要怕，……這一袋是一元的銅板，有事馬上打電話回家，阿嬤會幫你……。」

天啊！我已經十五歲了，更何況我還是住在家裡附近。我說：「好啦！我知道，你快回去啦！」因為我已經感覺到室友投來的異樣眼光，當時內心一陣燥熱，恨不得有一根魔棒，讓阿嬤立刻消失。

平生第一次離家，大概是認床吧，好不容易才睡著，迷濛中傳來敲門聲，睡下鋪的室友跑去開門，是房東太太：「外面是不是在叫你們啊？」這時，果然傳來熟悉的聲音：「華ㄟ啊，你住在哪一間啦？」啊！是阿嬤的聲音，我看看手錶，六點不到，在這寒冬的清晨，大家都躲在溫暖被窩中的時刻，阿嬤怎麼來了？我趕緊奔下樓去。

開了門，但見阿嬤肥短的身軀，竟然抱著一床大棉被。聽到我的聲音，她興奮地說：「我昨天晚上回去以後，突然想到你帶的棉被太薄了，越想越睡不著，一大清早就幫你送來，沒想到年紀大了，竟然忘了你住哪一間，只好用喊的，棉被給你，快拿上去，阿嬤還有事要趕去新竹！」「阿嬤，我……」「快進去，不要著涼了！」阿嬤頭也不回地快步離開，可見她真的是在趕時間。

兩年前，祖母以近九十的高齡去世。去年和室友巧遇，她還提到那天早上的事情，無限感慨地說：「你阿嬤真的很疼你，我永遠記得那天早上她呼喊的聲音。」如今仔細玩味起來，猛然醒悟：那是一種天籟，發自人性最光輝的關愛，是大地之母的呼喚！

解析

審題：

重點在述說自己對於「天籟」的感受，寫出的感受要蘊含真情，切忌矯情、造作。

取材：

有恩於自己的人物的聲音或話語、一段美好的音樂饗宴、事後的迴響與省悟等，都是可以發揮的題材。

其他：

可參考朱自清的「背影」一文，學習其行文架構。

牢牢記住

- ⊗「划」破→ ✓「劃」破
- ⊗耳「盼」→ ✓耳「畔」
- ⊗「螢」繞→ ✓「縈」繞
- ⊗興「憤」→ ✓興「奮」
- ⊗笨「茁」→ ✓笨「拙」
- ⊗參「與（ㄩˇ）」→ ✓參「與（ㄩˋ）」
- ⊗「撲」床疊被→ ✓「鋪」床疊被
- ⊗「獵」燭→ ✓「蠟」燭
- ⊗熟「希」→ ✓熟「悉」
- ⊗太「薄（ㄅㄠˊ）」→ ✓太「薄（ㄅㄛˊ）」
- ⊗「完」味→ ✓「玩」味

成語佳句

- 再三叮嚀：不斷地囑咐。
- 《靜思語》：「太陽光大，父母恩大，君子量大，小人氣大。」
- 別出心裁的關懷，勝過貴重的禮物。
- 感恩是身心綻放出的最美花朵。

日記一則

◎記敘文

說明

寫日記是一種記錄日常生活點滴的方式之一。寫日記可以針對某一人、事、物，作深入的記錄，也可以綜合性的零碎記載，內容可隨意不拘，也不用訂立標題。請你以「日記一則」為題目，寫出一篇涵蓋下列條件的文章：

- 記錄時間、星期和天氣。
- 記下一天中特殊的事件。
- 寫出自己的看法或心情小語。

範文

六月六日　星期二　天氣：晴時多雨偶陣雨

今天的心情，可能因為接近畢業的關係，真是盪到了谷底，尤其是昨天上英語課時，老師跟我們班說了一些感性離別的話，班上很多人都落了淚，我當然也不例外。還記得不久前，導師在課堂上無意提起「畢業典禮」的事，每人都放空填空也表示：「哉子趕快畢業啦！」現在卻是百感交集。

大家都說：「天下沒有不散的筵席」，也說：「思念總在分手後開始……」我想三年的師生情誼，尤其當中有許許多多的風風雨雨，就因為這些風風雨雨，讓我們班的感情靠得更近，變得更團結，像一顆砸不破的球一般。尤其我們班導，對於我們班全心全意地付出，以致頭也禿了，背也駝了，人也消瘦了不少，只可惜仍有一些同學不知感恩，還常常在課餘時間，抱怨個不停，唉！真是「孺子不可教也」。只希望這些同學，今後畢了業，離開了國中生活，可以好好想想自己現在的行為。

要畢業了，往事一幕幕浮現眼前，真如古人所說：「盛年不重來，一日難在晨。」時光就是這麼不等人，推著我們繼續往另一個目標前進。國文老師說過：「回憶是老年人的權利，我們年輕人偶爾回憶就好，可別一直沉浸在往事當中，而忘了向前看！」我知道老師的話是對的，其實每個階段的畢業，都是人生重要的轉捩點，不論我是否準備好了，都只能往前，不能回頭。

母親曾對阿甘說：「生活就像一盒巧克力，你永遠不知道自己會吃到什麼？」生活就是一種挑戰，所以我想，帶著老師的叮嚀和學弟妹的祝福，這趟未知的旅程，我應該不寂寞，也希望能順利在下一趟旅程中，找到新朋友和新同學，一起作伴，一起努力。我知道，當驪歌再次奏響時，我的未來不寂寞……。

解析

審題：

題目是「一則」日記，所以不要寫太多瑣事，針對「一件事」加以深入發揮為宜。

取材：

日記內容雖然可以天馬行空，但是儘量不要記錄「流水帳」，跳脫刷牙、洗臉、睡覺、吃飯、上學的寫法；取材以鮮明有特色的人事物景，或值得記錄的特殊事件為宜。

其他：

陳冠學的「西北雨」和李慈銘的「越縵堂日記」，兩文皆可多加模仿學習。

牢牢記住

⊗「當」到谷底→ ✓「盪」到谷底

⊗感「姓」→ ✓感「性」

⊗「正」定→ ✓「鎮」定

⊗「延」席→ ✓「筵」席

⊗情「誼（ㄧˊ）」→ ✓情「誼（ㄧˋ）」

⊗「儒」子→ ✓「孺」子

⊗轉「淚」點→ ✓轉「捩」點

⊗寂「莫」→ ✓寂「寞」

成語佳句

- 百感交集：形容各種感想都交織在一起。
- 風風雨雨：比喻重重障礙。
- 陶淵明「雜詩」：「盛年不重來，一日難再晨，及時當勉勵，歲月不待人。」
- 李白「勞勞亭」：「天下傷心處，勞勞送客亭。春風知別苦，不遣柳條青。」
- 王之渙「送別」：「楊柳東風樹，青青夾御河。近來攀折苦，應為別離多。」

比讀書更重要的事

◎論說文

說明

有人說：「學生的責任就是把書唸好。」讀書似乎成了學生唯一且最重要的事情，然而，比讀書更重要的事情太多了。請你以「比讀書更重要的事」為題目，寫出一篇涵蓋下列條件的文章：

- 寫出你對讀書的看法。
- 寫出你心中認為比讀書更重要的事，並說明原因。

範文

古時候認為「萬般皆下品，唯有讀書高」，現在民智大開，人們有了新的多元價值觀念，還有這種根深蒂固想法的人越來越少了。讀書不過是人生的一部分，實際上，還有很多比讀書更重要的事呢！

對乞丐來說，最重要事情是求得眼前的溫飽；對病人來說，健康最是珍貴無比；對老人家來說，有什麼比時間更重要；對商人來說，賺大錢是唯一的目的；對我這個國中生來說，有三件事情遠比讀書重要多了。

從我有記憶以來，父母就爭吵不斷。國小時父母離異了，我和擔任公車司機的爸爸相依為命。最先媽媽月初固定來看我一次，等到媽媽再嫁後，我就很少看到她了。爸爸只是一味花錢讓我上補習班，疾言厲色地要求我認真唸書，唉！我需要的是媽媽，「親情」對我來說，就遠比讀書重要。

由於自卑感作祟，我不敢讓同學知道我有一個破碎的家庭，怕他們會瞧不起我，所以我總是表現出高傲冷漠的一面保護自己，這大概就是所謂的「極度的自卑造成極度的自傲」吧！漸漸地我成了班上的獨行俠，失去了朋友的關愛，我根本無法靜下心來唸書。所以「友情」對我來說，也比讀書重要。

我不是一塊唸書的料子，但我不敢否定讀書的重要。「行行出狀元」，我未來打算當一位西餐廚師，對我來說，第三件比讀書更重要的事，就是習得一技之長，它讓我有謀生的能力。

報紙上不時有高知識份子遺棄雙親的報導，甚至還有博士利用知識為非作歹，這些人當初認為讀書第一，不知人間還有什麼比讀書更重要，結果人品有了嚴重的瑕疵。依我看來，目前社會上比讀書更重要的事甚多，當務之急首推「道德」。

我們何妨放下書本想一想，除了讀書外，是不是還有更重要的事呢？

解析

審題：

題目是「比讀書更重要的事」，重點在「更」字。不能長篇大論讀書的優缺點。寫出「自己」的重要事，會比寫出「社會大眾」的重要事更切題。

取材：

取材時可以專論一個主題，例如：「健康」；也可以多個主題並列敘述。

其他：

比讀書更重要的事，同學如果能夠超脫一般，寫出「誠實」、「守法」、「守時」等品德問題，當能令人耳目一新。

牢牢記住

⊗根深「地」固→✓根深「蒂」固

⊗乞「丏」→✓乞「丐」

⊗「兇」酒→✓「酗」酒

⊗一「昧」→✓一「味」

⊗作「崇」→✓作「祟」

⊗破「粹」→✓破「碎」

⊗高「敖」冷漠→✓高「傲」冷漠

⊗「暇」疵→✓「瑕」疵

⊗何「坊」→✓何「妨」

成語佳句

- 根深蒂固：比喻根基穩固，無法動搖。
- 疾言厲色：形容人非常憤怒的樣子。
- 行行出狀元：比喻只要從事正當的行業，在肯努力之下，都能有一番作為。整句為「三百六十行，行行出狀元」。
- 俗諺：「萬般皆下品，唯有讀書高。」
- 未蒙其利，先受其害。
- 程顥：「萬物靜觀皆自得，四時佳興與人同。」

水的聯想

◎記敘文

說明

水不只是生命三元素之一，更供應我們日常生活所需，一天沒有水生活就會感到十分不便。水，讓你產生什麼聯想？請你以「水的聯想」為題目，寫出一篇涵蓋下列條件的文章：

- 寫出水的各種樣貌與功能。
- 寫出對水的各種情感或體會。
- 寫出保護水資源的自我期許。

範文

「曾經滄海難為水，除卻巫山不是雲」，不管是滄海之水或巫山之雲，都是來自美麗的水分子；「仁者樂山，智者樂水」，水是智慧的象徵；「江河不擇細流，所以成其大」，水給人包容的感覺。水，集合了美麗、智慧、包容於一身，但「水能載舟亦能覆舟」，豪雨、山洪、土石流、海嘯都為人類帶來不小災害。

我喜歡水，喜歡她的瀟灑不拘形態。冰原狂飆馳騁，是競速之美；輕盈飄落的雪花，是剔透之美；激起半天浪花的錢塘海潮，是雄壯之美；漾起圈圈漣漪的湖面，是娟秀之美；山腰雲煙繚繞，是朦朧之美；滿天詭譎烏雲，是神祕之美。

奔流不返的水是流逝的光陰，孔子有「逝者如斯，不捨晝夜」的感慨；羅貫中亦有「滾滾長江東逝水，浪花淘盡英雄」的無奈。古人說：「盛年不重來，一日難再晨」，不能及時把握時間的人，未來只有與悔恨為伴。

我感謝水，所有生命之母，不管人類對她如何的破壞與汙染，她總無怨無悔地包容，直到乾涸死亡；水，讓我想起母親，不管我多麼的無理取鬧，她總是沒有理由的包容我一切情緒。

我敬畏水感謝水，而且喜歡水親近水保護水，就像小時候喜歡躺在媽媽懷裡，長大後，想盡一切保護她一樣。水，萬物之母，包容人類一切的胡作非為，盡力滿足人類無止境的慾望，直到她再也包容不了承受不了才撒手人寰。失去母親照顧的人類，不止土石流與干旱缺水或奪走生命，也是乾涸荒漠化的現象，更是每年以消失好幾個台灣的速度在進行，真是令人怵目驚心呀！

別再當不肖子孫了！讓我們珍惜水愛護水，就如同愛護珍惜自己的母親一樣。

解析

審題：

可以作深入的探討分析，也可以海闊天空，只要前後論述合乎邏輯即可。

取材：

這是一個取材非常廣泛的題目，可實寫可虛指，哺育萬物是水對人無上的貢獻，山洪土石流是水對人無情的摧殘；水可以波濤洶湧，也可以細緻優雅；水使人體悟把握時間積極向上，也讓人有「浪花滔盡英雄」的感傷。

其他：

本文要注意的是聯想者是作者本身，因此要適度加入自己對水的體會與責任，方是有血有肉的文章。

牢牢記住

⊗「戴」舟「復」舟↓	✓「載」舟「覆」舟
⊗狂「標」↓	✓狂「飆」
⊗馳「逞」↓	✓馳「騁」
⊗「連」漪↓	✓「漣」漪
⊗「鬼」譎↓	✓「詭」譎
⊗乾「涸（ㄍㄨˋ）」↓	✓乾「涸（ㄏㄜˊ）」
⊗撒手人「環」↓	✓撒手人「寰」
⊗不「俏」子孫↓	✓不「肖」子孫

成語佳句

- 曾經滄海難為水，除卻巫山不是雲：比喻男女相愛，心中只容得下對方。
- 仁者樂山，智者樂水：比喻人因為個性、喜好的差異，所成就的事也會有不同。
- 江河不擇細流，所以成其大：比喻要廣納人才，才能成大業。
- 水能載舟亦能覆舟：比喻事物使用合宜則能獲利益，若使用得不妥當，則會招致禍害。
- 逝者如斯，不捨晝夜：表示對時間流逝的無奈。
- 滾滾長江東逝水，浪花滔盡英雄。

火星文

◎論說文

說明

「3QORZ」是火星文，它是「感謝得五體投地」的意思。隨著網路的普遍，這樣的火星文在電腦聊天室裡廣泛地被運用。請你以「火星文」為題目，寫出一篇涵蓋下列條件的文章：

- 請替火星文下定義並舉例。
- 寫出火星文的優缺點。
- 提出對火星文的期許。

範文

一個人的心態是否年輕？是否跟的上時代潮流？我認為會不會使用「火星文」是一個重要的判斷指標。什麼是火星文呢？它最大的特色就是中文裡夾雜著「注音符號」、「英文字母」、「日文」、及「阿拉伯數字」等，再藉由「象形」、「讀音」等多方組合而成的新文字。

之流行在網路世界的聊天室，電腦聊天需要打字，打字可不比說話便利，但一樣講求速度，所以火星文的出現，就是為了讓文字表達更快速。

「為了看王j民，挖最近都粉早ㄑ床ㄛ」，我一眼就可解出它的密碼是「為了看王建民，我最近都很早起床喔」。有時它甚至連中文都不見了，像「CU29」、「Jason loves Jason」，我的國文導師就參透不出那是「See you tonight」和「潔身自愛」的意思。有回上電腦課時，我偷偷上網打字聊天，老師湊過來看到我的電腦螢幕出現「ㄅ託ㄋㄇ了，ㄅㄅㄅ，881」，就喝令我交代這是什麼幫派的聯絡密語？我大聲喊冤，說那是「拜託你們了，掰掰掰掰，bye bye」後，老師才狐疑地悻悻然離開。「解讀你們的火星文比解龍山寺的籤詩還難。」導師常常對我們這樣說，並且一再強調：「正式寫作絕對不准使用火星文。」

我自己對火星文另有看法，它之所以受歡迎，除了「講求速度」、「代表年輕」外，它更有「創意」和「趣味」。當然它也有弊端，像是文字意思不統一，例如：「ㄅ託」和「ㄅ要」，卻是「拜」託和「不」要，這就造成了閱讀障礙。

每個時代都會發明新文字來應付潮流所需，今日學者和老師百般防堵火星文，說它是不入流的文字，無法登大雅之堂，這讓我想起了民國初年胡適先生提倡的「白話文運動」，不也遭受無情的打擊嗎？或許有一天，火星文也能像白話文一樣革命成功，變成主流文字呢！

解析

審題：

「火星文」是一個新生的名詞，由涵蓋選項之要求，可知它是一篇論說文。因為「火星文」代表流行、創意、活潑，所以筆調也要輕鬆有趣。

取材：

論說文要舉例才能讓人信服，「火星文」也一樣，舉例取材時可結合時事，這樣更能夠抓住火星文新鮮的特色。

其他：

因為是論說文，所以不妨按照「人定勝天」、「運動」等一般論說文的方法撰寫，也就是寫出火星文的定義、舉例、評論優缺點和提出看法。

牢牢記住

⊗密「瑪」→ ✓密「碼」

⊗螢「暮」→ ✓螢「幕」

⊗「孤」疑→ ✓「狐」疑

⊗「簽」詩→ ✓「籤」詩

⊗不「準」→ ✓不「准」

⊗「敝」端→ ✓「弊」端

⊗防「睹」→ ✓防「堵」

⊗提「唱」→ ✓提「倡」

成語佳句

大雅之堂：文雅人物聚集會合的廳堂，用來比喻高雅的境地。

清朝趙翼：「江山代有才人出，各領風騷數百年。」

清朝王世禎評蒲松齡《聊齋誌異》：「姑妄言之姑聽之，豆棚瓜架雨如絲，料應厭作人間語，愛聽秋墳鬼唱詩。」

父親二三事

◎記敘文

說明

父親對子女的愛，並不亞於母親，只是表達的方式不同罷了！在你眼中，你的父親又是怎樣的一個人呢？請你以「父親二三事」為題目，寫出一篇涵蓋下列條件的文章：

- 請說明你對父親的整體印象。
- 請舉出父親對你的言教或身教，至少兩件，並寫出你的感受。

範文

很習慣在深夜鐘響十二下之後，才聽到爸爸的開門聲。他進門一看到我，總是露出笑容，以掩飾他的疲憊，關心地問道：「還沒睡啊？明天要考試嗎？加油囉！還是早點睡吧！」我喜歡這樣的對話。

爸爸並不是個嚴父，他喜歡跟我們開玩笑；當我們心情不好時，他會安慰、鼓勵我們。但他也不完全是個慈父，只要我們的行為有所偏差，他也會毫不留情地教訓，甚至責罰我們。

他不是那種會因為成績好壞而處罰孩子的人，他只會說：「盡力讀書就好，下次再努力！」、「成績不重要，懂不懂才是最重要的！」這些話是促使我們前進的原動力。

爸爸是個很有耐心的人。凡是我現在會的各類運動，例如：溜冰、騎腳踏車、游泳、桌球、羽毛球等，都是他從小帶我入門。記得剛學游泳時，我說怎麼也不敢把頭悶進水中，爸爸就在臉盆中放滿水，自己先把臉埋入水中，讓我用手去摸他的臉，知道在水中要如何憋氣才不會嗆到，然後教我慢慢適應。

他的工作是很繁重的。常看到他忙得焦頭爛額，徹夜未眠，但他的收入沒有比別人多多少。我曾問他，為什麼他常加班呢？他說：「工作沒做完，就要負責到底。」他就是這樣的一個人。

他的工作雖然繁重，但他會盡量在百忙中抽出時間，帶大家出去玩；或偶爾在回家的路上買一些點心，解我們的嘴饞；他更會把上班時發生的趣事說出來，逗大夥兒開心。雖然我不能了解他的「加班負責論」，更不可能貫徹他的「成績不重要論」，但——

他就是我心中最正直、最體貼、也是最慈祥的人。

解析

審題：

這個題目表面看起來，只要記敘有關父親的兩三件事情，其實是希望藉由對父親的觀察、關心，多去認識父親。因此除了仔細的描述關於父親的事情之外，當然要加入內心的體認及感懷。這是一篇記敘兼抒情的文章。

取材：

由題目的「二三事」已經排除對父親外貌的描述，因此內容要寫的是，在你心目中父親是個什麼樣的人？嚴肅的？慈祥的？面惡心善的？道貌岸然的？不管事的？嘻嘻哈哈的？樂天派的？……。舉出實際生活實例，將父親躍然紙上吧！

其他：

上過朱自清的「背影」這一課，一定不會忘記，父親為他買橘子而攀爬鐵道的那一幕，許多父親也都做過類似的動作，只是鮮為人知罷了！就因為有朱自清的「背影」，天下為人父的終於可以說：「我已不枉此生了！」

字字計佳

- ⊗「炎」父↓　✓「嚴」父
- ⊗「則」罰↓　✓「責」罰
- ⊗原「凍」力↓　✓原「動」力
- ⊗「奈」心↓　✓「耐」心
- ⊗「煩」重↓　✓「繁」重
- ⊗偶「耳」↓　✓偶「爾」
- ⊗體「帖」↓　✓體「貼」
- ⊗「斃」氣↓　✓「憋」氣
- ⊗「嗆（ㄑㄧㄤ）」到↓　✓「嗆（ㄑㄧㄤˋ）」到
- ⊗「澆」頭爛「耳」↓　✓「焦」頭爛「額」
- ⊗嘴「讒」↓　✓嘴「饞」

成語佳句

- 焦頭爛額：比喻做事棘手，狼狽窘迫的樣子。
- 泰戈爾：「我愛他，並不因為他好，卻因為他是我的小孩。」
- 愛之深，責之切。
- 每個孩子都是父母心中的寶貝。

父親的手

◎抒情文

說明

回想父親的手，也許粗糙，也許黝黑，其實都是對子女付出所遺留下來的烙印。請你以「父親的手」為題目，寫出一篇涵蓋下列條件的文章：

- 描繪父親的手。
- 父親曾為你做過什麼讓你難忘的事？
- 敘述父親的辛勞。
- 寫出心中的感激之情。

範文

父親有一雙粗粗短短的手，手上長著密密的毛，沒有細長的手指頭，沒有修剪精緻的指甲，父親的手非常粗糙。

我小的時候，父親用他笨拙的手指幫我編織青草蚱蜢，那一隻隻栩栩如生的蚱蜢，讓我的童年增添色彩；我上小學後，父親用他粗粗的手指，為我削鉛

第二天上學不必擔心鉛筆斷了不夠用；我讀國中時，父親用他粗壯的雙手，每天傍晚為我煮一碗熱騰騰的麻油麵線，讓我讀書時充滿活力；當我考上明星高中，父親用他粗糙的雙手，陪我到學校選購制服。

那一年，寒冷的冬天，父親住院，他的手腳皮膚既粗糙又乾裂。正在學校上課的我，放學後，就到醫院陪他，一邊用乳液為他擦拭雙手雙腳，一邊陪他說話聊天，乾燥的皮膚將乳液完全吸收，在我們一陣對話後，父親的心也隨即將父女之間的溫情完全吸收。那一段時間，我總覺得握住父親的手，似乎就握住了無可取代的親情；撫摸父親的手，似乎就像親撫我流逝了的童年歲月。

我曾納悶：父親沒有像別人一樣細長美麗的手，他的心中是否有些許的惆悵？是否有難免的遺憾？我低頭審視自己的手，發現我遺傳了父親的手，沒有勻稱的線條，沒有外型優美的指甲，沒有纖纖十指，我的內心有一種難掩的失落，我羨慕同學的玉手，對於自己的手，總是自慚形穢，毫無信心。直到現在，我才豁然開朗，不論父親的手是美是醜，他代表的愛完

父親。

父親的手，是我最溫暖的守護。父親的手，清晰地留在我的心中。

解析

審題：

本文以「手」作為象徵，藉描寫父親的手，顯現出父愛。構思時，應先掌握手象徵的意涵，例如：「勞苦」、「艱辛」、「慈愛」、「慧心」等。

取材：

描繪時，給讀者具體印象，文章才能落實在現實面。

其他：

描繪親情最好能夠打動讀者，要事件具體，情感含蓄，這才是佳篇。

牢牢記住

- ✗粗「造」→ ✓粗「糙」
- ✗笨「茁」→ ✓笨「拙」
- ✗「消」鉛筆→ ✓「削」鉛筆
- ✗熱「疼疼」→ ✓熱「騰騰」
- ✗乾「列」→ ✓乾「裂」
- ✗擦「視」→ ✓擦「拭」
- ✗乾「躁」→ ✓乾「燥」
- ✗「愁」悵→ ✓「惆」悵
- ✗遺「撼」→ ✓遺「憾」
- ✗自慚形「晦」→ ✓自慚形「穢」
- ✗「壑」然開朗→ ✓「豁」然開朗
- ✗「復」製→ ✓「複」製
- ✗清「析」→ ✓清「晰」

成語佳句

- 栩栩如生：形容十分生動逼真，如同活的一般。
- 纖纖十指：形容女子柔細的手指。
- 豁然開朗：形容忽然領悟某種道理。
- 《孝經》：「身體髮膚受之父母，不敢毀傷，孝之始也。」

令我最尷尬的一件事

◎記敘文

說明

日常生活中，我們的言行舉止不經意就讓自己十分難堪、尷尬不已，恨不得當場找個洞鑽進去！回想那時的糗樣，真令人感到哭笑不得。請你以「令我最尷尬的一件事」為題目，寫出一篇涵蓋下列條件的文章：

- 陳述什麼是你最尷尬的一件事？
- 描述事情發生的過程。
- 抒發令你最尷尬的一件事的感想。

範文

生活中，難免會遇到一些令人尷尬的事，例如：不小心跌個四腳朝天、說話結結巴巴、認錯人……，這些糗事對於當事人而言，是十分尷尬的，恨不得時光能倒轉回到未發生之前的那刻。而令我最尷尬的一件事，就發生在小學六年級的時候，這件事我一輩子也忘不了！

彷彿訴說著一年最迷人的季節已來臨！在市聲鼎沸的街道上，依例張貼著「月圓人團圓」的溫馨海報，我邀請了幾個班上的同學，決定在週末歡慶今年的中秋佳節。媽媽早已替我準備好大包小包、貨色齊全的烤肉用品，包括香腸、甜不辣、玉米、青椒等等。我們來到學校旁邊的公園，架起了烤肉架，我發揮童子軍野炊的功力，彈指間已經點燃熊熊烈火，赤紅的火焰熱情地舞動著，架上的肉發出「噗哧——噗哧——」的聲音，與收音機傳來悅耳動聽的歌曲相互應和著，快樂的笑聲迴盪在整個公園中。當我「舉頭望明月」時，不禁詩性大發吟詠起蘇軾的「水調歌頭」：「但願人長久，千里共嬋娟」，這真是美好的中秋啊！莫約一會兒，烤肉架上傳來陣陣誘人的香味，飢腸轆轆的我忍不住要大快朵頤一番，接著是一場又一場的食物掠奪戰。

大夥們大口大口品嘗著香味四溢的烤肉、喝著冰涼的可樂，孰不知我的噩夢即將降臨！我的肚子突然告訴我：不能再吃了！接著是一陣陣的絞痛。我強顏歡笑繼續與同學蹲在烤肉架前談天說地，但是肚子又在烤肉架前的同學，個個露出狐疑的眼光，紛紛站起來倒退三步……。

往事不堪回首，這一件事令我非常尷尬，後來我不管做什麼事、說什麼話都被同學取笑是「臭屁」，使我純真的童年沾染了汙點，現在想起時仍然會臉紅，希望這次慘痛的經歷能從我的記憶中消失得無影無蹤，早日隨風而逝。

解析

審題：

題目是「令我最尷尬的一件事」，撰寫時要將重心放在「一件」盡力描寫。

取材：

日常生活中，多多少少會遇到一些令人尷尬的事，例如：吃錯別人的便當，跑錯異性廁所、襪子穿不同顏色、衣服吊牌沒剪就穿出來……，林林總總可以描述的事件，其實真不少。

其他：

對於事件的陳述不能只是三言兩語帶過，最好將當時發生的情境仔細描述，並針對周遭人物及自己的反應細膩描寫，才能引人入勝。

牢牢記住

✕	✓
市聲「頂」沸→	市聲「鼎」沸
野「吹」→	野「炊」
「雄雄」烈火→	「熊熊」烈火
應「喝」→	應「和」
「蟬」娟→	「嬋」娟
飢腸「鹿鹿」→	飢腸「轆轆」
「略」奪→	「掠」奪
「攪」痛→	「絞」痛
「弧」疑→	「狐」疑
「烏」點→	「汙」點

成語佳句

- 市聲鼎沸：形容人數聚集眾多，喧嘩熱鬧的樣子。
- 飢腸轆轆：形容非常的飢餓。
- 強顏歡笑：勉強裝出愉悅的樣子。
- 李白「靜夜思」：「床前明月光，疑是地上霜。舉頭望明月，低頭思故鄉。」
- 蘇軾「水調歌頭」：「人有悲歡離合，月有陰晴圓缺，此事古難全。但願人長久，千里共嬋娟。」

卡奴

◎論說文

說明

工商業社會，信用卡簽帳代替了現金交易，提供了方便和安全。但是有人因為不知節制而成了卡奴。請你以「卡奴」為題目，寫出一篇涵蓋下列條件的文章：

- 寫出卡奴的定義。
- 寫出成為卡奴的原因。
- 寫出如何避免成為卡奴。

範文

「高雄某一男子因為信用卡刷爆，無法償還銀行債額，鋌而走險搶劫運鈔車，當場被捕。」斗大的報紙社會版頭條新聞，刊載一則怵目驚心的「人為財死」可悲案件。這位男子就是所謂的「卡奴」，本來要當信用卡的主人，但是「水能載舟，亦能覆舟」，不知節制的結果，就變成它的奴隸了。

就讀高中的表哥也是「卡奴一族」，根本沒有經濟能力，偏偏喜愛名牌又愛裝闊，仗著父母給他的兩張信用卡副卡，和同學外出總是堅持要請客。月底帳單一來，果然超出父母給的額度，幾次爭執下來，上個月被父母收回副卡。

這兩件事情都和信用卡有關，因為當事人使用不當，變成了「卡奴」。信用卡本來是提供人購物方便和安全，避免攜帶大量巨額遭搶，但是因為實在太方便了，只要簽個名就可橫行無阻，結果克制力薄弱的人就身陷其中而無法自拔。如此看來，難道這些遺憾都是信用卡引起的嗎?當然不是，「卡奴」之所以成為「卡奴」，其實都是自己「慾深谿壑」造成的結果。所謂「可憐之人必有可惡之處」，卡奴正是可憐又可惡的人。

我自己也有一張副卡，但是一直未使用過，同學笑我暴殄天物，他們說：「在帳單上簽名有一股成就感。」我反駁說：「這怎麼是成就感?這恐怕是虛榮心作祟吧!」我想，成就感應該是靠自己的實力獲得成功而來，而不是建築在別人付賬的痛苦上。這些卡奴眼光短淺，只貪眼前歡，根本不考慮他日還債的窘境，孔子說：「人無遠慮，必有近憂。」用來形容「卡奴一族」真是再貼切不過了。

有人說：「卡奴當久了，就可變成卡神。」還信誓旦旦地說：「久病成良醫。」但是卡奴處處都有，卡神卻是萬中無一。即使當了卡神，還不是整天受到信用卡的控制，也許卡神金錢上勝利了，但是精神上終究還是卡奴的層面。我想，唯有「量入為出」的金錢觀，加上「清心寡慾」，才是避免自己淪為「卡奴一族」的不二法門。

解析

審題：

「卡奴」是一篇論說文，著重在「人」，不要寫成信用卡。

取材：

「新聞事件」、「親朋好友經歷」、「本身經歷」皆可取材作為舉例，本文就是以「搶劫運鈔車」、「表哥刷卡」當反例，「自己經驗」當正例，有正有反，取材層面廣泛。

其他：

這是一篇勸人「量入為出」的論說文，多搭配一些名言，會更有說服力。

牢牢記住

- ✗「述」目驚心→ ✓「怵」目驚心
- ✗水能「戴」舟→ ✓水能「載」舟
- ✗「丈」著→ ✓「仗」著
- ✗「刻」制力→ ✓「克」制力
- ✗暴「珍」天物→ ✓暴「殄」天物
- ✗信誓「但但」→ ✓信誓「旦旦」
- ✗「隧」入→ ✓「墜」入

成語佳句

- 鋌而走險：形容無計可施時，被迫採取冒險的行動。
- 怵目驚心：形容非常的恐怖、駭人。
- 慾深谿壑：比喻人心貪婪，慾望就像坑谷般，難有填滿的一天。
- 暴殄天物：比喻糟蹋物品，不知道珍惜。
- 信誓旦旦：誓言說得很誠懇。
- 不二法門：比喻處事最好的或獨一無二的方法。
- 俗諺：「人為財死，鳥為食亡。」
- 孔子：「人無遠慮，必有近憂。」
- 由簡入奢易，由奢返簡難。

失去

◎抒情文

說明

「思念總在分手後」，人總要失去些什麼，才能真正體會出擁有的可貴。如是說來，失去一定是痛苦的嗎？我們又可以從失去中得到什麼體悟呢？請你以「失去」為題目，寫出一篇涵蓋下列條件的文章：

- 請舉例述說你曾經失去些什麼。
- 「失去」時你的心情是如何？
- 述說「失去」是否也激發了你珍惜眼前的東西呢？

範文

「人總要失去些什麼，才能真正體會出擁有的可貴。」我可不想成為如此愚騃的人，我絕不會讓自己握在手中的東西流失，絕不。正因為不想失去，我總是小心翼翼的呵護著我所擁有的。

我是如此的小心，深怕一個不注意，就讓目前的生活變了調，但越是小心，我的精神就越緊繃。就以成績來說吧，為了維持我的冠軍寶座，我老是神經兮兮的，而且越接近考試，我就越把身邊的同學當成敵人。不只是同學，就連同房的姊姊也數落過我好幾次，睡得酣熟的她，常被我半夜突然的那句「第一名是我的，誰也搶不走！」驚醒，醒來後才發現我依舊沉沉的睡著，並且帶著一絲笑意。

我是那麼細心地規劃自己，可惜，上天不在我的規劃之中。祂輕輕的一彈指，然後，一切就變了。我努力的念書，盡心盡力的，然後我發現——我失去了健康。不知道爲什麼，我開始暈眩，有時走著走著就會跌倒。我無法專心地唸書，我的成績開始退步了，沒有人捨得怪我，但是我饒不了自己，我像一隻負傷的野獸，暴躁、易怒，看不到生命中的光。那天，我因一張七十分的考卷，把自己關在房中摔杯子，然後，姊姊走進房，忿忿的說：「你只看到自己的傷，卻看不到爸媽的淚嗎？人的自私要有限度！」

姊姊走後，我讓自己關在黑暗之中，只有窗外的微光，讓闃黑的房間有一絲絲亮源。我走向窗邊，想把窗簾拉上，讓自己徹底被黑暗包圍，卻突然發現，天上的星辰是如此明亮，而我，卻從不懂得欣賞。

現在我有些懂了，「月有陰晴圓缺，人有悲歡離合，此事古難全」，目前的我失去了健康，卻體會到家人的關心。得與失，原來只是一線之隔啊！

我決定走出房門去跟家人聊聊天了，我要讓父母知道，他們得到了一個新生的女兒。

解析

審題：

選取自己最有感受的事件來描寫，才會讓文章深刻感人，否則容易流於無病呻吟。

取材：

抒寫心境，除了深刻地描繪心情外，更有效的方法即是寓情於事，藉由事件的描述，烘托出的感情才真切動人。其次，敘事只是材料，內容須有所取捨。

其他：

寫這一類的文章，千萬不可把題旨偏向於無病呻吟，或憤世嫉俗、孤僻偏激的觀念。平日應多觀察自己的成長，抱持樂觀感謝的心，發出對生命的讚嘆。

牢牢記住

⊗愚「俟」→	✓愚「騃」
⊗小心「亦亦」→	✓小心「翼翼」
⊗「喝」護→	✓「呵」護
⊗緊「崩」→	✓緊「繃」
⊗寶「坐」→	✓寶「座」
⊗神「精」→	✓神「經」
⊗「憨」熟→	✓「酣」熟
⊗暈「炫」→	✓暈「眩」
⊗「付」傷→	✓「負」傷
⊗「趣」黑→	✓「闃」黑

成語佳句

- 小心翼翼：非常的謹慎，不敢有一點疏失。
- 神經兮兮：形容極易不安、慌張的情況。
- 在最深的絕望中，遇見最美麗的驚喜。
- 在山窮水盡之刻，反倒看見人性更光輝的一刻。
- 痛苦也許是另一類的祝福。

生日前一天

◎記敘文

說明

生日是值得慶祝的事！在生日的前一天，是否興奮難耐呢？有哪些想法或期待呢？請你以「生日前一天」為題目，寫出一篇涵蓋下列條件的文章：

- 生日前一天的期許。
- 生日前一天，你會作些什麼事？
- 哪一個生日的前一天讓你印象深刻？
- 你對生日的解讀。

範文

從上個月開始，貼在牆上的日曆已經不知道被我翻了多少次，我倒數著：三十、二十九、二十八……三、二、一，今天是我生日的前一天。每年到了這個時候，我總是坐立難安、輾轉反側。心裡想著，今年的我，是否有進步？父母對我的表現，是否感到放心？就這樣，帶著滿心的期待和天馬行空的想法，終於進入夢鄉。

生日這一天，人們總會送禮物給壽星，並且大肆慶祝一番。其實，生日並不是為了簡單的送禮、唱歌、玩樂，生日有其特殊意涵。生日代表壽星又長大了一歲，漸漸的脫離幼時的稚嫩，將變得更成熟、懂事，同時，也要負更大、更多的責任。童年時期，我們有父母長輩的庇護，天天無憂無慮、逍遙悠哉；青少年時，雖然要學習為自己的課業和行為負責，但多數的責任，還是由父母為我們承擔；成年後，可就不同了，連法律都規定成年人要為自己的行為負完全的責任，不能再依賴旁人了。從小時候的懵懂，到長大後為自己的一言一行負責，這樣的成長，才是我們該感到高興而慶祝的啊！

生日這一天，是身為母親的人最苦難的日子，母親經歷千辛萬苦懷胎，冒著生命危險生產，這是多麼偉大啊！生日的前一天，我們應該緬懷母親的辛勞，感念父母的栽培養育之恩。古人說：「大孝尊親，其次不辱，其下能養。」告訴我們要以自己的卓越行為顯揚父母、不能讓自己的錯誤舉止使父母蒙羞，當然，一定要能恭恭敬敬地奉養父母。

生日前一天，總讓我在期待中度過，但是也讓我利用這個機會，作更深的思考：這一年，我是否作了正確的事？是否說了適當的話？是否孝順父母？是否友愛兄弟？是否認真的完成自己的學業？是否遵從師長的教誨？是否成長懂事？是否能幫助別人？生日前一天，我輾轉反側，充滿期許。

解析

審題：

題目是「生日前一天」，不是「生日」，千萬不要寫成「慶祝生日」。另外，應該著眼於生日前一天的感受，尤其對於生命的感恩，是不可忽略的。

取材：

關於內容的安排，要包含：期盼、反思、感恩、願望。並取材於《孝經》，藉此闡述孝道，增添文章的份量及深度。

其他：

末段的層層設問，看似提問，正好可以將全文重點作回顧，是合宜的寫法。

牢牢記住

✕大「肄」→	✓大「肆」
✕「避」護→	✓「庇」護
✕「優」哉→	✓「悠」哉
✕「成」擔→	✓「承」擔
✕「蒙」懂→	✓「懵」懂
✕「湎」懷→	✓「緬」懷
✕「哉」培→	✓「栽」培
✕「拙」越→	✓「卓」越
✕奉「養（ㄧㄤˇ）」→	✓奉「養（ㄧㄤˋ）」
✕「尊」從→	✓「遵」從

成語佳句

- 輾轉反側：翻來覆去，難以入睡。
- 天馬行空：比喻才思敏捷，文筆脫俗。
- 《孝經》：「大孝尊親，其次不辱，其下能養。」
- 《靜思語》：「對父母要知恩、感恩、報恩。」

生命的陽光

◎抒情文

說明

人生不如人意之事，十常八九，端看你如何面對生命，克服困難險阻，以迎接生命的陽光。請你以「生命的陽光」為題目，寫出一篇涵蓋下列條件的文章：

- 抒發如何使生命發出永恆燦爛的光輝。
- 舉例說明生命勇士如何克服困難的事蹟。
- 抒發你對生命的體悟。

範文

清晨，一抹紅光從山的那一頭露出微笑，頃刻間，金黃的太陽已高掛在湛藍的天空中，陽光灑進大地每一寸肌膚，萬物甦醒，展現燦爛的笑靨。這就是生命的序幕！當我們迎向陽光時，正是我們熱愛生命的時刻。

生命鬥士朱仲祥秉持一個理念：「有呼吸，就有希望！」這一句話不知震撼了多少的人心；劉俠惡疾纏身，她以堅韌的生命力，成為著名的女作家，贏得了十大傑出女青年的榮銜；海倫凱勒在一場大病後又盲、又啞、又聾，卻能夠戰勝殘障，考上了哈佛大學；羅斯福競選副總統落選後，意外罹患小兒麻痺症，他卻以樂觀的心與病魔奮戰，最後當選了總統；貝多芬壯年時失聰，他用心靈去感受音樂，完成了一首首震古鑠今的作品；口足畫家謝坤山，他雖然失去了一雙手，但他以口代手，畫出一片天。他說：「萬能的不是雙手，是那顆心。」

生命的過程就像一條布滿荊棘的道路，路程十分艱辛且無法盡如人意，卻使我們成長。所以，一帆風順的人生要懂得惜福、感恩；而身處逆境時，也要試著以積極、勇敢的態度去面對。也許，生命中的不圓滿是上天特意的安排，在挫折之中更能彰顯堅強的美質。儘管環境險惡，都能咬緊牙關、勇往直前，再大的難題都會迎刃而解。所謂「不經一番寒徹骨，焉得梅花撲鼻香。」唯有體會生命、認真地過每一天，才能感受生命之美，就像在風中的蛹，即使在烈日下、大雨中，都不放棄地垂掛空中，最後蛻變成翩翩飛舞的彩蝶。

「天生我材必有用」，我們每一個人都有上蒼賦予獨一無二的能力，可以使生命像燦爛的朝陽，煥發出積極樂觀、進取昂揚的姿態。讓我們用百分百的真誠面對生命，不論晴天或雨天，每天都在欣喜中醒來，一齊迎接耀眼的陽光！

解析

審題：

題目是「生命的陽光」，「陽光」乃指生命中美好的一面，寫時要將重心放在熱愛生命、感受生命之美。

取材：

可將曾經閱讀過的生命勇士故事，以排比的修辭句法呈現，把生命巨人如何克服艱難險阻、活出生命光彩的事蹟寫出來。

其他：

可以從生命勇士故事所帶給你的啟示寫起，甚至從感恩、惜福的角度來闡述如何珍惜生命，抒發對生命的體悟。

牢牢記住

- ⊗「綻」藍↓ ✓「湛」藍
- ⊗「穌」醒↓ ✓「甦」醒
- ⊗笑「懨」↓ ✓笑「靨」
- ⊗震「憾」↓ ✓震「撼」
- ⊗堅「仞」↓ ✓堅「韌」
- ⊗佈滿荊「莿」↓ ✓佈滿荊「棘」
- ⊗「篇篇」飛舞↓ ✓「翩翩」飛舞
- ⊗「渙」發↓ ✓「煥」發

成語佳句

- 震古鑠今：形容功業偉大，足以震驚古人，誇耀世人。
- 迎刃而解：比喻事情很容易就能處理完成。
- 謝坤山：「萬能的不是雙手，是那顆心。」
- 李白：「天生我材必有用。」
- 海明威：「人可以被毀滅，不可以被打敗。」
- 拿破崙：「人生的光榮不在永不失敗，而在屢仆屢起。」「最困難的時候，也就是我們離成功不遠的時候。」
- 西諺：「當一切都失去時，『希望』依然存在。」

生病記

◎記敘文

說明

俗語說：「英雄最怕病來磨。」人吃五穀雜糧，難免會生病，生病期間，每個人的感受不同。請你以「生病記」為題目，寫出一篇涵蓋下列條件的文章：

- 寫出這場疾病的名稱和症狀。
- 描述生病期間的心情和生病後的人生觀。

範文

天啊！我才國中生怎麼會得到這種病，連向學校請假都羞於啟齒。

那天週末參加同學聚餐，吃完火鍋後回到家，就感覺右腳踝關節有點痛和紅腫，但是我不以為意。隔天又和全家到基隆吃海鮮，回家時媽媽說：「你走路怎麼怪怪的？」「腳有點痛啦！」我根本不把它當一回事，也不肯去就醫。

那知半夜睡覺時，突然右腳踝關節發出「咻」驚天動地的一聲。「哎喲！」我喊道起來。媽媽急忙開門進來，打開電燈一看，天啊！怎麼右腳踝會紅腫成這樣子？在趕往醫院急診的車上，爸爸說：「很像痛風。」到了醫院，醫生診斷後問我們：「家族長輩有痛風的紀錄嗎？這應該是遺傳。」一問之下，我才知道我有「雙重保障」，外公和爺爺都為痛風所苦，但他們是老人，我是青少年啊！

星期一我向學校請假，一個人在家靜養。下午，我上網查詢「痛風」相關資料，「又叫富貴病」、「普林過高」、「忌口豆類、酒、肉」、「睡眠要充足」、「多喝水」，看到「肥胖中年人容易得病」時，我幾乎昏厥。傍晚，腳踝突然又「咻」一聲，我痛徹心扉地尖叫起來。想到廁所「洩洪」一下，短短五公尺竟然爬行了十五分鐘。我聽到媽媽下班開門的聲音，就呻吟的更大聲，以抒解今天的鬱悶和博取媽媽的同情。所謂：「三折肱成良醫」，現在我可是「痛風達人」了，每次親朋好友聚會，我們痛風一族就會另闢戰場，話匣子一打開就是「痛風經」。

現在，只要我稍微飲食不注意或睡眠不足，它就會再度纏上我。每次發作時，我緊張忙碌的生活步調就會停些下來，在這靜養其間讓我有更多的思考時間，人生比唸書重要的事情太多了，諸如「健康」、「孝順」、「惜福」、「行善」等。這樣看來，每回的「痛風」雖然摧殘我的身體，卻也讓我的心靈、人格成熟不少啊！

解析

審題：

題目是「生病記」，重點在寫出記錄一場疾病，千萬不可寫成「健康的重要」、「如何預防疾病」等。

取材：

無論是感冒、中暑、牙痛、心臟病，都是很好的取材。由生病引發的「住院」、「針藥」、「行動自由」、「探病」都可寫入。

其他：

「感冒」、「牙痛」等耳熟能詳的小病，人人皆有經驗，幽默寫出自己的受罪過程就能引起共鳴；「心臟病」、「中暑」一般人只聽過病名而已，可適度介紹這些疾病，豐富讀者的醫學常識。

牢牢記住

- ⊗羞於「起」齒→ ✓羞於「啟」齒
- ⊗腳「稞」→ ✓腳「踝」
- ⊗關「結」→ ✓關「節」
- ⊗紅「踵」→ ✓紅「腫」
- ⊗診「段」→ ✓診「斷」
- ⊗「輕」少年→ ✓「青」少年
- ⊗昏「蹶」→ ✓昏「厥」
- ⊗痛「澈」心扉→ ✓痛「徹」心扉
- ⊗話「匣（ㄐㄧㄚˊ）」子→ ✓話「匣（ㄒㄧㄚˊ）」子
- ⊗「催」殘→ ✓「摧」殘

成語佳句

- 驚天動地：形容聲勢非常的浩大。
- 三折肱成良醫：比喻對某種事情經驗豐富，自然能避免錯誤。
- 病來如山倒，病去如抽絲。
- 好漢只怕病來磨。
- 良藥苦口利於病。

仲夏夜讀書記

◎記敘文

說明

炎炎夏日，總令人昏昏欲睡。然而，仲夏夜裡，卻是個適合讀書的時間。古人說：「瑤琴一曲來薰風」，就是在描繪夏天讀書的樂趣。請你以「仲夏夜讀書記」為題目，寫出一篇涵蓋下列條件的文章：

- 夏夜的景象如何？
- 夏夜讀書有何特別？
- 夏夜讀書的收穫。
- 你在夏夜讀書的經驗。

範文

盛夏的蟬鳴，響亮地喚來了夜晚，取而代之的，是低沉的蛙啼。當叫累了的蟬兒進入夢鄉，清風吹拂著搖曳生姿的裙襬，輕撫大地。仲夏的夜，閃耀著星光的天空，仲夏的夜，充斥著迷人的芬芳，二八年華的我，正在仲夏夜讀書。

我在仲夏夜讀書！清風徐來，頭頂繁星，家人進入夢鄉，我獨享書房的靜謐。不必扭開收音機，大自然的天籟是最佳的樂音，有沉沉的蛙鳴陪伴，讀書的情緒更穩定。不必明亮的燈火，書桌上一盞檯燈，照亮我的思緒，我專注地夜讀，有閃閃的星光照亮我。白天的煩悶，在此一掃而空；白天的酷熱，在此消失無蹤。仲夏夜，顯得如此平和清涼，夜讀的我，效果加倍。

我在仲夏夜讀書！享受沒有人打擾的片刻，聆聽自己心靈深處的呼吸。除了夜讀的收穫，我更因此獲得喘息。仲夏夜，好個心靈的悠閒小站！夜讀的我，收穫加倍。

清風中，我優遊於蘇東坡的世界，感受「歸去，也無風雨也無晴」的豁達；我徜徉在李白「孤帆遠影碧山盡，唯見長江天際流」的情誼；我享受朱熹「問渠哪得清如許？為有源頭活水來」的智慧；我欣賞孟子「有所不為然後有所為」的節操。夜色裡，我提昇了自己面對人生風浪的勇氣，建立開朗、積極的人生觀。

夏夜的蛙鳴，閃爍的螢光，是夜讀的良伴；朗朗明月，習習微風，增添夜讀的愉悅。許多人唱著日出而作，日入而息的規律生活，難以體會夜讀之樂。其實，如果能夠在盛夏的夜晚，品嘗閱讀的寧靜，也是別有一番滋味。古人說：「讀書之樂樂如何？瑤琴一曲來薰風。」唯有親身體驗夜讀，才能領悟夜讀帶來的豐碩。仲夏夜讀書，真好！

解析

審題：

本題屬於記敘文，必須把握夏夜讀書的特色、收穫和優點，不論是苦是樂，只要能夠描繪出一幅夏夜讀書的景象，都是好方向。

取材：

夏夜景象的描寫，可用「摹寫法」。夏夜讀書的收穫，包含具體的寧靜、抽象的平和，都值得描繪。

其他：

記敘文要重視文章的美感，寫作時多用修辭，精鍊的詞句會讓文章更具可讀性。

牢牢記住

⊗搖「逸」↓ ✓搖「曳」

⊗裙「擺」↓ ✓裙「襬」

⊗靜「密」↓ ✓靜「謐」

⊗浮「燥」↓ ✓浮「躁」

⊗「豎」達↓ ✓「豁」達

⊗「躺」徉↓ ✓「徜」徉

⊗閃「礫」↓ ✓閃「爍」

⊗「息息」微風↓ ✓「習習」微風

⊗「搖」琴↓ ✓「瑤」琴

⊗「燻」風↓ ✓「薰」風

成語佳句

- 搖曳生姿：比喻女子走路優雅柔美的樣子。
- 二八年華：指正值十六歲的少女。
- 蘇軾：「回首向來蕭瑟處，歸去，也無風雨也無晴。」
- 李白：「孤帆遠影碧山盡，唯見長江天際流。」
- 朱熹：「問渠哪得清如許？為有源頭活水來。」

好習慣使人終身受益

◎論說文

說明

習慣影響人極深遠！少數惡習往往會左右我們，使我們落入萬劫深淵。為此，培養好習慣就顯得格外要緊。請你以「好習慣使人終身受益」為題目，寫出一篇涵蓋下列條件的文章：

- 一般人有哪些與生俱來的壞習慣？
- 哪些好習慣對於人生是有助益的？
- 如何培養好習慣？培養好習慣有何好處呢？

範文

清代劉蓉「習慣說」有言：「習之中人甚矣哉」、「君子之學貴慎始」，指出了習慣養成後，將深切影響一個人。因此，無論從事任何工作，我們都該在起頭時，培養出好習慣。有了好習慣，成就才能事半功倍。

一般人在日常生活中，常常受壞習慣的驅使，而身陷苦海，不能自拔。壞習慣一旦根深柢固，牢牢占據我們的軀體和內心，我們就要受到壞習慣的掌控，因循苟且，難以解脫。什麼是壞習慣呢？壞習慣就是「五毒」：貪、嗔、痴、慢、疑。欲望無窮、個性暴躁、難以割愛、傲慢驕矜、杯弓蛇影。如此一來，將無法與人平心靜氣地溝通，也不能與人和諧相處，對自己的德業修持，極為不利。因此，我們應該大刀闊斧地將這些惡習慣趕出去！

摒棄惡習慣以後，我們應建立良善的好習慣。好習慣淨化我們的內心；好習慣使我們一生受益。每個人該建立寡欲、溫和、寬容、謙卑和信任的態度，使這五項態度成為我們的生活習慣。寡欲的習慣，使人清廉，清廉有助修身養性；溫和的個性，與人和平相處，有助良好人際關係的建立；寬容的態度，給人反省的空間，懂得寬容的人，最受人敬愛；謙卑的行為，有助於充實內在，使人氣質不凡；信任別人的人，最容易獲得友誼。培養這五種好習慣，必然可以端正自己，也受人欣賞。一個人能有這五種好習慣，當然是一生受益無窮。

每個人自小讀書、求學，就是要建立好習慣，學業才能有所成就。長大後工作、就業，培養好習慣，腳踏實地做事，誠懇謙和待人，工作才能順利，事業才能發展。人的一生能平平順順，生命旅途能夠收穫豐碩，不就是依靠這平日慢慢培養的好習慣嗎？因此，我們可以肯定地說：好習慣使人終身受益！

解析

審題：

本文應明確指出幾個好習慣，並分別說明對人生的幫助。能夠提出完整、有組織的好習慣，作為立論依據，將使文章更具過人之處。

取材：

為使本文提出的好習慣更明確，先提出對應產生出來的缺失，再從缺失推論建立的好習慣，將使好習慣的功能更明確。

其他：

提出好習慣，若能配合引用古人言論，將使文章力度更加強。附帶提及培養好習慣需要恆心，以拓展文章內容，使其更周延。

牢牢記住

- ⊗「陪」養→ ✓「培」養
- ⊗身「限」苦海→ ✓身「陷」苦海
- ⊗一「但」→ ✓一「旦」
- ⊗「狗」且→ ✓「苟」且
- ⊗暴「燥」→ ✓暴「躁」
- ⊗「嬌」矜→ ✓「驕」矜
- ⊗「秉」棄→ ✓「摒」棄
- ⊗「健」立→ ✓「建」立
- ⊗誠「墾」→ ✓誠「懇」
- ⊗收「獲」→ ✓收「穫」

成語佳句

- 事半功倍：指花費的力氣少，成效卻很大。
- 杯弓蛇影：比喻疑神疑鬼，自己嚇自己。
- 大刀闊斧：比喻處理事情很果斷，有魄力。
- 腳踏實地：謂做事認真，實事求是。
- 英國培根：「人自幼就應該通過完美的教育，去建立一種好的習慣。」
- 人生方程式即是：多加一點努力；減少怨天尤人；乘機不斷進步；除去不良習慣。

如何面對多元時代的來臨

◎論說文

說明

我們生活在這個多元社會，乘著時代列車，正向前快速駛進，又該如何因應呢？請你以「如何面對多元時代的來臨」為題目，寫出一篇涵蓋下列條件的文章：

- 多元時代的特色、意義及價值。
- 多元時代浪潮中，人們應該如何充實自己？
- 生長在多元時代中，如何發揚我國傳統優良的舊文化？

範文

時序入春，在一片歡迎新年的聲浪中，多元時代已然來臨！這個科技產業掛帥的多元化社會，讓習慣於悠閒的農村社會措手不及；讓沉溺於緩慢中的我，愕然驚覺時代的推移。面對多元時代的降臨，最要緊的就是謙虛地學習。

面對多元化的社會：競爭多、人才多，我們惟有終身學習，才能不斷地進步。在終身學習的領域中，包含兩大方向：術業和道德的學習。

術業的終身學習，指的是生活技能的增進、知識的廣泛吸收。所謂「行行出狀元，類類有高低」，在各行各業中，競爭促成進步，在技能上不落人後，就得吸收新知。此外，知識的廣泛吸收也不容小覷。社會分工精細，一般人很容易成為一顆小螺絲丁，渺小的看不清社會的全貌。但是在現代社會中，除了自己的工作外，我們也得了解別人的發展，才不至於成為「井中蛙」、「吠日犬」。

道德的終身學習方面，包含修己和待人。在修己上，高標準的自我約束，是與人相處的首要條件。「忠」和「恕」是兩大主旨，「仁」和「愛」是基本德目，「孝」和「悌」是必要作法。能夠道德自律，在修己上表現的彬彬風範，才是面對多元化社會的態度。在待人上，我們應懂得待人宜寬、誠以待人、謙卑地廣結善緣，因為社會的遞嬗快速，人與人產生嚴重疏離感。因此學習待人之道，尤顯迫切。有真摯的情感為基礎，在面對多元化社會時，可以免去恐懼、猜忌和冷漠，是面對多元時代的一把鑰匙！

如果我們抱持著自大自滿的心，自以為優越的假象，不一會兒的工夫，就會被時代淘汰，屆時，再怨天尤人也後悔莫及了。多元時代的巨輪啟動，人人都要不斷超越自己才行！劃地自限、閉門造車都要被社會摒棄。生在多元化社會，享受社會給予我們的諸多便利和福祉，我們也得以積極上進的心，虛懷若谷的態度，做個稱職的新新人類！

解析

審題：

本題的重點在「如何面對」。同學們應該立即想到「多元時代」代表的是什麼？一一寫出要點、特色，再來，就是要寫出「如何面對」，也就是提出積極的「方法」。

取材：

不要寫些陳腔濫調，否則文章就沒有創意，應將取材設定在「終身學習」。

其他：

在終身學習的主軸下，分支為「術業的終身學習」、「道德的終身學習」，將文章回歸傳統道德知識的範疇，才顯得復古而有創意。

牢牢記住

- ✗產業掛「率」→ ✓產業掛「帥」
- ✗沉「弱」→ ✓沉「溺」
- ✗一「棵」螺絲→ ✓一「顆」螺絲
- ✗「驅」勢→ ✓「趨」勢
- ✗遞「擅」→ ✓遞「嬗」
- ✗福「旨」→ ✓福「祉」
- ✗虛懷若「骨」→ ✓虛懷若「谷」
- ✗稱「直」→ ✓稱「職」

成語佳句

- 措手不及：事情發生得太急速，以致來不及想辦法應付。
- 不容小覷：不能瞧不起、看輕對方。
- 怨天尤人：埋怨老天，怪罪別人。
- 閉門造車：比喻單憑主觀來處理問題，而不考量是否合乎實際。
- 行行出狀元，類類有高低。
- 學如逆水行舟，不進則退。

假如我中了樂透頭彩

◎記敘文

說明

生活有時候需要一點幻想來增加樂趣，在台灣產生百位億萬富翁之後，對別人的幸運是否有些許欣羨？假如自己是下一位幸運兒，你有何規劃？請你以「假如我中了樂透頭彩」為題目，寫出一篇涵蓋下列條件的文章：

- 寫出自己期待中樂透頭彩的心情。
- 寫出中了樂透頭彩後人生的規劃或彩金的使用。
- 寫出即使沒中獎依然認真努力的自我期許。

範文

有道是「有夢最美，希望相隨。」在人人買樂透，人人有機會中大獎的鼓勵下，我也不能免俗地去買一張，雖然中頭獎的機率比被雷劈到還小，我還是期待自己是那個不被劈死的頭彩獎金得主。

假如我中了樂透頭彩，我要做什麼呢？

首先我要當個富有的陶淵明，買一座山，蓋一棟千坪別墅，四周種上波斯菊，風一吹，香風與花浪排山倒海而來。我要讓爸媽在此頤養天年，絕對不要有「樹欲靜而風不止，子欲養而親不待」的遺憾。

假如我中了樂透頭彩，我要在全台三一九個鄉鎮都建一座圖書館，讓所有小朋友都沉浸在書海中，陶冶人心，豐富內涵，提昇氣質，減少社會暴戾之氣。

新聞曾報導，某位富婆花了八億登上太空梭遨遊天際，假如我中了樂透頭彩，我也要買架太空梭，在星際間奔馳，完成兒時的夢想。我要去安慰「碧海青天夜夜心」的月裡嫦娥，陪她聊聊天，聽聽她的寂寞與無奈。

俗語說：「有錢能使鬼推磨」，假如我中了樂透頭彩，我要讓時光倒流，買回爺爺奶奶的健康；收回惹父母生氣的話，把做錯的事重新做對；不再浪費時間，把握機會充實自己；做有益的事回饋社會。

假如我中了樂透頭彩，我要買下小叮噹的「任意門」，想到哪就到哪；我要買下阿拉丁神燈，讓所有人都能如願以償；我要變成林志玲；我還想……。

不過這種「麻雀變鳳凰」的美事，對我來說永遠都是有緣無份，所以想想就好，還是腳踏實地認真去過每一分鐘，即使我沒中樂透頭彩，我一樣能完成許多夢想，讓人生更亮麗多彩！

解析

審題：

這是一個發揮想像力的題目，你可以天馬行空的想像規劃，能想出愈多與眾不同的創意，則文章就能夠愈精彩。

取材：

不宜人云亦云，要努力想出有創意的用錢方案。抒寫時要適時融入社會所認同的價值，讓人了解你不只有創造力，更是一位有良知、有責任感的青年。

其他：

要特別注意的是，本文不宜呈現有害他人或社會國家的想法，例如：買一顆核子炸彈炸毀地球。任何傷害他人的想法，都不會被認同。

牢牢記住

⊗雷「批」→ ✓雷「劈」

⊗別「宿」→ ✓別「墅」

⊗「波（ㄆㄛ）」斯菊→ ✓「波（ㄅㄛ）」斯菊

⊗「怡」養天年→ ✓「頤」養天年

⊗陶「治」人心→ ✓陶「冶」人心

⊗「爆」戾→ ✓「暴」戾

⊗回「潰」→ ✓回「饋」

⊗如願以「嘗」→ ✓如願以「償」

成語佳句

- 有錢能使鬼推磨：比喻金錢萬能，只要擁有金錢就好辦事。
- 麻雀變鳳凰：比喻人因為某種際遇，而一夕之間成為有錢有名望的人。
- 有夢最美，希望相隨。
- 樹欲靜而風不止，子欲養而親不待。
- 李商隱「嫦娥」：「雲母屏風燭影深，長河漸落曉星沉。嫦娥應悔偷靈藥，碧海青天夜夜心。」

如果我是武林高手

◎記敘文

說明

近年來，全世界都興起了武俠熱，電視、電影以及電玩遊戲等，無不以武林為腳本，上演行俠仗義的劇情。假設今天你是武林人物，你希望成為哪一位武林高手，又希望能成就什麼樣的志業呢？請你以「如果我是武林高手」為題目，寫出一篇涵蓋下列條件的文章：

- 試舉一至數位武林高手的事蹟。
- 寫出你心中敬佩的高手。
- 如果你身為武林高手，你最想做什麼事情？

範文

從小，我就喜歡看武俠劇。從風流倜儻、手持折扇的香帥；鬼靈精怪、馮虛御風的孫悟空；到深情款款、斷臂練功的楊過，都是我的最愛。如果你們問我，為什麼對武俠如此著迷，我想或許是因為在飛天遁地、眩人耳目的武功背後，那股令人神往，充塞天地的磅礡正氣吧！

如果我是武林高手，在勤練武藝之餘，我也會篤修心性，做個內外兼備的江湖中人。在見義勇為之時，也不致魯莽誤事；大敵當前，甚至可以智取，不費一兵一卒便把禍事平定。好比漢朝的張良曾獻策劉邦，以金銀財寶去結納秦朝守城的將領，才能勢如破竹地攻進咸陽。

在眾多武林高手中，我最欣賞的人物當屬《三國演義》中身騎赤菟馬，眼觀《春秋經》的關羽。他過五關、斬六將，棄高官厚祿，一心要追尋劉備的赤膽忠心令人景仰。在許田圍獵時，見曹操踰越君臣分際，他怒目圓睜，一刀欲砍曹賊的形象深植人心，也難怪直至今日，他會被祀為神祇，接受眾人的膜拜。

如果我是關羽，或許在行俠仗義之餘，我會覓一塊清靜的園地，耕幾畝田、植菊栽松，停止殺戮的戎馬生涯，過個愜意的晚年。

如果我是武林高手，我絕對不會戀棧名利權位。因為我行走江湖的目的是為了施展畢生所學，以伸張正義、維護公理，假設我存心不良，[illegible]

我，我說的話又如何在武林中擁有分量？

因此，我寧可做一位行蹤飄忽不定的大俠，時而隱身人群路見不平，拔刀相助；時而吟嘯山林，過逍遙自在的生活。如此，不是更輕鬆自在嗎？

解析

審題：

「想像」在寫作中是極其重要的部分，結構不必拘泥，宜活潑有變化，一般多用「散列式」：各段都以「假如我是……」下筆。可以多使用誇飾、轉化等修辭技巧，豐富文章的文采。

取材：

武林高手不一定只見於武俠小說中，舉凡電影人物、歷史名將，例如：黃飛鴻、玉嬌龍、岳飛等，都可以做為本文的素材。

其他：

不妨利用機會，閱讀《三國演義》，了解書中關羽、張良、劉邦、曹操等人物，適宜地舉例佐證，以加強主旨的力量。

牢牢記住

⊗「馮（ㄈㄥˊ）」虛御風→✓「馮（ㄆㄧㄥˊ）」虛御風

⊗飛天「鈍」地→✓飛天「遁」地

⊗「炫」人耳目→✓「眩」人耳目

⊗「滂薄」正氣→✓「磅礡」正氣

⊗高官厚「碌」→✓高官厚「祿」

⊗景「抑」→✓景「仰」

⊗「諭」越→✓「踰」越

⊗神「紙」→✓神「祇」

⊗「摩」拜→✓「膜」拜

⊗殺「戳」→✓殺「戮」

⊗戀「暫」→✓戀「棧」

⊗畢「身」→✓畢「生」

成語佳句

馮虛御風：在空中乘著風飛行。

勢如破竹：比喻事情進行順利，沒有阻礙。

運籌帷幄之中，決勝千里之外。

莎士比亞：「英雄只死一次，懦夫卻死無數次。」

如果還有明天

◎抒情文

說明

俗話說：「早知有今日，何必當初？」很多人、很多事，總是要事過境遷之後才幡然發現錯誤，而感嘆「悔不當初」。請你以「如果還有明天」為題目，寫出一篇涵蓋下列條件的文章：

- 是什麼事情讓人覺得今是而昨非？
- 是什麼原因讓人悔不當初？
- 「如果還有明天」能做什麼改變？
- 說出自己的感觸與省思。

範文

那夜，星光閃爍；那夜，月亮特別靜默。電話聲從大西洋的那一頭呼天喊地的衝入耳膜：「舅媽，我錯了！」是婷婷表姊！我連忙將話筒交給媽媽，思緒像波濤洶湧……

表姊從小就是一個成績優異、品行端正的模範學生，媽媽常拿她來教訓我：「如果你有表姊的一半好，我半夜也會起來大笑！」。

兩年前經媽媽介紹，表姊結婚了，婚後不到半年，有一天深夜，表姊夫獨自到家裡來，一臉哀傷地說：「婷婷的情緒很不穩定，還會打人……」怎麼可能？媽媽連忙帶著我偕表姊夫直奔他家。一進門，就見到姑丈說：「婷婷，不要這樣，你不要……」話未畢，但聞「啪」的一聲，姑丈的臉頰頓時浮起紅爪印。天啊！表姊到底發生了什麼事？

後來，表姊被送往精神病院療養，姑丈才吐露實情：表姊因為是老么，加上母親早逝，所以備受寵愛，養成任性的脾氣，當年她考上了公立高中，卻偏偏要選擇私立高職就讀，理由是：「我要自己做決定！」

畢業後，她放棄升學，選擇就業。答應嫁給表姊夫是她唯一聽父親的一次。婚後，表姊無法過著平淡的日子，她想出國！姑丈不肯答應，於是，表姊乾脆採取不吃、不喝、不出門的抵制行動，整天坐在家裡胡思亂想，結果罹患了憂鬱症。

表姊出院後，姑丈為了怕她再發病，毅然提早退美國靜養，一年後即發生坐吃山空、無法適應的窘境，最糟糕的是賠上了姑丈的性命——因積憂成疾，而爆發急性肝病去世。

表姊終於清醒了：「舅媽，我總以為自己有能力做決定，沒想到卻因此而失去了一切！我，還有明天嗎？」媽媽說：「回來吧！一切重新開始，好好把握你未來的明天吧！」

望向夜空，我看見月娘溫和地說：「在學會自己做決定以前，要先懂得判斷後果、接受後果！」

解析

審題：

重點在說出為何有「如果還有明天」的吶喊及省思。

取材：

自己生活的經驗有限，不妨以所認識或聽來的事件為體材。

其他：

可參考劉墉的「自己作決定」一文，學習這篇文章鋪排的技巧。

牢牢記住

⊗星光閃「鑠」→ ✓星光閃「爍」

⊗靜「莫」→ ✓靜「默」

⊗話「統」→ ✓話「筒」

⊗波濤「匈」湧→ ✓波濤「洶」湧

⊗品行「瑞」正→ ✓品行「端」正

⊗臉「夾」→ ✓臉「頰」

⊗紅「爪（ㄓㄨㄚˇ）」印→ ✓紅「爪（ㄓㄠˇ）」印

⊗窘「鏡」→ ✓窘「境」

⊗積憂成「急」→ ✓積憂成「疾」

⊗「從」新開始→ ✓「重」新開始

⊗判「段」→ ✓判「斷」

成語佳句

呼天喊地：形容內心非常的哀痛。

坐吃山空：形容不工作，只知道花費，以致生活貧困，經濟發生困難。

生命是一篇小說，不在長，而在好。

你說什麼、希望什麼、期待什麼、想要什麼都不重要，只有你做了什麼才算數。

成長的喜悅

◎抒情文

說明

成長，令人喜悅！然而天地萬物的成長，免不了遭受風霜雨雪的侵襲，必須歷經脫胎換骨的過程，方能感受成長的喜悅。請你以「成長的喜悅」為題目，寫出一篇涵蓋下列條件的文章：

- 說明成長過程可能會有的經歷、心情、改變。
- 抒發成長所帶給你的體悟。
- 舉例說明成長是令人喜悅的。

範文

成長是喜悅的！因為成長，我們擁有更多的空間可以獨立自主、實現夢想；因為成長，小女孩能像美人魚十五歲生日時，如願以償一窺美麗的大地、小男孩脫去一臉的稚嫩無知而能頂天立地；因為成長，我們更加成熟穩重，懂得關懷、體諒他人、回饋社會。

成長的過程難免遭遇痛苦與煎熬，但黑夜無論再漫長，白晝總會到來。蔣經國先生曾經說過：「最猛的風浪，沉溺不了一個有信心的人；最壞的環境，困擾不了一個有抱負的人；最狠的敵人，打敗不了一個有決心的人。」事在人為，人定勝天，我們若自比為大樹，別人必抬頭仰望；若自比為小草，別人必將踐踏。以不屈不撓的意志面對成長的挑戰，學習蚌殼勇敢抗拒砂石而成為耀眼珍珠的精神，即使過程有著驚濤駭浪，還有狂風暴雨不時肆虐，我們依然能「風雨生信心」，掌握雙舵、面對困境、樂觀進取，最後定能揚起勝利大帆，駛向勝利的彼岸。

醜陋多刺、令人望而生畏的毛毛蟲，歷經蛹脫去軀殼的掙扎，蛻變成斑斕絢麗的花蝴蝶，翱翔天際；築巢於危崖峭壁，頂著強勁風勢、冒著猛烈氣流的兀鷹，克服艱難險阻，磨練雙翅，飛得更快、更高、更遠；鼓起勇氣，明知水勢湍急，仍奮力而上的鯉魚，終將「鯉躍龍門」。

為了成長，火石必須歷經敲打錘鍊，才能迸出美麗的火花；玉石必須經過細心雕琢，才能成就精緻的玉器。成長的喜悅，如同蝴蝶的蛻變、兀鷹展翅高飛、鯉魚之躍龍門，充滿艱辛、痛苦，卻創造了生命的價值。成長是喜悅的！

成長像一首膾炙人口的交響樂，有時低沉抑鬱如沉睡的大地、有時高亢激昂如澎湃的大海，在時而迂迴曲折、時而峰迴路轉的旋律中，勇敢地挺受音階的滑降，迎接下一次的音符躍起，體悟「如魚得水，如鳥翔空」般成長的喜悅！

解析

審題：

題目是「成長的喜悅」，撰寫時仍要將重心放在「喜悅」這方面。

取材：

可將自身的經歷藉著事件陳述，來抒發內心的感受，透過文字探索心靈深處的觸動。也可以採用大自然的種種生命現象，例如：蝴蝶、蟬、蛇等蛻變，來寫成長的過程。

其他：

如何表現「成長的喜悅」，可透過克服成長的困境，而後享受開花結果的甘美來抒發，才能更有深度。

牢牢記住

- ⊗斑「瀾」→ ✓斑「斕」
- ⊗危「涯」→ ✓危「崖」
- ⊗「併」出→ ✓「迸」出
- ⊗「褪」變→ ✓「蛻」變
- ⊗膾「灸」人口→ ✓膾「炙」人口

成語佳句

- 如願以償：指願望能夠實現。
- 頂天立地：形容光明磊落，氣魄雄偉。
- 不屈不撓：指意志堅定，不肯輕易屈服。
- 鯉躍龍門：比喻人發跡後，變得有身分和地位。
- 膾炙人口：比喻詩文等作品受到讚美和傳誦。
- 峰迴路轉：比喻原本陷入停滯的事情，後來有辦法可以解決。
- 王之渙「登鸛雀樓」：「白日依山盡，黃河入海流。欲窮千里目，更上一層樓。」
- 第一個青春，是上帝給的；第二個青春，必須靠自己努力。
- 要想快樂，先找朋友；要想進步，先找對手。
- 成長和心靈沒有時間和空間的限制。

老師謝謝您

◎抒情文

說明

老師是學生的精神支柱，諄諄地教誨，使學生成長，對人生有所啟發，我們對老師有無限的感謝。請你以「老師謝謝您」為題目，寫出一篇涵蓋下列條件的文章：

- 描寫你所要感謝的老師的相貌、個性、教學風格……。
- 舉例說明老師讓你感謝的原因。
- 抒發你對老師的感謝之意。

範文

我的導師有著迷人深邃的雙眼，纖纖的青蔥玉手，還有一頭可以拍洗髮精廣告烏黑亮麗的秀髮。她總是神采飛揚、活力無窮，洋溢著青春氣息。老師也有菩薩心腸，她時常鼓勵我們關懷那些需要幫助的人，老師的愛心是無人能比的。

依稀記得老師帶領全班到「療養院」的那一天，迎接我們的是一群天真可愛的「折翼小天使」，他們的臉上露出無邪的笑容。我們師生展開苦練多時的歌舞表演，贏得熱情的掌聲，這一切彷彿載滿了一室的陽光，讓所有的人臉龐洋溢著燦爛的笑容。

我們一口接著一口餵食病童午餐，聽到志工媽媽訴說每個病童不為人知、令人鼻酸的往事……。這一天我們與院童載歌載舞，擁抱陽光，瞭解他們辛酸的過去，方知父母在身邊是一種莫大的幸福！

在耶誕節前夕，老師號召全班蒐集發票前往「創世基金會」關懷植物人。我望著病榻上孱弱的身軀及一旁焦慮的家人，這股悸動讓此時散發異味的空氣更加凝重。全班同學低頭不語，陷入沉思，也許是心靈深處已體悟出親情的可貴、生命的無價吧！老師，因為有您，愛已如同種子般萌芽，讓我們感受到生命燃燒的熱力，進而更懂得愛護自己、關心別人。

猶記得老師曾帶著我們浩浩蕩蕩到攀岩場，挑戰「不可能的任務」。崎嶇不平的岩壁，就像是荊棘滿佈的人生道路。這讓我深刻地體認到人生之路路漫漫，有人很順遂地步向康莊大道、有人徘徊無助還在尋覓生命的出口。而困難險阻彷彿人生路上的絆石，只要努力不懈，就能攀登生命的高峰，終能發現命運無法絆倒我們，生命是源源不絕的無價寶藏。

敬愛的老師，我永遠也不會忘記您的恩情，真的非常謝謝您像燈塔般的指引我人生的方向，以及您所付出的愛，老師謝謝您！

解析

審題：

題目是「老師謝謝您」，不能只有描述老師的相貌、個性、教學風格而已，撰寫時要將重心放在「感謝」老師。

取材：

選擇一位令你印象深刻、影響你最深的老師來抒發，可以把老師如何教導你、指引你人生方向的種種事蹟寫出，就有很多材料可供運用。

其他：

可以從日常生活中，老師影響你的一句話、一件事寫起，甚至從感謝老師如保母般無微不至的照顧的角度來寫，也是可以的。

牢牢記住

- ⊗深「遂」→ ✓深「邃」
- ⊗氣「習」→ ✓氣「息」
- ⊗折「糞」天使→ ✓折「翼」天使
- ⊗「載（ㄗㄞˇ）」歌載舞→ ✓「載（ㄗㄞˋ）」歌載舞
- ⊗病「塌」→ ✓病「榻」
- ⊗「蟬」弱→ ✓「孱」弱
- ⊗浩浩「盪盪」→ ✓浩浩「蕩蕩」
- ⊗崎「曲」→ ✓崎「嶇」

成語佳句

- 神采飛揚：形容精神充沛，怡然自得的樣子
- 載歌載舞：形容盡情地歡唱和跳舞。
- 浩浩蕩蕩：形容氣勢壯大。
- 源源不絕：連續不斷。
- 林則徐：「海納百川，有容乃大，壁立千仞，無欲則剛，海到無邊天作岸，山登絕頂我為峰。」
- 愛有不同的名字，其中一個叫體諒。

自信與自大

◎論說文

說明

信心是跨出成功的第一步，擁有自信的人，在面對困難時更能無所畏懼，欣然接受挑戰；但若過於自信，也可能輕忽情勢，而馬失前蹄。請你以「自信與自大」為題目，寫出一篇涵蓋下列條件的文章：

文中須舉出有關主旨的事例或個人的經驗。

舉例後須論述個人看法。

範文

自信是一種能量，就像是做事的發酵劑，勇氣的發動機，擁有自信的人能煥發一股與眾不同的特殊魅力。而自大則像是過度膨脹的氣球，隨時都可能有爆破的危機。

相信自己，是一種捨我其誰的霸氣，「舜何人也？禹何人也？有為者亦若是。」一個人想要有所作為，創造不平凡的自我，最重要的就是自信。有了自信心能帶來莫大的勇氣，愈挫愈勇，即使在困境中也能化險為夷，絕處逢生。哥倫布航行於茫無天際的大海中，當所有的船員都已絕望，他仍然堅信自己的判斷，信心、勇氣加上堅持，才能完成發現新大陸的偉大壯舉。

相反的，若對自己缺乏信心，遇事裹足不前，失去展現自己潛能的良機，也注定失去生命中的種種精彩與美麗。

不過，有時自信像是一把雙刃劍，可以幫助我們取得勝利，也可能阻礙我們前進。一個人過度擁有自信，不肯接納雅言，一意孤行，自大狂妄的後果必然也是失敗。漢初西楚霸王——項羽，因為不肯聽言納諫，以致眾叛親離，最後自刎於烏江。過度自負造成英雄末路的結局，這是何等遺憾與可惜？

李遠哲曾說：「一個人真正的成功不在於過去你擁有什麼，而在於未來你還有多大的發展空間。」停下來沾沾自喜的人，注定會失敗！相信自己、充實自己，進而懂得謙虛欣賞別人，我想這才是自信真正的涵義吧！

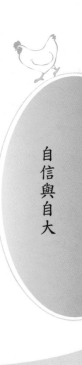

解析

審題：

題目是「自信與自大」，屬於雙軌式論說文。文中須包含兩個主題「自信」、「自大」，不可只偏重其一闡述。

取材：

雙軌式論說文需注意兩項主題之間的關係，不可各說各話，毫無關聯，應從其相同及相異處來論述。本文取材架構可區分為兩大部分：不妨先以譬喻的比喻方式說明自信的重要，若缺乏自信會如何？而自大是過度自信的衍伸，如何保持自信而不自大，則是文章該申述的重點。

其他：

除了說理外，亦須找出可相呼應的事例來加強自己的論點，夾敘夾議穿插其中，文章才有變化，具可看性。不過，舉例不一定是要名人的例證才能讓人感動，反而應在文中加上自己切身體會的經驗，如此更能寫出真感情。

字字詞佳

⊗發「笑」劑↓ ✓發「酵」劑

⊗「渙」發↓ ✓「煥」發

⊗「彭」脹↓ ✓「膨」脹

⊗「罷」氣↓ ✓「霸」氣

⊗「決」望↓ ✓「絕」望

⊗「註」定↓ ✓「注」定

成語佳句

- 化險為夷：使危險轉為平安。
- 絕處逢生：指在絕望的困境中又有了生路。
- 李遠哲：一個人真正的成功不在於過去你擁有什麼，而在於未來你還有多大的發展空間。
- 愛默生：「自信是成功的第一祕訣。」
- 羅曼·羅蘭：「先相信自己，然後別人才會相信你。」
- 拿破崙：「『不可能』這三個字，只在愚人的字典中找得到。」
- 自信的人用「可以讓自己更好」的態度去欣賞世界；而自大的人卻用「自己已經夠好」的態度去藐視世界。

別怕，一定有路

◎論說文

說明

積極面對、不怕困境的人，能走出陰霾之路；消極逃避、畏首畏尾的人，最後困死在死胡同。請你以「別怕，一定有路」為題目，寫出一篇涵蓋下列條件的文章：

- 舉出面對逆境卻不放棄的例子。
- 說明這些例子給人的影響。
- 寫出你面對逆境的處理態度。

範文

當你因手腳沒有旁人俐落而抱怨時，可知乙武洋匡生來就四肢不健全；當你因一點小病就咒天罵地時，可知劉俠從十幾歲起，就沒有一天能擺脫病痛的襲擊。

許多時候，我們困溺於自己的情緒病毒中，以為自己是全天下最悲苦的人，甚至認為唯有終結一己的

健全，只因一時不順遂的人在自怨自艾時，四肢不全的乙武洋匡，進入了人人稱羨的早稻田大學；終年病痛不斷的劉俠，成立了伊甸基金會，藉以幫助弱勢的人們。其實，生命中最大的阻礙，只有靠自己拚盡全力去克服，而一個人最大的潛力與能耐，也往往在這樣的過程中，被激發、被深化。所以，別怕，就一定有路。

大多數的人都害怕失敗，尤其是習慣成功的人。於是，陷在自己設下的泥淖，無力自拔。即使英勇如項羽，也因擺脫不了心的枷鎖，最終只能自刎於烏江旁，徒留多少喟嘆於後世。其實，失敗是上天給我們的一個機會，因為只有失敗，才會讓我們恍然大悟，放棄舊有的習慣，重新思考自己的步伐，進而開闢一條新路。

看過舞蹈表演的人都知道，要能美麗的旋舞，就必須有最柔軟的腰身。叱吒風雲的韓信，當年可以含辱忍過胯下之侮，也可以謙卑地接受漂母的激勵，奮發成為影響世局的大將軍。由此可見，唯有保持身心的絕佳柔軟度，才能從新的角度看待外界的一切變

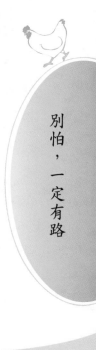

國，難保明日不會一貧如洗；今日貧困潦倒，明日也可能有傲視群倫的成就。在如此瞬息萬變，難以掌控的年代裡，或許，我們唯一能堅持的，就只有自己的信念了。在挫折徬徨的時候，不自我棄絕，調整一下姿勢，修正一些角度，無所畏懼的堅定走下去，然後，你就會發現，路——正在陽光燦爛的前方等著我們呢！

是的！不怕，一定有路！

解析

審題：

既然提到「別怕」，文章便要說明為何面對逆境不需恐懼，「一定有路」則要進一步說明，別怕之後為何一定有路。

取材：

不妨善用國文教材裡的例子，說明只要心態健康，則逆境無法阻礙一個人的發展。

其他：

許多琅琅上口的流行歌詞裡，亦潛藏不少佳句，也可以多加運用。

⊗咒天「厲」地→ ✓咒天「詈」地

⊗順「逐」→ ✓順「遂」

⊗泥「淖（ㄓㄠˋ）」→ ✓泥「淖（ㄋㄠˋ）」

⊗「加」鎖→ ✓「枷」鎖

⊗「謂」嘆→ ✓「喟」嘆

⊗「跨」下→ ✓「胯」下

成語佳句

- 自怨自艾：自己一味地悔恨怨嘆，卻沒有加以改正缺失。
- 叱吒風雲：形容聲勢威力極大，足以左右世局。
- 瞬息萬變：在短暫的時間裡，發生了許多的變化。
- 大多數的人都害怕失敗，尤其是習慣成功的人。
- 人生就像爬山一樣，當你爬到頂峰，接下來就要準備下山。如果不先下山，怎麼能去攀登另一座更高的山呢？
- 成功的時候，固然要盡力維持自己的聲名不墜；然而在失意、不得志時，才更可以看出一個人的修養與內涵。

努力過後

◎論說文

說明

努力與成功雖有一定程度的相關，卻不是絕對相關，努力過後可能成功，也可能失敗，面對如此不確定的結果，我們該用何種態度來面對？請你以「努力過後」為題目，寫出一篇涵蓋下列條件的文章：

- 寫出影響成功的因素——努力與運氣。
- 分析努力之後可能的結果——成功或失敗。
- 寫出即使失敗也不放棄努力的態度與堅持。

範文

人生是一段看似可以掌握，其實不能完全掌握的過程，想要成功，需要九十九分努力加上一分運氣。事前充分了解，完整規劃，加上天時地利人和，成功

而過。

「吃的苦中苦，方為人上人。」如果能比別人花更多心思，付出更多辛勞，最後擁有比別人更好的成果，雖在意料之中，但也得感謝上天眷顧，願把那一分運氣賜予你，得償所願。

努力之後，也可能沒有甜美的果實可摘，那就得檢討原因，如果是方法錯誤，未來只要找對方法，問題就能迎刃而解。如果是「時機未到」，再多的心血，再大的付出，都可能化為烏有，甚至還得付出很大的代價。但凡走過必留下痕跡，過程中奮鬥的經驗，將為未來鋪上一條更快速抵達成功的康莊大道。

雖然努力不一定會成功，但不努力就一定不會成功。美國高球第一把交椅老虎伍茲說：「我唯一能做的就是勇敢把球打出去，因為不敢揮球就永遠無法揮出好球。」人生的旅程如果因為怕被刺傷而不敢上路，就永遠到不了目的地。

面對人生，「我努力過」是最沒有遺憾也最完美的答案。努力過後如果成功，別忘了要感謝眾人，這是團隊合作的時代，即使你的付出占成功因素的百分

敗。努力之後如果失敗，也別忘了感謝合作夥伴的付出，要將失敗因素歸給自己，檢討改進自己的缺失。

機會留給準備好的人，美好留給努力過的人，努力付出，努力延續，努力創新，努力之後再努力，是成功道上不變的風景。

解析

審題：

題目是「努力過後」，要把重點擺在努力過後可能出現的狀況，及對此狀況應有的態度與作為。

取材：

如果取材於日常瑣事，恐怕很難引起共鳴。所以宜舉一個大家公認的成功者，在面對可能失敗的情境下，他是如何的堅持，再以不管成敗，都應該持續努力作結。

其他：

要特別注意的是，本文的主題除了強調努力與成功的關係外，也必須闡述「就算失敗也願改正缺失持續努力」的論點，才算完整。

牢牢記住

⊗過「成」↓	✓過「程」
⊗「差」肩而過↓	✓「擦」肩而過
⊗「倦」顧↓	✓「眷」顧
⊗得「嘗」所願↓	✓得「償」所願
⊗化為「巫」有↓	✓化為「烏」有
⊗交「倚」↓	✓交「椅」

成語佳句

- 迎刃而解：比喻事情很容易就能解決。
- 化為烏有：形容全部落空。
- 吃的苦中苦，方為人上人。
- 伍茲：「我唯一能做的就是勇敢把球打出去，因為不敢揮球就永遠無法揮出好球。」
- 雖然努力不一定會成功，但是不努力就一定不會成功。
- 機會留給準備好的人，美好留給努力過的人。

我不是醜小鴨

◎記敘文

說明

詩仙李白說：「天生我材必有用。」愛迪生說：「成功是百分之一的天才，百分之九十九的努力。」俗話說：「一枝草一點露。」每個人都有每個人的長處，這是對自己的信心。請你以「我不是醜小鴨」為題目，寫出一篇涵蓋下列條件的文章：

- 我（或別人）為何不是醜小鴨？
- 曾經誤認為醜小鴨的經歷？
- 給自己的省思。

範文

這是一個真實的故事。

就在我剛上國中時，班上的小真和小瑞是好朋友，她們都是通學生，平日來去匆匆，不太與他人有交集。直到七下時，小真因為搬家的關係，改成「走路族」，我和她都住在學校附近的國宅，所以便逐漸熱絡起來，這時，我才注意到小真的最[illegible]不安。

剛開始發現她的不對勁，是她「每事問」的特殊行為，連上廁所都怕得罪別人，總是再三請問，確定沒人要去了才敢使用。

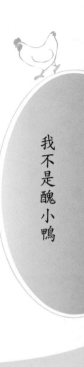

我實在百思不解，便找了一個獨處的機會問她：「為什麼你一點自信心都沒有？」「因為……我覺得自己好醜喔！」天啊！這是哪門子的理由？我硬拉著她去照鏡子，道：「你哪裡醜呀？」「還有……我太矮！」小真羞澀地說。「誰說的？」「小瑞說的。」「她還笑我笨，因為她小學讀的是貴族學校！」「那更好笑！什麼貴族學校？現在還不是跟你同班！更何況，你不要忘了，上學期拿『銀梅獎』的是你，不是她喔！」「喔？」小真睜大眼睛望著我。「還有，你知道同學替你取什麼綽號嗎？」「什麼綽號？是不是『醜小鴨』？」小真神色黯然的問。「冰山美人！」我說。「啊？」小真悠悠地說：「『冰山』倒是真的，可是這『美人』二字，是不是倒反詞啊？」「一點也不假！」我誠懇的告訴她：「只要是心中有愛，都是美人！」小真雖然還是無法釋懷，不過我看到閃爍在她眼眶中的晶瑩。

後來，因為小瑞的轉學，拉開了她和小真的距齡，也讓小真逐漸走出陰霾。重新拾回信心的小真，在八年級下學期還以最高票當選模範生代表呢！

這則故事讓我深深覺得很多事情是「非不能也，乃不為也。」的確，「我們不能決定生命的長度，但是可以決定生命的寬度。」讓我們一起高喊：我不是醜小鴨！

解析

審題：

題目重點在「不是」二字，要明確說出為何不是？不過應留意提出理由時，不能流於謾罵。

取材：

不妨從身邊發生的實例來著墨，更顯貼切自然。

其他：

可參考彭端淑的「為學一首示子侄」，作為闡述意旨的依據。

牢牢記住

✗	✓
畏「宿」	畏「縮」
不對「進」	不對「勁」
羞「瑟」	羞「澀」
「輟」號	「綽」號
眼「框」	眼「眶」
晶「盈」	晶「瑩」
陰「埋」	陰「霾」

成語佳句

- 冰山美人：比喻不與人互動溝通的美麗女子。
- 無法釋懷：無法放心。
- 李白：「天生我材必有用。」
- 悲觀的人雖生猶死，樂觀的人永世不老。
- 我們不能決定生命的長度，但是可以決定生命的寬度。
- 不敢下決定的人，命運總是掌握在別人手裡。
- 人間好話，要如海綿遇水牢牢吸住；人間世非，要如水泥地般水過則乾。
- 喜歡自己的另一層意義是「接納自己」。

我心目中的大人物

◎論說文

說明

在一般世俗的眼光中，所謂的「大人物」多是指「大官」、「名人」或「富翁」，其實社會上還有很多默默做事的人，也很了不起。請你以「我心目中的大人物」為題目，寫出一篇涵蓋下列條件的文章：

- 寫出你心目中「大人物」的定義。
- 選擇一則你認為「大人物」會做的事來描寫。

範文

清晨，天還沒有完全明亮，我就頂著風、扛著雨，匆匆忙忙趕到學校，因為這週輪到我們班擔任交通崗。

我們這組的地點是交通最為頻繁的街口。站在這前不著牆、後無遮攔的「風口」，倍覺寒風刺骨、凍雨侵人，尤其綿密如針的斜雨，刺得我眼睛都要睜不

偏碰上這種惱人的天氣！」，待同學漸多、車陣漸長，指揮交通的哨聲此起彼落，氣氛頓時熱絡活躍起來，尤其是擔任總指揮的訓導處老師，看她黃色雨衣裏嬌弱的身軀，勇敢地穿梭在車陣之中，揮汗如雨，一面要顧及我們的安全、一面要跟任意停車的駕駛們交涉，不禁為之肅然起敬！

至於在人潮之中，最醒目的莫過於奔波而過的導師們，好感動，七點四十分以前幾乎都到齊了。因為他們要以身作則督促學生「一日之計在於晨」；因為教導是點點滴滴、不厭其煩的再三叮嚀！以前常嫌導師好嘮叨、好煩喔！現在終於深刻地感受到導師工作真的是任重而道遠，的確是鞠躬盡瘁的付出；如果還要忍受學生的「叛逆」、家長的「質疑」，那真的是會心力交瘁，甚至心灰意冷！承擔這種「有功無賞、打破要賠」，吃力不討好的工作，不是「大人物」是什麼？

想想，這社會本是由無數默默付出的一群「大人物」建構而成的，你看，冒著危險維護治安的警察先生、奮不顧身深入火窟的消防人員、利用夜晚修補道

志做大事，不要立志做大官。」這是提醒我們要提昇生命的層次。

因此，所謂的「大人物」應該是無關官階、財富，只要是盡忠職守、認真做好自己分內工作的人，都是我心目中的大人物！

解析

審題：

第一個重點：「我心目中」；第二個重點：「大人物」。闡述時，兩者都要兼顧。

取材：

從周遭所遇到或接觸的人之中，舉例說明「只要是盡忠職守默默付出的都是大人物」。

其他：

「破題」：明確訴說「我心目中的大人物」是什麼；

「釋題」：為什麼這才是「我心目中的大人物」。

牢牢記住

⊗「從從」忙忙→ ✓「匆匆」忙忙

⊗寒風「剌」骨→ ✓寒風「刺」骨

⊗以身作「責」→ ✓以身作「則」

⊗心力交「悴」→ ✓心力交「瘁」

成語佳句

- 此起彼落：比喻連續不斷的意思。
- 再三叮嚀：一再地勸說囑咐。
- 鞠躬盡瘁：不辭勞苦和困難，對於事情盡心盡力，毫不懈怠。
- 奮不顧身：比喻毫不顧慮自己的生死。
- 世界上真正有價值的事物，需要熱情和犧牲才能完成。
- 國父：「無論哪一件事，只要從頭到尾徹底做成功，便是大事。」
- 南丁格爾：「人生活著的真諦，是去做一些有用的事。」
- 甘心於平凡的人才能偉大，人生沒有永遠的巔峰，即使是跑龍套，只要忠於自己的角色，也是一種榮耀。

我有一個夢想

◎論說文

說明

「有夢最美，希望相隨。」夢想，讓每個人心中懷抱一個瑰麗的藍圖，擁有一個可以努力的方向。請你以「我有一個夢想」為題目，寫出一篇涵蓋下列條件的文章：

- 敘述一個你最希望完成的夢想。
- 說明這個夢想形成的原因。
- 說明你要如何實現這個夢想。

範文

如果說「人因夢想而偉大」，那麼究竟是因為偉大的夢想提昇了人的境地，還是因為人的努力厚實了夢想的價值呢？

從小，我就是一個愛說故事的孩子，也期許自己將來能成為寫故事的作家。發現自己愛說故事、會說故事，是因為媽媽把照顧弟弟的責任交給我的那天。為生活奔波勞碌的父母，沒有太多的工夫關照孩子，於是，大孩子帶小孩子，也就成了因應之道。

而自小愛看書的我，便以說故事的方式，將責任和興趣合而為一。任何讀物到了我的口中，似乎都能夠幻化出獨特的生命力，所以弟弟在多次聆聽之後，還會為遭逢大野狼的小紅帽擔心。不只是弟弟，連班上許多同學也都是我的忠實聽眾。在我的敘述下，五柳先生是一個身懷醉拳絕技的隱士高人；清朝末年混亂的割地賠款，則是外星人企圖改變世界政局的邪惡陰謀。諸多天馬行空的想像，雖然荒誕無稽，但是常常在胡說八道之中，同學和我便不自覺地熟記書裡內容呢！

人人都有權利追求夢想，即使有些夢想乍聽之下似乎是不切實際的。就像喬安·凱瑟琳·羅琳利用她豐富的想像力，創造了狂銷全球的《哈利波特》系列故事。夢想，是驅策人生的動力，只要用心追求和等待，夢想就有可能實現。

如果現實是此岸，夢想在彼岸，那麼困難挫折就是其間湍急的流水，而行動則是貫串兩岸的橋樑。當我們開始為自己的夢想邁開腳步，夢想就不再是空中樓閣，不再是對現實的嗟嘆，不再是遙不可及的未來。夢想會成為努力的指標、奮鬥的希望、光明未來的保證。困擾人生的夢想，只是煩惱，真正利用每一刻來貼近夢想的人，才是真正的夢想家，因為人生最真實的，便是當下的片刻。

我有一個夢想，我會努力讓我的夢想不只是夢想，我會繼續創造出一篇篇富想像力的故事，帶給人們歡樂。我相信自己，並且切實執行著。

解析

審題：

「夢想」是一個等待達成的理想狀態，因此最好描述一個能夠執行的希望，而非只是對現實的抱怨，或不切實際的願望。

取材：

忠實地書寫心中醞釀的夢想。在娓娓敘述夢想的成因，及自己對未來的期許時，自然會有股動人的力量。太虛假的說法常淪為千篇一律，反而缺少獨創性。

其他：

引用名言事例時，要確認引述的來源是否正確，以免貽笑大方。

牢牢記住

- ✗「鏡」地→ ✓「境」地
- ✗勞「祿」→ ✓勞「碌」
- ✗「觀」照→ ✓「關」照
- ✗「陪」款→ ✓「賠」款
- ✗「炸」聽→ ✓「乍」聽

成語佳句

- 天馬行空：比喻才思奔放，不受拘束。
- 荒誕無稽：荒唐又沒有根據的。
- 遙不可及：形容距離遙遠，難以到達。
- 夢想，是驅策人生的動力。
- 如果現實是此岸，夢想在彼岸，那麼困難挫折就是其間湍急的流水，而行動則是貫串兩岸的橋樑。
- 人類因夢想而永生，失去夢想，生與死無異。
- 夢想使人生發光，轉個彎，海闊天空。

我怕〇〇

◎記敘文

說明

恐懼是人類的心理反應，每個人難免都有害怕而難以面對的事物，請你選擇一個自己所害怕的具體事物，以「我怕〇〇」為題目，寫出一篇涵蓋下列條件的文章：

- 你所恐懼的事物是什麼？
- 請描述這個事物的特點？它有什麼地方讓你覺得恐懼？
- 請具體描繪當時害怕的心情。

範文

當你在我家中聽到一聲又一聲淒厲的尖叫，伴隨一陣陣上氣不接下氣的喘息聲，不用懷疑，一定是我又看到我的天敵——蟑螂。

從小我就怕蟑螂，不過諷刺的是，我居然出身於「蟑螂剋星」之家。先從奶奶說起，奶奶的絕技是抓蟑螂，伴隨清脆聲響，「啪打！」便生生將其身體折成兩半。媽媽更是「青出於藍而勝於藍」，一看到蟑螂，便展現「泰山崩於前而色不改」的英雄氣概，只見她握住蟑螂，然後嘴角緩緩上揚，再輕輕說聲：「捏給你死！」此時，可怕又可憐的蟑螂即捏扁於「女藍波」的手掌心。

不過，或許就因為家族中兩位女中豪傑對待蟑螂的方式太過兇猛，而今才會有現世報，在後代出現一個「聞蟑螂即色變」的我。

說起我對蟑螂的恐懼，已到沒有任何免疫力可抵抗的地步。光想到牠那油油亮亮的身軀、不規則擺動的觸鬚、長滿雜毛的怪異六肢……，就令我如芒刺在背般渾身不自在。此外，牠來無影去無蹤，彷彿擅長奇門遁甲的怪盜，當牠毫無預警出現在眼前，我總是被嚇得四肢無力，全身起雞皮疙瘩，魂飛魄散。

更可怕的是，蟑螂不只會「遁地」絕活，還會「飛天」武功。在地上橫行猖獗已夠令人驚悚了，更哪堪居高臨下，不知道何時起飛、飛往何處的神出鬼沒。有時我為求自保，也會鼓起勇氣，奮力一搏。所謂「烏龜怕鐵鎚，蟑螂怕拖鞋」，當我舉起拖鞋，狠狠[illegible]牠身體一[illegible]，[illegible]

次第，怎一個「噁」字了得。

蟑螂雖然討厭，但自古迄今經過了這麼長久的歲月，萬物都淘汰凋零，唯獨牠跋扈依舊，四處橫行，如此的韌性與適應力，難怪常有人說要「拜蟑螂為師」！不過，話雖如此，對於牠，我敬而遠之，不敢遠觀更不敢褻玩之。所謂：「河水不犯井水」，蟑螂仁兄，我想我們還是永遠保有一段美麗的距離，以策安全吧！

解析

審題：

題目是「我怕○○」，可選擇一樣具體的事物作主體發揮。就內容而言，此篇則是屬於記敘及抒情兼具的文體。

取材：

寫此文時，可依自己的經驗抒發。至於抒發感情的部分，應盡量將恐懼的心情化諸實際具體的描述，如此寫來更能使人如臨其境，感同身受。

其他：

此篇文章屬於較輕鬆生活化的命題，不妨以幽默詼諧的筆觸來發揮。

牢牢記住

⊗「悽」厲↓	✓「淒」厲
⊗「輕」脆聲響↓	✓「清」脆聲響
⊗免「役」力↓	✓免「疫」力
⊗身「驅」↓	✓身「軀」
⊗「混」身↓	✓「渾」身
⊗「善」長↓	✓「擅」長
⊗猖「厥」↓	✓猖「獗」
⊗驚「聳」↓	✓驚「悚」
⊗濃「綢」↓	✓濃「稠」
⊗自古「訖」今↓	✓自古「迄」今
⊗「謝」玩↓	✓「褻」玩

成語佳句

- 芒刺在背：比喻因非常的畏懼，而感到不安。
- 魂飛魄散：形容驚恐萬分，茫無所措。
- 神出鬼沒：形容人的行動或說話變化多端，難以捉摸。
- 泰山崩於前而色不改。
- 處變不驚，慎謀能斷。

我的小天地

◎記敘文

說明

人雖然是群體動物，但也都希望有一個單獨屬於自己的小天地，讓自己有歸屬感，也可以在此放鬆自己，做自己想做的事。請你以「我的小天地」為題目，寫出一篇涵蓋下列條件的文章：

- 請為自己的小天地命名。
- 請介紹你的小天地。
- 請敘述自己在小天地裡的活動，至少兩項。

範文

回家第一件事，便是進入我的房間「一粟軒」，那是我專屬的小天地。門上掛著我自製的門牌，是將各類廣告紙撕開，再揉搓成細條，然後排成「一粟軒」三個字，黏貼在淺藍色的厚紙板上，字的周圍貼著報上剪下來的偶像明星照片，紙板下方穿個洞，掛一串小鈴鐺，只要一推門，它就會叮咚作響。

我的小天地是多少坪我不清楚，但絕對可以用「麻雀雖小，五臟俱全」來形容，書桌、椅子、床、衣櫃、書架等物自然不在話下，還有一架鋼琴、一臺收錄音機、一具電話、桌上型電腦還附印表機呢！書架是我的最佳置物處，除了課本、參考書之外，漫畫、小說、雜誌等都在上面。別以為那兒一團零亂，我可是分門別類將每樣東西都排放得很整齊。至於書桌就無法如此了，因為桌面不夠大，做功課、上網都得在這兒，各類文具、便條、水杯、盆栽……唉！不說也罷！

我有一張還算大的床，每次我都要求媽媽為我換上淺紫或淺藍色花樣的床罩、被單。我一定要洗完澡，換上睡衣褲，才會舒服地躺上床，聽著輕柔的音樂進入夢鄉。

至於我的衣櫥雖然不大，卻塞了不少東西，打開櫥門有一個長的穿衣鏡，假日午後閒得沒事做時，我會翻出各款衣物，試著搭配穿上，在穿衣鏡前走一小段臺步，假想自己是紅遍半邊天的名模。

至於為什麼要叫「一粟軒」呢？那是上國文課時，老師介紹我最喜歡的文人蘇東坡，在他「赤賦」中的兩句話給我們：「寄蜉蝣於天地，渺滄海之一粟」，於是我自覺在茫茫人海中，我也只是其中一粒小米，若能如蘇軾般超脫，好好運用自己的閒暇時光，不也是人生一大樂事？

解析

審題：

題目中有「我的……」，表示寫出來的內容應該是專屬你的事物，所以要留心的是寫我的「什麼」。「小天地」顧名思義指的是「一小塊地方」，可以是一個房間、一個角落、一個自己認定的專屬所在。

取材：

如果自己並沒有專屬的小天地，也可以將公用的書桌、自己的床位、學校中的座位，設想為「我的小天地」，一樣可以發揮。

其他：

張曉風在「第一幅畫」中說到：自己小時候，四姊妹擠五坪大小的屋子，卻將自己睡的雙層床上鋪，取名為「桃源居」；然後因為莫內的畫，使自己發展出開放的內心世界。由此可見，只要你視野寬廣、心胸開放，又何處不是桃源呢？

字字計較

- ⊗門「排」→ ✓門「牌」
- ⊗揉「搓（ㄔㄨㄛ）」→ ✓揉「搓（ㄘㄨㄛ）」
- ⊗「玲」鐺 → ✓「鈴」鐺
- ⊗「剛」琴 → ✓「鋼」琴
- ⊗盆「裁」→ ✓盆「栽」
- ⊗「答」配 → ✓「搭」配
- ⊗滄海一「栗」→ ✓滄海一「粟」
- ⊗閒「遐」→ ✓閒「暇」

成語佳句

- 不在話下：形容事情是理所當然，不須解釋
- 分門別類：把複雜的事物，以類別來整理歸位。
- 麻雀雖小，五臟俱全：比喻事物雖然巧小，卻也樣樣俱備。
- 蘇軾「赤壁賦」：「寄蜉蝣於天地，渺滄海之一粟。」
- 生活可以用心，但不必多心。
- 成長和心靈沒有時間和空間的限制。

我的休閒活動

◎記敘文

說明

忙碌的現代人，休閒活動成為抒解壓力的最佳良方。有人打球、有人閱讀、有人遊山玩水……。請你以「我的休閒活動」為題目，寫出一篇涵蓋下列條件的文章：

- 敘說你從事何種休閒活動？
- 說明你為何選擇此項休閒活動。
- 陳述休閒活動帶給你哪些助益和影響呢？

範文

你是否曾經有過這樣的經驗：腦海裡忽然浮現一些音符，身體不自覺地跟著節奏擺動？縈繞在心中的樂章指引著你的雙手去撫弄著無絃琴，然後，想像著美與藝術交織的靈魂，便喚醒身體跳起舞來……。我就是這樣，從小愛舞成痴，自認是「舞狂份子」，因此跳舞就成了我的休閒活動。

我利用課餘時間觀看音樂、戲劇、舞蹈節目，這些節目中有著五花八門的舞步，成了我休閒時練功的基本步，一次又一次地練習讓我體驗舞蹈那更深層的情感。當學校的表演活動需要編舞時，我就將這些舞步排列組合，與同學一起勤加練習，將感情融入舞姿之中，表現恣意青春、熱情人生。

課餘時間和同學一起練舞過程，讓我體悟「台上十分鐘，台下十年功」的意涵，練舞的過程充滿艱辛卻使我樂在其中，也奠定我強大的忍耐力。每當我演出時，看著台下觀眾目不轉睛地觀賞及報以熱烈掌聲的回應，應證了「流淚播種者，必歡呼收割」這句話，我覺得所有的努力、付出都值得了！

舞蹈讓我洋溢著幸福並帶給我無限想像空間，是陪伴我度過叛逆無知的青春歲月的最佳休閒活動。雖然我始終未正式拜師學藝，卻如同周星馳在電影「功夫」一片之中，因有夢想而學了自己想要的基本「武功」。所以現在的我仍舊自學不輟、持之以恆。荀子有言：「鍥而不舍，金石可鏤；鍥而舍之，朽木不折。」自幼體弱多病的我，因為經年累月地運動，已經由[illegible]！

我愛我的休閒活動，她讓我體會真正的快樂和努力之後的享受，她讓我健美，更讓我散發無限魅力！來吧！一起到飄舞廣場「秀」出曼妙舞姿，舞出屬於自己的一片天！

解析

審題：

題目是「我的休閒活動」，撰寫時要注意是寫「我的」而非別人的休閒活動。

取材：

「我的休閒活動」材料俯拾皆是，可挑選自己平日較感興趣、投注較多時間的項目進行寫作，才能深刻描寫、感動讀者。

其他：

如果寫的休閒活動是閱讀，「智慧的累積」、「論讀書」這兩篇文章都可以運用；寫的休閒活動是運動，「運動最補」這一課就有很多素材；寫的休閒活動是旅遊，「記承天寺夜遊」、「幽夢影選」中提到關於「閒」的概念皆可融入寫作之中，必能增色不少。

牢牢記住

- ✗「瑩」繞→ ✓「縈」繞
- ✗「溶」入→ ✓「融」入
- ✗「姿」意→ ✓「恣」意
- ✗「堅」辛→ ✓「艱」辛
- ✗自學不「啜」→ ✓自學不「輟」
- ✗「契」而不舍→ ✓「鍥」而不舍
- ✗金石可「漏」→ ✓金石可「鏤」
- ✗改「擅」→ ✓改「善」

成語佳句

- 五花八門：形容各式各樣，變化多端的樣子。
- 目不轉睛：形容聚精會神，專注凝神的樣子。
- 經年累月：經過一段漫長的歲月。
- 歌德：「想做什麼就去做，大膽本身就包含了才華、能力和奇蹟。」
- 《聖經》：「流淚播種者，必歡呼收割。」
- 荀子：「鍥而不舍，金石可鏤；鍥而舍之，朽木不折。」

我的快樂方程式

◎記敘文

說明

每個人對於快樂的定義各不相同，在你的心中，真正的快樂到底是什麼？你曾感受到什麼是真心歡喜的事嗎？請你以「我的快樂方程式」為題目，寫出一篇涵蓋下列條件的文章：

- 請說明你心中快樂的定義為何？
- 再以實際事例說明生活中所體會的快樂。

範文

快樂就像是人生的維他命，食物的調味劑，沒有它人生將是平淡無味，索然無趣。我們快樂地過一天是二十四小時，難過地過一天也是二十四小時，何不找出屬於自己的快樂方程式，以微笑面對生命的每一分鐘，每一小時，每一天。

以我來說，「閱讀＋旅行＋工作＝我的快樂方程式」。我很喜歡閱讀，涉獵的範圍很廣：科幻、推理、文藝小說、散文、漫畫、財經雜誌、科學月刊等等，不同類型的書給我的感受和感動都大異其趣。選一本自己喜愛的書，或坐、或臥、或躺，泡一杯茶，放首動人的音樂，沉浸在書中的世界，乘著想像的翅膀，盡情翱翔，穿越時空，那種心靈昇華的快樂，是不可言喻的。

我也喜歡接觸大自然，大自然的養分常能滋潤我忙碌而漸枯萎的心靈。莫札特說：「當我在旅行、散步和假寐時，樂章便自行組合起來。」的確，放縱一顆閒散的心，常會有一些意想不到的收穫。出外走走，去看天、看雲、聽風、觀雨，在繁重的功課壓力之下，「偷得浮生半日閒」，這豈不是人生最大的快樂。

此外，要保持一顆快樂的心，更要樂於工作，在工作中享受成就感及自我肯定。既然工作是我們所不可避免的責任，何不轉換心境去面對它。快樂的祕訣，不是做你所喜歡的事，而是喜歡你所做的事。達爾文曾說：「無論多麼煩悶的瑣事，只要能樂在其中，都會獲益無窮。」境由心生，快樂可以自我創造。用開闊的心看萬事萬物，則處處無不可愛有趣。

每個人的快樂都不相同，如果不去找到最適合自己的方式，而只是一味的套用別人的模式，那麼那個方程式的等號就不一定會成立。喜歡怎麼過你的生活呢？何不試著寫出屬於你的方程式，讓我們一起追求快樂吧！

解析

審題：

應先從自己的觀點界定「快樂」的定義，另外「方程式」一詞就如同數學中的程式：快樂＝$x+y+z$，所以可從不同的事來描述當中所享受到的快樂。

取材：

可從生活中有哪些事物能令你感受到快樂來思索，除了寫出快樂的感覺外，最好也能寫出心靈的收穫，如此文章深度才能提高。

其他：

建議本文的寫法可用「總→分→分→總」的結構來發揮。首段先概述快樂的事有哪些？接著在每一段中詳述，如此寫來提綱就能十分清楚了。

牢牢記住

- ⊗涉「略」→ ✓涉「獵」
- ⊗「敖」翔→ ✓「翱」翔
- ⊗忙「錄」→ ✓忙「碌」
- ⊗「密」訣→ ✓「祕」訣
- ⊗「鎖」事→ ✓「瑣」事

成語佳句

- 不可言喻：無法用言語來形容。
- 無入而不自得：無論處在什麼境地，沒有不感到快樂的。
- 達爾文：「無論多麼煩悶的瑣事，只要能樂在其中，都會獲益無窮。」
- 程顥：「閑來無事不從容，睡覺東窗日已紅。萬物靜觀皆自得，四時佳興與人同。道通天地有形外，思入風雲變態中。富貴不淫貧賤樂，男兒到此是豪雄。」
- 莫泊桑：「生命雖不如你想像的好，但也不如你想像的壞。」
- 梁啟超：「天下最苦的事莫過於身上背著一種未了的責任，最樂的事莫過於責任完了。」

我的書中好友

◎記敘文

說明

你有欣賞的書中人物嗎？或許是古代的文人雅士；或許是現代的文學作家。請你以「我的書中好友」為題目，寫出一篇涵蓋下列條件的文章：

- 寫出你認識這位書中好友的機緣。
- 敘述這位書中好友的基本特質或生平簡介。
- 你最欣賞他（她）何處？在你的生活中，又有哪些事深受其影響？

範文

每當凝望一輪皎潔明月，我口中不自覺喃喃吟詠的是「舉杯邀明月，對影成三人」；每當面對一望無際壯闊波濤，「君不見黃河之水天上來，奔流到海不復回」那氣勢磅礡的詩句，在我心中更是脫口而出。是誰的文句深深吸引我的一思一緒，那就是唐朝大詩人——李白。

自從小學五年級，媽媽送我一本《李白傳》後，我便深深受李白絕俗超異的才華所折服。李白，是我國歷史上偉大的浪漫主義詩人，也是歷代詩人中的巨星。他傳奇的一生，即使死亡，是撈月沉江？抑或乘月而歸？後人也都添予他浪漫的傳說。

我特別欣賞李白灑脫不羈的性格及馳騁想像的才氣，當時他受唐玄宗所賞賜，享有「御手調羹」的禮遇，而「貴妃磨硯、力士脫靴」更一時傳為美談。不過也因擊劍任俠的豪氣，不逢迎媚俗，不屈膝求人，個性不受拘束，甚至睥睨狂傲，如此的作風，讓他在朝廷中得罪不少人，最後遭到讒言所陷，將他推離長安，推離京城，也將他的理想推離現實更遠，更遠。唉！李白如果真是我現在的好友，我會勸他，勸他在光芒下更應內斂，在高處中更要謙卑。

不過每當我心情抑鬱，心中愁緒不知如何排解時，李白的詩總是我最好的解憂良藥，讀讀他的詩：「棄我去者，昨日之日不可留；亂我心者，今日之日多煩憂。」彷彿面對一位千古知己，君心如我心，一種惺惺相惜的感動。而當我吟詠「人生得意須盡歡，莫使金樽空對月，那段瀟灑豪邁，真讓我一生心折鬱悶，大呼過癮！

林良說：「朋友真像是一本一本的好書。」而我要說：「好書就像是我一位一位的好友。」雖然，「飄然思不群」的詩人已遠，「天上謫仙人」的詩人已乘鶴歸去，但李白永遠是我心靈神遊的摯交益友。

解析

審題：

題目是「我的書中好友」，引導中的好友限定為書中的人物作家，指的是心靈的流通，可以激盪內心，產生共鳴的神交之友，撰寫時不可偏離主題。

取材：

取材自書中人物，便須對書中人物基本資料有所了解，再以精簡敘述的方式描述其生平。對此人物的特質、特殊貢獻或其名言佳句，都可納入在寫作題材中。

其他：

在文體上，在記敘之餘，更需加上抒情的感受，如此寫來才能深刻。

牢牢記住

- ⊗「絞」潔→ ✓「皎」潔
- ⊗吟「永」→ ✓吟「詠」
- ⊗磅「薄」→ ✓磅「礴」
- ⊗「仰」或→ ✓「抑」或
- ⊗「繫」劍→ ✓「擊」劍
- ⊗睥「倪」→ ✓睥「睨」
- ⊗「饞」言→ ✓「讒」言
- ⊗內「練」→ ✓內「斂」

成語佳句

- 惺惺相惜：才智相當的人彼此互相的憐惜。
- 在光芒下更應內斂，在高處中更要謙卑。
- 李白：「棄我去者，昨日之日不可留；亂我心者，今日之日多煩憂。」「人生得意須盡歡，莫使金樽空對月。」
- 法國哲學家笛卡兒：「讀一本好書，就是與許多高尚的人談話。」
- 牛頓：「如果我比一般人看得更遠，那是因為我站在巨人的肩膀之上。」

我的家鄉

◎記敘文

說明

我的家鄉最特別，有深深的感情維繫著我的心，總是讓我魂牽夢縈。家鄉的地理人文、家鄉的人情溫暖，都深深烙印在我們的心中。請你以「我的家鄉」為題目，寫出一篇涵蓋下列條件的文章：

- 你的家鄉在何處？
- 你的家鄉有何特殊自然、人文景觀？
- 你對家鄉的感受。
- 家鄉對你而言，代表的是什麼？

範文

我生在山明水秀的台北市，台北市是我的家鄉。台北市是首善之區，文化精深、經濟發達、環境優美、交通便捷、人情溫暖，我以身為台北人為榮。

台北人重視文化的傳承和發揚。在台北，有多元文化中心、適合專業藝術表演的舞台、定期展覽的畫廊、歷史悠久的博物館等等，多元的文化專處，深植在台北人的心中，充實了台北人的文化生活。我以我的家鄉為榮！

台北人經濟富裕。林立的百貨公司、大型的購物中心，還是股票證券交易樞紐，全國重要的金融中心所在，證實了台北的經濟實力。台北擁有最佳的資源，投資在教育、環保、社會福利、公共建設等方面，都是全國典範。尤其台北人富而不驕，謙卑得體，來自於良好的文化薰陶。我以我的家鄉為榮！

台北的環境優美。波光粼粼的淡水河，沿著捷運淡水線，猶如蜿蜒在大地的錦帶。秀麗的陽明山，矗立在北台北；親切的四獸山，呵護著東區的人們；靈聖的指南山、慈悲的觀音山，穩定大家的信仰。四處林立的小山頭，增添台北嫵媚的風貌。台北的好山好水，孕育出無數善良的台北人。我以我的家鄉為榮！

台北擁有便捷、安全的交通網絡。大台北的捷運系統乾淨、安全又快捷，是台北人的驕傲。筆直的高速公路、四通八達的鐵路、舒適寬敞的客運、隨處可見的計程車，都是台北人代步的好幫手。甚至，輕鬆走在人行道上，一邊欣賞商家的美麗櫥窗，也別有一番滋味，我以我的家鄉為榮！

人熱情、善良，樂觀、勤奮，看看公共場所的義工，可以知道台北人的熱忱、善良。看看對工作任勞任怨、早出晚歸的通勤族，可以看出台北人達觀、勤奮的個性。台北人熱心、親切的性格，讓台北成為最適合人們居住的好環境喔！我以我的家鄉為榮！

身為台北人，我們要更加努力，把台北建立成環境美好、重視文化、交通便利、有人情味的富裕城市。台北人如此幸運，我的家鄉在台北，我以我的家鄉為榮！

解析

審題：
「我的家鄉」只有一個，不能將別人的家鄉，當成自己的家鄉。

取材：
取材時除作分項的描述外，也要提出特色，尤其是傲人之處，應有所瞭解。

其他：
對於自己的家鄉，可以有讚賞、建議，但是不要淪為無謂的批評。

錯字訂正

- ✗ 傳「成」→ ✓ 傳「承」
- ✗ 發「洋」→ ✓ 發「揚」
- ✗ 證「卷」→ ✓ 證「券」
- ✗「輸」紐→ ✓「樞」紐
- ✗ 富而不「嬌」→ ✓ 富而不「驕」
- ✗ 清「徹」→ ✓ 清「澈」
- ✗「蜿（ㄨㄢˇ）」蜒→ ✓「蜿（ㄨㄢ）」蜒
- ✗「舞」媚→ ✓「嫵」媚
- ✗「廚」窗→ ✓「櫥」窗

成語佳句

- 波光粼粼：形容波光閃耀的樣子。
- 四通八達：形容交通十分的便利。
- 任勞任怨：形容人做事不辭辛苦，不怕嫌怨。
- 王維：「君自故鄉來，應知故鄉事。來日綺窗前，寒梅著花未？」
- 賀知章：「少小離家老大回，鄉音無改鬢毛衰。兒童相見不相識，笑問客從何處來。」

我的偶像

◎記敘文

說明

每個人都會有崇拜的對象，這個人可能是影視紅星、時尚名人，或是歷史人物等。請你以「我的偶像」為題目，寫出一篇涵蓋下列條件的文章：

- 選擇一位或數位你所崇拜的對象。
- 說明你崇拜他（她）的原因。
- 闡述這個偶像對你的影響。
- 描寫偶像的言行事蹟。

範文

我的偶像不是在電視螢光幕前熱歌勁舞的明星，也不是鎮日打口水戰的政治人物，而是享譽國際，擁有「現代福爾摩斯」之稱的李昌鈺博士。

還記得在二〇〇三年，台灣總統大選投票前夕，一顆子彈與總統擦身而過，雖然總統的傷勢並不嚴重，但是這顆子彈大大地震盪了台灣政壇。為了揪出擊發子彈的幕後黑手，警界不惜重金禮聘旅居美國多年的李博士返台，協助警方的調查，冀望能以李博士「鑑識科學」的權威素養，替我們拼湊出槍擊事件的原貌。

在美國，李昌鈺博士早已是家喻戶曉的人物，他不但是風靡全美最受歡迎的演說家，更是美國社會裡唯一一位華人警政廳廳長。他所辦過的案子中，最著名的莫過於差點引爆全美種族對立的「辛普森殺妻案」，李博士提出的科學性證詞，不但讓黑人球星辛普森當庭無罪釋放，更消弭了一場可能一觸即發的種族之爭。

許多人誤以為李博士的溫文儒雅來自於顯赫的家世，但事實上，他小的時候，僅有一雙鞋子，所以常打赤腳上學。後來負笈美國時，身上也只帶著五十美元，為了節省花費，他努力向學，花了不到一半的時間就完成了大學的學位。甚至，他以一口流利的英語在國外大學裡授課講學，他曾說過：「別人越是覺得不可能，我偏要試試看，使它成為可能！」憑著這股不服輸的志氣，讓他在人才輩出的環境裡，打出了屬於自己的一片天空！

此，只要是受邀演講的收入，他一定全數捐出，做為華裔留學生的獎助學金，這種知福惜福的精神實在令人感佩。世界上成功的人士多不勝數，但可以像李博士般成為典範的人物，實在少之又少，他的成就與他的修養，的確是台灣人的驕傲啊！

解析

審題：

只要這個人的人品、作為值得大眾仿效學習，都具備成為「偶像」的條件。但是切忌舉負面、不法的例證，以免弄巧成拙。

取材：

擇定偶像後，提筆成文時別忘了除描寫偶像的風采外，更重要的是這個人吸引你的原因為何，避免只是外表，應包括人格、精神、態度以及作為等。

其他：

「記人」類的文章，宜擅用摹寫修辭，寫其人、聽其聲、狀其形等，才能更顯生動。如果加上此人說過的言語做為佐證，更可讓文章加分。

字字記住

⊗偶「象」→	✓偶「像」
⊗「營」光幕→	✓「螢」光幕
⊗「想」譽→	✓「享」譽
⊗震「蕩」→	✓震「盪」
⊗「揪（ㄑㄧㄡ）」出→	✓「揪（ㄐㄧㄡ）」出
⊗「翼」望→	✓「冀」望
⊗「元」貌→	✓「原」貌
⊗風「迷」→	✓風「靡」
⊗消「彌」→	✓消「弭」
⊗負「及」→	✓負「笈」
⊗華「邑」→	✓華「裔」

成語佳句

- 家喻戶曉：每家每戶都知道。形容名聲傳播很遠。
- 一觸即發：比喻情勢很危急。
- 李昌鈺：「別人越是覺得不可能，我偏要試試看，使它成為可能！」「運氣是很重要的，但運氣是要人做了萬全的準備之後，才會出現。」
- 寬廣的河流平靜，有教養的人謙遜。

我的煩惱

◎記敘文

說明

俗諺云：「人生不如意事，十之八九。」不論煩惱的事是大或小，總會令我們煩憂不開心。請你以「我的煩惱」為題目，寫出一篇涵蓋下列條件的文章：

- 請敘述出你所煩惱的事。
- 抒發你面對煩惱時的心情，並提出你對煩惱的看法。

範文

跑道上歡呼聲四起，一道快速飛越的身影，在終點露出得意的神色，接受大家的喝彩；另一端跳遠的沙地上，只見幾個人以身體畫出完美的拋物線，落點平穩，響起熱烈的掌聲……。而我，靜靜站在操場邊，眼神中盡是無奈與羨慕。

運動場上沒有屬於我的舞台，我的表現永遠是介於眾人的同情與憐憫之間。從小體育課我總是抱著「我不入地獄，誰入地獄」的壯烈犧牲精神，論跑步，我永遠是敬陪末座，我還曾創下一百公尺二四點五秒的「輝煌」紀錄；論打球，所有的球類，跟我都是「絕緣體」。還記得有一次班際排球比賽，為了湊人數，體育股長決定捉我下場「濫竽充數」，他信誓旦旦地告訴我，我的功用只要站在場上達到法定人數即可，球賽結束前教練才發現我的存在，為此還被大家嘲笑一番。唉！體育課對我而言，就是個夢魘；運動場對我來說，就是最殘酷的戰場。

不過有人說：「上天關了這扇門，必定會為你開啟另一扇窗。」或許在田徑場上我永遠是低能的，但這樣的厄運，卻在某次競賽中讓我找到了出口。

記得一次班際拔河比賽，我依舊站在場外為選手加油。那次比賽雙方勢均力敵，不分軒輊，看見班上同學在經過一段拉鋸戰後已漸趨落後，在旁邊著急的我，顧不得形象，扯開喉嚨帶領著同學大喊加油，最後班上士氣大增，配合著「一——二——殺！」的吶喊聲，我方反敗為勝，獲得最後的勝利。比賽結束後，我居然成為此役功臣之一，從此在比賽場上啦啦隊隊長的職位非我莫屬，我也儼然成為班上不可或缺所謂：「天生無用之人，地不長無根之草。」每個人特質不同，沒有人是完美無瑕，任何人都有「煩惱」等著你去挑戰。所謂：「天生我材必有用」，與其沉醉在憂愁中不斷哀嘆，何不多去注意自己的優點？發揚自己的長處呢？

解析

審題：

題目是「我的煩惱」。敘述應以「我」為立場，寫出困擾自己的事和感受。

取材：

為避免流於空泛蕪雜，構思時可利用具體的事實，簡明生動的敘述，但更重要的還要有感情有思想，內容不適宜太過灰色與無病呻吟。

其他：

首段敘述應避免太制式單調的寫法，例如：「我的煩惱是……」如此的寫法實在很難吸引他人注意。本文的開頭先寫出他人在運動場上的雄姿，與自己相互對照，以「映襯」手法帶入自己的羨慕無奈，文章一出手，便不同凡響。

- ⊗無「耐」→ ✓無「奈」
- ⊗「賀」彩→ ✓「喝」彩
- ⊗「鄰」憫→ ✓「憐」憫
- ⊗夢「靨」→ ✓夢「魘」
- ⊗「惡」運→ ✓「厄」運
- ⊗完美無「暇」→ ✓完美無「瑕」

成語佳句

- 敬陪末座：比喻最後一名。
- 濫竽充數：比喻沒有本領的人，混在行家中充數；或比喻用劣等的東西來冒充。
- 信誓旦旦：誓言說得很誠懇真摯。
- 不分軒輊：指實力相當，分不出高低。
- 諺語：「我不入地獄，誰入地獄。」
- 上天關了這扇門，必定會為你開啟另一扇窗：表示天無絕人之路，此處山窮水盡，他處必有柳暗花明的希望。
- 天不生無用之人，地不長無根之草。
- 天下本無事，庸人自擾之。

我的零用錢

◎記敘文

說明

你有零用錢嗎？如果有，如何使用？如果沒有，有何期待？請你以「我的零用錢」為題目，寫出一篇涵蓋下列條件的文章：

- 寫出零用錢對你的意義或你對零用錢的期待。
- 寫出零用錢在你生活所扮演的角色（正反例均可）。
- 寫出你期待或規劃零用錢在你未來生活中發揮何種功能。

範文

國小畢業前我從來沒有零用錢，因為父母說我什麼都不缺，不需要零用錢。因此對於同學平日閒聊這類話題，不管錢數是多是少，我總投以無限欣羨的眼光，到底有權利運用一筆錢是什麼感覺？想必是笑歪吧！直到國中在我不斷懇求下，媽媽答應給我經濟大權，我終於嘗到花錢的快感。

有了零用錢，我開始存錢買渴望擁有的東西，開始捨不得亂花錢，開始覺得好多東西都很貴，開始理解「有錢不是萬能，沒錢萬萬不能」的處境，開始體諒父母賺錢的辛勞。但這些了解與體諒，始終停留在「知易行難」的階段。

每天省吃儉用存了一個月的錢，只要和朋友逛一次街，就立刻成為阮囊羞澀的「月光族」，早午餐就常常是「布衣惡食、簞瓢屢空」，甚至舉債度日成為班上最大的「苦主」。每週一領到錢就還債，但又抵不過誘惑，再借再還，周而復始。最後讓債主媽媽知道，打電話到我家追討債款，嚇得我不敢接電話，覺得自己是通緝犯，也懷疑將來會是個「卡奴」，被黑道追殺的電影畫面似乎即將播放，難道這就是我朝思暮想，極力爭取零用錢支配權後所想要的生活嗎？

在一夜痛定思痛之後，我決定擺脫這種噩夢，改變休閒方式，婉拒逛街的邀約，和同學上圖書館或打球，如同預期支出立刻銳減。就這樣我在兩個月內還清債款，開始存錢，一年後我買了台翻譯機，這是我第一次見到自己用錢才買到這麼有價值的東西有了這次成功的理財經驗，爸媽很放心將壓歲錢和各項獎金都交給我處理，我將它分成三部分：一部分滿足我的口腹之慾，一部分做善事，目前我已和四位同學每月每人捐一百元，認養一個兩歲的小朋友，第三部分是存起來，現在我已存了一萬多塊，我下一個目標是到美國遊學，完成夢想。

我覺得善用零用錢的感覺真好，對我來說零用錢真是件美麗的東西！

解析

審題：

重點應該是說明自己規劃使用零用錢的經驗及其利弊得失，而非介紹零用錢的來源或炫耀金額的龐大，最後要歸結於培養正確的理財態度。

取材：

不管你有沒有零用錢，你對它一定有實際規劃使用的經驗，或期待如何規劃使用的慾望，這些經驗或期待均可入題，但必須是正當而有意義的。

其他：

最後要歸結於培養正確的理財態度，值得注意的是要合情合理，非成為「鐵公雞」或揮霍。

字字詁佳

- ✗「軟」囊羞澀 → ✓「阮」囊羞澀
- ✗「單」瓢「履」空 → ✓「簞」瓢「屢」空
- ✗通「輯」犯 → ✓通「緝」犯
- ✗「宛」拒 → ✓「婉」拒
- ✗「蛻」減 → ✓「銳」減
- ✗朝思「目」想 → ✓朝思「暮」想
- ✗口「復」之慾 → ✓口「腹」之慾

成語佳句

- 阮囊羞澀：形容經濟困窘，沒有多餘的錢。
- 布衣惡食：形容生活清貧，在穿著和飲食方面很節省樸實。
- 簞瓢屢空：形容生活困苦，沒有食物可以吃。
- 朝思暮想：形容非常的思念。
- 自己做的決定，就要用心去做。
- 一念之間，往往決定兩種不同的命運。
- 你的選擇就是做或不做，不做就永遠沒有機會。

我的敵人是自己

◎論說文

說明

人生難免有敵人，但是敵人不一定是別人，也可能是自己。請你以「我的敵人是自己」為題目，寫出一篇涵蓋下列條件的文章：

- 寫出哪些不良的習性讓你成為自己的敵人。
- 寫出哪些狀況使你被敵人打敗？並產生何種嚴重的後果？
- 寫出如何下決心打敗敵人贏得勝利。

範文

人生有無數的競爭與考驗，必須夙夜匪懈地努力，甚至要結合盟友對敵人痛下戰帖，才能榮登勝利寶座。我，最強大的戰友是自己，最危險的敵人也是自己。

曾經放縱自己讓惰性牽著鼻子走，明明事情已迫在眉睫，卻仍然忍不住想偷閒逸樂，其實也知道後果嚴重，但理智永遠吃敗仗，被情緒狠狠踩在腳下。

我很喜歡看漫畫和武俠小說，即使到了段考前幾天，通往圖書館的背包仍放著數本「課外讀物」，每複習一個段落，便拿起來看數分鐘，但幸運之神始終眷顧我，每次段考分數也都在預估之內，所以這種不良習慣便順理成章地跟隨著我。

國二寒假前老師通知一開學就要舉行模擬考，不過我整個寒假都將時間揮霍在漫畫和武俠小說上，晚上還當「孝子」陪媽媽看偶像劇，直到開學前幾天才驚覺該複習的書已蒙上一層肥沃的塵土，當下有點恐慌，想立即著手改進，但大部分還是沉醉在逸樂上。果然報應到了，模擬考成績超乎想像的慘，我被敵人——自己的惰性打敗了。

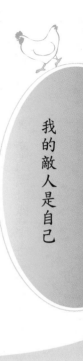

當下我痛定思痛，如果我能把看電視的殷勤，看漫畫的熱情，看武俠小說的執著，通通用在課業上，我的成績一定突飛猛進。就這樣我找回了盟友——理性，我將零用錢存入銀行，迫使自己無法租書，拒絕誘惑，強迫自己和基測做長期抗戰，這次我意志堅定，打敗自己的惰性，果然成績大幅進步。

一個人最大的敵人就是自己，也許是[illegible]，也許是永不滿足的慾望，也許是得過且過的態度，也許是同流合汙……，這些心魔都會將人銬上鐵鍊拉離陽光走向陰暗。所以如果想要和鴻鵠一樣展翅翱翔，在天空揮灑彩筆，就要克制自己的心魔，向著陽光跑，才能在自己的天空畫上彩虹。

解析

審題：

題目是「我的敵人是自己」，因此「敵人是別人」的狀況，不宜著墨太多，甚至可完全捨棄，僅就自己不良的習性去檢討改進即可。

取材：

可以取材多種缺點，也可以集中火力詳細介紹自己某一項缺失，以及招致的後果。最後，描述自己如何改正缺失，才是論述的重點。

其他：

本文重點是在「自己」身上，並非大肆介紹「敵人」，應檢視個人有哪些「失敗因子」，以致造成別人的傷害或自己的墮落，針對此詳細探討論述。

牢牢記住

- ⊗「兢」爭 ↓ ✓「競」爭
- ⊗「宿」夜匪懈 ↓ ✓「夙」夜匪懈
- ⊗「墮」性 ↓ ✓「惰」性
- ⊗迫在眉「捷」↓ ✓迫在眉「睫」
- ⊗揮「豁」↓ ✓揮「霍」
- ⊗「因」勤 ↓ ✓「殷」勤
- ⊗鐵「練」↓ ✓鐵「鍊」
- ⊗「紅」鵠 ↓ ✓「鴻」鵠

成語佳句

- 夙夜匪懈：從早到晚都很勤奮，一點也不偷懶。
- 迫在眉睫：比喻非常的急迫。
- 順理成章：比喻事情完成得很合理、自然，絲毫不勉強。
- 最強大的戰友是自己，最危險的敵人也是自己。
- 一個人最大的敵人就是自己，也許是惰性，也許是永不滿足的慾望，也許是得過且過的態度，也許是同流合汙……，這些心魔都會將人銬上鐵鍊拉離陽光走向陰暗。

我的○○訪談記

◎記敘文

說明

世人大多容易羨慕他人的成就，嗟嘆自己的處境。透過訪談，可以幫助我們祛除盲目豔羨他人的迷思，進一步學習到他人成功的要訣。請你以「我的○○訪談記」為題目，寫出一篇涵蓋下列條件的文章：

- 確立一位訪談對象。
- 文章需以對話形式寫成。
- 忠實記錄受訪對象的甘苦談。

範文

她年紀不大，卻輕易地在我們班上稱霸；身材不高，聲音卻能響徹雲霄；外型不胖，說出的話卻像聖旨不容違抗。她就是本班的導師——吳慈茬老師。

問：老師才從學校畢業不久，為什麼管理學生的經驗如此老道呢？

吳：因為我力行「三多」呀！多問——問資深老

察——透過同學的反應，可以幫助我進一步了解同學的心態；多體諒——有些事情設身處地的想一想，就知道怎麼和同學相處了。

問：老師的身材蠻嬌小的，但是訓起人來，連隔壁班同學都會被嚇到。請問您是如何訓練自己的肺活量呢？

吳：我家是開鐵工廠的，家裡很吵，潛移默化之中，就成了大嗓門，想不到竟成為管教學生的利器，只能說是無心插柳的結果吧！

問：老師每次承諾我們的事，都一定會做到，可不可以傳授我們祕訣呢？

吳：每次我對同學的承諾，都會仔細地記下來。因為只有言而有信，同學才會把老師的話當一回事，老師處理起事務也就容易達到事半功倍的效果了。

問：有人說「老師」這種職業是「打人罵人還有錢拿，周休二日還有寒暑假」，請問您對這種說法有何見解？

吳：其實如果不是因為關心同學，我又何必叨叨念念呢！至於工作時間，我每天七點二十分就來陪同習，工作時數很長呢！

透過對吳老師的訪問，讓我深深了解老師就像是同學在學校的父母，要操心掛念的事也不在少數，並非想像中的那麼輕鬆呢！

解析

審題：

題目叫「訪談錄」，必定是有「訪」有「談」，宜以對話方式表現問答內容。

取材：

可選擇一位自己熟悉的對象，採訪前，宜針對受訪對象的特徵，或受採訪者比較有興趣的事項進行問題設計，避免問些隱私問題，以免造成反效果。

其他：

設計問題時要避免受訪者僅用簡答句便可回答（如：您喜歡看書嗎？您喜歡吃什麼食物？），宜讓受訪者有發揮的空間（如：您最喜歡看哪一類的書？為什麼？這些書對您的人生有何影響呢？）。

⊗雲「宵」↓ ✓雲「霄」

⊗聖「紙」↓ ✓聖「旨」

⊗「桑」門↓ ✓「嗓」門

⊗祕「絕」↓ ✓祕「訣」

⊗研「息」↓ ✓研「習」

成語佳句

- 設身處地：比喻客觀地替別人設想。
- 潛移默化：人的思想、習性不知不覺受到環境或別人的影響，而發生變化。
- 無心插柳：指無意的舉動，竟然產生出乎意料的效果。
- 事半功倍：花費的精力雖少，效果卻很大。
- 韓愈：「師者，所以傳道、授業、解惑也。」
- 一日為師，終身為父。
- 林肯：「噴泉的高度，不會超過它的源頭。一個人的事業也是如此，它的成就絕不會超過自己的信念。」
- 黑格爾：「最偉大的天才如果終日躺在草地上，讓微風吹拂，眼望天空，那麼溫柔的靈感也不會光顧他的。」

我的寵物

◎記敘文

說明

飼養寵物的熱潮席捲全球，寵物已然成為人類的心肝寶貝、也是最忠實的朋友。請你以「我的寵物」為題目，寫出一篇涵蓋下列條件的文章：

- 陳述你的寵物為何？外型、特性等。
- 描述你照顧寵物的經驗。
- 抒發你和寵物的感情。

範文

每當我經過寵物店時，必定駐足凝視櫥窗內的動靜，這片刻的寧靜彷彿能解我心靈上的渴求，給我滋潤。飼養寵物一直是我的夢想，想不到一向反對養寵物的媽媽，竟然在不速之客「小昔」的造訪下，答應讓她成為家中的一份子。

小昔是我在家門前人行道上發現的一隻小貓咪。牠被放在一個舊紙箱裡，當我引頸朝紙箱一望，小昔彷佛訴說著被主人遺棄的辛酸。當下的我忍不住帶牠回家，幫牠洗澡、餵她喝牛奶。因為牠一直是我殷切期盼的寵物，所以我決定將牠取名為「小昔」。

聰明伶俐的「小昔」很快就擄獲全家人的心，更與我形影不離、如膠似漆，但是好景不常，小昔竟然被媽媽發現身上有跳蚤，如此一來我就必須與小昔保持距離，直到跳蚤被驅離為止。

猶記得那天放學回家時，媽媽語帶玄機告訴我，小昔已經得到「白衣天使」的拯救，應該很快就能重回大家的懷抱。我聽到這個消息雀躍萬分，十分慶幸媽媽是護士，能幫我解決連日來的痛楚，心中好像有千萬隻蝴蝶翩翩起舞那般快意！

晚餐過後，我尋覓著小昔的身影，最後在書桌底下發現牠口吐白沫、氣絕身亡，想要急救卻已是回天乏術！媽媽愧疚地表示她只是對小昔噴了殺蟲劑，怎知就成了劊子手呢？

爸爸說：「生離死別乃人之常情，不要沉溺於哀傷中，相信小昔在天之靈也不願看到這般光景。」在全家人耐心地開導之下，我漸漸地走出生命的陰霾，一起環遊世界、一起賽跑、一起到公園散步……。

解析

審題：

題目是「我的寵物」，撰寫時要將重心放在描寫自己曾經飼養的寵物。不過別寫成「電子寵物雞」，或是電腦上養的虛擬寵物。

取材：

大部分的人都有飼養寵物的經驗，如：貓、狗、鳥、魚、變色龍、黃金鼠、甲蟲、蟬寶寶……。可以把飼養的過程細膩描述，寫出與寵物的互動。

其他：

萬一從未有飼養寵物的經驗也不必驚慌，可以運用想像之筆寫出心中的寵物，或將別人飼養的經驗轉化成為自己的，千萬別交白卷。

牢牢記住

- ⊗「住」足→ ✓「駐」足
- ⊗「伺」養→ ✓「飼」養
- ⊗聰明「靈」俐→ ✓聰明「伶」俐
- ⊗「虜」獲芳心→ ✓「擄」獲芳心
- ⊗「趨」離→ ✓「驅」離
- ⊗「偏偏」起舞→ ✓「翩翩」起舞
- ⊗愧「咎」→ ✓愧「疚」
- ⊗「筷」子手→ ✓「劊」子手
- ⊗陰「埋」→ ✓陰「霾」

成語佳句

- 不速之客：沒人邀請就自己來訪的客人。
- 如膠似漆：像漆和膠那樣地緊密黏著。比喻感情的堅固或親密。
- 雀躍萬分：形容十分高興的樣子。
- 回天乏術：比喻已經無法挽救。
- 生離死別乃人之常情，不要沉溺於哀傷中。
- 心情的包袱可重可輕，全看你自己。

我們這一家

◎記敘文

說明

國中三年是一段重要的人生旅程，朝夕相處的老師和同學，情感甚至會超越家人呢！請你以「我們這一家」為題目，寫出一篇涵蓋下列條件的文章：

- 班級像個大家庭。
- 你和同學之間的情感如何呢？
- 你對班級同學的描繪。
- 即將畢業，說說你的感受吧！

範文

三年來，我們同甘共苦，經歷無數的考驗，包含艱難的學科考試、激烈的班際競賽、相處時難免的爭執、還有為了班級活動辛苦練習的深刻記憶。如今，我們將要為這三年畫下完美句號。我們這一班，導師和同學間，早已因為朝夕相處，淚與笑交織，牢牢的成為情感相繫的一家人了！

導師，他循循善誘，潛移默化中，帶領大家進入知識與道德的殿堂。有三十一位來自四面八方，個性迥異的同學，經由三年的磨練，長高長壯，更在人格上增長了智慧。

回想當時，初次見面，大家從怯生生不敢交談，逐漸熟悉到無話不談；再由無話不談，到為了意見不和而齟齬爭吵，甚至冷戰絕交；經由導師睿智的開導，三年來，我們的情感逐漸穩固，成為不可或缺的終生益友。

我們這一家，有最會搞笑的阿昌，當他和小傑一唱一和，總能將班級氣氛帶到最熱烈！有最會打球的老宋，三分線神準，防守一級棒，是球隊的精神領袖。也有憂國憂民的俊俊，常常向同學們提出治國良策，說得頭頭是道，只是大多為紙上談兵。不過，俊俊非常熱中於研究政治，將來倒是可以從政吧！還有最愛打架鬧事的阿通，他的個性仗義行俠，路見不平就要拔刀相助，有時候衝動過度，闖下大禍，全賴我們導師去解決。阿通算是暴虎馮河，有勇無謀那一型的，但是對同學真是照顧有加，所以人緣也不錯呢！

朋友分別，讓人頓時覺得依依不捨。因為大家的真心相處，我們早已是密不可分的好伙伴，雖然「天下沒有不散的筵席」，但是，我們都深信「千里共嬋娟」這句話，即使天涯海角，我們的友誼都不會改變。我們這一家，心意將永遠緊密結合在一起！

解析

審題：

重點要放在「情感」，因為情感使一家人聯繫在一起，這樣的聯繫才有意義。

取材：

先寫出一開始的陌生，和即將分別時的依依難捨，兩相對照，產生「家」的情感。此外，對人物的簡要敘述，可以使讀者產生具體的印象。

其他：

因為本文屬於生活化的題目，寫來容易平淡沒有特色，所以務必在辭藻上多用心，多引用些名言佳句。

字字[illegible]

- ⊗「堅」難→ ✓「艱」難
- ⊗沉「著（ㄓㄨˋ）」→ ✓沉「著（ㄓㄨㄛˊ）」
- ⊗「店」堂→ ✓「殿」堂
- ⊗個性「迴」異→ ✓個性「迥」異
- ⊗「怯（ㄑㄝˋ）」生生→ ✓「怯（ㄑㄩㄝˋ）」生生
- ⊗「咀」齬→ ✓「齟」齬
- ⊗「瑞」智→ ✓「睿」智
- ⊗「蜜」不可分→ ✓「密」不可分
- ⊗「延」席→ ✓「筵」席

成語佳句

- 循循善誘：表示有步驟地引導、教育。
- 頭頭是道：形容說話或做事有條有理。
- 紙上談兵：比喻不合實際的空談。
- 暴虎馮河：比喻人空有勇氣卻無謀略。
- 天下沒有不散的筵席。
- 蘇軾「水調歌頭」：「人有悲歡離合，月有陰晴圓缺，此事古難全。但願人長久，千里共嬋娟。」
- 舒適的家帶給人快樂，只有健康與良心比家重要。

我最得意的事

◎記敘文

說明

當你做了得意的事時，一定希望能與他人分享。而每個人從小到大，多多少少都有一些值得稱說的事。請你以「我最得意的事」為題目，寫出一篇涵蓋下列條件的文章：

- 請述說一件自己認為最得意的事。
- 請將事情的經過詳細描述。
- 請寫出當時的感受。

範文

從小我就是個活潑的女孩，既愛唱歌又愛跳舞，還會自己編劇、自己表演，雖然我常代表班上參加比賽，不過這些戰績都不算是我最得意的事。

至於我最得意的事是什麼呢？這學期我當選了全校的模範生，還是第二高票呢！這份榮耀，到現在我還覺得好像在作夢一般。

要好。我的成績雖不是第一名，不過我很熱心，願意為同學服務；我稱不上十全十美，不過我心地善良，常會為弱小的人，付出我的愛心。記得有一次，我和同學到孤兒院陪小孩子玩，我教他們唱歌、跳舞，大家玩得好開心啊！我也覺得非常有意義。

模範生競選活動開始時，同學一致推選我，大家為我製作宣傳的海報，義務為我拉票。我因為要上台自我介紹，特別寫了一段話，以「數來寶」的方式呈現，內容是：「今天來到貴寶地，介紹我來給你知，活潑聰明又有禮，熱心助人有勇氣，希望大家多鼓勵，幫忙我能得第一呀！得第一！」

到了投票日，我開始有點患得患失，「既期待又怕受傷害」，正是我的寫照。同學們也很緊張，投完票就到各班去看開票。不一會兒紛紛回報，都認為我很有希望當選，我也滿心歡喜地等待結果。

時間一分一秒地過去，票數終於統計完成，班導師高興地宣布，我以第二高票當選為模範生。這時我整個人像浮在雲端一般，在同學的恭喜聲中，我感動地流下歡喜的淚水。我一邊與周圍同學握手，一邊大

這就是我最得意的事　因為我收藏了同學們的

真情真意。我將永遠記住！

解析

審題：

題目中有「最」這個字時，意思就是「唯一」，也就是只能述說某一件事、某一個人或某一個地方等。接下來看主題，要寫的是得意的事，其他有關於悲傷、憤怒、緊張、不快樂的事，要拋諸腦後。再來是將記憶最深刻的事，書寫出來。

取材：

得意不僅是高興或快樂而已，應是經過一番努力或苦思，終於有了成果的愉快感受。依此線索去搜尋，很快就能找出想與大家分享的得意事了。

其他：

沈復的「兒時記趣」和琦君的「畫狗點睛」二文，可多參考仿效。

牢牢記住

- ✗編「據」→ ✓編「劇」
- ✗戰「蹟」→ ✓戰「績」
- ✗「兢」選→ ✓「競」選
- ✗「即」……又→ ✓「既」……又
- ✗「換」得「換」失→ ✓「患」得「患」失
- ✗「血」照→ ✓「寫」照
- ✗回「抱」→ ✓回「報」
- ✗收「藏（ㄔㄤˊ）」→ ✓收「藏（ㄘㄤˊ）」

成語佳句

- 患得患失：形容人太在意個人得失，對於得到或失去都感到害怕。
- 愛默生：「若真心助人，自己也必定會獲得他人的幫助。這是人生最美的報酬。」
- 天上最美的是星星，人間最美的是真情。
- 有很多良友的人，就等於擁有很多的財富。
- 真正的朋友不把友誼掛在口頭上，他們並不為了友誼而相互要求一點什麼，而是彼此為對方做一切辦得到的事。

我最喜歡上的課

◎記敘文

說明

每個人的興趣不同，喜歡的學科也跟著大異其趣。有人喜歡舒活筋骨的「體育課」，有人喜歡進入時空隧道的「歷史課」。請你以「我最喜歡上的課」為題目，寫出一篇涵蓋下列條件的文章：

- 寫出最喜歡的科目名稱。
- 詳述上課過程和喜歡的原因。
- 寫出對這門科目對你的影響。

範文

「春去秋來，歲月如梭，遊子傷漂泊……」，電視傳來這首弘一大師李叔同填詞的名曲「憶兒時」，我的思緒也跟著回到國小求學時期的「音樂課」。

從有記憶以來，就常常聽到當過日本兵，走過日治時代的阿公一邊洗澡、一邊哼唱日本歌謠。耳濡目染下，我也愛上了歌唱。上了學校後，我更是鍾情於「音樂課」。

我記得很清楚，一到星期三我就雀躍不已，午休時更是興奮地睡不著覺，想著等一下音樂老師要教唱哪一首歌曲？忍不住將音樂課本拿起來瀏覽一番。等到開始上課練習發聲時，旁邊的同學都漫不經心地應付，只有我鄭重其事，精神專注地搏命演出。當「回憶」、「科羅拉多之夜」、「馬撒永眠黃泉下」、「奇異恩典」等美妙樂章，從有氣質的音樂老師手指間滑流而出時，我的「喜怒哀樂」也跟著旋律找到宣洩出口。

「美好的時光總是短暫的」，四十五分鐘的音樂課倏忽即逝，我頻頻抬頭看牆壁上的掛鐘，剩下十分、五分、三分……，鐘聲一響，我的心情跟著跌到深不見底的谷壑。接下來迎接我的又是一連串讓人身心俱疲的考試。

聽說高中的課業壓力還是很沉重，我也知道長大就業後，雖然不再有升學陰影，代之而起的是經濟壓力。每天上班的情緒會隨著老闆的臉色而起伏，當我受了委屈無人可傾訴時，我想我都可以藉著歌聲吐出怨氣。無論進了高中，或出了社會，我都打算參加合唱團，讓自己接觸更多的「音樂課」，所以「音樂課」不只是我現在的最愛，更將是陪伴我一輩子的情人。

解析

審題：

題目是「我最喜歡上的課」，不要寫成「兩個」以上的課。如果順道提到「不喜歡」的課作對比，要點到為止，不可喧賓奪主。

取材：

學校所教授的科目都可以取材，如「英語」、「體育」、「電腦」、「歷史」等，只要情有獨鍾，都可以寫之有物。

其他：

若是描寫歷史課，可援引《三國演義》一書開頭；若是描寫體育課，可用運動比賽開頭。本文描寫音樂課，就以「憶兒時」的歌詞當起端，其他科目皆可以此類推，如此寫來就很容易上手了。

牢牢記住

- ⊗歲月如「唆」→ ✓歲月如「梭」
- ⊗「漂（ㄆㄧㄠˋ）」泊→ ✓「漂（ㄆㄧㄠ）」泊
- ⊗耳「儒」目染→ ✓耳「濡」目染
- ⊗「鐘」情→ ✓「鍾」情
- ⊗雀「耀」不已→ ✓雀「躍」不已
- ⊗「流」覽→ ✓「瀏」覽
- ⊗「正」重其事→ ✓「鄭」重其事
- ⊗「速」忽即逝→ ✓「倏」忽即逝
- ⊗谷「豁」→ ✓谷「壑」
- ⊗「頃」訴→ ✓「傾」訴

成語佳句

- 歲月如梭：比喻時間消逝得很快速。
- 漫不經心：絲毫不留意，也就是不以為意。
- 鄭重其事：以嚴肅認真的態度來處理事情。
- 身心俱疲：比喻非常的疲困。
- 王維：「行到水窮處，坐看雲起時。」
- 歡笑是心靈的慢跑運動。
- 學音樂的孩子不會變壞。
- 體操能鍛鍊身體，音樂可以陶冶精神。

我最喜歡的一種水果

◎記敘文

說明

台灣地區四季如春，水果種類繁多，令人食指大動、垂涎欲滴。請你以「我最喜歡的一種水果」為題目，寫出一篇涵蓋下列條件的文章：

- 描繪出水果的外貌和內在。
- 寫出你喜愛它的原因。
- 寫出品嘗後的滋味。

範文

南台灣路旁隨處可見的香蕉園裡，掛滿了成串成串，像極了風鈴樣的佳品，穿著青色系的樸素衣裳，她是我最喜歡的一種水果——香蕉。

每次媽媽從菜市場買回來成串的香蕉時，我總是迫不及待地想將她鮮麗衣裳褪下，當她那「有點兒香又不會太香」的味道撲鼻而來，就會讓我食指大動，忍不住要趕快咬下那「幼綿綿，白抛抛」的第一口。就這樣，輕輕鬆鬆地咬上一口，Q而不黏，甜而不膩的滋味，順口的讓我一根接著一根的下肚……，這種「桌上拿柑——輕而易舉」的事，使我很容易就忘了女人的大敵——熱量。等到記得停口時，早已經三根香蕉下肚了呢！

夏日炎炎的香蕉是果中極品，每回上學途中，我總是看著大貨車，載著滿車包裝精美的香蕉，一看就知道是準備要「外銷的國貨」，替台灣繼續保持「香蕉王國」的美譽。渾圓飽滿的香蕉，鮮黃的外衣，沒有半點兒的瑕疵，將之比作陰曆初三的月兒，是有過之而無不及的。香蕉「幼綿綿，白抛抛」，有著特殊的滑潤口感，而她充滿彈性的嚼勁，更是其他水果所望塵莫及的，莫怪東瀛人對她如此鍾愛了。

說到香蕉的典故，我最熟悉的是唐朝僧人兼書法家懷素了。懷素曾在庭院中種植芭蕉，以芭蕉葉代替紙張，勤練書法，名曰「種紙」，這種特殊的環保「造紙」方式，真是讓現代造紙術甘拜下風。而小說《西遊記》當中，鐵扇公主的那把專門煽除火焰山上，強烈火勢的芭蕉扇，更是讓我印象深刻，作者吳承恩可說是有無限豐富的想像力啊！

時至[illegible]雖然轉多，且香蕉[illegible]至今未曾改變，轉[illegible]

僅凝神在她婀娜的英姿上，也沉醉在她迷人的滋味裡，她像極了成串成串的大型綠色風鈴高掛樹上，她就是我最喜歡的水果——香蕉。

解析

審題：

寫「一種」水果即可，不要寫成「很多種」水果。

取材：

說明中提到台灣，所以應該盡量寫台灣本土水果，避免描述進口水果。

其他：

陳幸蕙的「碧沉西瓜」一文，形容西瓜，運用色彩的對比、調和，與擬人、譬喻等修辭技巧，生動地描述出西瓜的形體、色彩、分布及享用時的痛快感覺。白居易的「荔枝圖序」一文，則形容荔枝的產地、樹形、葉、花，最後到果實，後多方面摹寫，將荔枝的形象，生動鮮明地呈現出來。二文都是值得參考仿效的好文章。

⊗風「玲」→	✓風「鈴」
⊗迫不及「代」→	✓迫不及「待」
⊗「褪（ㄊㄨㄟˋ）」下→	✓「褪（ㄊㄨㄣˋ）」下
⊗「混」圓→	✓「渾」圓
⊗瑕「此」→	✓瑕「疵」
⊗東「贏」人→	✓東「瀛」人
⊗「鐘」愛→	✓「鍾」愛
⊗「巴」蕉→	✓「芭」蕉
⊗婀「娜（ㄋㄚˋ）」→	✓婀「娜（ㄋㄨㄛˊ）」
⊗「沈」醉→	✓「沉」醉

成語佳句

- 食指大動：美味當前，令人非常想飽餐一頓。
- 望塵莫及：比喻別人進展很快，自己卻遠遠落後。
- 甘拜下風：表示誠心誠意地佩服，自認程度不如他人。
- 元朝關漢卿：「秋蟬兒噪罷寒蛩兒叫，淅零零細雨打芭蕉。」

我最喜歡的植物

◎記敘文

說明

植物可以美化環境，栽花更可以做為生活調劑。請你以「我最喜歡的植物」為題目，寫出一篇涵蓋下列條件的文章：

- 引用古人愛花的典故和緣由。
- 描述自己喜歡的植物外觀、特色等。
- 描述自己為何喜愛此株植物的原因。

範文

蒔花養卉不只是現代人用來增添生活情趣，美化環境的專利，古人中愛花花草草的人也不少，例如：大書法家王羲之的兒子——王徽之，就愛竹成痴。北宋詩人林逋在住處種滿了梅樹，「以梅為妻」的典故從此傳頌不衰。

至於詩人陶淵明獨鍾不與眾芳爭妍的菊花，恰與他離群索居的孤高性格不謀而合。而蓮花「出淤泥而不染，濯清漣而不夭」的君子形象，自然為剛直不阿的周敦頤所喜愛。

我雖然沒有王徽之與林逋對花的痴情，卻對「玫瑰」十分鍾愛。據說，玫瑰是希臘女神為了大地美麗，而撒下的花種，因此，遂成為美麗的象徵。觀看玫瑰含苞欲放的蓓蕾，就像是戀人間的絮語急欲傾吐；花朵上醉人的色澤彷彿是少女初遇情人時，躍上臉龐的一抹嫣紅；而身上的刺則是女孩高明的防衛，用來提醒心急的追求者應該注意的禮貌。

如果你認為如此迷人的花朵該當擁有濃烈的香氣，那你可就錯了！淡雅的香味，與一般時下的花朵大相逕庭，反而更襯托出「她」高雅的氣質。這也難怪玫瑰會成為愛侶間傳情的暗號，不同的朵數，甚至代表不同的意涵。

我之所以鍾愛玫瑰，絕對不只是因為她的外形討喜，而是當我手拈玫瑰時，我便會想起聖修伯理所著的《小王子》。小王子曾經說過：「因為有一朵我們看不見的花，星星才顯得如此美麗。」當時的他困居地球，於是，他藉由仰望星際裡自己所珍愛的那朵玫瑰花，使心靈得到平靜。

因此，當我懷抱著玫瑰時，我內心的小王子便會湧現，提醒我在成為大人之際，也要保持赤子之心。這也就是為什麼我會如此珍愛玫瑰的原因了！

解析

審題：

本文雖屬記物類的文章，但在描述植物的外觀之餘，更要做內在情意的聯想，方可顯出文章的深度。

取材：

要描述植物的外觀其實不難，但要將植物做內在情意的衍伸就不簡單。自古以來，中國人便根據植物的外形、生長特性賦予它獨特的情操，例如：竹子代表虛心有節；松柏代表堅忍不拔；蓮花代表正直不阿；菊花代表隱逸超脫等。因此，在撰寫此類文章時，不妨仔細思考自己所喜愛的植物，是否有些特殊意義再行文，這樣寫出來的文章才具深度。

其他：

周敦頤的「愛蓮說」是一篇極為成功的詠物文，不妨多加參考。

牢牢記住

- ⊗「時」花→ ✓「蒔」花
- ⊗傳「訟」→ ✓傳「頌」
- ⊗爭「研」→ ✓爭「妍」
- ⊗「貝」蕾→ ✓「蓓」蕾
- ⊗「敘」語→ ✓「絮」語
- ⊗「妨」衛→ ✓「防」衛
- ⊗手「黏」玫瑰→ ✓手「拈」玫瑰

成語佳句

- 蒔花養卉：種花、栽花。
- 大相逕庭：比喻兩者完全不同，差異很大。
- 不謀而合：事情沒有經過商量，而彼此的意見或行動卻一致。
- 狷介不阿：形容人很廉潔耿直。
- 《小王子》：「因為有一朵我們看不見的花，星星才顯得如此美麗。」
- 拿破崙：「不生長花兒的地方，人無法生活。」

我最愛的一首歌

◎記敘文

說明

有時，聽到熟悉的旋律，總會讓人放下手邊工作，靜靜地隨著節奏，回想起一段令人刻骨銘心的往事。請你以「我最愛的一首歌」為題目，寫出一篇涵蓋下列條件的文章：

- 寫出該首歌的曲名。
- 寫出你聽到這首歌的聯想。
- 寫出你喜愛它的原因。

範文

「月亮在我窗前徜徉，投進了愛的光芒……」，放學了，在爸爸開著轎車載我回家的擁塞路上，我不經意地打開調頻電台，無意中聽到這首蔡琴小姐的「月光小夜曲」，思緒也跟著飛到那次的宜蘭旅遊。

那年三月初春，我和爸爸陪伴年邁的阿嬤搭著火車，要到傳說中的「莎韻之鐘」一遊。我們在宜蘭南澳鄉的「武塔」小村下車，小村只有一條小路，午後走來，靜的像是被遺忘的時光。偶爾，會有路邊戲水的泰雅族小孩，微笑地用深邃大眼睛好奇探問陌生人。轉個彎，「莎韻之鐘」就在街尾，阿嬤說它是紀念日治時代泰雅族小女生「莎韻」送行日本老師出征，過「南澳南溪」時不幸落水身亡的感人事蹟。

當時這事件轟動全台，日本總督隨即送來一口「莎韻之鐘」，以示台日百姓感情深厚。「莎韻之鐘」不只是一口鐘，日後更拍成電影，主題曲更是一首膾炙人口的歌曲，多年後翻唱成國語版的「月光小夜曲」，至今仍深受歡迎。

這時，我不禁哼唱起國語版的「月光小夜曲」，阿嬤則不甘示弱地用日文唱出原曲，歌聲中帶著無限的淒涼滄桑。我們互相約定，明年此時還要再來此地，再一起唱「月光小夜曲」。

哪知回去不久，阿嬤就中風坐在輪椅上了，這個夢想自然也無法實現。再過幾年，阿嬤抵不過病魔摧殘，永遠離開牽掛她的家人了。當阿嬤的靈柩停在火葬場，突然傳來「月光小夜曲」大辣辣的演奏旋律，原來是別的喪家聘請的送葬樂隊，曾幾何時，它竟然成了葬場上的樂曲。

「月亮在我窗前徜徉，投進了愛的光芒……」，阿嬤的棺材就在熊熊大火中，一切煙消雲散，耳際卻響起了阿嬤的淒涼歌聲。

解析

審題：要清楚地寫下自己最喜愛的一首歌，不用提及他人之歌。歌詞不用全部抄寫出來，可陳列其中精華句，再簡述歌曲大意即可。

取材：電視流行歌曲，學校音樂課教唱的曲目，都是很好的寫作材料，但是以悲哀感人為佳，本文就是以「曲在人亡」為主軸，讓讀者感受當中的悲傷。

其他：不妨以一首歌的開頭歌詞作首段開場，再以該曲的歌詞結尾當末段結束，中間夾雜故事，寫出喜歡的原因和歌曲的背景，這樣會有「前呼後應」的神奇效果。

牢牢記住

- ⊗「徜（ㄊㄤˊ）」徉→ ✓「徜（ㄔㄤˊ）」徉
- ⊗「驕」車→ ✓「轎」車
- ⊗交通「雍」塞→ ✓交通「擁」塞
- ⊗深「遂」大眼睛→ ✓深「邃」大眼睛
- ⊗感人事「績」→ ✓感人事「蹟」
- ⊗膾「灸」人口→ ✓膾「炙」人口
- ⊗約「訂」→ ✓約「定」

成語佳句

- 膾炙人口：比喻詩文等作品受到大眾的讚美和傳頌。
- 不甘示弱：不甘心表示自己比別人差。
- 煙消雲散：比喻事物如炊煙和白雲般消散。
- 孟子：「獨樂樂，不若眾樂樂。」
- 杜甫：「錦城絲管日紛紛，半入江風半入雲。此曲只應天上有，人間能得幾回聞。」
- 白居易：「今夜聞君琵琶語，如聽仙樂耳暫明。」

我最愛的運動

◎記敘文

說明

運動使人身體健康，精神愉快！請你以「我最愛的運物」為題目，寫出一篇涵蓋下列條件的文章：

- 介紹這項運動和你學習的機緣。
- 寫出你喜愛這項運動的原因。
- 寫出你如何克服困難去學習。
- 寫出它帶給你的最大樂趣。

範文

我最愛的運動是籃球，然而籃球在人們的印象中，似乎擅長的都是男生，對女生而言，它只是一項「搶來搶去，撞來撞去」的「暴力運動」，但認識它的人，都知道它是一種老少咸宜的運動……。

第一次認識籃球，是在我國小四年級的時候，因為學校地處偏遠，學生人數少，所以學校校隊經常都是同一組人馬擔任，於是我從體操隊轉為田徑隊，再由田徑隊員轉而成為籃球隊員，可謂「一兼二顧，摸蛤仔兼洗褲」。

當時我的籃球啟蒙老師是剛從體育系畢業的年輕男老師——黃清田老師，他所使用的方式是絕對的「斯巴達」教育，一大早若是遲到了，被罰以「青蛙跳」方式繞行操場兩圈是常有的事。我們這批娘子軍，從未有人敢抱怨，為了贏得佳績，即使烈日當下，我們揮汗如雨，鼻子被晒得脫皮，皮膚黝黑發亮，也甘之如飴。籃球講求的是團隊默契與精神，不論前鋒、後衛或中鋒，每次出手都是關鍵的一球，透過籃球運動，我們拓展了人際關係，更見識到了別人精湛的球技，勉勵自己精益求精。

學好籃球沒別的捷徑，就是要不斷地運球、投籃、跑步，一天當中左右手各運球千次，左右籃下投籃百次，跑步十回……。我們就在這樣的苦練下，連續兩年拿下全縣國小女子籃球賽的冠軍寶座，為自己的小學階段畫下美麗的句點。

球場上，我學會忘記一切的煩惱，不管是黃昏或是清晨，在激戰過後，感受微風穿透溼衣裳，那種汗涔涔卻沁涼的感覺，摸著自己微微溫熱粉紅的臉龐，真讓人有種漫步雲端的感覺。那時，我看到最原始的自己，也因為這樣，我最喜歡打籃球的自己，而籃球是我最愛的運動。

解析

審題：

題目的重點是「最愛」，所以一定有特色可寫；注意不要寫成時下流行，但是自己並不熟悉的運動。

取材：

取材以自己喜歡，大家又熟悉的運動來加以介紹最好，這樣寫來才能得心應手和引起共鳴。

其他：

侯文詠的「與風同行」一文中，介紹慢跑運動，強調慢跑要找到自己的速度與方式，要能融入自然，運動當下，心情自由聯想，想像自己是一隻飛翔的鳥，才能夠「與風同行」。而王溢嘉的「音樂家與職籃巨星」一文中，介紹「成功不是偶然，絕對是靠無數個苦練得來」，二文之鋪陳技巧皆值得揣摩學習。

牢牢記住

⊗「藍」球→ ✓「籃」球

⊗擅「常」→ ✓擅「長」

⊗「嘉」績→ ✓「佳」績

⊗「黝（ㄧㄡˋ）」黑→ ✓「黝（ㄧㄡˇ）」黑

⊗精「讚」→ ✓精「湛」

⊗煩「腦」→ ✓煩「惱」

⊗汗「岑岑」→ ✓汗「涔涔」

⊗「慢」步雲端→ ✓「漫」步雲端

成語佳句

- 老少咸宜：不論老年人或小孩子都適合。
- 一兼二顧，摸蛤仔兼洗褲：比喻雖做一件事情，卻兼有其他好處。
- 揮汗如雨：比喻流汗很多的樣子。
- 甘之如飴：比喻雖處在艱困的環境，卻能安心樂意，不認為是吃苦。
- 精益求精：好還要更好，進步還要更進步。
- 不經一番寒徹骨，焉得梅花撲鼻香。

我最愛○○的滋味

◎記敘文

說明

飲食文化已是我們生活中不可脫離的重心。而在眾多美食中，你最喜歡吃的食物是什麼？是香噴噴的滷肉飯、口味濃郁的紅燒牛肉麵，還是西方口味的披薩、漢堡？請你以「我最愛○○的滋味」為題目，寫出一篇涵蓋下列條件的文章：

- 請以一項食物作為描寫主軸。
- 描述此美食的色、香、味的感覺。
- 請書寫你對這項食物的喜愛程度及大快朵頤時的感受。

範文

無論春夏秋冬，豆花對我而言都是不可或缺的甜點，在我心中，它不只是味蕾的享受，也伴隨我童年一段甜蜜的回憶。

小時候，因為爸媽工作的關係，將我託給屏東的外婆照顧。記憶中，每到黃昏，外婆就會牽著我的小手，到廟口附近散步。廟口有位賣豆花的老伯，推著一輛古樸平實的推車，微風夾著叫賣的鈴聲，淡淡的豆香隨即湧現。外婆總會買碗豆花，祖孫二人，你一口我一口，在夕陽餘暉下，將口中香香滑嫩的豆花一嚥下，也嚥下了甜甜的、暖暖的親情。

升上小學後，每當放學我還是會先溜到廟口大快朵頤一番。尤其在炎夏的南台灣午後輕嘗一口冰涼的豆花，那真是人間一大享受。碗裡潔淨無瑕的豆花搭配渾圓黑亮的粉圓，加上晶瑩剔透的碎冰，一碗黑白分明清涼的豆花，就是天造地設完美的絕配。舀起一小匙，細細品嘗著糖水的豆花，軟Q有嚼勁的珍珠搭配綿密的手工豆花，有一種恰到好處的衝突口感，在輕輕咀嚼珍珠的同時，綿密的豆花已從口腔滑落到胃中。我想大師的醍醐灌頂也不過如此，這應該就是所謂的天堂吧！

即使是在寒冷的冬天，一碗熱騰騰的豆花更能驅趕寒冬的孤寂。濃濃辣辣的薑汁和著黑糖熬煮的糖水，拌著軟綿綿的花生和又嫩又滑的豆花一起入喉，真是令人難以忘懷的古早滋味。

如今，我已回到北部就學，面對現代都市中五花我想，豆花對我而言應不只是感官上、口味上的味道，而是記憶中一份濃濃的溫馨吧！

解析

審題：

題目是「我最愛○○的滋味」，○○必須是一道食物，在選擇上，最好能挑選自己喜歡吃，而且還有故事背景的食物，如此才有更大的寫作發揮空間。

取材：

寫美食不外乎色、香、味的描摹。可多運用感官摹寫的修辭方法，將食物的外觀、顏色、香味、口感一一描繪，在品嘗時細膩的感受更可具體生動地敘述。除了食物的摹寫外，文中還需加入的便是人的元素，這道美食是否有人為你準備？或者這道美食包含了哪些回憶？以提高文章的生命力。

其他：

在結構上，首段先破題寫出心中的美食是什麼？並敘述它對你有何特殊意義？文章主論部分再詳細描摹食物的特色或特別的故事，末段可回應首段，將情感連成一氣，首尾呼應。

⊗味「蕾（ㄌㄟˊ）」→ ✓味「蕾（ㄌㄟˇ）」
⊗甜「密」→ ✓甜「蜜」
⊗古「僕」→ ✓古「樸」
⊗餘「輝」→ ✓餘「暉」
⊗「趨」趕→ ✓「驅」趕
⊗潔淨無「暇」→ ✓潔淨無「瑕」
⊗「剔（ㄊㄧ）」透→ ✓「剔（ㄊㄧ）」透
⊗「決」配→ ✓「絕」配
⊗軟「棉棉」→ ✓軟「綿綿」

成語佳句

- 大快朵頤：形容享受美食佳肴時，吃得十分痛快的樣子。
- 天造地設：比喻事物配合得非常理想。
- 醍醐灌頂：佛教用來比喻灌輸給人智慧，使人徹悟。
- 五花八門：比喻事物變化莫測，花樣繁多。
- 漢書：「王者以民為天，而民以食為天。」
- 西方俗諺：：「早上吃得像個國王，中午吃得像個王子，晚上吃得像個乞丐。」

我最糗的一件事

◎記敘文

說明

在別人面前丟臉、出醜，的確是很令人難堪，不過也正因有這些奇特的事例，才會使我們的回憶充滿樂趣。請你以「我最糗的一件事」為題目，寫出一篇涵蓋下列條件的文章：

- 請敘述一件令你尷尬的糗事，並寫出發生的經過。
- 寫出事情發生時你的心情，旁人的反應。
- 事後再回想這件事，你的感受又有何不同？

範文

記得那是一個段考結束的午後，我正踏著輕盈的腳步準備和同學赴約，我們決定先去看場電影，再去夜市逛街。

瓣的裙襬，此時的我覺得自己就像是偶像劇的女主角。當我迎風走向公車站牌時，公車恰巧緩緩停靠在站牌旁。哈！運氣真好，就在我跑到公車門前一刻，腳底突然一滑，整個人如滑壘般地摔個四腳朝天，我以面朝上、張開雙手雙腳大字型的姿態，倒在地上。

此時此刻，我不只想找個地洞鑽進去，甚至想從人間蒸發。但最悲慘的還不只如此，只見公車門緩緩打開，好心的司機先生親切地問著：「同學！要不要上車？」天啊！我哪還有心情上車。我倉皇狼狽地坐在地上，向他搖搖頭。

「上來啦！沒關係！」司機先生操著一口不太標準的國語，繼續等待著我的答案。我尷尬的回答他：「不用了，我等下一班車。」但是司機還是不死心，繼續說著：「大家都在等你，趕快上來啦！」

上了公車，發現車上「座無虛席」，所有的乘客都投以「關愛」與「憐憫」的眼神注視著我，此刻的我，深深體會到「四面楚歌」的尷尬與不知所措，感覺自己就像一支放在熱水的溫度計，溫度直線上升、上升……。

和朋友茶餘閒聊的有趣話題。當時雖糗，但是也為枯燥單調的生活平添更多的樂趣及回憶。

解析

審題：

題目是「我最糗的一件事」，所謂的糗事應挑選當時難堪尷尬的事件來描述，且必須是以一件事為主體。敘述角度是以「我」的第一人稱，前後必須一致。

取材：

描述出糗事件時，除了寫出難堪與尷尬外，不妨也寫出出糗前的心境變化，利用前後心情的反襯，更能營造出由樂轉悲的氛圍。

其他：

寫作過程可適時運用對話，對於營造氣氛也有加分的效果。此外對尷尬的抽象情感，不妨以譬喻的句子來展現，例如：「此刻的我站在車上，深深體會到『四面楚歌』的尷尬與不知所措，感覺自己就像一支放在熱水的溫度計，溫度直線上升、上升……。」，如此寫法令讀者更有深刻具體的印象。

牢牢記住

- ⓧ一「席」春裝→ ✓一「襲」春裝
- ⓧ花「辦」→ ✓花「瓣」
- ⓧ裙「擺」→ ✓裙「襬」
- ⓧ倉「蝗」→ ✓倉「皇」
- ⓧ「糗（ㄔㄡˇ）」事→ ✓「糗（ㄑㄡˇ）」事
- ⓧ「憑」添→ ✓「平」添

成語佳句

- 座無虛席：形容來訪或出席的人很多，連一個空位都沒有。
- 四面楚歌：比喻孤立無援，四面都被敵人包圍的險惡處境。
- 不知所措：形容受窘或驚慌的樣子。
- 樂觀的人用微笑化解難堪；悲觀的人用哭泣加深難堪。
- 開朗的人常能看見雨後的彩虹；憂鬱的人卻只見到天空的烏雲。

我對一則寓言的看法

◎論說文

說明

一個故事裡面寄託著某種道理，有勸喻，也有諷刺，就是寓言。中國古代寓言源遠流長，外國的寓言為數也不少。請你以「我對一則寓言的看法」為題目，寫出一篇涵蓋下列條件的文章：

- 請寫出閱讀後的觀感。
- 需就寓言本文闡發體悟。

範文

【有一頭豬鑽進一棟豪宅的院子裡，隨心所欲地在馬廄和廚房遊逛一番後，又在汙泥裡打滾，在髒水裡洗澡。遊罷回家，主人問牠：「嗨，卡芙羅妮亞，你看到了些什麼？我聽說，有錢人的住宅裡，盡是珍珠和寶石，那裡的東西一件比一件精美。」卡芙羅妮亞哼著說：「我向你保證他們胡說八道，我把整個後院的泥土都翻遍了，但是，那裡除了汙泥和垃圾，根本沒任何財寶。」】（改編自《一百篇寓言．豬》）

先來談談這隻豬吧！

豬進入富豪的宅院，雖曾到馬廄和廚房遊逛了一番，但最喜歡的仍是到汙泥裡打滾，在髒水裡洗澡。所以主人問牠看到了些什麼時，牠的回答是：「那裡除了汙泥和垃圾，根本沒任何財寶。」

這讓我想到一句俗諺：「牛牽到北京還是牛。」積習是很難改變的，許多人受到本身條件的侷限，以致眼光短淺，就像井底之蛙，只看到井口大小的天空，以為世界僅有這麼大而已。

有人出國旅遊回來，問他旅程如何？回答竟是：「跟國內旅遊差不多，還不是上車睡覺、下車尿尿、停車買藥。」羅丹說：「這世界不是缺少美，而是缺少發現。」我們應該把握學習與成長的機會，隨時張開心靈的眼睛，才能有所獲得。

寓言中，主人聽說裡面「盡是珍珠和寶石，東西一件比一件精美。」因自己無法親自觀賞，只好向豬求問。這就像是「瞎子摸象」與「問道於盲」。主人關心的是珍珠寶石，豬對此卻毫不在意。人與人之間也是如此，因為生活環境和生長背景的不同，所需也就不同，所以看待事情的角度和觀點也大相逕庭。因此最好不要自以為是。

每則寓言都有其寓意，至於領會如何？就像這則寓言所表達的：因人而異。

解析

審題：

題目說明是要寫一篇讀後感，一般寫讀後感可以先簡述原文的大綱；再加以分析、提出觀感；最好能聯繫生活中的實例；末段要總結全文，首尾呼應。

取材：

寫寓言的讀後感，必須選擇感受最深的來寫，千萬不要只是泛泛之論。

其他：

蔣經國先生讀「老人與海」後所寫的觀後感——「生存與奮鬥的啟示」，這是一篇很值得參考的文章，內容豐富、條理清晰，觀感深入。

牢牢記住

⊗「毫」宅↓ ✓「豪」宅

⊗馬「臼」↓ ✓馬「廄」

⊗「蹟」習↓ ✓「積」習

⊗「晶」美↓ ✓「精」美

⊗「豪」不在意↓ ✓「毫」不在意

⊗「腳」度↓ ✓「角」度

⊗大相「徑」庭↓ ✓大相「逕」庭

成語佳句

- 井底之蛙：比喻見識短淺的人。
- 瞎子摸象：比喻觀察判斷事物不夠客觀。
- 問道於盲：向瞎子問路怎麼走。比喻向一無所知的人討教。
- 俗諺：「牛牽到北京還是牛。」
- 法國雕刻大師羅丹：「這世界不是缺少美，而是缺少發現。」
- 法國拿破崙：「人是受想像力所支配的。」
- 宋朝朱熹：「無一事而不學，無一時而不學，無一處而不學。」

我對髮禁的看法

◎論說文

說明

自教育部宣布正式解除髮禁，讓各校自行約束同學儀容，校園裡隨處可見同學的新造型。請你以「我對髮禁的看法」為題目，寫出一篇涵蓋下列條件的文章：

- 文中請寫出你個人對髮禁的態度，是贊成抑或反對？
- 請再說明你贊成或反對的理由。

範文

清朝末年讀書人剪去長辮子，代表對清朝統治的反制及自我的覺醒；民國九〇年代教育部宣布解除髮禁，那正是給學生更多自我的空間與創意的展現。

不是少年叛逆，也不是單純的為反對而反對，但我由衷地不贊成髮禁。

首先，髮禁並不能減少學生花在外表上的時間，相反的，總是有人想在同中求異，而花更多時間在細算標新立異，也絕非僅頭髮這一項。況且造型是一種自我創造力的訓練，自己有權利決定自己頭髮的樣子，每個人的樣子不同，適合的髮型也不同，髮禁的規定違反了人權的表現，也扼殺了年輕人求新求變化的特質。

其次，解除髮禁後，讓各校自行約束同學儀容，擺脫了以往制式化的單一形象，校園裡隨處可見同學的新造型，年輕人的朝氣如同彩虹，多色而有變化。教育多元化，教科書一綱多本，多元入學制度，都是對多元文化的尊重與包容。以往學生與老師往往為那一吋或一釐而吹鬍子瞪眼，如今少了斤斤計較，劍拔弩張的對立，換來的是更和諧愉悅的師生交流。

誠如大禹治黃河用疏濬的方式，解決學生儀容問題也不應一味禁止。學生在解除髮禁的起步，或許難免會有不足或不恰當，但這也是學習自理與自治的過程。就像小嬰兒在剛學走路時，即使走得搖搖晃晃，但父母親也不能因為害怕孩子跌倒禁止他學習。一味禁止只是因噎廢食，反而違反了教育的初衷。

誰說青青子衿一定是要灰撲撲的模樣呢？解除髮

的渴望，只要美的自然，美的適合身分，美的適合規矩，我相信在活潑的髮型下也會有一顆逐漸成熟的心靈。

「髮禁生於西元一九四五年，死於二〇〇五年，享年六十有餘……」學生反髮禁自治協會宣讀祭文，全國中學生祝「髮禁」一路好走。

解析

審題：

題目是「我對髮禁的看法」，內容論述的主題是「髮禁」，論述立場乃第一人稱的「我」，所以全文重心是寫出自己的看法意見，而非只是描述現象。

取材：

「不論「贊成髮禁」或「反對髮禁」，主旨只容許一個，不可以前後矛盾。

其他：

論述自我看法的文章，很適合運用「分述法」的結構技巧。亦即先提綱說明自己的立場，再分段以不同的理由來說明，文章最後兩段再進行總結。

字字記住

- ⊗長「瓣」子→ ⊘長「辮」子
- ⊗「判」逆→ ⊘「叛」逆
- ⊗「讚」成→ ⊘「贊」成
- ⊗造「形」→ ⊘造「型」
- ⊗「惡」殺→ ⊘「扼」殺
- ⊗「合」諧→ ⊘「和」諧
- ⊗「教」流→ ⊘「交」流
- ⊗疏「睿」→ ⊘疏「濬」
- ⊗灰「樸樸」→ ⊘灰「撲撲」

成語佳句

- 不勝枚舉：事物太多，無法詳細地列舉出來。
- 吹鬍子瞪眼：形容憤怒的樣子。
- 劍拔弩張：形容情勢危急或聲勢凌人的樣子。
- 因噎廢食：比喻受一次挫折或發生一點小問題，就放棄更重要的事情。
- 青青子衿：指年輕的學子。
- 沒有自由的人生，也就沒有發揮自我的空間。
- 用你滿意的方式表達自己，這是與生俱來的權利。

沒大沒小

◎記敘文

說明

當傳統概念中牢不可破的長幼尊卑界限不再鮮明時，人和人之間的關係究竟會變好呢？或是變差呢？請你以「沒大沒小」為題目，寫出一篇涵蓋下列條件的文章：

- 說明你對「沒大沒小」一詞的定義。
- 舉生活實例說明為什麼會導致「沒大沒小」的狀態。
- 說說你是否喜歡這種狀態。

範文

人與人之間，常因為感情深厚，使得彼此界限漸趨模糊。我和樂天爽朗的祖母「沒大沒小」的相處模式，便是如此形成的。

話說我們兄妹和奶奶「友誼」的開端，其實是因為欺善怕惡，擅長尋找庇護所的天性，讓我們把疼孫

「沒大沒小」，更是因為天真又迷糊的奶奶，其實像極了一個被囚禁在老人皮相中的大小孩。她從不用「長幼尊卑」的口號來箝制我們兄妹。對她而言，和我們相處的開心遠比一切來的重要。

話說有一回，我們兄妹想集資購買一個掌上型電玩，無奈東拼西湊，就是少了一百元，於是我那古靈精怪的哥哥，立刻把鬼腦筋動到奶奶頭上。在湊足了一百零一個一元硬幣後，我們跑到奶奶跟前，一臉賊笑地說：「奶奶，只要您在一個小時之內算清楚這裡有多少硬幣，我們就把這些錢全部送給您，可是如果您算錯了，就給我們一百元零用錢，可以嗎？」奶奶爽快答應後，果然認真地數起錢來。「一、二……八十、八十一……」「咦，我數到哪了？」

邪惡的我們深知奶奶具有「數錢障礙」，因此，奶奶愈算愈迷糊，不到一小時就棄械投降，而我們也就在奶奶的金援下，順利買到掌上型電玩。

雖然我們欺負奶奶的罪狀可說是「罄竹難書」，但是陪奶奶散步、到醫院複診以及聽她訴說成年往事等，也被我們兄妹視為責無旁貸的使命。

蒼賜給我這麼一個可愛的妹妹，我會永遠心存感激且珍惜。

解析

審題：

「沒大沒小」之「大」、「小」多被視作年齡或階級地位的差異，除非能提出極具說服力的新解，否則最好不要太過標新立異，以免最後不知如何做結論。

取材：

搜尋記憶中和長輩相處的片段裡，是否有類似「有事長輩服其勞，有美食我先吃」的狀況。並進一步說明，為什麼這些長者會容許這諸多看似「大不敬」的行為，是習慣？是愛？或是縱容？透過文字，再次省思自己該如何面對這樣的關係。

其他：

找不到適用於文章的名言錦句時，可以試著化用自己較有把握的句子，例如：「山不在高，有仙則名；水不在深，有龍則靈」，可改成「位不在高，受寵就靈；歲不在多，有腦才行」，既能符合自己所需的文意，也能跳脫陳腔濫調的用詞。

牢牢記住

- ⊗「善」長→ ✓「擅」長
- ⊗「蔽」護→ ✓「庇」護
- ⊗「求」禁→ ✓「囚」禁
- ⊗「箝（ㄍㄢ）」制→ ✓「箝（ㄑㄢˊ）」制
- ⊗「骨」靈精怪→ ✓「古」靈精怪
- ⊗「斜」惡→ ✓「邪」惡
- ⊗「復」診→ ✓「複」診
- ⊗上「倉」→ ✓上「蒼」

成語佳句

- 東拼西湊：比喻到處張羅、收集。
- 罄竹難書：比喻罪惡深重，多到寫不行。
- 責無旁貸：自己應盡的責任，絕不推卸給別人。
- 卡內基：「人生就好像是回力標一樣，你投擲出的是什麼，收到就是什麼。」
- 家有一老，如有一寶。
- 《靜思語》：「能付出愛心就是福；能消除煩惱就是慧。」

沒有聲音的人

◎記敘文

說明

我們每天所從事的活動，需要很多人的支持與協助，而這些人並沒有向我們索取任何報酬或回饋，只是默默地服務大眾。請你以「沒有聲音的人」為題目，寫出一篇涵蓋下列條件的文章：

- 選出自己心中覺得足堪為「沒有聲音的人」的代表。
- 寫下這些人的事蹟。
- 感謝這些人的付出。

範文

在印度加爾各答，有一個機構名叫「垂死之家」，顧名思義，這個機構所服務的人都是瀕臨死亡且無家可歸的流浪者。在垂死之家，病人即使身染重病，這裡的修士、修女與義工不但不會嫌惡，甚至會親切地緊握病人的雙手，讓病人在去世前，仍可以感

時，也沒有豐厚的酬勞可領，更遑論在酷熱的天氣下，揮汗如雨，但是依然有許許多多滿懷愛心的人不遠千里而來，擔任義工。

垂死之家的創辦人就是聞名中外的「德蕾莎修女」，她不僅為貧窮的人服務，也要求自己成為貧窮的人，終其一生，她只擁有三套衣服、一雙涼鞋，她的住處除了電燈、電話外，其餘的電器用品是一概沒有的。

在台灣，也有一個行善團體——「慈濟功德會」，對於接受濟助的對象，他們總是抱著感恩的心情，感謝這些受災戶能讓他們付出愛心，有機會去幫助別人。從一開始的訪貧、濟貧，到後來的在偏遠山區興建醫院、創辦學校，甚至積極參與國內外的賑災活動，具體實踐了「聞聲救苦」的精神。如此偉大的濟人志業，也是由一位宗教家登高一呼所發起，這個人就是「證嚴法師」。

證嚴法師為自己訂下「一日不作，一日不食」的清規，所有追隨她修行的僧眾們，也堅持自給自足的清修生活。就是因為他們對自身品德的嚴格要求，才

哲學家雨果曾說：「最高的聖德就是為別人著想。」期許我們每個人在待人處事上都能抱持捨己為公、不計較的精神，如此，相信社會上就不會有如此多的紛爭與衝突了。

解析

審題：

「沒有聲音的人」並非指聾啞人士，而是不求回報的人，寫時不能離題。

取材：

舉凡服務性質的從業人員，例如：醫生、護士、教師、清道夫（婦）或是父母等，都可成為本類題目的素材。

其他：

陳之藩「謝天」一文提及：「得之於人者太多，出之於己者太少。」、「無論什麼事，不是需要先人的遺愛與遺產，即是需要眾人的支持與合作。」、「越是真正做過一點事，越是感覺到自己的貢獻之渺小。」等句子，都是可供引用的佳句。

字字計較

⊗「頻」臨→	✓「瀕」臨
⊗嫌「惡（ㄜˋ）」→	✓嫌「惡（ㄨˋ）」
⊗「籌」勞→	✓「酬」勞
⊗「耽」任→	✓「擔」任
⊗「惶」論→	✓「遑」論
⊗終其一「身」→	✓終其一「生」
⊗「振」災→	✓「賑」災
⊗實「見」→	✓實「踐」
⊗「僧（ㄗㄥ）」眾→	✓「僧（ㄙㄥ）」眾
⊗「分」爭→	✓「紛」爭

成語佳句

- 顧名思義：看到名稱，就會聯想到它的含義。
- 揮汗如雨：比喻流汗很多的樣子。
- 一日不作，一日不食。
- 雨果：「最高的聖德就是為別人著想。」
- 居心要寬，持身要嚴。
- 感恩是一種必修的美德。
- 體諒別人，贏得永遠的友誼。

男女平等

◎論說文

說明

造物主創造了不同特質身軀的男人與女人，導致社會上對男性與女性的態度不同。今日「男女平等」不再是口號，而是世界潮流所趨。請你以「男女平等」為題目，寫出一篇涵蓋下列條件的文章：

- 描述傳統與現代男女的關係。
- 舉證說明「男女平等」的實例。
- 說明你對「男女平等」的看法。

範文

中國的傳統社會，男性被賦予較高的權利與責任，負責傳宗接代的使命；女性則是被灌輸「三從四德」、「嫁雞隨雞」、「女子無才便是德」的觀念，「男尊女卑」的刻板印象深植人心。然而，現代人開始強調「男女無別」，兩性之間的關係猶如坐上公園中的翹翹板，亟待大家努力才能達到平衡。

了「生女無用」的傳統觀念；武則天展現她的政治才華延續盛世，統治大唐；李清照被讚譽為「婉約詩人之宗」，在詞的創作上，毫不遜色於男性；法國物理學家居里夫人說過：「世上最快樂的事，莫過於為理想奮鬥。」她是獲得諾貝爾獎的第一位女科學家，也是把放射性元素用於醫學上，救回千萬癌症患者的第一人；有「活聖人」美譽的德蕾莎修女創立「仁愛會」，她破除種族、信仰和階級意識的藩籬，發揮人飢己飢、人溺己溺、捨己為人精神，幫助貧苦無依的人。這些出類拔萃的女性發揮她們的才情慧思，推翻了「女子無才便是德」的古語。

二十一世紀的今天，世界各國莫不戮力於推進「男女平等」，日本的皇位繼承修正草案卻被擱置，「只有男性才能繼承皇位」的皇室典範規定，暴露出日本社會對女性的歧視是多麼根深柢固。此事件證明日本政府在推進性別平等的障礙重重、停滯不前，與倡導建立「男女平等」社會的目標背道而馳。然而根據民意調查結果顯示，八成的民眾支持女性繼任，表明日本將朝著建立男女平衡社會努力的決心。

「男女平等」不再是遙不可及的夢想，而是能實現兩性平權的和樂社會。

解析

審題：

題目是「男女平等」，撰寫時要將重心放在「平等」上來發揮。

取材：

閩南俗諺中有許多教育女性要遵從男性的話，如「嫁出去的女兒是潑出去的水」、「查某人菜仔命」、「女兒是賠錢貨」等等，都可以用來說明男女地位的不平等。而女性地位的逐漸抬頭，可以從古今中外出類拔萃的女子加以舉例，證明女子的才華與能力，甚至可以論述今日各國對「男女平等」的推動情形。

其他：

如果你認為男女已經平等，可以列舉出你的觀點並舉例；如果你不認為男女真的可以平等，可以朝向如何落實「男女平等」的具體作法，扣緊主題加以論述。

牢牢記住

⊗「負」予→	✓「賦」予
⊗傳宗接「待」→	✓傳宗接「代」
⊗刻「版」→	✓刻「板」
⊗「蹺蹺」板→	✓「翹翹」板
⊗毫不「迅」色→	✓毫不「遜」色
⊗出類拔「瘁」→	✓出類拔「萃」
⊗「戳」力→	✓「戮」力
⊗根深「抵」固→	✓根深「柢」固
⊗「岐」視→	✓「歧」視
⊗停「滯（ㄉㄞˋ）」→	✓停「滯（ㄓˋ）」
⊗「唱」導→	✓「倡」導

成語佳句

- 出類拔萃：形容才能特別出眾，超越其他人。
- 根深柢固：比喻基礎牢固，不可動搖。
- 背道而馳：比喻彼此的方向或目的完全相反。或指行動與目的相反
- 居里夫人：「世上最快樂的事，莫過於為理想奮鬥。」

走出教室

◎記敘文

說明

教室是學生學習與生活的主要場所，卻非唯一的地方，走出教室，你看到、想到、學到什麼呢？請你以「走出教室」為題目，寫出一篇涵蓋下列條件的文章：

- 簡述教室內代表性的情境作為引言。
- 寫出教室外的見聞與學習所得。
- 寫出教室外學習的綜合感想。

範文

鐘聲響起，口沫橫飛的老師下課了，擦掉黑板複雜的數學公式，放下成績悽慘的考卷，走出教室，迎接我的是遼闊的天空，是我另一個進德修業的殿堂。

走出教室，眼中所見：落英繽紛的欒樹，翠綠茂密的草坪，花團錦簇的杜鵑花，翩翩飛舞的蝴蝶，大自然沒有黑板，沒有課本，卻是最好的老師，隨時開

成熟後是水果，蚜蟲與螞蟻共生……，身歷其境探索自然，讓人更真切體悟生命的神奇與精彩。

走出教室，與好友一起到球場奔馳，在揮灑汗水中，不但精進了球技，也學到人際關係，學習如何與人互助合作完成「霸業」，勝不驕，敗不餒，可以上場當英雄接受歡呼，也可以在場邊當啦啦隊為戰士喝彩、加油！

走出教室，到小吃店吃碗麵，你會發現即使是陌生的兩個人，依然可以相互真誠關心。曾因過分飢餓打翻熱騰騰的湯麵，老闆娘不但沒抱怨地為我收拾善後，還為我重新補煮一份，並關心我是否燙傷，真令我熱淚盈眶。

走出教室，你會發現「好鳥枝頭亦朋友，落花水面皆文章」，原來處處留心皆學問。牛頓在蘋果樹下發現萬有引力，阿基米德在洗澡時發現浮力與密度體積的關係，伽利略在來回搖擺的吊燈中發現單擺原理，達文西在解剖屍體中發現「黃金比例」。對別人視為理所當然的事進一步研究探討，就會在不知不覺中開拓視野，增廣見聞。

是一本色彩鮮豔繪聲繪影的百科全書，值得我們用一輩子的時間去學習與體驗。

解析

審題：

既是「走出教室」，就要與教室發生連結，簡述「走出」前教室代表性的情境，但切忌過分詳細說明教室內的狀況，以免偏離主題。接著再分段陳述教室外各項見聞或可資學習的素材。再者這些學習的材料讓你學到什麼？並有何啟發？均應仔細說明。

取材：

取材宜從各類學習領域中，選擇數種具有代表性的學習內容，分類簡要闡述，最後別忘了說明「室外」學習的感想。

其他：

提筆前要先思考你需要學習什麼知識、技能、情意，再從室外天地中，尋找哪些內容可以讓我學習到這些能力。

- ✗「復」雜→ ✓「複」雜
- ✗考「券」→ ✓考「卷」
- ✗「墊」堂→ ✓「殿」堂
- ✗花團錦「促」→ ✓花團錦「簇」
- ✗「偏偏」飛舞→ ✓「翩翩」飛舞
- ✗身「立」其境→ ✓身「歷」其境
- ✗勝不「嬌」敗不「綏」→ ✓勝不「驕」敗不「餒」
- ✗「喝（ㄏㄜ）」彩→ ✓「喝（ㄏㄜˋ）」彩
- ✗挖「覺」→ ✓挖「掘」
- ✗「會」聲「會」影→ ✓「繪」聲「繪」影

成語佳句

- 進德修業：增進品德，學習課業。
- 落英繽紛：形容花朵紛紛掉落的樣子。
- 花團錦簇：形容五彩繽紛、繁華豔麗的樣子。
- 身歷其境：親自在現場體驗、感受。
- 元朝翁森「讀書樂」：「好鳥枝頭亦朋友，落花水面皆文章。」
- 俗諺：「讀萬卷書，行萬里路。」

那一場傾盆大雨

◎抒情文

說明

傾盆大雨給你什麼感受？有時候，從前的經歷就寄託在一場傾盆大雨中呢！請你以「那一場傾盆大雨」為題目，寫出一篇涵蓋下列條件的文章：

- 請描述一場傾盆大雨，以及它帶給你的感受。
- 請描述藉由一場傾盆大雨，所回想起的點點滴滴。

範文

今晚又下起傾盆大雨，雨水落在窗外孤寂的人行道上，激起粒粒水花。我走近陽臺，遠望行人奔走在雨中，其中有兩人共撐一把雨傘，各有一個肩膀溼透了，但是他們的臉上掛著滿足。就像那一年……。

那是個燠熱的夏季，我們獲選為班上羽球雙打選手，榮譽心加上責任感，驅使我們天天苦練。由於勤球，要我放棄。當時我們痛下決定，不但功課要迎頭趕上，而且也要偷偷練球！

每天清晨，我們躲在學校中庭的大榕樹下，有時背誦英文，有時討論理化，直到七點半的早自習鐘聲響了，才以百米速度跑進教室，參加班上早讀。放學後，緊抓時間練習雙人對打。為了不讓家人知道，一練完，趕緊狂奔回家，裝出若無其事的樣子，其實真的好累喔！

比賽的日子到了，我們在球場上過關斬將，晉級到前四強！明天就將舉行最後決戰，老師要我們回家好好休息，培養體力。沒想到才回家，父親就問起比賽的事，原來老師打電話來，父親才知道詳情。事情至此，只好向父親坦白，沒想到父親不但沒生氣，反而大大地鼓勵我。

第二天，持續的燠熱，我們互勉要沉著應對，千萬別自亂陣腳。經過一番激戰，我們以最佳默契，擊敗對手，榮獲冠軍！捧著獎盃，滿足地走回家！出了體育場，天空下起一陣傾盆大雨，雨珠一顆顆落在地上，像美麗的香菇，你拿出一把摺傘，我們並肩共雖然已經相隔十多年，但是每當下起傾盆大雨，獨倚樓臺總喚起我對昔日歲月的一些眷戀！老友啊，今夜，你是否和我一樣正欣賞著窗外的傾盆大雨呢？

解析

審題：

「一場傾盆大雨」和「那一場傾盆大雨」，寫作時有極大的差距，同學不可不察！本文在於回憶從前那一場傾盆大雨。回憶的作品最重要就在於讓人印象深刻，選材時務必仔細篩選，營造文章動人的情節。

取材：

情節安排宜出現轉折，文章才不至於呆板；事件必須能感人，才值得回憶。

其他：

運用「鏡框式」作法來抒發，也就是前、後寫「現在」，中間寫「回憶過往」，在結構上較為穩妥。最後，別忘了緊扣主題「那一場傾盆大雨」，千萬別離題了。

✗「頃」盆大雨→	✓「傾」盆大雨
✗肩「傍」→	✓肩「膀」
✗「奐」熱→	✓「燠」熱
✗「趨」使→	✓「驅」使
✗背「頌」→	✓背「誦」
✗「進」級→	✓「晉」級
✗「陪」養→	✓「培」養
✗「祥」情→	✓「詳」情
✗默「氣」→	✓默「契」
✗獎「杯」→	✓獎「盃」
✗「折」傘→	✓「摺」傘
✗香「姑」→	✓香「菇」
✗「倦」戀→	✓「眷」戀

成語佳句

- 迎頭趕上：從後面加緊努力地追趕，使不落後。
- 過關斬將：比喻事情進行的非常順利。
- 自亂陣腳：比喻自己破壞了原先的計畫。
- 完成一個小目標，會逐步把自己推向一個大目標。
- 困難的背後，隱藏著通往成功的階梯。

那年夏天

◎記敘文

說明

夏天是活動力最強的季節，你一定也在夏天經歷許多難忘的事情。請你以「那年夏天」為題目，寫出一篇涵蓋下列條件的文章：

- 事件發生的時間在過去的某一年夏天。
- 說明事件哪些部分給你難忘的感受。
- 詳細說明事件對你的影響或感觸。

範文

雖然見不到海，但我依然清晰感覺到大海託風捎來的訊息，鹹鹹苦苦澀澀。但那年夏天的回憶，是那麼的甜，那麼的美。

忘了是誰提出到海邊玩的主意，只記得大家都鼓掌叫好。從出發的日子到旅遊的景點，從參加的人數到所有的行程，每一細節都被熱烈討論規劃，每一張

地做一份手工掛曆，每劃去一格就少掉一個焦急等待的日子。

一路舟車勞頓之後，終於來到令人神往的海邊，放眼所見，海天一色，陽光穿過雲層化成萬縷光芒，在一碧萬頃的海面灑下金粉，不禁讓我們這群「城市水泥包子」發出陣陣驚呼讚嘆，大自然的造化真是太神奇奧妙了。

快速飆過燙腳的沙灘，縱身躍入大海，浪花一波波翻騰過來，我放空身子放空腦子，「如魚得水」隨著海流任意舞動，敞開每一個毛細孔，體驗水流在周圍湧動的感覺。累了以天為幕以地為床，欣賞天涯盡處白雲與鷗鳥共舞的動畫，享受海風送來的涼意，忘記了煩惱與憂傷。還有何時比此刻更愜意？

那年夏天之後我就愛上海，尤其在心情劇烈起伏時我更想找尋海的安慰，像嬰兒渴望投入母親懷抱般的熱切。我喜歡海，每次遠眺遼闊海洋，讀海，讀落日，讀岩石，也讀鹹鹹的海風，那感覺比吸納芬多精還令人心曠神怡。我喜歡海，看著翱翔絢爛晚霞的鷗鳥，後面再襯著灰藍色的海天，不禁想起王勃名句：

…超大，我喜歡海，實際的海是一帖鎮靜心靈的良藥，海，把一切煩惱憂愁拋到九霄雲外。

在海邊，可以沉澱自己，放鬆自己，那種毫無負擔的感覺，只有海洋可以給我；在海邊，可以卸除壓力，摘下面具，坦白和海聊心事、傾吐祕密，呈現真實自在的自己。

那年夏天之後我就愛上海……。

解析

審題：

本題旨包含兩重點，一是事件發生時間是夏天，千萬別在字裡行間流露出其他季節；二是「那年」，所以宜用倒敘方式呈現回憶。

取材：

所謂「好鳥枝頭亦朋友，落花水面皆文章。」平日有哪些經驗難以忘懷，哪些際遇感受深刻，那就是你可以選擇的好材料。

其他：

本類型文章結構可以採「鏡框式」，也就是「現在」→「過去」→「現在」的寫作方式。

牢牢記住

⊗清「悉」→ ✓清「晰」

⊗洋「益」→ ✓洋「溢」

⊗「愜（ㄒㄧㄚˊ）」意→ ✓「愜（ㄑㄧㄝˋ）」意

⊗「熬」翔→ ✓「翱」翔

⊗絢「瀾」→ ✓絢「爛」

成語佳句

- 舟車勞頓：形容旅途的勞累。
- 城市水泥包子：比喻生活經驗貧乏，見識很短淺的人。
- 如魚得水：比喻結織與自己志同道合的朋友，或處在自己感到合適的環境。
- 以天為幕以地為床：比喻放鬆情緒，盡情地享受大自然風光。
- 心曠神怡：心情開朗，精神愉快。
- 唐朝王勃：「落霞與孤鶩齊飛，秋水共長天一色。」
- 元朝翁森「四時讀書樂」：「好鳥枝頭亦朋友，落花水面皆文章。」

念友人

◎抒情文

說明

在每個人的人生中，除了家人之外，最重要的，就是朋友。久別了的朋友總是令人懷念再三。請你以「念友人」為題目，寫出一篇涵蓋下列條件的文章：

- 簡介這位朋友。
- 表達出心中的思念之情。
- 回憶當年的情誼。
- 寄予祝福。

範文

父親過世那年，我第一次與家人去靈骨塔，走在狹窄的走道上，兩旁盡是一格格塔位，有的只寫了名字，有的放了照片，有老有少。就在轉角處，我突然瞥見你的照片，才想起你已在半年前離開人世了！

那年，我小學畢業，七年級新生訓練當天，第一次見到你，覺得你和我一位好朋友的外貌神似，讓我對你印象深刻，後來因為這層原因，我們逐漸熟稔，成了無話不談的「死黨」。

八年級時，有一天，月考的考試鐘聲響了，我們口中唸唸有詞，腦子不斷在複習著昨天熟讀的應考重點。大夥兒振筆直書，忙著作答時，傳來了一陣尖叫聲，你在教室無法停止的叫聲嚇壞了監考老師，也讓班上同學一陣錯愕！那次事件後，隨著考試次數加多，你的發病次數也加多，而且狀況一次比一次加重，讓我們都不知所措，只希望暑假快快來，遠離壓力也許是最好的治病良方。

可惜，升上九年級，傳來的消息是你休學了，大家都很惋惜，你真的不和大家一起畢業嗎？不久，你改變心意，又來上學了，大家都好開心，看到你因為休息而白胖的臉，大家都祝福你健康，你笑得好燦爛。可惜，那是最後一次開懷，隨之而來的是你發病、住院，直到畢業，你的座位都是空的……。

時光荏苒，與你再見面時，竟是在靈骨塔！現在的你好嗎？天國世界沒有考試，你的病該不藥而癒了吧！望著你的照片，年輕的笑意寫在臉上，我仔細端詳，你穿的是我們國中的制服，留著一頭短髮，也許因為沒有考試壓力，你顯得輕鬆多了，兩眼炯炯有神在。我輕輕說道：好朋友，願你安息。

解析

審題：

回憶之作務必要寫出當時相聚的情景，所以對於人物也要有所描寫。因此，將文章設定在人物及事件的結合，作一番感性描繪，就是構思的方向。

取材：

選取一段動人的經歷，情節務必包含驚人的轉折點，才能讓讀者留下深刻的印象。描寫時，注意文辭要偏向感性。此外，「倒敘」也是可採用的作法，也就是先寫現在，再提及過去，不妨試試看。

其他：

如果可以製造衝突點，文章會更具可讀性。本文就以回憶法寫出死亡的震驚，增加文章的戲劇性和對讀者的吸引力。

牢牢記住

- ⊗「峽」窄→ ✓「狹」窄
- ⊗「撇」見→ ✓「瞥」見
- ⊗印「像」→ ✓印「象」
- ⊗「堅」考→ ✓「監」考
- ⊗錯「扼」→ ✓錯「愕」
- ⊗「壯」況→ ✓「狀」況
- ⊗「婉」惜→ ✓「惋」惜
- ⊗「璨」爛→ ✓「燦」爛
- ⊗「荏（ㄖㄣˋ）」苒→ ✓「荏（ㄖㄣˇ）」苒
- ⊗端「祥」→ ✓端「詳」

成語佳句

- 唸唸有詞：嘴巴不停地說著話。
- 振筆直書：形容不停地寫，都沒有停下筆。
- 不藥而癒：沒有吃藥，病情卻自然好轉，恢復健康。
- 炯炯有神：形容目光明亮而且有神采的樣子。
- 關懷是一條河流，只要開始流動，就不會止息。
- 心情的包袱可重可輕，全看你自己。

放暑假，真好

◎抒情文

說明

暑假是學生特有的長假，可以休息、避暑，也可以充實學識。請你以「放暑假，真好」為題目，寫出一篇涵蓋下列條件的文章：

- 放暑假給你的感受。
- 你如何規劃暑假生活？
- 有沒有令你印象深刻的暑假記憶？
- 你認為應該如何把握暑假，創造豐碩的成果呢？

範文

學生生涯中，最讓人羨慕的，就是擁有漫長的「暑假」！除了可以趁機避暑、休息，還可以精進原有的才能、學習最新的資訊、或熟讀古人的經典，都能讓自己在兩個月的假期中，獲得長足的進步。擁有暑假，真好！當太陽微微露出臉來，就熱得人們暈頭轉向，只有在清晨時光，還能享受微風吹拂的快意，此時，騎著腳踏車，享受雙輪舞的快意，無異是人間美事一樁。

放暑假時，我喜歡午睡。當耳邊蟬聲陣陣，眼前當頭烈日，我卻能忙裡偷閒，享受愜意的午休時光，前人說：夏日炎炎正好眠。真是說中我的心啊！

放暑假時，我喜歡在夕陽下漫步。黃昏時分，天邊散放橘紅彩霞，大大的落日垂掛西天，我漫步黃昏中，嘗盡夕陽的溫存，天邊的夕照，閃耀我的眼睛，路邊花兒依偎我的裙襬，我欣賞黃昏夜色，優遊於閒情的步調中。

放暑假時，我喜歡陪母親上市場。走在熙來攘往的市集，感受小販溫暖的招呼，體驗台灣富庶的物質生活。一邊在市場閒逛，享受偷得浮生半日閒的悠哉，一邊也藉此重溫兒時陪母親上市場的情景，為逐漸疏離的親情加溫。

放暑假時，我喜歡閱讀。沉浸在武俠小說的世界，隨著張無忌、郭靖、楊過，到俠義的江湖世界，遍嘗豪氣干雲的江湖恩怨，和纏綿悱惻的兒女情長。

走進古人的內心世界，感受賈寶玉的柔情、梁山好漢的豪爽、三國豪傑的智慧。

放暑假，真好！我擁有悠閒的暑假，享受特有的獨處時光，我愛暑假，放暑假真好！

解析

審題：

這個題目務必著眼於「真好」，描述出放暑假的好處，因此，所有消極性的、抱怨性的、批判性的內容都要捨棄。

取材：

本文取材可以在「學業」、「道德」、「心情」、「人情」、「休閒」等方面，作多元化闡述。注意寫作時，確認內容後，作樂觀的描寫。

其他：

學生對暑假的描寫，內容大同小異，所以應該注意文采的靈動和描寫的技巧。

牢牢記住

- ⊗「慢」長 → ✓「漫」長
- ⊗「奧」熱 → ✓「燠」熱
- ⊗一「椿」 → ✓一「樁」
- ⊗吹「佛」 → ✓吹「拂」
- ⊗閃「躍」 → ✓閃「耀」
- ⊗依「偎（ㄨㄟˇ）」 → ✓依「偎（ㄨㄟ）」
- ⊗裙「擺」 → ✓裙「襬」
- ⊗「悠」遊 → ✓「優」遊
- ⊗「優」哉 → ✓「悠」哉
- ⊗「遂」漸 → ✓「逐」漸

成語佳句

- 忙裡偷閒：在忙碌中撥出時間來休息。
- 熙來攘往：形容人來人往，紛亂熱鬧的景象。
- 豪氣干雲：比喻豪放的氣概沖上雲霄。
- 纏綿悱惻：比喻情感摯深又柔婉動人。
- 西諺：「每日都有新日光，每日都有新希望。」
- 生活不一定要樣樣精通，但要學習隨處自安。
- 經營生活，處處皆美。

放學途中

◎記敘文

說明

到學校學習是學生最重要的工作，不同於上學的倉促，放學時我們有較從容悠閒的心境、較多時間來觀察周遭的人事物。請你以「放學途中」為題目，寫出一篇涵蓋下列條件的文章：

- 寫出剛放學時的心境。
- 寫出放學途中的各種見聞。
- 寫出放學途中各種見聞的感觸與自我期許。

範文

台上數學老師正口沫橫飛講解考卷，但對我來說卻是「滿紙荒唐言，一把心酸淚。」

振奮人心的鐘聲響起，繃了一天的神經終於放鬆，暫停和文字激戰，伸個懶腰魚貫走出教室，總算吹到令人神清氣爽的涼風，雲朵也愉快的向我們揮手，歡迎大家步上雲端，享受翱翔在天際的愉悅。

放學後，大家轉向休閒聖地，球場是「雄性動物」競技廝殺的好地方，小吃攤是大快朵頤補充體力的最佳場所，好多人停在珍珠奶茶店享受醍醐灌頂的滋味，校門旁的書局也充滿了青春氣息，漫畫出租店更是人潮聚集的場地，公車站則是女生八卦的祕密基地。走著走著，大夥兒在第一個岔路分離，各自朝自己的目的地前去，大部分是追逐另一場文字戰役——補習。而越區就讀的我必須再走一段路，才能到達返家的公車站。

人潮漸散，心情也逐漸平緩，但令人悲憫的舞台劇正在我面前拉起布幕，一個雞皮鶴髮的拾荒老人駝著腰伸出滿布皺紋與老人斑的雙手，在路旁垃圾桶內翻找「資源」，那是他唯一的生活來源嗎？杜甫感慨的「朱門酒肉臭，路有凍死骨」，雖然經過了一千多年依然沒有太多改善，科技與文明依然無法敉平貧富差距，還是有許多人在黑暗的角落哭泣，我不知道未來自己是否有「安得廣廈千萬間，大庇天下寒士俱歡顏」的能力，但眼前所見的是招牌閃著霓虹燈的網咖裡，許多年輕人正愉快地享受與世界接軌的樂趣，一時，心中真是百感交集。

公車上我閉起雙眼，感受輪子在腳下轉動，腦海裡想著宛如天書的數學，想著跟我說八卦的同學，想著能為拾荒的老人做什麼。車上只剩下我，司機依然正襟危坐開著車，我打開窗讓清新的空氣吹進來，好舒服啊！遠方的幾個小紅點逐漸拉近逐漸放大，我知道那是我家繽紛多彩的波斯菊花田，該下車了。

解析

審題：

題目是「放學途中」，因此上學途中、教室內、補習班內的事件，只可以簡單作為引言，不宜花太多篇幅來陳述，要把主力花在描寫放學後的見聞。

取材：

宜選擇一些較有意義或值得反省深思的見聞，編寫成發生在同一天的小事件，並抒發個人看法。

其他：

本文宜注意不管寫的是同學間的嘻笑怒罵，或是感人肺腑的見聞，都應寫出個人的感覺，方是有生命力的文章。

字字計佳

- ⊗振「憒」→ ✓振「奮」
- ⊗翱「祥」→ ✓翱「翔」
- ⊗「撕」殺→ ✓「廝」殺
- ⊗大快朵「飴」→ ✓大快朵「頤」
- ⊗悲「閩」→ ✓悲「憫」
- ⊗「弭」平→ ✓「敉」平
- ⊗「妮」虹燈→ ✓「霓」虹燈
- ⊗正「禁」危坐→ ✓正「襟」危坐

成語佳句

- 醍醐灌頂：佛教語。比喻灌輸給人智慧，使人徹底地醒悟。
- 大快朵頤：形容享受美食佳肴時，吃得十分痛快的樣子。
- 雞皮鶴髮：形容老年人粗糙的皮膚像雞皮，蒼白的頭髮像白鶴的羽毛。也用來泛指老年人。
- 正襟危坐：形容嚴肅恭敬的樣子。
- 《紅樓夢》：「滿紙荒唐言，一把心酸淚。」
- 杜甫：「朱門酒肉臭，路有凍死骨。」

於是假裝不在乎

◎記敘文

說明

有時候因為太驕傲，所以愈是在意，愈是容易裝做不在乎。請你以「於是假裝不在乎」為題目，寫出一篇涵蓋下列條件的文章：

- 描述表現「不在乎」的神態、行事作風。
- 描述由「十分在意」變成假裝「不在乎」的背後原因。

範文

他，外號「冷面總師令」。上課是他的補眠時間，下課則是我們這個年級的龍頭老大。十分鐘內他彷彿可以處理百件事，然而，鐘聲一響，走回教室的他，又可以立刻沉靜地睡下，好像從不曾發生什麼似的。

除了座位居其正後方之外，我和他，幾乎是沒交集的，直到那天放學……。

身為總務股長的我，曾因為交不出頭的班費而

心驚膽顫，雖然我已盡力裝出一副窮酸樣，但是在路上仍然被幾個同校的不良份子堵住。正當我雙腳抖得幾乎站立不穩時，驀地身後傳來聲響——「好大膽！還不快滾！」

我回頭，居然是他。那群不良份子見是「冷面總師令」，識趣地走了。

「謝——謝謝你。」原來酷酷的「冷面總師令」，內心是熱誠的。

「冷面總師令」撇撇嘴，面無表情地說：「我知道你替阿志墊了一百塊！」

阿志是我們班的同學，他的母親常年臥床，父親靠揀破爛維生，每次繳交班費都捉襟見肘。那天我剛好領了零用錢，所以先幫他墊了。

「你不是都在睡覺嗎？怎麼會知道？」我張大眼睛，好奇地問。

這次他沒有回答我，只是喃喃地說著：「有些東西，你愈在乎，它愈容易傷害你，你不在乎，它反而傷不了你。」

雖然我一點也不懂這句話的意思。但是他那蘊含無限悲傷的深邃雙眼，彷彿訴說了更多我無法理解的

道理。後來，輾轉聽聞，才知國小的他一直是師長眼中的優秀學生，直到父親外遇，堅持要離婚，他的課業才一落千丈。而總是孤傲、冷若冰霜的表情，聽說只有在他的父親氣急敗壞地趕到學校時，才會浮現一絲似有若無的笑意。

每當憶起那雙眼睛，我都不由得如此揣想：是不是每個人心中都有一大片的汪洋大海，只有在沒有目擊者時，才會波濤洶湧，但是在人前，因為害怕表情洩了密，心事漏了底，於是假裝不在乎。

解析

審題：

從題目可推論內心其實很在乎，但因為某種原因，所以假裝不在乎。因此，應交代所「在乎的事物」，及「為何」要偽裝成不在乎，並且討論內心的轉折。

取材：

仔細回想生活中的經驗，並且有條理地記下其中心境的波折，便會是一篇有層次的文章。

其他：

對於比較沒有把握的用字，寧可換詞：如「彷彿」可換成「好像」，「須臾」可換成「剎那」。

牢牢記住

⊗「捕」眠→ ✓「補」眠

⊗「沈」靜→ ✓「沉」靜

⊗一「付」窮酸樣→ ✓一「副」窮酸樣

⊗「驀（ㄇㄨˋ）」地→ ✓「驀（ㄇㄛˋ）」地

⊗深「遂」→ ✓深「邃」

成語佳句

- 心驚膽顫：形容非常害怕恐懼。
- 冷若冰霜：形容態度非常的冷漠。
- 氣急敗壞：形容極度慌張的樣子。
- 波濤洶湧：形容波浪很大，起伏不定。
- 一落千丈：指成績、地位或聲望等急遽下降。
- 有些東西，你愈在乎，它愈容易傷害你，你不在乎，它反而傷不了你。
- 是不是每個人心中都有一大片的汪洋大海，只有在沒有目擊者時，才會波濤洶湧，但是在人前，因為害怕表情洩了密，心事漏了底，於是假裝不在乎。
- 不要漠視別人的軟弱，那也可能是你的缺點。

泥土

◎論說文

說明

泥土，充滿在現實生活中的微小物質，是萬物賴以維生所不可缺，也是人們精神生活寄託的所在。請你以「泥土」為題目，寫出一篇涵蓋下列條件的文章：

- 泥土給你哪些深刻的印象？
- 泥土對人有何貢獻？
- 泥土的重要性。
- 如何珍視泥土。

範文

欣賞日月潭的風景真是人生一大享受！

放眼望去，蒼翠的樹林圍繞著碧綠的湖水，微風輕輕吹拂，水面盪著陣陣漣漪，令人神清氣爽。尤其是春天百花齊放，綠油油的葉片在一旁點綴，景色美不勝收。

但是，大家總是忽略了：這樣的美景，都是來自於孕育他們的泥土。花草樹木來自於泥土；各種生物追根究柢也來自於泥土。不起眼的泥土，正是造就萬物的大功臣！就連人類也是依賴泥土為生：從稻米、蔬菜，到我們食用的肉類，甚至是使用的家具、服飾等等，都和泥土息息相關。

初到一個陌生的城市，總覺得與人疏離，所以，古時候，出遠門的遊子身上常帶著一把故鄉的泥土。想家時，這把泥土會給出門在外的人心靈上的平靜。今日的城市生活中，許多人隱藏了溫暖的一面，給人冷冰冰的感覺，因此，一直到現在，親友出國時，人們也會挖些故鄉的泥土裝在瓶中。有了這把泥土，再怎麼嘈雜的環境下，也能給人一股安定的力量。有人說：「人不親土親」，有了泥土，就好像有了賴以維生的源頭活水。

從古到今，社會失去秩序、價值觀混亂，大多是因為人們失去了安定感，就像沒有根的浮萍，隨波逐流，沒有自己的方向。而國家的建立，讓人的生活多了保障，國家就是我們心靈的泥土，給我們立足的地方、保障我們生存的權利，不會像浮萍一樣，過著不安定的漂泊日子。

因此，破壞自己的文化，如同破壞生態，不愛惜珍貴的文化、不認同自己的國家，國家民族也將岌岌可危！維持生態平衡，才能保有桃花源般的美麗故鄉；愛護文化，才是維繫民族的生存之道。

泥土，看似平凡無奇，其實，是我們安身立命不可缺少的珍貴來源，讓我們珍視每一寸泥土，迎接美好、溫馨的未來吧！

解析

審題：

主角是泥土，務必要設想泥土的具體意義、抽象意義，才能將文章發揮透徹。千萬不要僅描述泥土可以種植花花草草而已，這樣子格局太狹隘了。

取材：

段落安排上，要由具體寫到抽象，末尾再以愛護國家，保護山青水綠的故鄉作總結，文章層面會更寬廣。

其他：

寫作時，勿只在具體的泥土上打轉，否則文章就無法探究深刻意涵。

牢牢記住

⊗「倉」翠↓ ✓「蒼」翠

⊗「璧」綠↓ ✓「碧」綠

⊗微風輕「佛」↓ ✓微風輕「拂」

⊗漣「漪（ㄑㄧˇ）」↓ ✓漣「漪（ㄧ）」

⊗點「輟」↓ ✓點「綴」

⊗「乎」略↓ ✓「忽」略

⊗追「跟」究柢↓ ✓追「根」究柢

⊗「習習」相關↓ ✓「息息」相關

⊗「槽」雜↓ ✓「嘈」雜

⊗「汲汲」可危↓ ✓「岌岌」可危

⊗安「生」立命↓ ✓安「身」立命

成語佳句

- 美不勝收：形容美好的東西太多，無法一一欣賞。
- 息息相關：比喻關係非常的密切。
- 岌岌可危：形容情勢急迫，非常的危險。
- 人不親土親。
- 月是故鄉圓，水是故鄉甜。

爭與讓

◎論說文

說明

人生在世，總會遇到許多機會，該積極爭取呢？還是該禮讓呢？爭與讓考驗人們的處事智慧。請你以「爭與讓」為題目，寫出一篇涵蓋下列條件的文章：

- 你的處世哲學是爭或讓呢？
- 從社會角度而言，爭與讓該如何界定其價值？
- 你有爭或讓的經驗嗎？

範文

我們的社會崇禮尚義，一般人都知道要禮讓、要謙卑，俗話說：「忍一時，風平浪靜；退一步，海闊天空。」禮義之邦的稱號，其來有自。因此，父母教育我們不爭先恐後，學校訓勉我們要禮讓老弱，我們一直認為這就是最佳的行為模式，最高的道德標準。然而，對於「爭」與「讓」，我卻有不同的看法。

至聖孔子說：「當仁，不讓於師。」顯然，孔子告誡我們要勇於爭取實踐仁的機會。遇到有人落難，我們勇於拯救他，不需要禮讓；遇到得以發揮理想的機會，我們勇於承擔，不需要禮讓；遇到不仁不義的事，我們挺身而出，伸張正義，不需要禮讓；遇到暴君霸政，我們揭竿而起，為民先鋒，不需要禮讓！當爭時，要積極奮進，即使是老師在前，也不要禮讓，這是孔子給我們的教育，要我們作一個勇敢堅忍、奮發積極的人。

孔子的修養是「溫良恭儉讓」，指的是：溫和、善良、恭敬、儉約、禮讓，孔子以此自我約束，可知這五項德目的重要。其中，「讓」指的是謙遜、禮讓，我們可以確認，孔子認為「禮讓」是人生修養的重要事項。遇到長者、弱者，我們要謙恭禮讓；擁有物質享受，我們要禮讓他人。老子也說：「上善若水，水善利萬物而不爭，處眾人之所惡，故幾於道。……夫為不爭，故無尤。」老子的說法取法自然，以水不與萬物爭，處最低下的位置為例，它清澈潔淨，反而成為人們不可或缺的物質，說明不爭才是最高境界。老子的諄諄告誡，不就是要我們禮讓不爭嗎？由

聖人之言，我們可以理解，當讓則讓，當爭則爭、

處事的依歸。

我們生活在人群中，學習與人相處是最亟需的。有人認為要爭取所有的機會，有人認為要禮讓謙卑，其實，不論爭取或謙讓，都應該看時機。遇到該爭的時候，當仁不讓；遇到該讓的時候，溫遜謙讓。如此，我們的社會將充滿正義和禮貌，和諧而溫馨，這不就是大同世界了嗎？

解析

審題：

本題可以論說成「當爭不讓，當讓不爭。」的並重雙元題，這比寫成應該要讓，而不要爭，更加的別出心裁。

取材：

當爭不讓，取材來源是孔子的「當仁不讓於師」；當讓不爭，取材於孔子的「溫良恭儉讓」、老子的「不爭」。這樣的論證有理有例，最具說服力。

其他：

論說文最需要舉例論證，不論言例、事例，都是闡述時必要的。

牢牢記住

- ⊗崇禮「上」義→ ✓崇禮「尚」義
- ⊗「成」擔→ ✓「承」擔
- ⊗「申」張→ ✓「伸」張
- ⊗「截」竿而起→ ✓「揭」竿而起
- ⊗先「峰」→ ✓先「鋒」
- ⊗謙「遜（ㄙㄨㄣˋ）」→ ✓謙「遜（ㄒㄩㄣˋ）」
- ⊗「純純」告誡→ ✓「諄諄」告誡
- ⊗「衣」歸→ ✓「依」歸
- ⊗「亟（ㄑㄧˋ）」需→ ✓「亟（ㄐㄧˊ）」需
- ⊗和「協」→ ✓和「諧」

成語佳句

- 其來有自：事物的形成或發生，都有各自的根源。
- 挺身而出：遇到危難時，能勇敢地站出來。
- 揭竿而起：比喻人民起義。
- 忍一時，風平浪靜；退一步，海闊天空。
- 《論語》：「當仁，不讓於師。」

知足

◎論說文

說明

能知足的人，懂得擁有現在，抓住當下的幸福，永遠是最快樂的。請你以「知足」為題目，寫出一篇涵蓋下列條件的文章：

- 請依「知足」此文題，就你個人經驗或社會現象來敘述。
- 再依此說明你對知足的看法。

範文

「怎麼去擁有一道彩虹？怎麼去擁抱一夏天的風？天上的星星笑地上的人，總是不能懂，不能覺得足夠。」這是「五月天」樂團的一首歌「知足」裡的歌詞，描寫人心的不知足，的確寫來很貼切。

從小我就生活在優渥的環境中，但我總喜歡比較，比較姐姐的玩具是否比我多，別人的媽媽總是比較溫柔。而年紀愈長，不滿的事物卻也跟著增多。抱怨父母未給我一張美麗的臉龐，抱怨老天爺不賦予我四處受歡迎的好人緣。我總是羨慕著他人伶俐的雙手，能寫出一手漂亮的字；羨慕別人有更聰明的頭腦，在考場上攻無不克。人心就像是無底洞一般，永遠沒有滿足的時刻。

直至去年，在電視上看到大陸一群視聽障者，表演令人嘆為觀止的「千手觀音」，我的心中有了完全不一樣的體悟。

這群「千手觀音」的舞者，從習舞到正式表演的過程，由於聽不見聲音，只能以「觸感」去摸索音樂的節拍，整首曲中，時而一致、時而分解細膩的表演動作，要結合起來實在不易。這些舞者克服了先天的殘缺，「千手觀音」就像慈悲的觀音施了法，讓他們的舞蹈展現了一股神奇的力量。在他們身上我所感受的除了感動外，更覺得羞愧，羞愧自己擁有最健全的身軀，卻不懂惜福與感恩。

楊恩典沒有手，卻寫得一手好字；乙武洋匡天生殘缺，卻比任何人都自信、快樂。這就是所謂的：「知足常樂」啊！人們總是將自己缺少的以放大鏡來檢驗，卻忽略了自己所擁有的一切，終日汲汲追求別人所擁有的，殊不知幸福其實就在我們身邊，歸來笑拈梅花嗅，春在枝頭已十分。」驀然回首的喜悅，就在珍惜的瞬間。順應自然，坦然接受。不要抱怨驕陽的炙熱，風雨的澆淋，在晴天時享受陽光的溫馨與熱情；在雨天時接受大地的滋潤與詩意。知足就是抓住現在的快樂，不論陰晴悲喜，生命永遠都是溫暖的五月天。

解析

審題：

在引導說明中已限定方向為「知足常樂」，寫作時文旨不可偏離。

取材：

可藉由一些事件的描述，再以前後心境的成長與改變，寫出對「知足」二字的體悟，論說中兼蓄抒情，如此寫來更具說服力。

其他：

本文的寫作方式，可回想陳之藩「謝天」一文的寫作模式。這種借事寫理的方式，是論說文不錯的表達方式，不妨多揣摩學習。

牢牢記住

⊗優「握」↓ ✓優「渥」

⊗「報」怨↓ ✓「抱」怨

⊗賦「與」↓ ✓賦「予」

⊗「玲」俐↓ ✓「伶」俐

⊗身「驅」↓ ✓身「軀」

成語佳句

- 攻無不克：只要進攻，沒有不能攻下的。也就是百戰百勝。
- 嘆為觀止：讚嘆所見的事物已經好到了極點。
- 盡日尋春不見春，芒鞋踏遍隴頭雲，歸來笑拈梅花嗅，春在枝頭已十分。
- 希臘大哲伊比鳩魯：「如果你要使一個人快樂，別增添他的財富，而是要減少他的欲望。」
- 俗諺：「比上不足，比下有餘。」
- 富蘭克林：「知足使窮人變富；不知足使富人變窮。」
- 俗諺：「一個人的快樂，不是因為他擁有的多，而是他計較的少。」

迎向困境

◎論說文

說明

生活中，總難免面臨接二連三的困境，當困境來臨，你將如何因應？請你以「迎向困境」為題目，寫出一篇涵蓋下列條件的文章。

- 寫出你所知道的名人，他們面對困境的因應之道。
- 你遇過哪些困境？你如何面對？
- 寫出自己迎向困境的感受及收穫。

範文

即使是豔陽高照的夏天，也會突如其來一場雷雨；就算是嚴寒霜雪的冬天，也可能閃耀出暖暖冬陽。令人稱妙的是，宇宙運行的不變法則，竟是「千變萬化」：沒有永遠的陽光，沒有永遠的春天；沒有永遠的黑暗，也沒有永遠的酷暑。天地運行如此，人生亦然。人生旅途風風雨雨，甘苦並嘗，正因為有波瀾起伏，才顯現出豐富多姿，令人回味再三

蘇東坡才情洋溢，應該有發揮長才的大好機會，可惜性情耿直的他，擁有一身傲骨，硬是不肯違拗自己的理想，終至仕途坎坷，外放窮鄉僻壤，終其一生，在政治上沒有發揮的機會。可是豁達的東坡先生，並沒有將大部分時間用來長吁短嘆，大發牢騷，反而能夠以隨遇而安的心境，迎向人生接二連三的困境。西諺說：「面對著陽光，陰影就落在背後。」達觀的人，永遠看見陽光、希望；悲觀的人，封閉在自己的象牙塔中，自怨自艾，只看見滿布陰影，揮之不去。

西楚霸王項羽，面對暴秦苛政，率領楚國民兵抗秦，他眼前的是四面戰火，必須以寡擊眾，軍旅生活的苦寒，征戰的辛勞，他都能一一克服。困境在項羽眼中，想必已不是困境，而是機會，是一個個磨練他走向成功的機會。項羽雖然並未如願，統一天下，但是，項羽迎向逆境、挑戰自我的精神，卻讓他名留《史記》。如果項羽只是抱怨批評，困境就永遠是困境，沒有改變的機會。

讀書是辛苦孤獨的路，但是飽讀典籍後，我們知道自己該走的路。選擇平順的路，也許沒有風浪，但

刺的懸崖邊上，看見的是雄赳赳的蒼鷹，聞到的是空谷幽蘭，人生將充滿璀璨動人的光彩。我們的人生路途，時時有風雨侵襲，逆境多過順境，如果能夠迎向前去，困境就是磨練，使我們走向成功。面對困境時，朋友，迎上前去吧！

解析

審題：

本文要寫出面對困境時的態度，並非逃避，而是迎上前去。首先要抓到這個方向，然後，作相關的闡述。

取材：

段落內容應該包括：人生時時會面臨困境、面對困境時，有哪些選擇，又有哪些差異、舉例佐證面對困境時，古人的態度、提出健康的心態，使能勇敢面對困境。

其他：

多引用俗語、西諺，可增強文章力度。排比句型最能引出好文采，首段即出現排比句型，增加讀者的第一好印象。舉古人為例時，要選擇名人，比較能夠引起共鳴。

牢牢記住

⊗暖暖「東」陽→ ✓暖暖「冬」陽

⊗回味「在」三→ ✓回味「再」三

⊗一「生」傲骨→ ✓一「身」傲骨

⊗長「訏」短嘆→ ✓長「吁」短嘆

⊗違「拗（ㄋㄡˋ）」→ ✓違「拗（ㄠˋ）」

⊗「克」骨銘心→ ✓「刻」骨銘心

⊗雄「糾糾」→ ✓雄「赳赳」

⊗「璀（ㄘㄨㄟ）」璨→ ✓「璀（ㄘㄨㄟˇ）」璨

成語佳句

- 長吁短嘆：表示非常的憂心，所以嘆氣。
- 隨遇而安：不管遇到什麼環境，都能安然自得。
- 自怨自艾：自己感到非常的悔恨怨嘆。
- 刻骨銘心：比喻難以忘懷。
- 西諺：「面對著陽光，陰影就落在背後。」
- 人生不如意事，十常八九。
- 悲觀者，等待機會；樂觀者，創造機會。

拜訪春天

◎抒情文

說明：

春天是草木滋生的季節，是經過寒冬摧殘之後萬物復甦的時刻，象徵否極泰來、萬象更新，呈現大自然對人類的包容與關懷，給我們欣欣向榮的新希望，我們應該以感恩的心來感受大自然的愛。請你以「拜訪春天」為題目，寫出一篇涵蓋下列條件的文章：

- 請說明為何拜訪春天？
- 請說明如何拜訪春天。
- 請說出拜訪春天之後的感想或感受。

範文

清晨醒來，看見窗外枝頭捎來春的消息，新抽出的鮮綠嫩芽正迎著曙光展現欣欣向榮的嬌姿，一股喜悅之情襲上心頭。剛過完一個慵懶的寒假，今天是開學的第一天，又是一個新春的開始，穿上制服、背起書包，我決定去「拜訪春天」！

迎著燦爛的陽光搭上公車，車窗外呼嘯而過的是一株株帶著笑臉的行道樹。對面一位好心的老伯伯提醒我：「你的手帕掉了！」「謝謝！」我回他一個笑臉。公車裡上來一位抱著小孩的媽媽，我連忙起身讓座，「謝謝！」她回我一個笑臉。下了車，遇到同學小芳，她立刻向前拉住我的手，跟我分享她的小祕密，我們一起會心而笑，看見彼此臉上的喜悅。

進了學校，校狗安娜歡喜地跑到我們腳邊摩摩蹭蹭，「謝謝！」感謝安娜陪伴我們度過快樂的時光。上課了，國文老師以清亮的嗓音，唸出優美的文句，我抬頭看見老師眼裡閃著明亮的喜悅，「謝謝！」感謝老師的教誨，感謝同學的相伴，感謝校園裡老榕樹的胸膛、山茶花的芬芳……，太多、太多的感謝，讓我心中充滿陽光，原來，這就是春天，因為感謝而湧起的喜悅之情，就是春天！

春天有一顆雪白的心，在陽光裡展現她的真誠；春天有一雙翠綠的手，在花香中展現她的包容；春天還有一張笑顏在樹梢盪漾著她銀鈴般的歌聲，這歌聲不停地迴盪在校園裡每一個角落。是的，春天是不斷湧自我們心靈深處的感念之情，以「感謝」的舞姿，經過也讓我們每一個人的心中則是一個充滿感恩的彩色世界。

來！讓我們每一天都去拜訪春天！

解析

審題：

題目重點在「拜訪」，這是主動積極地尋訪；「春天」，並非只是季節的景象，而是內心的感受。

取材：

描摹春天欣欣向榮的景象；從生活點滴中與人互動的喜悅去感受春天。

其他：

寫抒情文除了抒發情感更須言之有物，最簡單的方式就是從生活中取材，並加以實像化；從以上範文中，將抽象的春天實像成為生活中，凡事感謝所產生的喜悅之情，原來，「春天」就在每一個人的心中，懂得感謝就有春天。

字字訁亻

- ⊗嫩「牙」→ ✓嫩「芽」
- ⊗「暑」光→ ✓「曙」光
- ⊗「庸」懶→ ✓「慵」懶
- ⊗起身讓「坐」→ ✓起身讓「座」
- ⊗教「晦」→ ✓教「誨」
- ⊗樹「稍」→ ✓樹「梢」

成語佳句

- 欣欣向榮：形容草木生長繁茂的樣子。
- 摩摩蹭蹭：來回摩擦的樣子。
- 朱自清「匆匆」：「燕子去了，有再來的時候；楊柳枯了，有再青的時候；桃花謝了，有再開的時候。」
- 徐志摩「再別康橋」：「那河畔的金柳，是夕陽中的新娘；波光裡的豔影，在我心頭蕩漾。」
- 俗諺：「積極的人像太陽，走到哪兒亮到哪。」
- 英國作家培根：「活著就要學習，學習不是為了活著。」
- 懂得放心的人，找到自由；懂得關懷的人，找到朋友；懂得感恩的人，找到幸福；懂得從不同角度看事情的人，自然活得快樂。

星期六

◎記敘文

說明

上了五天的課，接下來的週六、日，你是如何度過的呢？是按照父母的安排，從早補到晚？還是閒閒沒事做，吃、睡、看電視？或是和家人出外旅遊？相信每個人都有不同的狀況。請你以「星期六」為題目，寫出一篇涵蓋下列條件的文章：

- 選擇一個特別的星期六加以描述。
- 將這一天的活動情形描述清楚。
- 說明你選擇這天的原因及感受。

範文

你若問我國中的生活中有什麼愉快的經驗？我的回答會是：「星期六不用補習，和同學一起出遊的那段時光。」

那是國二上學期第二次段考後，媽媽終於准許我，週六可以和同學一起出去玩。當時我的內心如鍋子上的沸水，翻滾出無數泡泡，心中浮現許多問號

要穿什麼衣服？頭髮怎麼梳理？看什麼電影？到哪逛街？對了！要帶多少錢呢？

好不容易捱到了星期六早上，九點整，我們四個準時在校門口會面。先是彼此品頭論足一番：「你看起來比平常瘦好多喔！」「你的背包看起來好可愛喔！」「你的頭髮是怎麼弄的？既自然又有型。」

一陣寒暄後，我們決定先去看正熱門的哈利波特第四集——火盃的考驗，因為早場比較便宜。小說早就已經看過了，看電影只是對照一下書的內容，將自己設想的人物形象，做個比對，並期待下一集趕快拍攝，趕快上映。

討論午餐吃什麼，就花了近三十分鐘，最後決定吃日式拉麵。平時和父母出來吃飯，都是大人做決定，今天難得自己作主，於是點了「九州地獄拉麵」，沒想到竟是辣的，只好硬著頭皮吃下去！

離開餐館，我們順著騎樓逛進每一家店內，翻看每個攤子上的東西，不知不覺中已逛完整條街，太陽也西斜了。到車站時，我們檢視一下今天的收穫，只買了鉛筆盒和車票夾，卻吃了臭豆腐、霜淇淋、紅豆

奪命追魂叩」竟然都不曾出現呢！

踩著落日餘暉，走在回家的路上，心情分外愉悅。一則因為享有一天難得的悠閒，再則母親給予充分的信任，使得這個自由的週六，更具意義了！

星期六，從今以後，我將好好「享用」你！

解析

審題：

題目「星期六」，這是個有限制的題目，可別寫成其他的時間。

取材：

將自己真實的經驗條理清晰地寫出來，例如：看書、看電視、運動、逛街等，自然就言之有物了。

其他：

蘇軾的「記承天寺夜遊」、張潮的「幽夢影選」，都為「閒」做了很好的註腳，不妨多加學習模擬。

牢牢記住

- ✗「準」許→ ✓「准」許
- ✗波「濤（ㄊㄠ）」→ ✓波「濤（ㄊㄠˊ）」
- ✗「輸」理→ ✓「梳」理
- ✗寒「喧」→ ✓寒「暄」
- ✗期「代」→ ✓期「待」
- ✗上「應」→ ✓上「映」
- ✗餘「輝」→ ✓餘「暉」

成語佳句

- 品頭論足：本是指談論婦女的容貌，後來也有挑剔的意思。
- 硬著頭皮：雖不樂意，但是勉強去作。
- 偷得浮生半日閒：比喻在忙碌的生活中，獲得短暫的空閒。
- 張潮：「人莫樂於閒，非無所事事之謂也。閒則能讀書，閒則能遊名勝，閒則能交益友，閒則能著書。天下之樂，孰大於是？」
- 讓心境如一片山清水秀，要清心、心晴。

段考後

◎記敘文

說明

從小學到國中，我們歷經無數次的段考，段考後，每個人都有不同的反應和期許。請你以「段考後」為題目，寫出一篇涵蓋下列條件的文章：

- 寫出段考結束當下個人或同學的各種反應。
- 寫出段考後個人或同學從事的各種活動與心境。
- 寫出個人勇於面對挑戰的自我期許。

範文

清脆的鐘聲劃破令人窒息的空氣，大家卸下鉛球般的壓力，沉重而嚴肅的心情，頓時化為烏有。在乎成績的彼此核對答案，不在乎成績的依然保持「泰山崩於前色不改」的「豁達」人生觀，一副「兵來將擋水來土掩」的氣魄。

地方，大夥兒呼朋引伴在籃框下展開另一場廝殺，盡情揮灑球技，汗水蒸發了疲憊，忘卻了不安，明天的事，打完這場球再說吧！但並非人人如此瀟灑，也有些預測成績未達理想者，踏著沉重的步伐走出校門，回家的路明明不遠，但好像永遠走不到，也不想走到，每一步都舉步維艱，也許是因為無顏見江東父老，也許是對自己失望，受挫的心卻立下日後要東山再起的宏願。

不過懷有這樣悲情的人並不多，學校附近原本就是熙熙攘攘，車水馬龍的街道，段考後更是人潮洶湧，絡繹不絕，出租店、便利商店，間間客滿；紅茶攤、熱狗攤，座無虛席。這一刻大家為復甦台灣經濟貢獻不少力量。

段考是學生恨的牙癢癢，老師忙的昏天暗地的挑戰，不管你願不願意，每隔一段時間他一定來問候，想逃也無處可逃。多數焚膏繼晷努力不懈者一路過關斬將，累積無數小成功成就一個個大成功；但也有按部就班複習卻意外中箭落馬，心中的懊惱與沮喪不言可喻，但「不經一番寒徹骨，焉得梅花撲鼻香」，檢天依然光明在望，古今中外哪一位成功者不是堅持到最後呢？

至於那些對於考試選擇逃避或麻痺的人似乎暫時解除壓力，但哀莫大於心死，失去動力的人，哪有機會再向前邁進一步，對挑戰說放棄的人必然失敗。

面對人生每一次段考我絕不當一個不戰而退、令人惋惜與同情的人。我要事前做好充分準備正面迎擊挑戰，也許不能百戰百勝，但不管成功或失敗，都累積了下一次面對困難與考驗的養分。下一個戰場，我將更有機會獲勝成功。

解析

審題：

題目是段考「後」，因此段考「前」的準備情形及心境，不宜著墨太多。

取材：

段考後的場景，除了可介紹同學常見的各種抒解壓力的活動外，成功與失敗者的心境描摹也是重點。

其他：

要特別注意的是，少數同學不把段考當回事的「瀟灑」行徑，不宜過度渲染。

字字計佳

⊗「至」息→	✓「窒」息
⊗「壑」達→	✓「豁」達
⊗「撕」殺→	✓「廝」殺
⊗疲「備」→	✓疲「憊」
⊗復「酥」→	✓復「甦」
⊗「咀」喪→	✓「沮」喪
⊗按「步」就班→	✓按「部」就班
⊗麻「庳」→	✓麻「痺」
⊗「腕」惜→	✓「惋」惜

成語佳句

- 熙熙攘攘：形容人來人往，紛雜熱鬧的樣子。
- 絡繹不絕：形容人潮連續不斷的樣子。
- 座無虛席：形容出席的人數眾多。
- 焚膏繼晷：比喻夜以繼日地讀書，絲毫不敢懈怠。
- 不經一番寒徹骨，焉得梅花撲鼻香。
- 俗諺：「打斷手骨反而勇。」
- 哀莫大於心死。

相識自是有緣

◎記敘文

說明

芸芸眾生之中，我們能夠生在同一個時間、活在同一個空間，又能「互相認識」，甚至成為一家人或同班同學，這真是「百年修來的緣分」。請你以「相識自是有緣」為題目，寫出一篇涵蓋下列條件的文章：

- 選一則和緣分有關的生活事情。
- 寫出這次緣分對你的影響。
- 詮釋並歸納「相識自是有緣」之因。

範文

「打架了！」有人大聲嚷嚷了起來。只見一向情同手足的阿明和阿強，正面紅耳赤地扭打成一團，導師聞訊立即趕來，喝令兩人停手。「全部回座位！」導師喊道。教室空氣頓時凝聚成冰點，連呼吸的聲音都聽得到。

導師面色凝重地看了看全班同學，接著嘆了口

則將來後悔也無濟於事。今天，老師想跟你們分享我以前求學時的經驗：「以前我讀的是女校，女生尤其喜歡和好朋友膩在一起，每天一起上下學、一起分享祕密，那真是一段少年不識愁滋味的青澀歲月！可惜，我的另外兩個好朋友，不知是何緣故竟然吵架了，為了表示我對友誼的忠貞，我毅然決然地不理另外一位同學。還記得有天下午掃地時間，我正在排桌椅，突然發現桌子的那一頭，伸出一雙手來幫我，抬頭一看，是那位無辜受害的同學。瞧見她哀怨的眼神無助地說：『我們又沒怎樣，你為什麼不理我？』我頓時張口結舌，不知所措，更不知是哪一個魔鬼牽引了我，仍然一言不發，低下頭來，狠心的離開她。」

「後來呢？」阿明與阿強聽得入神竟然不約而同問道。導師繼續說：「直到現在，我腦子裡依舊清晰的烙印著她那雙哀怨的眼神，耳朵裡一直迴盪著她那句痛徹心扉的表白：『我們又沒怎樣，你為什麼不理我？』這是我一生中埋葬在內心深處的痛，雖然它已結疤，卻永遠無法抹滅！」

「所以，我們要珍惜同學相處的時間！」班長

一定會遺憾終身。人生最大的幸福，除了擁有親密的家人，就是來自友誼的芬芳。人海茫茫，能夠成為同班同學，應該珍惜並深深體會『相識自是有緣』這句話！來！讓我們一起握手吧！」

解析

審題：

題目重點在「有緣」二字：人海茫茫，有的人是兩條平行線，一生從未相識；能夠在人生旅途上相識相交，是難得的緣分，行文時要強調這點。

取材：

班上同學互動的事情；路上遇見陌生人發生互動的事情；與親戚朋友發生的事情，都可以發揮。

其他：

聯絡簿上的生活小記就是最好的生活材料，導師的評語也可加以運用。

- ⊗大聲「讓讓」→ ✓大聲「嚷嚷」
- ⊗面紅耳「刺」→ ✓面紅耳「赤」
- ⊗青「色」歲月→ ✓青「澀」歲月
- ⊗不知所「錯」→ ✓不知所「措」
- ⊗清「悉」→ ✓清「晰」
- ⊗「落」印→ ✓「烙」印
- ⊗痛徹心「非」→ ✓痛徹心「扉」

成語佳句

- 青澀歲月：年輕不成熟的歲月。
- 張口結舌：形容因為緊張或害怕，說不出話來。
- 不知所措：不知道怎麼辦才好。形容受窘或驚慌的樣子。
- 辛棄疾：「少年不識愁滋味，愛上層樓，愛上層樓，為賦新詞強說愁；而今識盡愁滋味，欲說還休，欲說還休，卻道『天涼好個秋』。」
- 成功可招引朋友，挫敗可考驗朋友。
- 從人生中拿走友誼，猶如從生活中移走陽光。
- 多一個朋友就多一條路，少一個朋友就多一道牆。

祈禱

◎抒情文

說明

面對紛亂喧擾、是非顛倒的現實社會，心中難免有所期盼。請你以「祈禱」為題目，寫出一篇涵蓋下列條件的文章：

- 你想祈禱什麼？
- 為什麼你會有這樣的祈禱？
- 明確說出你的祈禱。

範文

我要為大家祈禱！

我要為大家祈禱：祈禱一早醒來，沒有孤立三小時卻仍被大水沖走的八掌溪事件；沒有因為跑錯跑道而冤死不少人的烏龍空難；沒有酒醉駕車撞死人，卻只判三年有期徒刑的糊塗判決；沒有妻子因病成為植物人，卻判棄而不顧的丈夫勝訴的狠心法官；沒有愛台灣或不愛台灣的對立言語；沒有情殺、仇殺、濫[illegible]索的不法行為。

祈禱風暴快點過去，洪水不要變成猛獸；祈禱地牛乖乖睡覺，房子不要夷成平地。

祈禱台灣這塊土地青山還是青山，綠水還是綠水；祈禱台灣這塊土地上的人，君君、臣臣、父父、子子，依序在自己的軌道運行；祈禱台灣這塊土地族群融合，共同一條心。

有一首家喻戶曉的歌，叫「祈禱」，歌詞上寫著：「讓我們敲希望的鐘啊，多少祈禱在心中，讓大家看不到失敗，教成功永遠在。讓地球忘記了轉動啊，四季少了夏秋冬……讓世間找不到黑暗，幸福像花開放……。」我衷心祈禱，教育決策者不要再騎驢看唱本——走著瞧：昨天自學方案，今天建構數學，明天九年一貫，「貫」得我們天昏地暗，「貫」得我們彎腰駝背，我們不是白老鼠，更不是囊中物。

最後，祈禱一覺醒來，晴空萬里，海闊天空，每一個人都能忠實地做自己！

解析

審題：

重點在說出自己衷心的「祈禱」。行文時，應把「祈禱」的層次提昇，而非只侷限一己的私利，如考第一名、中大獎、住豪宅等。

取材：

紛擾不堪、事與願違的現實社會；社會新聞、天災人禍，諸多不合理想的事情等，都可以發揮。

其他：

可參考「麥帥為子祈禱文」，他為兒子的祈禱詞中，充滿了疼愛卻不溺愛的超人智慧，祈禱上帝賜給兒子磨練的機會、成長該有的挫折，讓他在淬厲中堅強、在風暴中挺立！這正是現代人該有的省思與認知。

字字[illegible]

⊗	✓
孤「力」	孤「立」
「鳥」龍	「烏」龍
「爛」殺	「濫」殺
「雪」淋淋	「血」淋淋
「鬼」道	「軌」道
「健」構	「建」構
彎腰「駝」背	彎腰「駝」背
「襄」中物	「囊」中物
「情」空萬里	「晴」空萬里
海「擴」天空	海「闊」天空

成語佳句

家喻戶曉：家家戶戶都已知道。形容人人皆知。

天昏地暗：形容天色非常昏暗。或比喻人世間是非不分，綱紀紊亂。

我們的尊嚴不必取決於別人的眼光，但是至少我們必須活得讓別人眼中有我。

樹的方向由風決定，人的方向由自己決定。

悲觀的人在每次機會中都看到困難，樂觀的人在每次困難中都看到機會。

美好的明天

◎論說文

說明

今日的不如意，往往讓我們寄託希望於明天，我們期盼美好的明天，明天會更好！請你以「美好的明天」為題目，寫出一篇涵蓋下列條件的文章：

- 陳述「美好的明天」的意涵。
- 抒發如何讓明天更美好？
- 舉例說明歷史上的人物，擁有美好明天的具體事蹟。

範文

明天是一朵含苞待放的花朵，蘊含希望；明天是一個激勵向上的目標，滿懷鬥志；明天是一處想像的空間，充滿理想。美好的明天引領我們開創美麗璀璨的前程。

然而歷史告訴我們，沒有任何一個偉人的成功是偶然的，他們都是通過昨日層層關卡的考驗、今日積

宏碁集團的掌舵者施振榮先生曾經年年虧損遭股東砲轟下台，但他仍然對明天懷抱希望，學習麥當勞的速食店經營模式改變現況，運用策略，終於重新躍升企業的舞台；美國總統林肯先生曾歷經八次選舉，八次落敗，但他將希望寄託在明天，奮戰不懈，終獲成功；明華園當家小生孫翠鳳曾經因唱腔並非標準的閩南語而遭觀眾唾棄，但她並不因此而氣餒，反而焚膏繼晷、孜孜矻矻勤加練習，終於贏得眾人的掌聲。

這些例子告訴我們：想要擁有美好的明天，綻放美麗的成功之花，結出苦盡甘來的果實，就必須咬緊牙根，才能體會「柳暗花明又一村」的喜悅。

曾經聽過一段話：「樹的方向由風決定，人的方向由自己決定；我一定以今日之我勝昨日之我，以明日之我勝今日之我。因為或許有一時的僥倖，但絕對沒有永遠的埋沒。」這段話帶給我們啟示：人生是一場又一場的競賽，自己才是決定勝敗的關鍵。

在奮鬥的過程之中，滿佈荊棘，崎嶇又坎坷，而今日的挫折、困難正是孕育明日成功的大好時機；現在的失敗，恰巧可以是磨練意志，增長智慧，獲得寶

因為美好的明天即將降臨，今天的痛苦又算什麼呢？就從現在開始，養精蓄銳、凝聚力量，美好的明天等待我們昂首闊步迎向前去！

解析

審題：

題目是「美好的明天」，「明天」指的是未來，不是第二天，注意別離題。

取材：

可以舉例說明曾經失敗，但鍥而不捨地努力，終於苦盡甘來開創美好未來的例子。如國父革命、句踐臥薪嘗膽、美國獨立運動、法國大革命……。

其他：

句子若能廣為運用排比、譬喻、引用等修辭法，必可增色不少。

⊗「摧」璨→　✓「璀」璨

⊗寄「托」→　✓寄「託」

⊗焚膏繼「咎」→　✓焚膏繼「晷」

⊗「驍」倖→　✓「僥」倖

⊗滿布荊「刺」→　✓滿布荊「棘」

⊗「掏」光養晦→　✓「韜」光養晦

⊗養精「續」銳→　✓養精「蓄」銳

成語佳句

- 孜孜矻矻：形容努力不懈的樣子。
- 韜光養晦：比喻隱藏才能，不為人所知。
- 養精蓄銳：養息精神，積蓄力量。
- 柳暗花明又一村：本為寫景詩句。後多用來比喻絕處逢生，忽現轉機。
- 樹的方向由風決定，人的方向由自己決定；我一定以今日之我勝昨日之我，以明日之我勝今日之我。因為或許有一時的僥倖，但絕對沒有永遠的埋沒。
- 泰戈爾：「如果錯過太陽時你流了淚，那麼你也要錯過群星了。」

音樂的饗宴

◎記敘文

說明

夜闌人靜，你是否會播放莫札特「小夜曲」陪著你入睡？心情鬱悶時，你是否聽到蔡依林演唱「倒帶」會有更特別的感覺？音樂感人至深與我們生活密不可分。請你以「音樂的饗宴」為題目，寫出一篇涵蓋下列條件的文章：

- 陳述你所喜歡的音樂類型或作品。
- 說明音樂的效用。
- 舉例說明音樂帶給你的感受。
- 抒發音樂對你的影響。

範文

各式各樣的音樂帶給人們不同的感受，有的振奮人心、有的哀怨動人、有的柔美婉約……。我偏愛西方古典樂曲，古典音樂可以讓怒髮衝冠的情緒頃刻間歸於平靜；古典音樂可以讓沮喪、消沉的意志，重新

弦的古典樂章輕叩我的心扉，撫慰我焦躁枯萎的心靈，把充滿苦澀的淚珠化成朵朵笑靨。

微風徐徐的早晨，理查．克萊德門帶我進入綠意盎然的森林，欣賞蝴蝶翩翩起舞，聆聽潺潺水流，遠處煙嵐縹緲，這幅如詩似夢的山水畫，迴盪著空靈的氣氛。日正當中，豔陽高照，一位手提花籃的少女在鋪滿碎石的小徑跳躍，輕鬆愉快的心情正哼著韋瓦第「四季」交響曲的旋律，這首美妙悠揚的樂章，彷彿可以嗅到百花齊放的芬芳、享受海浪拍打的清涼、感受作物豐收的愉悅、體悟大地回春的溫暖。萬籟俱寂的深夜，柴可夫斯基以恬靜安詳的旋律，伴隨著遠處的一葉扁舟緩緩飄進靜謐的湖面，水精靈以曼妙優雅的姿態婆娑起舞，擺動著如楊柳般的纖腰，隨著跳躍的音符，水精靈躍向湖心，倏忽，水花高濺，激盪亢奮，一首「船歌」在我的心底響起。

音樂是我生命中不可或缺的良伴，不但陶冶我的身心，讓我學會探索天地間廣闊無垠的寶藏，也幫助我的情感得以宣洩，如同雨過天青般的開朗清明，更是與我形影不離的益友。

下一個挑戰。音樂的饗宴讓我的生命愈益多采多姿！

解析

審題：

題目是「音樂的饗宴」，撰寫時要讓人感受到如同享用音樂大餐般的豐盛。

取材：

把日常生活中自己喜歡的、熟悉的音樂寫出來，就不怕沒有材料。如果平日沒有聆聽音樂的習慣，也可以取材音樂課本所學的歌曲。

其他：

重心要擺在抒發內心感受、寫出歌曲意境，可以將所學過的詩詞情境相符的融入其中。白居易的「琵琶行」、劉鶚的「明湖居聽書」都是可以模仿的篇章。

✗	✓
「雄雄」烈火↓	「熊熊」烈火
心「菲」↓	心「扉」
焦「燥」↓	焦「躁」
枯「委」↓	枯「萎」
笑「厭」↓	笑「靨」
煙「蘭」↓	煙「嵐」
一葉「翩」舟↓	一葉「扁」舟
「抗」奮↓	「亢」奮
廣闊無「根」↓	廣闊無「垠」
疲「備」↓	疲「憊」
「響」宴↓	「饗」宴

成語佳句

- 怒髮衝冠：形容非常憤怒的樣子。
- 萬籟俱寂：形容周遭非常的安靜。
- 雨過天青：陣雨後初放晴的天色。比喻壞的情況已經過去，好的局面即將開始。
- 蘇軾稱讚王維：「詩中有畫，畫中有詩。」
- 心中有圖畫，耳朵有音樂，眼睛有笑容，人生才會活得快樂。

值日生的一天

◎記敘文

說明

從小學至國中，你一定有過當值日生的經驗，是否曾發生過一些有趣的事？或特殊的感受？請你以「值日生的一天」為題目，寫出一篇涵蓋下列條件的文章：

> 文中請描述當值日生時做了哪些事？
> 除事件的描述亦需加上心情的感受。

範文

清晨無情的鬧鐘將我從美夢中吵醒，揉揉惺忪的眼睛，「哇！不得了！」時間已指向七點，我以影片快轉般的速度衝出家門，朝學校飛奔。

一定是前晚燒香受老天爺眷顧，我終於在敲完最後鐘響時，上氣不接下氣地走進班上。不過，正當我大快朵頤享受著手中的早餐，突然傳來衛生股長「河東獅吼」的咆哮聲：「三號！今天輪你當值日生，快起來工作！」了。「看似尋常最奇絕，成如容易卻艱難。」一件簡單而單純的事，就是有人會將其變得既複雜又麻煩。「八號！你的聯絡簿呢？」「等一下嘛！你別催，我快寫好了。」「一號！快交聯絡簿！」「好啦！但是讓我先去買個早餐！」唉！單單收個本子，就花掉我將近一整個早上的時間。

「擦黑板」更是每節下課的痛苦差事。瞧我「左右開弓」、「上窮碧落下黃泉」，板擦遊走於黑板之際，頓時雪花片片，粉末飛揚，嗆得人好不難受。想起平時上課的老師，在課堂上不斷擦拭黑板，任憑粉筆灰化成兩鬢風霜，不由得興起一股憐憫之情。趁著下課，幫老師換上一杯剛泡好的熱茶，當一上課和老師心領神會相視的微笑中，那一刻，我突然覺得似乎體會到什麼。

中午當大家都在夢周公之際，我卻得蹲在垃圾桶旁處理資源分類。想我一介書生，迫於現實卻落得如此下場。不過回頭一望，衛生股長也在小走廊整理掃地用具，此時「女暴君」的臉龐閃耀著溫柔的神情，不禁令我動容。

像是吃虧，但是在犧牲之下，所獲得的樂趣與成就，才是最珍貴的。所謂：「施比受更有福」，難道不是如此嗎？

　　關上門窗，今天的我帶著一顆充實感恩的心奔向夕陽，奔向回家的方向。

解析

審題：

「值日生的一天」，身分是「值日生」，時間範圍是「一天」，所以應以第一人稱的立場抒寫。

取材：

值日生的工作很繁雜，同學在書寫時，應選擇當天有趣或有意義的重心來發揮，切忌如流水帳般呆板單調的敘述。此外，「事」是單純的平面，若能加上主觀的「情」，如此的敘述便有立體的生命。

其他：

文章的末段常是記敘文畫龍點睛的巧處，例如：「今天的我帶著一顆充實感恩的心奔向夕陽，奔向回家的方向。」便更有餘韻不絕的效果。

⊗惺「忡」→ ✓惺「忪」

⊗「卷」顧→ ✓「眷」顧

⊗咆「哮（ㄒㄧㄠˋ）」→ ✓咆「哮（ㄒㄧㄠ）」

⊗任「物」→ ✓任「務」

⊗「鈍」時→ ✓「頓」時

⊗「嗆（ㄑㄧㄤ）」人→ ✓「嗆（ㄑㄧㄤˋ）」人

⊗任「平」→ ✓任「憑」

⊗兩「鬢（ㄅㄧㄣ）」→ ✓兩「鬢（ㄅㄧㄣˋ）」

⊗下「場（ㄔㄤˊ）」→ ✓下「場（ㄔㄤˇ）」

成語佳句

- 河東獅吼：比喻嫉妒心強而又凶悍的婦人。
- 左右開弓：比喻雙手一起動作或多方面同時進行。
- 白居易「長恨歌」：「上窮碧落下黃泉，兩處茫茫皆不見，忽聞海上有神仙，山在虛無縹緲間。」
- 王安石：「看似尋常最奇絕，成如容易卻艱難。」
- 《靜思語》：「幫助別人，其實就是在幫助自己。」

書給我一扇窗

◎記敘文

說明

書籍記錄、儲存了人類大量的知識學問，也傳承了經驗歷史。請你以「書給我一扇窗」為題目，寫出一篇涵蓋下列條件的文章：

- 說明閱讀書籍能開拓你的視野。
- 舉例說明閱讀書籍對你實際的影響。
- 闡述打開書籍就是打開生命之窗的意義。

範文

有句話說：「腹有詩書氣自華」，又說「貧者因書而富，富者因書而貴。」每次打開書，總能開展我更遼闊的視野，書中所蘊含的寶藏，可不是區區黃金屋所能容納的。閱讀是天使的翅膀，打開琳瑯滿目的書籍之窗，將靈魂攜往知識的寶庫，開啟夢想的天地，悠遊自得自在的天空。

漢唐光輝盛世令我驕傲，宋明不辨忠奸叫我反省，我曾為文天祥的「人生自古誰無死，留取丹心照汗青」而動容，曾為杜甫的「安得廣廈千萬間，大庇天下寒士俱歡顏」而喝采，也曾和李白一起感受「抽刀斷水水更流，舉杯澆愁愁更愁」的無奈。穿越時空神交古人，內心的悸動久久不能自已。

我喜歡打開自然科學之窗，讓蟲魚鳥獸花蝶帶領我盡情地遨遊宇宙天地，像個充滿旺盛好奇心的冒險家，想揭開宇宙面紗一探究竟，結果處處是驚奇，時時是讚嘆。

我喜歡打開宗教哲學之窗，體悟充滿神祕玄妙、體諒寬容、鼓舞人心的教誨與哲理，讓我不再迷失方向，找到人生的真理與真相。

我喜歡打開名人傳記之窗，學習書中典範人物高風亮節的行為操守，陶冶不義不取、富貴如浮雲的安貧樂道情操，培養勇於任事與堅忍不拔的態度與毅力。這是一個品格決勝負的時代，我期待我就是那個脫穎而出之人，對人對事都能誠實、善良、勇敢、負責任。

本就能面對陽光、吸收養分、成長茁壯、搭建夢想、體會生命哲理，讓心靈活泉汩汩湧出永不止息，讓人生滿載而歸。我要時時打開書籍之窗，不只豐富我的知識學問，更讓生命迎向陽光。

解析

審題：

需把握「窗」能拓展視野的特質，並把「讀書」比喻成「開窗」，就讀書能開展人的無形視野發揮。其次要注意「給我」二字，重點需放在書籍對個人的影響和啟發。

取材：

讀書的好處自古就有許多精彩的名言佳句、比喻、故事或成語典故可資佐證，因此要分別闡述閱讀文學、科學、哲學、傳記對個人的影響，最後並自我期許要時時打開書籍之窗。

其他：

「讀書」對學生而言是最熟悉的題材，因此論述中若不能提出新穎的見解，就可能落入老生常談的俗套中，因此事例言例都需謹慎選擇剪裁。

⊗	✓
⊗「淋琅」滿目→	✓「琳瑯」滿目
⊗「汗」海→	✓「瀚」海
⊗「季」動→	✓「悸」動
⊗不能自「己」→	✓不能自「已」
⊗「贊」嘆→	✓「讚」嘆
⊗陶「治」→	✓陶「冶」
⊗「艱」忍不拔→	✓「堅」忍不拔
⊗脫「影」而出→	✓脫「穎」而出
⊗「股股」湧出→	✓「汩汩」湧出
⊗滿「戴」而歸→	✓滿「載」而歸

成語佳句

- 脫穎而出：形容才能獨特，超越其他人。
- 蘇軾：「腹有詩書氣自華。」
- 文天祥：「人生自古誰無死，留取丹心照汗青。」
- 杜甫：「安得廣廈千萬間，大庇天下寒士俱歡顏。」
- 李白：「抽刀斷水水更流，舉杯澆愁愁更愁。」
- 《論語》：「不義而富且貴，於我如浮雲。」
- 朱熹：「問渠哪得清如許，為有源頭活水來。」

校園的那個角落

◎記敘文

說明

校園之中有許多令人駐足的角落，操場的嘻笑聲、教室的讀書聲、競賽中的加油聲及悠揚的琴聲……，紛紛迴盪在校園。請你以「校園的那個角落」為題目，寫出一篇涵蓋下列條件的文章：

- 描述你對校園的那個角落的印象。
- 舉例校園中的人、事、物所帶給你的感受。
- 抒發你對校園的情感。

範文

校園的那個角落，有你我的足跡。這裡綠意盎然、鳥語花香，琅琅讀書聲迴盪在知識的殿堂，洋溢著溫故知新的喜悅；純真的笑容、悲傷的淚水收藏在溫馨的校園一隅，令人難以忘懷。在校園的那個角落，你也可以和同學一齊討論複雜的三角函數、一齊

年世界。

校園的那個角落充滿了希望！無論是在教室、操場、游泳池、實驗室或圖書館……，看到師長不辭勞苦、盡其所能地教導活潑、有趣的課程。他們在我課業迷惑時，教育駑鈍的我，就像是無所不知的百科全書解答我的疑難雜症；當我人際關係受挫時，耐心地撫平我的傷口，彷彿和煦的陽光溫暖著畏縮的我；在我青春叛逆時，包容犯錯的我，如同指引我向上的明燈；當我煩惱、無助時，解救我於苦難牢籠，是一把打開心靈枷鎖的鑰匙。在這充滿希望的校園，讓我可以盡情揮灑人生的彩筆，編織綺麗的夢想，我要比別人飛得更高、更遠；在這充滿希望的校園，讓我不是溫室的花朵，不畏狂風暴雨，能夠勇往直前。

校園的那個角落充滿了美好！雖然校舍不是美輪美奐，卻是「麻雀雖小，五臟俱全」；雖然設備不是最頂級、最新穎，卻都「物盡其用」。在這充滿了美好的校園，你可以看到打掃時間同學追著垃圾跑的認真模樣、升旗典禮全校師生莊嚴肅穆的一面、正在發育的少男少女用餐時狼吞虎嚥的景象；你可以聽到下

悠揚的笛聲……，迴盪在校園的每個角落。

校園的那個角落，或許並不起眼，卻在我心中留下了一份美麗的回憶——曾經笑過、哭過、瘋過的那個角落，也是陪伴著我成長的那個角落。

解析

審題：

撰寫時可以寫整個校園的任何角落，不要僅侷限在「一個」角落而已。

取材：

「校園的那個角落」可將寫作內容擴大為「我愛的校園」，如此才能讓視野更寬廣，情感真實流露，自然有許多材料可供運用。

其他：

可捕捉校園中的人、事、物以特寫鏡頭呈現，做重點式的描寫。最好盡量呈現校園生活中美好的一面，不愉快的則輕描淡寫，較為討好。

牢牢記住

- ⊗「朗朗」讀書聲→ ✓「琅琅」讀書聲
- ⊗迴「蕩」→ ✓迴「盪」
- ⊗校園一「偶」→ ✓校園一「隅」
- ⊗「努」鈍→ ✓「駑」鈍
- ⊗和「栩」→ ✓和「煦」
- ⊗牢「龍」→ ✓牢「籠」
- ⊗「加」鎖→ ✓「枷」鎖
- ⊗「琦」麗→ ✓「綺」麗
- ⊗美「侖」美奐→ ✓美「輪」美奐
- ⊗追「遂」→ ✓追「逐」

成語佳句

- 多采多姿：形容色彩繽紛，豔麗迷人的樣子。
- 美輪美奐：形容房屋規模高大、裝飾華美。
- 物盡其用：使一切物力產生最大的功效。
- 狼吞虎嚥：形容吃東西粗魯又急切的樣子。
- 麻雀雖小，五臟俱全。
- 感動的源頭都來自誠懇。
- 用感性觀察世界，用理性洞察是非。

海洋／母親

◎抒情文

說明

大海如同一位母親，照顧我們的飲食，給予我們生活所需。請你以「海洋／母親」為題目，寫出一篇涵蓋下列條件的文章：

- 思考人與海洋的關係。
- 傷害海洋後的影響。
- 維護海洋風貌。

範文

假如有一天，海洋不再湛藍；魚兒不再優游；海鷗不再飛翔，這個世界將變成怎樣？海洋一直是人類生命的基礎；海洋也是所有生物的源頭；海洋更是地球生態環境的最後一道防線。「海」字，拆開來是「水」和「人類的母親」的組成，所以人類的起源可能與海洋密不可分。

在科技日新月異的今日，海洋資源不再是「取之不盡，用之不竭」，在不法漁船的濫捕下，海洋資源枯竭；在不法商人的傾倒廢物下，造成海洋生態的破護。於是海水暖化，海洋生物不再豐富滋長。

大海是人類的母親，我們本當關懷母親的健康與平安，尤其身居海島的我們，更應該去了解海洋、關懷海洋、保育海洋和擁抱海洋。而目前最重要的是，如何將這位滋養大地、撫育萬物的海洋之母，所遭受到的傷害，包含生態失衡、汙染、濫捕漁獲、外來種的引入以及全球氣候變遷等影響減至最低。

海洋永遠像母親，有著包容開放的胸懷和冒險犯難的精神，以她深情的海水，毫不吝嗇地付出。雖然海洋擁有無限的生機，但是仍然需要保持她自然的生態，不可忽視她有左右自然界平衡的力量。否則像二〇〇四年發生的南亞大海嘯，海洋就不再只是個溫良的母親，她展現了身為母親的怒容，她的反撲，更值得我們省思與關懷。我們不該只是一味地責問大海，人類自身也應嚴肅地反省。

假如有一天，海洋不再湛藍；魚兒不再優游；海鷗不再飛翔，這個世界將變成怎樣？人類若再不知尊重及保護海洋之母，濫用自以為是的「假權利」，對地球也予取予求，那麼當海洋這位母親無法承受之時，也將來是否又會一次再一次，以類似南亞大海嘯之姿，來面對人類貪婪的索取呢？就讓我們靜下心好好思考海洋這位母親，當她因為人類之誤，而不再湛藍美麗時，身為海洋之子的我們，又該如何自處？

解析

審題：

題目是「海洋／母親」，所以不要只寫「海洋」或只寫「母親」，而是使用擬人手法，將兩者合而為一。

取材：

往大海裡思索，擴大所能寫入文章的題材，包括思考萬物並非皆為人而生，如何懷抱感恩，並維護自然生態與永續發展。此外，描述內容以具有高度擬人性與省思性的作品為佳。

其他：

廖鴻基的「迷途羔羊——弗氏海豚」、「銀劍月光」，是海洋文學的代表，不妨藉由這兩篇文章，多認識台灣海洋文化並欣賞海洋文學，從中取材做為行文的參考。

牢牢記住

- ⊗「堪」然→ ✓「湛」藍
- ⊗「悠」游→ ✓「優」游
- ⊗飛「祥」→ ✓飛「翔」
- ⊗基「楚」→ ✓基「礎」
- ⊗「妨」線→ ✓「防」線
- ⊗「爛」捕→ ✓「濫」捕
- ⊗「魚穫」→ ✓「漁獲」
- ⊗「令」嗇→ ✓「吝」嗇
- ⊗「身」機→ ✓「生」機
- ⊗平「橫」→ ✓平「衡」
- ⊗「恕」容→ ✓「怒」容
- ⊗一「昧」→ ✓一「味」
- ⊗貪「懶」→ ✓貪「婪」

成語佳句

- 密不可分：關係密切無法分開。
- 大地藏無盡，勤勞滋有生。
- 唐朝元稹：「曾經滄海難為水，除卻巫山不是雲。」

班有鮮師

◎記敘文

說明

每個人的求學生涯中，遇到的老師不計其數。有的老師學識淵博，令人仰之彌高；有的老師幽默風趣，令人捧腹大笑。請你以「班有鮮師」為題目，寫出一篇涵蓋下列條件的文章：

- 選擇一至數位令你印象深刻的老師。
- 寫出老師的形象。
- 寫出老師與學生互動的情景。
- 寫出你想對老師說的話。

範文

本班有一位「頂港有名聲，下港尚出名」的美女導師，她有一頭波浪鬈的長髮、勻稱的身材以及幽默風趣的個性，她的名字叫：李如玉。

李老師授課生動，總用淺近的例子說明課本的重點使我們了解，偶爾天外飛來一筆，幽默的言詞更讓全班哄堂大笑，記得有一次，老師在講解人體器官時，提到「肝」、「膽」時，竟然唸成「缸」、「擋」，當下只見老師不疾不徐地說道：「老師小的時候，沒有學好注音符號，所以『ㄢ』、『ㄤ』兩個音，常會混淆，就請同學多多見諒了。」從此之後，在我們的課堂上，常可以聽到「小王子」變成「小丸子」，或者是「觀光勝地」變成「光觀勝地」。

班上教授歷史的王老師也是一絕，他長的矮矮胖胖，即使到了不惑之年，臉上還是不聽話地冒了幾顆青春痘，他曾戲稱自己的面頰上蓋了好多的「違章建築」，幽默的功力實在不輸給李老師。他上課時總喜歡拿著一把扇子，因此我們總愛在私底下，暱稱他為「扇子老師」，扇子老師博古通今，講到令人慷慨激昂的歷史事件，例如：八國聯軍、南京大屠殺時，竟還會跳到椅子上，唱作俱佳地還原歷史現場，讓枯燥的歷史課程頓時活潑了起來。

古語有云：「師者，所以傳道、授業、解惑也。」我很慶幸教授本班的老師不只擁有豐富的學養可以替我們釋疑解難，而且與同學間的相處「亦師亦友」，能和我們一同分享喜憂。

也對本班的鮮師們感到好奇呢？別急，別急，只要你有空進來八年五班坐一坐，相信你就有機會見識到咱們班上鮮師的功力啦！

解析

審題：

題目既然為「班有鮮師」，重點應該擺在「鮮」上，內容的撰寫應該以描寫班級內老師的趣事為主。關於老師發怒、責備學生的部分，可以隱而不提。

取材：

可以以一位老師做為描寫，也可以分段介紹不同的老師；要具體描寫老師外形的特徵、口頭禪或是曾鬧過的笑話等，令人讀之如見其人。

其他：

最忌平鋪直述，要能夠抓住個人特徵或事蹟加以描述，但是不能惡意批評。

牢牢記住

- ⊗「均」稱→ ✓「勻」稱
- ⊗「盛」地→ ✓「勝」地
- ⊗「匿」稱→ ✓「暱」稱
- ⊗慷「概」→ ✓慷「慨」
- ⊗「徒」殺→ ✓「屠」殺
- ⊗枯「躁」→ ✓枯「燥」

成語佳句

- 天外飛來一筆：比喻突然插進一句與上下文沒有關聯的話。
- 不疾不徐：形容能掌握事情進展的速度。
- 博古通今：比喻學問淵博，能夠通曉古今。
- 唱作俱佳：形容表演生動的樣子。
- 洋洋灑灑：形容文章的篇幅很長且文詞優美。
- 韓愈：「古之學者必有師。師者，所以傳道、授業、解惑也。」
- 只有當你不斷地致力於自我教育的時候，你才能教育別人。
- 教師——他是學生智力生活中的第一盞指路明燈。
- 教師是人類靈魂的工程師。

記○○大賽

◎記敘文

說明

在你十數年的人生中，一定有過參加比賽的經驗，其中也一定有印象特別深刻的競賽。請你以「記○○大賽」為題目，寫出一篇涵蓋下列條件的文章：

- 題目自訂。
- 將這場比賽的經過詳細描述。
- 說明你在這場競賽時的感受及收穫。

範文

要上家政課了，老師為了驗收成果，並讓我們更積極地學會作菜，因此訂下競賽辦法，每六人一組，得到第一名那組，老師請喝飲料。

老師規定在兩小時內要做出三菜一湯，因此，我們事先就討論了很久，到底要做什麼會比較快，最後決定的菜單如下：蝦仁炒蛋、洋蔥炒牛肉、清炒豆芽和雞茸玉米湯。光是要採買材料、什麼時候去買、要買多少……，就讓大夥一個頭兩個大；還好組長的媽媽說一切由她負責，才讓大家放下心中的大石頭。

上午十點下課鐘一響，全班火速帶好各類食材，衝向家政教室，我們這組組長開始發揮她的領導力，要大家把圍裙穿上，然後派兩個人去領鍋碗瓢盆，其他人把各項食材拿出來，開始洗洗切切。

我一向認為作菜是件麻煩的事，但是看到其他同學拿著一塊牛肉，很專注地討論著怎麼切才是「逆絲切」；組長和其他人則先把蝦仁洗乾淨，再一隻隻用紙巾擦乾備用，組長看我閒下來，就吩咐我先打蛋，再去開玉米罐頭……。都準備好後，組長大廚上場了，只見油煙繚繞、鍋盤翻飛，抽油煙機聲與驚呼聲不絕於耳。

就在規定的時間快結束之前，我們這組第一個去邀請老師來品嘗，環顧其他組也快大功告成，老師開始評分，老師點頭讚許我們，不過臨走時她說：「你們這組，每樣菜的顏色太接近了。」

結果要揭曉了，大家都滿懷希望，最後是我們和第一組並列第一；老師則是請每位同學喝飲料，因為她看大家不僅卯足勁想得到獎賞，同時又能合作愉快，讓她也感染了這快樂的氣氛。

一場亮館大賽在皆大歡喜的情況下落幕了，經過這次比賽之後我改觀了，任何事只要投注心力，與人合作，就會有收穫，競賽其實是進步的原動力呀！

解析

審題：

題目是「記〇〇大賽」，意思是題目主題由自己訂，所以是很好發揮的題目類型。或許你並沒有參加過什麼大型的比賽，但你只要從記憶庫中找出一項和比賽有關的活動，加以敘述，就不致離題了。

取材：

條件中要求將比賽經過詳細描述，因此親身經歷又感受深刻的比賽才是最佳的題材。

其他：

寫記敘生活過程的文章時，應該節選重要部分來描述，避免寫流水帳。

牢牢記住

- ⊗「績」極→ ✓「積」極
- ⊗「兢」賽→ ✓「競」賽
- ⊗蝦仁「吵」蛋→ ✓蝦仁「炒」蛋
- ⊗洋「匆」→ ✓洋「蔥」
- ⊗雞「絨」→ ✓雞「茸」
- ⊗發「輝」→ ✓發「揮」
- ⊗圍「群」→ ✓圍「裙」
- ⊗食「才」→ ✓食「材」
- ⊗「遼」繞→ ✓「繚」繞
- ⊗「還」顧→ ✓「環」顧
- ⊗「接」曉→ ✓「揭」曉
- ⊗「卯（ㄇㄠˇ）」足勁→ ✓「卯（ㄇㄠˇ）」足勁
- ⊗「敢」染→ ✓「感」染

成語佳句

- 不絕於耳：聲響持續不斷。
- 大功告成：指完成艱鉅的任務。
- 皆大歡喜：大家都十分高興、滿意。
- 成功的唯一祕訣，是堅持到最後一分鐘。
- 任何一件事都是從一個決心開始。

假如我是一株○○樹

◎記敘文

說明

古人說：「文如其人」，有趣的是，你也會發現「樹如其人」。請你以「假如我是一株○○樹」為題目，寫出一篇涵蓋下列條件的文章：

- 描繪它在不同季節的變化。
- 寫出它與眾不同之處。
- 寫出它與人的相似之處。

範文

假如我是一株苦楝樹，一陣秋風吹過後，準備落盡一身繁華，特別是在深秋，枯葉大片大片的灑落滿地，不是悲壯，也不是淒涼，只因我是一株苦楝樹，試著堅強，試著勇敢……。落葉知道我需要蓄足養分，為編織來年美麗的衣裳，於是它完成了歸根，甘願為大地化為自然泥土中的芬芳，補充我根部浩瀚的養分。冬日，我蛻變成一棵原型樹種——禿透卻不失自然風格，

假如我是一株苦楝樹，在冬末春初開出千千萬萬枝嫩芽，在暖陽的輕撫下，一枝枝嫩芽都呈現出不同的綠，翠綠、淺綠、鮮綠、深綠……，漸層綠衣裳是大地為我量身訂作的第一套美麗服裝，然而須臾間，我又在嫩芽之中，開起了小小的紫花，讓嫩芽與紫色小花相為伴，立刻換上另一件花衣裳。

假如我是一株苦楝樹，在孟春來臨後，伸了個懶腰，開始夜以繼日地成長茁壯，昨天的我和今天的我風貌不同，給了仲春一個溫柔的色調，我那粉嫩夢幻的紫花；我那銷魂迷醉的紫花；我那濃郁醉人的紫花，隨風搖曳，落英繽紛，當片片幽香的紫雪，從天空飄落而下，輕輕地鋪滿了整地的霧紫……。

假如我是一株苦楝樹，在夏季裡必定結出纍纍的金鈴子，任眾鳥在我身上穿梭環繞，盡情啄食碩果，去年白頭翁還在我身上築巢，讓我整個夏季多了這群好朋友。

假如我是一株苦楝樹，我要破除一般人對我名字的迷思，儘量把我視為「苦練」而不是「苦戀」，因為「苦練」代表必須低下眉毛上的汗珠，才有可能拾

無奈啊！

假如我是一株苦楝樹，我希望人們學習我「吃苦」的精神，而不要把我當成如瘟神般的屏棄於路旁，而是以讚賞的眼光，欣賞我那四季更迭的千——嬌——百——態。

解析

審題：

寫的是「假如我是一株○○樹」，所以不要變成「你是你，樹是樹」，要二者合一。

取材：

基本上選擇自己認知的樹種，比較容易發揮；不同樹木有不同特質，記得尋找四季分明或容易描寫的樹木，寫起來才會得心應手及富有變化。

其他：

王家祥的「遇見一株樹」一文中，每樣樹種都有其風格特色，就如人類一樣，值得仿效其寫法；而劉克襄的「大樹之歌」一文，寫出對自然的關懷，其中的自然寫作與記錄方式，也值得好好學習。

牢牢記住

⊗「煩」華↓	✓「繁」華
⊗衣「裳（ㄔㄤˊ）」↓	✓衣「裳（˙ㄕㄤ）」
⊗嫩「牙」↓	✓嫩「芽」
⊗「成」現↓	✓「呈」現
⊗須「於」↓	✓須「臾」
⊗「拙」壯↓	✓「茁」壯
⊗「消」魂↓	✓「銷」魂
⊗搖「易」↓	✓搖「曳」
⊗「優」香↓	✓「幽」香
⊗無「耐」↓	✓無「奈」

成語佳句

- 夜以繼日：比喻人勤奮不倦地工作。
- 落英繽紛：形容落花紛紛飄落的美麗情景。
- 千嬌百態：形容女子柔嫩可愛的容貌和神態。
- 宋祁「木蘭花詞」：「綠楊煙外曉雲輕，紅杏枝頭春意鬧。」
- 王安石「泊船瓜洲」：「春風又綠江南岸，明月何時照我還？」

假如我是魔法師

◎記敘文

說明

電影中的哈利波特有飛天遁地的奇幻魔法，哆啦A夢有時光機、任意門、竹蜻蜓……，這些神奇能力，是否也令你想成為魔法師呢？請你以「假如我是魔法師」為題目，寫出一篇涵蓋下列條件的文章：

- 假設你是魔法師，你想施展的魔法是什麼？
- 陳述施展魔法所欲改變的狀況。
- 描述魔法的神奇效力。

範文

假如我是魔法師，我要施展魔法、揮動魔杖，阻止一場又一場的星際大戰，讓人忘卻爭名奪利，不再欲深谿壑而能「不戚戚於貧賤，不汲汲於富貴」。我要打造一個「芳草鮮美，落英繽紛」的「桃花源」境界，讓未來世界充滿祥和寧靜，國與國之間和平共處、沒有戰爭，實現「世界一家」的夢想，

假如我是魔法師，我要穿梭古今回到過去，和懷才不遇的屈原並肩散步在汨羅江畔，齊聲高唱：「舉世皆濁我獨清，眾人皆醉我獨醒」，並勸說忠貞愛國的詩人明瞭「留的青山在，不怕沒材燒」的道理；我還要和李白一起舉杯，邀明月吟唱「人生得意須盡歡，莫使金樽空對月」；和蘇東坡促膝夜談，共同遙想三國人物「大江東去，浪濤盡，千古風流人物」不可一世的豪壯氣魄。

假如我是魔法師，我要讓時間停格，讓青春如同曼妙的華爾滋舞者，輕盈地旋繞；讓青春如同剛從枝葉伸展出來的嫩芽，展露生命力；讓青春如同綻放的蓓蕾，吐露芬芳。青春恣意飛揚，沒有「朝看水東流，暮看日西墜」的無奈。我的魔力無邊，能讓容顏不再褪色、燕子不再南飛、楊柳不會乾枯，更不會讓日子在時間的河流裡，默默不語、匆匆消逝。我的法力高強，秦始皇必定悔恨自己生不逢時，嫦娥也應該後悔偷了靈藥，就連至聖先師孔子都無法指著江水喟嘆「逝者如斯夫，不舍晝夜」！

我愛魔法！魔法的神奇力量讓我比別人有更多的時間[illegible]，[illegible]，成了人盡皆知的[illegible]

會貝多芬如何單憑記憶寫出震撼人心的命運交響曲

也可以精通各國語言，環遊世界欣賞各國的旖旎風光、瞭解各地風土民情、品嘗各處佳餚珍饈。我將遨遊在時間的魔法世界裡，無拘無束、長生不老……。假如我是魔法師！

解析

審題：

題目是「假如我是魔法師」，撰寫時可以運用想像力，跳脫現實狀況，將「假如」發揮得淋漓盡致。

取材：

日常生活中可能有許多情況你無法改變，或者尋尋覓覓卻得不到你要的東西，藉此假設自己擁有超能力，施展魔法就可以扭轉現況。

其他：

本篇需要豐富的想像力，魔法越神奇越好，最好是別出心裁、寫出自己的創意。

字字計佳

⊗欲深谿「豁」↓　✓欲深谿「壑」

⊗「賓」紛↓　✓「繽」紛

⊗桃花「園」↓　✓桃花「源」

⊗「搖」想↓　✓「遙」想

⊗「退」色↓　✓「褪」色

⊗「愧」嘆↓　✓「喟」嘆

⊗震「攝」↓　✓震「懾」

⊗「奇」旋風光↓　✓「旖」旎風光

⊗珍「羞」↓　✓珍「饈」

成語佳句

欲深谿壑：形容慾望無窮，難以滿足。

不戚戚於貧賤，不汲汲於富貴。

屈原：「舉世皆濁我獨清，眾人皆醉我獨醒。」

蘇軾「念奴嬌」：「大江東去，浪淘盡，千古風流人物。故壘西邊，人道是三國周郎赤壁。亂石崩雲，驚濤裂岸，卷起千堆雪。江山如畫，一時多少豪傑。遙想公瑾當年，小喬初嫁了，雄姿英發。羽扇綸巾，談笑間檣櫓灰飛煙滅。故國神遊，多情應笑我，早生華髮，一尊還酹江月。」

做個快樂的國中生

◎論說文

說明

身為國中生的你快樂嗎？是否也有一些煩惱讓你不愉快，該如何面對和解決呢？請你以「做個快樂的國中生」為題目，寫出一篇涵蓋下列條件的文章：

說明你認為什麼是快樂。
說明造成你快樂和不快樂的原因。
提出如何才能使自己快樂的方法。

範文

國中生，你快樂嗎？

這個問題的答案可能因人因地而異，但相信回答「不快樂」的仍是占多數！常聽到國中生向父母抱怨說：「你們都不了解我，我們之間有代溝。」其實真相是什麼呢？孩子上了國中之後，父母常說：「你已經這麼大了，連這些事都做不來？」但又說：「你以為自己多大了，父母的話都不聽！」就在這種矛盾衝突的心理下，孩子不知道那些事要自己做主，那些事又要聽父母的，就覺得「你們都不了解我」，因而造成不快樂。

解決的不二法門只有兩個字，那就是「溝通」。溝通是雙向的，父母不要逮到機會就只是「訓話」，孩子不要總以為父母是老古董，有問題、有想法便直接說出，不知道如何處理也要據實以告。父母原本就是孩子最有力的後盾，親子之間若能愉快相處，國中生的你，又有什麼不快樂的呢？

或許你會說：「我在學校都沒有好朋友，同學們要不就欺負我，要不就不理我，所以我不快樂。」要解決這個問題就比較複雜了。現在社會，孩子生的少，個個都是天之驕子或驕女，好像只要功課好就可以為所欲為；還有些人則是物質導向，有錢就有勢，然後仗勢欺人……。當然這只是其中一小部分現象，不過重點還在於自己，你所以和別人格格不入，是不是因為你遇到公共的事務就避而遠之，能推則推；能力無法負擔的事卻又搶著去做，爭功諉過；總喜歡批評、取笑他人來突顯自己。這都是因為太自我了，所以解決之道就是改變自己的心態，學習如何與人合作；若只是不懂得溝通技巧，不妨去請教老師，就可以解決啊！希望同儕的認同，是大家共有的心理，只要你願意去做，一定可以和同學快樂相處的。

課業上盡力而為，用心學習；平時有固定的運動、遊戲時間；親子之間能融洽相處；再有三五好友可以談心、互相切磋，不就是一個快樂的國中生了！

解析

審題：

主題是「快樂」的「國中生」，寫作重點應放在國中生認為的快樂是什麼，而且要歸納國中生認為的共同點，加以討論，文章會較有重心。

取材：

文章若從正面論述無法說得完備時，不妨改從反面來說。快樂的定義是很難下的，尤其對一個國中階段的青少年而言，想法更是五花八門。所以，先找出大多數國中生認為不快樂的事是什麼，再提出正確的解決方法。

其他：

論說文要言之有理，需概念清晰有明確看法，加上條理分明的敘述，可參考學習羅蘭的「欣賞就是快樂」，陳火泉的「青鳥就在身邊」。

字訂正

- ✗「報」怨→ ✓「抱」怨
- ✗「沖」突→ ✓「衝」突
- ✗「歹」到機會→ ✓「逮」到機會
- ✗後「頓」→ ✓後「盾」
- ✗「復」雜→ ✓「複」雜
- ✗天之「嬌」子→ ✓天之「驕」子
- ✗爭功「委」過→ ✓爭功「諉」過
- ✗同「材」→ ✓同「儕」
- ✗「溶」洽→ ✓「融」洽

成語佳句

- 為所欲為：比喻做事情毫無顧忌，想做什麼就做什麼，完全不替別人著想。
- 仗勢欺人：憑藉著權勢，欺壓他人。
- 格格不入：互相抵觸，不能結合在一起。
- 爭功諉過：爭奪功勞，卻把過失推卸給別人。
- 要友誼長存，我們必須原諒彼此的小缺點。
- 做些小善事，說些愛的字句，世界更快樂。

做時間的主人

◎論說文

說明

「無聊」是現代人的通病，許多人遇到假期時，更有不知如何打發的窘境。因此，懂得管理時間的人，方有可能成為贏家。請你以「做時間的主人」為題目，寫出一篇涵蓋下列條件的文章：

- 說明時間管理的重要性。
- 舉例說明懂得管理時間的益處和壞處。

範文

近來，台灣社會飽受一種新疾病——「假日恐慌症候群」的威脅。據醫生們表示，引起這種疾病的病因目前仍然不明，患者的病徵十分奇特：放假時，會一直喊「無聊啊——，好無聊喔——。」就算待在家裡，不是手持遙控器對著電視機重複轉台，就是打開電腦，在螢幕前無意識的敲打鍵盤。

有持續下降的趨勢。雖然這種疾病不致於危害生命，但患者有如「行屍走肉」一般，過著生不如死的生活，國家的競爭力也因此下滑，令當政者憂心忡忡。正當醫界對於這種疾病感到束手無策的時候，文化出版界早已瞄準這股龐大的商機，趁勢推出一系列關於「時間管理」的專書，企圖指導這些罹病的人如何過生活。唉！不管是就醫或是拿著書本按圖索驥，難道就真的可以解決現代人的這種文明病嗎？

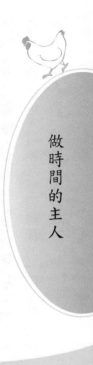

著名的劇作家莎士比亞曾說：「人的一生是短的，但如卑劣地過這短的一生，就太長了。」為什麼有這麼多的人會覺得日子無聊，難以打發？原因就在於太多的人不懂得安排自己的生活，他們習慣凡事聽從長輩或上級的安排，從不規劃自己的行事曆，也難怪一遇到放假，就會頓感無事可做，不是待在家裡看電視，就是沉浸在網路遊戲裡，體驗虛擬的人生。

誠如俗諺所云：「誰能以深刻的內容充實每一瞬間，誰就是在無限地延長自己的生命。」渾渾噩噩過生活的人，不但分不清楚事情的輕重緩急，更糟的是，他們對自己的未來沒有期許，因此，也就難以委人，即使麻煩紛沓而來，他也可以不疾不徐的處理，因此就算身陷「假日恐慌症候群」的風暴之中，他也早就有了抗體。已經罹病的大眾們，如果你想擺脫「假日恐慌症候群」的話，恐怕還是要身體力行啊！

解析

審題：

「做時間的主人」即指能夠掌握時間，做妥善的安排，才不致於虛度光陰，浪費生命。本文體裁屬於論說文，可藉故事說理，更能引人入勝。

取材：

本文以虛擬的故事將目前許多人虛擲光陰的通病點出，並直指時間管理必須自己身體力行，如果僅憑書中所教或旁人的提點，仍無法解決浪費時間的毛病。

全文以罹病始，以治病終，首尾呼應。

其他：

行文時可多引用名言佳句，增添文采。

[illegible]

- ⊗威「協」→ ✓威「脅」
- ⊗「營」幕→ ✓「螢」幕
- ⊗「驅」勢→ ✓「趨」勢
- ⊗不「至」於→ ✓不「致」於
- ⊗憂心「沖沖」→ ✓憂心「忡忡」
- ⊗「描」準→ ✓「瞄」準
- ⊗紛「踏」而來→ ✓紛「沓」而來

成語佳句

- 憂心忡忡：憂慮不安的樣子。
- 按圖索驥：指按照資料、線索去尋找事物。
- 渾渾噩噩：形容糊裡糊塗、無知的樣子。
- 紛沓而來：形容接連不斷地到來。
- 不疾不徐：形容能掌握事情進展的適當節奏。
- 莎士比亞：「人的一生是短的，但如卑劣地過這一生，就太長了。」
- 西諺：「誰能以深刻的內容充實每一瞬間，誰就是在無限地延長自己的生命。」
- 美國前羅斯福總統：「要爭取更多的時間，首先要消除浪費時間。」

偶像

◎論說文

說明

每個人心中多少都會有一個心儀崇敬的對象，或許是現實中的公眾人物，或許是你身旁的至親好友，甚至也可能是書中或影片中虛構的英雄形象，不論對象是誰，都可能在無形中影響著我們的想法及態度。請你以「偶像」為題目，寫出一篇涵蓋下列條件的文章：

- 文中請描述你所崇敬的人物。
- 你欣賞他（她）哪項特點？
- 請論述你對偶像崇拜的看法。

範文

談到「偶像」，在你心中浮現的是哪些人物？是在舞台上星光熠熠、魅力十足的明星？還是在人生旅途中勤奮踏實、默默奉獻的成功者？

從小我就沉醉於偵探小說，而我最著迷的莫過於當時家喻戶曉的福爾摩斯。在書中福爾摩斯被塑造成[illegible]他抽絲剝繭後也能水落石出，令我拍案叫絕，心服口服。

隨著年齡的增長，心中的英雄也隨之更改，如今在現實生活中，李昌鈺博士以精湛獨到的刑事鑑識享譽國際，更是我學習仿效的偶像，我崇拜他那觀察入微的細心和善於邏輯推理的頭腦。此外，在當時歧視有色人種的美國社會，所有的鑑定中心都是白人主管，李博士不怕困難，加強自己的語言能力、法學常識，迎向挑戰的勇氣與決心，更令我佩服。他曾說：「挑戰性越強的工作，我越喜歡。」所以，每當我遇到挫折時，博士的這句話，都會浮現在心中，深深鼓舞著我。

偶像可以是舞台上亮眼的明星，可以是傑出優秀的成功者，甚至平凡的小人物，只要是可以作為自己學習的對象，都可以名列「偶像」之位。不過，偶像崇拜也不能過於迷戀，若崇拜的型態只流於表層性的欣賞，把偶像身上的一切都看得盡善盡美，甚至盲目地隨從，最終也是迷失自我。所以當我們欣賞偶像的成就時，更應學習他們在背後所付出的努力，以他們[illegible]

的涵義。

偶像並不是永遠高高在上並且不可踰越的神，我勉勵自己將李昌鈺博士當作現在學習的對象，甚至將來超越的目標。藉由偶像成功的經驗與步伐，發展出屬於我個人獨一無二的自我特色。

解析

審題：

寫作此文時須對「偶像」二字界定涵義，就引導說明中的內容，應寫出對自己有正面學習意義的對象，以免失之偏頗。

取材：

可以從歷史人物、身邊長輩或傑出人士來描述。但須注意選取的人物必須是正面，而且對你有鼓舞意義的人物。敘述後應加上個人論述，說明學習偶像同時，更要保有自我，創造獨一無二的自己。

其他：

寫作時記敘與議論應兩相呼應，或者在文章結尾時呼應前文的內容。

字字詞佳

- ⊗「熠（ㄓㄜˊ）」熠→ ✓「熠（ㄧˋ）」熠
- ⊗「朔」造→ ✓「塑」造
- ⊗精「讚」→ ✓精「湛」
- ⊗獨「道」→ ✓獨「到」
- ⊗觀「查」→ ✓觀「察」
- ⊗「羅」輯→ ✓「邏」輯
- ⊗對「像」→ ✓對「象」

成語佳句

- 星光熠熠：星星閃耀的樣子。常用來代表明星散發的光采。
- 家喻戶曉：形容名聲很響亮，流傳的很廣。
- 盤根錯節：比喻事情錯綜複雜，很難有完善的解決方法。
- 抽絲剝繭：比喻從外表緩慢而逐漸地揭露內部的真相。
- 拍案叫絕：形容非常令人讚賞。
- 每個人都是自己的命運建築師。
- 莎士比亞：「你應該盡量發揮自己的才能，千萬不可依附別人，去作別人的尾巴。」

國中生的一天

◎記敘文

說明

大多數的學生上了國中，第一個月時會覺得國中和國小有很大的差別，但是慢慢習慣國中的生活作息後，便感覺生活似乎又一成不變了。其實仔細想想，每天都是新的一天；每天也都發生各類不同的事情。請你以「國中生的一天」為題目，寫出一篇涵蓋下列條件的文章：

- 說明你要描述的是哪一天的生活情形。
- 將這一天中所發生的各類事情加以描述。
- 說明你的感受或收穫。

範文

翻開聯絡簿家庭作業欄，1、2、3、4，才四項功課，實在太棒了，終於可以早一點上床睡覺，或

後，我的日子就變成……。

今天是星期三，是一星期中我最喜歡的一天。早上不用升旗，而我們的導師是國文老師，她會在早自習時，把課本中作者的生平，編成一個個故事說給我們聽。雖然她平時很兇，不過我喜歡她這種教法。

第一節是數學課，老師身懷各種絕招，所以上他的課我最認真，深怕一不小心，就漏學了招數。第二節是 Mr.Lin 的英文，聽說他曾到英國留學，難怪英文說的那麼流利！第二節下課是資源回收時間，休息二十分鐘，這時我便和同學去圖書館看報紙，先找找有沒有漫畫，再直擊體育、影視版。

接下來是理化課，老師最愛講「冷笑話」，通常是老師先笑，然後全班才哄堂大笑，笑老師的笑點（物質有燃點，笑話有笑點）。第四節了，肚子開始唱空城計，便當箱又傳來陣陣香味，真希望老師能提早下課。但歷史老師到下課鐘敲完，仍滔滔不絕，她的名言是「給我五分鐘，我給你兩百年歷史。」

午休之後，一節體育、一節社團和班會課。週三下午真是「怎一個輕鬆了得」。我選擇的社團是棋藝

漢界的龍爭虎鬥，那邊正在圍城廝殺。而我則找了幾位對手來較量，順便檢核自己的棋藝指數，到達哪種境界了。

放學囉！今天沒有補習，先打場籃球再說。和同學踩著夕陽一路聊回家，似乎才沒走多久，家已近在眼前。晚上，翻開聯絡簿的生活小記欄，寫下今天的心情點滴：「學生的本分就是學習，今天我用心的上課；認真的學習；和同學相處愉快，所以當我上床時，我可以安心的說：這一天過的真充實啊！」

解析

審題：

題目強調的是「一天」，所以要將「一整天的情形」都加以說明。

取材：

可用「順敘法」或「倒敘法」將一天中比較特殊的事情寫出來，某些生活例行部分則可略過不寫，最後要對這一天的整體感受下結語。

其他：

胡適「母親的教誨」、琦君「故鄉的桂花雨」，以記敘兼抒情的方式抒寫，文章感人，值得仿效學習。

字字計佳

⊗聯絡「薄」→ ✓聯絡「簿」

⊗「決」招→ ✓「絕」招

⊗「烘」堂大笑→ ✓「哄」堂大笑

⊗「蹟」象→ ✓「跡」象

⊗「旗」藝→ ✓「棋」藝

⊗「撕」殺→ ✓「廝」殺

⊗「撿」核→ ✓「檢」核

⊗「鏡」界→ ✓「境」界

⊗「採」著夕陽→ ✓「踩」著夕陽

成語佳句

- 哄堂大笑：形容很多人同時笑起來。
- 龍爭虎鬥：比喻各好手激烈地爭鬥。
- 俗諺：「起手無回大丈夫。」
- 居禮夫人：「儘管浮生若夢，我們仍舊得努力於我們自己的工作。」
- 如果我們是橡樹，就以濃蔭覆罩大地；如果我們是小草，就為階前增加綠意。

常懷感謝心

◎論說文

說明

每個人都是團體生活中的一份子，生活中的大小事項無一不需要旁人的協助，身處其中的我們卻總是習以為常，不知感謝。請你以「常懷感謝心」為題目，寫出一篇涵蓋下列條件的文章：

- 列舉一至數位需要感謝的對象。
- 闡述感謝的真諦。

範文

早起出門，搭上捷運，坐上公車，你可曾想過手握方向盤的司機先生們更早起床，只為了載送乘客們安全地到達目的地？踏進學校，門口的警衛先生親切地向我們道早安，你可曾想過校園安全的維護，他們功不可沒？中午用膳，面對熱騰騰的飯菜，「一粥一飯，當思來處不易」的警句是否縈繞心頭？放學回家，聽見巷口傳來「少女的祈禱」，忍著惡臭，替我

睡覺前，父母溫柔地替我們蓋上被子，你可有真誠的回應？

細數生活中的大小事項，如果沒有旁人的協助或支持，我們的生活豈能如此順遂、如意？但太多人對於他人的付出視為理所當然，不知感恩、惜福。因此，子女棄養父母、朋友間背信忘義等社會問題層出不窮。早期淳樸的農業社會，人們取用於天，對於上天格外崇敬，每年不間斷的拜神祭祖，除了提醒己身慎終追遠之外，更隱含了感謝眾人之意，人與人之間毫無心機地問候與關懷，至今早已被功利導向的冷漠所取代。

蕭伯納曾說：「人生有兩種悲劇，其一為欲望難遂，另一為欲望得遂。」貪心不足真的是人類最大的通病，因為欲望無窮，所以為了競逐財富，許多人便不計代價、不擇手段，即使得到了名利，也會因為更大的貪婪而喪失理智。

因此，停止對生活的埋怨與不平吧！正所謂「幸福是找出來的」，只要我們由衷對於所有曾經給予我們幫助的人——不管是熟識的，抑或是陌生人——寄

解析

審題：

「感謝」是飲水思源、知恩圖報，「長懷感謝心」的提倡，即是為了遏止人性中的自私、貪婪，進而讓大眾能知福、惜福。

取材：

本文可以從現代社會的亂象深入剖析，與傳統社會的互信互助做一比較，從而點出「感恩」、「惜福」的重要。也可以列舉「感恩」的正面意義與「忘恩」的負面影響，雙重論辯，點出題旨。

其他：

藍蔭鼎的「飲水思源」一文，以實例故事法帶出論述的主題，值得仿效學習。

⊗「截」運→	✓「捷」運
⊗目「地」地→	✓目「的」地
⊗用「善」→	✓用「膳」
⊗「營」繞→	✓「縈」繞
⊗「純」樸→	✓「淳」樸
⊗「祟」敬→	✓「崇」敬
⊗「兢」逐→	✓「競」逐
⊗貪「焚」→	✓貪「婪」
⊗「詳」和→	✓「祥」和

成語佳句

- 功不可沒：功勞很大，無法抹滅。
- 層出不窮：連續不斷地出現，形容事物或言論變化多端。
- 朱子「治家格言」：「一粥一飯，當思來處不易；半絲半縷，恆念物力維艱。」
- 蕭伯納：「人生有兩種悲劇，其一為欲望難遂，另一為欲望得遂。」
- 希臘諺語：「生命中最容易蒼老的是什麼？——是感謝的心。」

從一位街頭人物談起

◎論說文

說明

在熙來攘往的街頭，你可曾注意過任何與你擦肩而過的人們，可曾有令你印象深刻的身影。請你以「從一位街頭人物談起」為題目，寫出一篇涵蓋下列條件的文章：

- 描述這位街頭人物的形貌、特徵及其引你注目的起因。
- 說明為何對這位街頭人物特別注意？或為何印象特別深刻？
- 述說因這位街頭人物引發的想法、感觸。

範文

那條街上，寧靜得連風似乎都必須噤聲了。在這安靜的道上，有一位婦女正安靜地走著，她是一位挺著大肚子的孕婦。

溢出到街上。這位將成為母親的女人，神情比樹還安詳。說實在的，她的裝扮既平凡又普通，你可能只因她的大肚子而看她一眼，卻不會仔細觀看她的神情，甚至她輕而易舉的讓自己成為這安靜畫面的一角，只讓你匆匆掠過。

但我覺得她有種魔力，讓粉紅色的孕婦裝，溶入青綠色的樹的世界。她的笑容讓我想起文藝復興時期，達文西的代表作——「蒙娜麗莎」，彷彿一切都如此簡單、自然。她正在完成一項神聖的使命，即使她本身如此平凡。

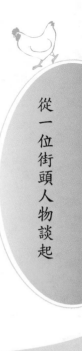

也許孕育一個生命，總會使人看來既祥和又溫柔。世界上有成千上萬的孕婦，而我仍會禁不住對經過的那位回頭看一眼，好分享她的喜悅。生命的開頭，總是充滿著幸福，也充滿著愛。

有時候會想，是否大家都忘了那美好的一刻，才會用各種殘忍的方式，對待自己和別人。如果生命一開始是如此美好，那之後的不幸，是不是自己造成的呢?我想這些問題，根本沒有正確答案吧!因為每個人都是獨特的，所以答案都不一樣。可是，我的答案那位擦肩而過的孕婦，已消失在前方的街口，也許她將來會被肚裡的寶寶弄得手忙腳亂；也許她的寶寶會帶給她一大堆麻煩；可是剛才那一刻，絕對是很美很美的一幅畫，常駐我心底。

人生是否就該像這幅畫一般，永遠保有那初始的美好！

解析

審題：

題目是「從一位街頭人物談起」，因此必須先選定一位街頭人物，然後想清楚，要由哪裡開始「談起」？接下去延伸出來的想法才是重點。

取材：

「街頭人物」指的是芸芸眾生中，你可能遇見過的任何人，由這位人物延伸出的感受、想法，才是這篇文章的主旨。取材時不一定只做正向思考，也可舉負面例子，抒發自我警惕的概念。

其他：

這類題目屬於記敘兼抒情，或記敘兼論說，可先記敘完再抒發想法；也可夾敘夾義。張騰蛟「那默默的一群」、陳之藩「謝天」，是可參考的作品。

⊗「禁」聲→	✓「噤」聲
⊗安「祥」→	✓安「詳」
⊗匆匆「略」過→	✓匆匆「掠」過
⊗「融」入→	✓「溶」入
⊗「慘」忍→	✓「殘」忍
⊗常「佇」→	✓常「駐」
⊗「出」始→	✓「初」始

成語佳句

- 輕而易舉：形容非常的容易，一點也不費力。
- 擦肩而過：彼此錯身地往反方向離開。
- 手忙腳亂：形容做事慌慌張張，沒有條理。
- 達文西：「生命充實，才算是長。」
- 海倫．凱勒：「人生是一連串的課程，必須活過才能明白。」
- 《靜思語》：「心中有愛，才會人見人愛。」
- 先總統蔣公：「生命的意義，在創造宇宙繼起之生命；生活的目的，在增進人類全體之生活。」

從一則廣告說起

◎記敘文

說明

日常生活中我們常看到或聽到各類廣告，是否有哪一則特別引起你的注意呢？請你以「從一則廣告說起」為題目，寫出一篇涵蓋下列條件的文章：

- 說明你所看或聽到的那則廣告內容。
- 說明廣告引起你注意的重點為何。
- 說明這廣告引發出的想法、感受。

範文

放學回到家，一如往常打開電視看卡通節目，劇情正進行到緊要關頭竟戛然而止，螢幕上再出現的則是——廣告，正想破口大罵，卻發現以前沒看過這則廣告，就姑且看一下吧！

只見一幅幅美麗的景致逐一呈現，有一位女子徜徉在優美的風景中，背景音樂是悠揚的，女子手中拿著一罐飲料。最後，在音樂結束時出現了一句話：的廣告，這個廣告引起我注意的是最後那句話：生命就該浪費在美好的事物上。

「浪費」這不是一個貶義詞嗎？什麼事物能稱得上美好呢？怎樣的生命才算是有意義呢？一堆問號在我的腦海中打轉。我試著拼湊過往的人生，是否曾將時間「浪費」在美好的事物上呢？

記得升小六的暑假，我和班上三位志同道合的同學，計畫參加科展。我們光是討論研究的主題，就爭論了一個月，後來上網查資料時，發現我們想過的題目，竟然都有人做過了，最後我們下了一個重大的決定——放棄。往後的一個月，我們仍經常碰面聚會，也因此我們四人成為「死黨」。

上國中後，下課時間仍常相約在籃球場上二對二鬥牛；打累了到合作社四人分喝二罐冰涼的礦泉水；考試前一起到圖書館K書；彼此說說心儀的對象，當然，電動及漫畫仍是我們主要話題。

前兩天我們比賽誰的腕力最大，我居然是最後一名，心中有些不痛快，今天就藉故沒去打球，一整天我漫無著落的四處遊蕩，總覺得失去什麼，現在我終事物吧！明天一下課，我一定要先去占籃框等他們來打球。畢竟生命就是該「浪費在美好的事物上」啊！

解析

審題：

題目要從「一則廣告」說起，因此必須將某一則廣告的內容加以敘說。「說起」是從這兒開始，所以接下去延伸出來的想法才是文章的重點所在。

取材：

應先想好自己要藉這則廣告的內容或詞句，傳達什麼理念、感懷，再去挑選廣告，才不會寫完廣告內容就詞窮了。

其他：

由什麼說起的文章，是先記敘，再申論或抒情，所以須把握敘述的重點，先提綱挈領將事情介紹後，再將重心放在要抒發的情感或理念上。

⊗「戛（ㄍㄚˊ）」然→	✓「戛（ㄐㄧㄚˊ）」然
⊗「瑩」幕→	✓「螢」幕
⊗一「副」畫→	✓一「幅」畫
⊗「遂」一→	✓「逐」一
⊗浪「廢」→	✓浪「費」
⊗「扁」義→	✓「貶」義
⊗拼「揍」→	✓拼「湊」
⊗心「宜」→	✓心「儀」
⊗話「提」→	✓話「題」
⊗「腕（ㄨㄢˇ）」力→	✓「腕（ㄨㄢˋ）」力
⊗「諦」造→	✓「締」造

● 成語佳句

戛然而止：突然停止。

志同道合：形容彼此的理想、志趣一致，所從事的事業也相同。

漫無著落：形容四處閒晃，沒有目標的樣子。

提綱挈領：比喻能夠掌握重點大綱。

晚餐

◎記敘文

說明

「食衣住行」是人類四大需求，其中以「食」排名第一，三餐成了大家的頭條大事，而晚餐通常是三餐中最豐盛、最溫馨的家人相聚時光。請你以「晚餐」為題目，寫出一篇涵蓋下列條件的文章：

- 描繪你吃「晚餐」時的情景。
- 寫出對晚餐的感受和期許。

範文

夜幕低垂，華燈初上，下班放學的人潮多了起來。在秋末涼意下，路上行人匆匆，他們都趕著回去和家人共聚晚餐，在餐桌前傾訴今天身邊所發生的事情。晚餐，多麼令人心動、溫馨的字眼！

只有我獨自一人走進麥當勞店裡。「歡迎光臨，小弟，今晚比較早喔！一樣漢堡和可樂的套餐嗎？」店員以宏亮又職業性的聲音問我。我點了頭說：「漢堡、可樂」這就是我今天的晚餐。

我神情落寞地咬著漢堡，卻是食不知味，因為我的爸媽剛剛又吵架了。他們什麼都吵，以前為了買家具而吵，最近為了金錢而吵，每次吵完架，媽媽通常是負氣離家出走，生氣的爸爸會丟一百塊給我，吼叫：「自己到外面解決晚餐。」今天，他們竟然吵到要「離婚」！

我無意識地玩弄著吸管，頭一抬，看到對面二樓窗戶裡，一戶人家正在享用晚餐，透過昏暗的黃色燈光，隱約可見一家三口的身影，朦朧中可看到爸媽正在為那小男孩挾菜，這位幸福的小男孩，年紀應該和我差不多吧！我低下頭看看塑膠盤中的冷漢堡，忍不住眼眶紅了起來。「媽媽，我要和麥當勞叔叔照相，還要吃冰淇淋，買飛天玩具。」突然背後傳來稚嫩的小女孩叫聲，我順著聲音回頭，又是一幅令人羨慕的合家歡景象。

我迅速站了起來，頭也不回地大步離開麥當勞，迎著寒風在人群中徘徊。我不羨慕別人晚餐的大魚大肉，或是滿漢全席，我只希望全家能共享晚餐，哪怕重新圓整起來。

解析

審題：

題目設定「晚餐」，乃隱藏「溫馨時刻」之意，不能只片面介紹晚餐地點、菜色、味道等外在，要寫入心靈層次。

取材：

溫馨又歡樂的晚餐當然可以取材，可藉由晚餐時刻，家人溫馨的談話內容營造出晚餐的氣氛，這是「晚餐」的一般寫作題材。但是也可以採負面題材下筆，它的感染力和震撼性都比溫馨的晚餐大。

其他：

時間可採用多層次變化，讓讀者遊走不同時空裡。另外，不論要營造「溫馨」或「淒涼」的晚餐，都可藉由他人的晚餐來烘托。

⊗夜「暮」→ ✓夜「幕」

⊗落「漠」→ ✓落「寞」

⊗「夾」菜→ ✓「挾」菜

⊗「素」膠盤→ ✓「塑」膠盤

⊗眼「框」→ ✓眼「眶」

⊗一「副」景象→ ✓一「幅」景象

成語佳句

- 華燈初上：指夜色低垂，家家戶戶開燈的時候。
- 食不知味：形容心中憂慮不安的樣子。
- 滿漢全席：形容菜肴很豐盛。
- 粗茶淡飯：比喻粗糙簡單的飲食。
- 破鏡重圓：比喻夫妻離散或分手後，再次團圓。
- 生活是鍛鍊靈魂的妙方。
- 每次心情跌到谷底，就對自己說：休息一下再重新開始吧！
- 《靜思語》：「愛不是一味地要求對方，而是要自由付出。」

清晨的街道

◎記敘文

說明

春夏秋冬四季的遞嬗、日夜晨昏不同的變化，大自然的周圍景象都常相映於人們的心情起伏。請你以「清晨的街道」為題目，寫出一篇涵蓋下列條件的文章：

- 寫出清晨在街道上眼所見、耳所聞的景象。
- 抓住清晨景物的特點，具體地寫下靜態或動態的畫面。
- 除了寫景外，同時須抒發自己心情的感受。

範文

清晨六點三十分，帶著一臉矇矓睡意的我離開了家門。

在一片濃霧中，除了「匡啷」推上鐵門的聲音外，就只剩下自己沉重的呼吸聲了！腦海中不斷反覆一片空白。「山不在高，有仙則名；水不在深，有龍則靈……」在這漠楞楞的曙色中，我多像「隱在山、困於灘」有志難伸的俠仙、蛟龍。唉！是誰說的「少年不識愁滋味」？

順著街道走去，灰濛濛的晨霧籠罩住所有的視線，今日的清晨似乎有那麼點「霧都」的味道，曙色在晨霧中張望，大地披上了一層輕柔的薄紗，遠眺著前方虛無縹緲若隱若現的高樓，一切是如此的寂靜，我的心也正如那霧失樓臺的高閣，模糊難辨正是我心情的寫照。

轉入水溶溶蜿蜒的巷道，潤澤的空氣中帶著草葉的香氣，蘊含水氣的空氣，裹含著新生的喜悅。低頭一看，街道旁不知名的小花，在微涼的寒風中，仍奮力展現她的姿態；路邊行道樹的枝椏透露著新綠，展現出生命的氣息。微風吹拂枝葉，似乎與我的脈搏一起跳動著。吸一口晨間清新的空氣，心情煥然一新，清晨是大自然給大地一份新生的滋潤，也是大自然對早起人的鼓勵。

冷清清的街道慢慢出現蓬勃的生機，熙熙攘攘的吱喳喳的叫啼聲；清晨，我聽見了春天的聲音。

　這時抬頭仰望蒼穹，明亮的晨曦已靜悄悄降臨人間，心中的陰霾也頓時消釋無蹤。走在這清晨的街道，我聞到了新春的氣息，我的心靈也走進了春天。

解析

審題：

題目時間是「清晨」，地點為「街道」，撰寫時重心不可偏離主題。

取材：

清晨可描述的具體景象如：寧靜的巷道、模糊的曙光、清新的空氣……，都可以是寫景的材料。此外清晨是一天的開始，也代表著新生的意義，若能將象徵的涵義搭配自己的心情來抒發，便可達到「寓情於景」層次提高的妙境。

其他：

徐志摩「我所知道的康橋」中有不少寫景的優美範例，值得加以學習。

⊗「芒」然→ ✓「茫」然

⊗漠「愣愣」→ ✓漠「楞楞」

⊗籠「照」→ ✓籠「罩」

⊗「暑」色→ ✓「曙」色

⊗張「忘」→ ✓張「望」

⊗薄「沙」→ ✓薄「紗」

⊗脈「博」→ ✓脈「搏」

⊗蒼「窮」→ ✓蒼「穹」

⊗晨「羲」→ ✓晨「曦」

⊗陰「埋」→ ✓陰「霾」

成語佳句

- 虛無縹緲：形容空虛渺茫，沒有根據，不可捉摸的樣子。
- 煥然一新：形容鮮明光亮的樣子。
- 熙熙攘攘：形容人來人往，紛亂熱鬧的樣子。
- 辛棄疾「醜奴兒」：「少年不識愁滋味，愛上層樓，愛上層樓，為賦新詞強說愁。」

深夜讀書記

◎記敘文

說明

身為學生，想必每個人都有深夜裡讀書的經驗。請你以「深夜讀書記」為題目，寫出一篇涵蓋下列條件的文章：

- 請描述深夜讀書時所見所聞與經過。
- 請寫出夜讀的心情與感受。

範文

深夜，萬籟俱寂，而我的思緒卻正是活躍。月亮染上一抹淡紅，靜靜的垂掛黑幕。微微的涼風吹進那半開的窗簾，增添了些許寒意。家人都已入睡，唯有我獨坐案頭。

那一夜，因為段考腳步逼近，繁重的課業壓得我無法喘息。聯絡簿上歷史小考尚未背熟，英語習作沒寫，國文注釋、翻譯還沒背……。眼看著時間在我的蹉跎中流逝，心中不免開始緊張——看來今天非得開風車翻動的扉頁中，幾行文字在我眼前躍舞：「……僮僕漸睡，內外寂然。紅燭溫爐，手注佳茗，異書在案，朱墨爛然……」，李慈銘的文章早已背得滾瓜爛熟，但一直以來我只是把它當成考試的教材，從未真正用心去體會它的意涵。而當晚的氛圍就像文中所述：暈黃的燈光包圍著我；香氣氤氳的咖啡清醒了我，攤在桌上的雖然不是我最愛的「哈利波特」或「射鵰三部曲」，書頁上倒是同樣畫記著紅筆、螢光筆的重點整理……。

就這樣，急躁不安的心瞬間沉靜安定下來，我的耳目突然變得專注靈敏，讓心思澄澈透明得像一面鏡子。原來，當夜愈深，人愈靜，腦中思緒也愈見清明。時間彷彿靜止不動，一分一秒都變得無限延長。心靜下來，做事也特別有效率。原以為熬夜通宵也做不完的課業，頃刻間即大功告成。如釋重負的我，站在窗前，啜飲著微冷的咖啡，讓輕音樂流瀉在靜謐的深夜。一片薄紗似的雲，掩翳著天上明月，依稀看到雲縫中的月兒對我微微一笑。

從此，我愛上了在深夜裡讀書的寧靜。夜的沉領悟到，兩點之間最短的距離是孤獨。與孤獨相偕而行，讓我靜定澄慮，並從中成全了許多事。

現在，我享受著孤獨——享受深夜裡與靜寂同在的感覺。

解析

審題：

本題的重點是「深夜」與「讀書」。可以描述在深夜裡所聽、所見與所感。而「讀書」的定義不限定「課業」，可以是昇華性靈的閱讀，或浩瀚書海的浸淫。

取材：

可以運用感官的摹寫，描述深夜裡周遭的環境，於此情境中加入夜讀的心情。

其他：

本文採前後心情對比的寫法，敘述夜讀由痛苦轉換為愉悅的經過，再寫出此次經驗的感想，在夜的寧靜中得到心靈的靜定與啟發。

- ⊗獨坐「暗」頭→ ✓獨坐「案」頭
- ⊗逼「進」→ ✓逼「近」
- ⊗「颯（ㄙㄚ）」颯→ ✓「颯（ㄙㄚˋ）」颯
- ⊗「搓」跎→ ✓「蹉」跎
- ⊗「斐」頁→ ✓「扉」頁
- ⊗「因」氳→ ✓「氤」氳
- ⊗急「燥」→ ✓急「躁」
- ⊗「笑」率→ ✓「效」率
- ⊗「輟」飲→ ✓「啜」飲
- ⊗靜「祕」→ ✓靜「謐」
- ⊗掩「醫」→ ✓掩「翳」
- ⊗相「皆」而行→ ✓相「偕」而行

成語佳句

- 萬籟俱寂：形容周圍環境非常的寂靜。
- 如釋重負：好像放下沉重的負擔般那樣的輕鬆。
- 兩點之間最短的距離是孤獨。
- 俗諺：「行萬里路，讀萬卷書。」

第二次龜兔賽跑

◎記敘文

說明

當擅長跑步的兔子遇上天生行動遲緩的烏龜時，烏龜是否保有一絲反敗為勝的機會呢？請你以「第二次龜兔賽跑」為題目，寫出一篇涵蓋下列條件的文章：

- 舉出你生活周遭中符合「龜、兔」（弱對強）的一組代表人物。
- 各描述一次「兔贏龜」及「龜贏兔」的事件。
- 說明世事沒有絕對的道理。

範文

即使耗盡全副的心力，對烏龜而言，要在跑步競賽中贏過一隻積極又上進的兔子，機率幾乎是趨近於零……。

多年來，我們家一直悄悄地上演著一場讓我自尊心極度受挫的「龜兔賽跑」，而競賽的始作俑者，就其實也不能怪他們，當生完姊姊那麼冰雪聰明，人見人愛的女孩之後，爸媽又怎能料到，再次產下的我，居然是個駑鈍的阿斗。硬把烏龜抓著來和兔子賽跑，任誰都明白，烏龜絕對沒有獲勝的機會。但事實上，我仍不免有一絲怨懟，我常常想，難道烏龜永遠無法超越兔子嗎？

如果沒有唱歌的天賦，何不試著學學跳舞？如果無法伸手摘取天上的星星，何妨低頭欣賞地上的花。我以為永遠沒有贏姊姊的機會，直到去年夏天。

在母親的慫恿下，我和姊姊報名了游泳訓練班，想不到我優秀的姊姊，居然患有強烈的恐水症，不到三天，就哭著退出泳訓班，反倒是我居然頗能適應水中運動，今年夏天，還被選為游泳校隊呢！

如果跑步是兔子指定的競爭項目，那麼烏龜就把比賽地點指定在水中吧！

即使我的兔子姊姊，優秀地趨近完美，但我仍然有勝過她的機會。龜兔賽跑的故事中，兔子會因輕敵而落敗。而現實生活告訴我的啟示卻是：即便不輕敵，一個人再強，也不可能在各方面都是當然贏家；

信的烏龜。因為我證實了，烏龜絕不會比兔子遜色！

如果，牠找對了努力的方向。

解析

審題：

既是「第二次龜兔賽跑」，那麼必定有「第一次」，要說明第二次與第一次的結果應是有所不同的。另外，文章最好保有必勝的兔子居然輸給烏龜的結局，並根據這樣的內容，提出其中所蘊含的意義。

取材：

許多「看起來絕對不會錯」的情況，並非真是顛簸不破的道理，可以尋找記憶中因成見所造成的誤解，誤解渙然冰釋的過程，並說明其轉變所帶來的體悟。

其他：

要擴張文章的篇幅，又想不出更多的內容時，可將自己所欲表達的主題用「排比」法來呈現，不僅有強化論點的功效，也能豐富文章內容。

⊗「既」使↓ ✓「即」使

⊗耗「近」↓ ✓耗「盡」

⊗「兢」賽↓ ✓「競」賽

⊗趨「進」↓ ✓趨「近」

⊗受「挫（ㄔㄨㄛˋ）」↓ ✓受「挫（ㄘㄨㄛˋ）」

⊗駑「頓」↓ ✓駑「鈍」

⊗怨「對」↓ ✓怨「懟」

⊗天「負」↓ ✓天「賦」

⊗慫「勇」↓ ✓慫「恿」

成語佳句

始作俑者：比喻首開惡例或惡端的人。

每一個人都是一本書，如果你懂得正確讀法的話。

如果沒有唱歌的天賦，何不試著學學跳舞？如果無法伸手摘取天上的星星，何妨低頭欣賞地上的花。

雕刻大師羅丹：「天才？絕對沒有那種東西。有的只是用功、方法和不斷的計畫。」

第六感

◎抒情文

說明

所謂「第六感」是指超出視覺、聽覺、嗅覺、味覺、觸覺以外的特殊感覺。請你以「第六感」為題目，寫出一篇涵蓋下列條件的文章：

- 要讓讀者明白什麼是第六感？
- 敘說自己這種超越時空感應的經驗。
- 說出自己對「第六感」的感觸。

範文

為了「兒時記趣」這一課，國文老師請同學帶來自己嬰幼兒時期的照片，展開「世紀大猜謎」。我們的遊戲規則是這樣：大夥兒先一起「猜猜我是誰？」再由當事人述說自己小時候的趣事，大夥七嘴八舌、比手劃腳的笑聲不斷。嬉鬧中不經意瞥見一位緊咬著雙唇，臉色略顯蒼白的小卿，猛然記起：她生長在母親不在身邊的單親家庭。老師果然眼尖，連忙叫住早

現，幾乎每一張兒時照片都充滿了和媽媽互相牽引的感情？人與人之間若有了感情，就會產生一種超越時空的感應，這就叫做『第六感』」「第六感？」同學不約而同地說。「現在，輪到老師來說我小時候和母親之間的『第六感』」老師清一清喉嚨，幽幽道來：

「就在我剛進小學的那個冬天，一天清晨，我不尋常的自動提早醒來，家裡竟然沒有一個大人，正納悶間，突然傳來開門的聲音，連忙下樓，爸爸正垂頭喪氣地進門。我問：『你們那麼早去哪裡？』爸爸頭也不抬，氣若游絲地說：『你們沒有媽媽了！』

『喔？』我悶哼一聲，無法意會這句話的意思。

數週之後，母親出殯那天晚上，我們姊弟還是睡在小閣樓上，頭部朝外一字排開。隱約中感覺有人上閣樓，然後蹲坐在我們的前頭，似乎仔細地端詳著我們的臉龐，接著是輕微的啜泣聲，好一陣子，才又輕輕地下樓。

奇怪的是一向膽小的我，竟然毫無恐懼感，而那種身邊有人的感覺卻非常清楚。直到上中學以後，我終於明白了，母親去逝的那天清晨，是她臨終的呼喚

媽之間的『第六感』！」

老師講完，但見一張張瞠目結舌充滿驚訝的臉龐，全班頓時鴉雀無聲，露出既不可思議卻又非常感動的眼光，小卿更是由衷地流露出無限同情的眼神。我好感動，原來天下的媽媽都是一樣的疼愛子女，有媽媽的孩子真該好好珍惜這份幸福，好好珍惜這份「第六感」。

解析

審題：

重點在「第六感」，一種超出視覺、聽覺、嗅覺、味覺、觸覺以外的特殊感覺。

取材：

母子間的親情是最容易有這種感應，可藉此為抒發的基礎；老師的「經驗」也可做為我們的材料；或以生活周遭的事情做為開端，比較容易上手。

其他：

結合曾上過的課文「兒時記趣」和小時候經歷過的經驗點滴，寫來更有內容。

⊗兒時「紀」趣→ ✓兒時「記」趣

⊗「撇」見→ ✓「瞥」見

⊗「郎」聲→ ✓「朗」聲

⊗「綴」泣聲→ ✓「啜」泣聲

⊗出「賓」→ ✓出「殯」

● 成語佳句

- 比手劃腳：藉著肢體動作來表達想法，讓對方了解意思。
- 垂頭喪氣：失意頹喪而精神不濟的樣子。
- 氣若游絲：形容有氣無力的樣子。
- 瞠目結舌：瞪著眼睛說不出話來。形容驚訝、恐懼的樣子。
- 鴉雀無聲：比喻原本吵吵鬧鬧的人群，突然地安靜下來。
- 孝經：「身體髮膚受之父母，不敢毀傷，孝之始也。」
- 孔子：「天地之性惟人為貴，人之行莫大於孝。」
- 父母養其子而不教，是不愛其子也。
- 樹欲靜而風不止，子欲養而親不待。

絆腳石與墊腳石

◎論說文

說明

擁有財富、聰敏、美貌的人，是不是就能在人生境遇上一帆風順？貧窮、駑鈍、醜陋的人，是不是就會在人生道路上處處受挫？請你以「絆腳石與墊腳石」為題目，寫出一篇涵蓋下列條件的文章：

- 舉例說明人生的「絆腳石」與「墊腳石」各為何？
- 說明如何做才能消弭「絆腳石」所帶來的困境。
- 說明要如何才能維持「墊腳石」所帶來的優勢。

範文

香港百變天后梅豔芳出道時，雖然低沉的嗓音頗具特色，但因外貌不甚出眾，受歡迎的程度並不如預期。為了樹立自己的特色，梅豔芳不斷創新舞蹈動演藝事業奠下根基。不夠漂亮的容貌，看起來像是演藝事業的絆腳石，但是在梅豔芳身上，反倒變成了不斷精進的泉源。

孔老夫子說：「食色性也。」欣賞姣好的外貌，的確是每個人與生俱來的天性，也因此整型事業才會如雨後春筍般崛起。然而就如同許多外在條件過人的偶像明星，常常徒具長相而才藝貧乏，因此當其容貌不再令人驚豔後，演藝事業便難以為繼。如果說，外貌是獲得機會的墊腳石，那麼，不斷累積實力就是持續保有機會的要訣。否則，恐會淪為「金玉其外，敗絮其中」之譏。

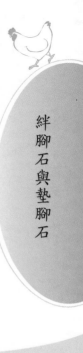

聰明，是許多學生夢寐以求的，然而劉墉在《超越自己》一書卻提到，年輕時代的他，聰明又具藝術天份，學習事物常只需花費部分心力，就可以得到不錯的成果。可是後來他發現，這樣反而缺乏平實的努力，以至於作畫時，因為疏於觀察，以致無法掌握所描繪物品的特色與精神。

聰明，的確是增加學習效果的墊腳石。但只靠聰明而不實在的做事態度，就如同熟背能計算快速、頻短時間內獲得如雷的掌聲，然而一旦遇到需要展現真功夫時，則不免左支右絀，漏洞百出了。

不論是墊腳石或絆腳石，都只是在人生路上暫時的持牌狀態。最初獲得一手好牌的人不見得為最後贏家；拿得一手爛牌的人也不必然是最終輸家。要能持續好運，需靠個人的用心和努力；想要終止劣勢，也得靠自己的決心和奮鬥。畢竟，成功是屬於堅持到最後一秒的人，不是嗎？

解析

審題：

題目既然叫做「絆腳石與墊腳石」，因此寫作時兩者比例應相當，不可偏廢。

取材：

寫作時，可將絆腳石與墊腳石用「映襯」的方式處理，如此一來，墊腳石的優點和絆腳石的缺點可同時在敘事的過程中得到強化。

其他：

用「映襯」技巧寫作文時，常會運用正、反、合的寫作方式，即先說明所欲強調事物的好處，缺乏此事物的壞處，再依此二論點作結。

牢牢記住

- ✗「桑」音 → ✓「嗓」音
- ✗舞「蹈（ㄉㄠˇ）」→ ✓舞「蹈（ㄉㄠˋ）」
- ✗「揮」煌 → ✓「輝」煌
- ✗「墊」下根基 → ✓「奠」下根基
- ✗泉「原」→ ✓泉「源」
- ✗「佼」好 → ✓「姣」好
- ✗整「形」→ ✓整「型」
- ✗「掘」起 → ✓「崛」起

成語佳句

- 獨領風騷：形容表現耀眼，超越其他人。
- 雨後春筍：比喻新事物蓬勃，大量地湧現出來。
- 金玉其外，敗絮其中：比喻虛有其表。或指外表好看而實質敗壞的人或事。
- 夢寐以求：連在睡夢中都想得到。比喻非常的渴望。
- 左支右絀：表示財力或能力不足，窮於應付。
- 如果說，外貌是獲得機會的墊腳石，那麼，不斷累積實力就是持續保有機會的要訣。

逛夜市

◎記敘文

說明

有人說「夜市」是台灣特有的風景，很多外國人到台灣，就想體驗一下逛逛夜市、殺殺價的樂趣。請你以「逛夜市」為題目，寫出一篇涵蓋下列條件的文章：

描述你所逛的夜市。
說明逛夜市時的心情感受。

範文

逛夜市可算是我主要的休閒活動，台北市舉凡士林、通化、饒河、萬華、公館……，各大夜市，都有我的足跡。夜市雖然逛起來都大同小異，吃喝玩樂盡在其中，但每個夜市也都有其特別之處呢！

士林夜市是最遠近馳名的，各種年齡層的人都有，尤其是旅居僑居地的華人子弟，這或許和海外青年活動中心就在附近有關聯吧！士林最有名的小吃就是大餅包小餅、蚵仔煎、士林香腸等，到此一遊，保證一定是滿載而歸。

萬華和饒河夜市則比較古老且具鄉土性，你不時可以看到外國人來逛，尤其是萬華的亞洲毒蛇研究所，我也曾看過殺蛇、生吞蛇膽的表演。媽媽看到我臉上冒青春痘時，會帶我去喝蛇肉湯，說是可以去火氣。饒河夜市裡的藥燉排骨、羊肉可是聞名已久的，經常看到座位旁站了許多人排隊等著吃，一碗羊肉六十元、排骨五十元，真是料多味美又實惠喔！，

我們全家比較常逛的則是通化夜市，只要國外有親戚回國，逛通化街成了必要行程。有一年表哥回國，我們去逛通化街，表哥看中一枚戒指，老闆開價五百元，後來殺價三百元成交，從此以後，表哥只要回國就說要去夜市。這兒的東西算是物美價廉，從小我的衣褲、鞋子、便當袋、手錶等生活用品大多在這兒採購，晚餐、消夜自然也不在話下，冬天的米粉湯、麻油雞、鐵板燒；夏天壽司、烤香腸、臭豆腐；各類冰品也一應俱全，想吃什麼就可以吃到什麼喔！

其實我自己比較喜歡逛公館夜市，這兒比較多屬於年輕人的東西及款式，舉凡手機、CD、書籍、首飾、化妝品……，真的是五花八門。旁邊又有電影院，和同學看完電影，買些滷味、水果，邊吃邊逛，

好不逛瘋！

生活在大都市中，逛街已成為休閒生活中的一環，與其到大百貨公司只能「看看」那些進口精品，何不逛逛夜市？既實惠又能滿足休憩購物的慾望喔！

解析

審題：

這個題目的重點是要把「逛」字的特性表達出來，所以需有條理的敘述自己的親身體驗。若從沒逛過夜市，也可將「逛街」的情形，虛擬為「夜市」來寫。

取材：

至於選材方面，可以詳細描寫某一次逛夜市的經過，這時最好運用摹寫修辭，將看到、聽到、聞到、吃到的描摹出來；或可以將許多次的經驗融會成一篇。

其他：

介紹多個夜市，容易變成說明性質的文章，會較呆板，所以在敘述過程中，要加入個人的經歷感受，才不致成為一篇「夜市導覽」。

牢牢記住

- ⊗「近」在其中↓ ✓「盡」在其中
- ⊗足「迹」↓ ✓足「跡」
- ⊗關「連」↓ ✓關「聯」
- ⊗青春「豆」↓ ✓青春「痘」
- ⊗實「慧」↓ ✓實「惠」
- ⊗「宵」夜↓ ✓「消」夜
- ⊗書「藉」↓ ✓書「籍」
- ⊗「魯」味↓ ✓「滷」味

成語佳句

- 大同小異：比喻差不多，沒有太大的差別。
- 遠近馳名：名聲流傳極廣，遠近的人都知道。
- 滿載而歸：形容收穫很大。
- 一應俱全：形容一切都具備，該有的都有。
- 五花八門：比喻事物變化莫測，花樣繁多。
- 春有百花秋有月，夏有涼風冬有雪；若無閒事掛心頭，便是人間好時節。
- 終日尋春不見春，芒鞋踏破嶺頭雲；歸來偶把梅花嗅，春在枝頭已十分。

逛書店的收穫

◎記敘文

說明

我們常為了買一本書甚至一支筆、一本筆記本而到書店逛逛，卻反而有意外的收穫。請你以「逛書店的收穫」為題目，寫出一篇涵蓋下列條件的文章：

- 說明逛書店的緣由。
- 描述逛書店時的內心感受。
- 舉例說明在書店翻閱的書籍中，所帶給你的啟示。
- 說明逛書店對你的影響。

範文

結束一天繁重的課業之後，拋開生冷的教科書、放下沉重的書包，我依例到最熟悉的書店，在僅能供人站著閱讀的狹小走道上，有一片與教室截然不同的天空，在這裡有陪伴我進入夢鄉的童話故事、有充滿怪力亂神的鄉野傳奇小說，還有令我愛不釋手的連載漫畫……，這裡是唯一能包容我徹底舒壓的地方。

當我失魂落魄的時候，書給了我希望；當我唉聲嘆氣時，書給予我鼓勵。在夜闌人靜的星空下，好書與我相伴，不再孤單寂寞；在週休二日的假期裡，我與好書為伍，不再空虛失落。徜徉在書香世界，思緒在字裡行間飛舞，我與三毛遊遍撒哈拉沙漠的每一個角落，讓我瞭解一個生活藝術家，如何在異國以智慧服人的奧妙哲學；透過插圖扉頁，我和繪本家幾米共同欣賞一幅又一幅「畫中有話」，深情且迷人的生命風景，從此對生命有了更深刻的體悟；藉由吟詠古典詩詞，我似乎領略到「大江東去，浪淘盡，千古風流人物」顯赫一時的三國人物孔明、周瑜，那不可一世的豪傑氣魄，最終卻也只剩下一坏土，消失在荒煙蔓草之中。

「四時讀書樂」對面臨升學壓力的莘莘學子，或許是一個遙不可及的夢，但是，我不再畫地自限於填鴨的牢籠，也不再小鼻子、小眼睛地斤斤計較考卷上的分數，我學會了如何在別人的故事中掘取同等的生活歷練，將菁華融注成為自己生命的一部分；也學會讓自己以最寬廣的角度、曠達的心胸來洞明世事。

「問渠那得清如許，為有源頭活水來」，如我們充實來自不斷的學習，智慧的累積源於融會貫通的知識。對我而言，逛書店是我獲取知識的泉源，逛書店讓我得到精神上的慰藉，逛書店乃人生一大樂事！覓得好書如獲至寶，豈能入寶山空手而歸？滿載而歸的收穫，就在時間的潛移默化之下發酵，「逛書店」成就了這一番始料未及的精神豐收。

解析

審題：

題目是「逛書店的收穫」，不是「逛書店」而已，撰寫時要將重心放在「收穫」。

取材：

逛書店其實是一趟閱讀之旅，可將寫作內容擴大為「讀書的收穫」，自然有許多材料可供運用。同時也可將閱讀過的書籍內容，以「排比」的技巧呈現出逛書店的收穫。

其他：

為使措詞更加精闢，文中最好能使用名言錦句，讓逛書店的收穫不僅能帶領讀者進入書中的繽紛世界，而且氣勢磅礴。

牢牢記住

- ⊗「節」然不同→ ✓「截」然不同
- ⊗「舒」壓→ ✓「抒」壓
- ⊗一「杯」土→ ✓一「抔」土
- ⊗荒煙「漫」草→ ✓荒煙「蔓」草
- ⊗「辛辛」學子→ ✓「莘莘」學子
- ⊗「勞」籠→ ✓「牢」籠

成語佳句

- 失魂落魄：形容心神紊亂不寧，精神恍惚不定。
- 畫地自限：形容本來可以做得更好，卻自我設限，不求上進。
- 杜威：「讀書是一種探險，如探新大陸，如征服新土地。」
- 胡適：「為學要如金字塔，要能博大要能高。」
- 培根：「知識就是力量。」
- 蘇軾：「腹有詩書氣自華。」
- 杜甫：「讀書破萬卷，下筆如有神。」
- 諺語：「讀萬卷書，行萬里路。」
- 黃庭堅：「三日不讀書，便覺面目可憎，言語無味。」

陳之藩「謝天」讀後感

◎記敘文

說明

陳之藩先生「謝天」這篇文章，是闡述功成不居的美德和謙遜感恩的處事態度。請你以「陳之藩『謝天』讀後感」為題目，寫出一篇涵蓋下列條件的文章：

- 寫出對此文印象最深刻的地方。
- 寫出「謝天」一文對你的影響。

範文

陳之藩的「謝天」是闡揚功成不居的美德，和謙遜感恩的處事態度，遺憾的是，大多數人都是搶著立功、誇耀自己，哪裡會懂得感謝別人。在我所讀過的歷史故事中，有不少是講功成名就之後，便「狡兔死走狗烹」的人，其中畫師胡圖和宋太祖朱元璋的故事，令我印象深刻。故事是這樣的：

一個月黑風高的夜晚，大地像被墨汁潑過般伸手不見五指，而皇宮卻依舊燈火通明。小太監邁開大步直奔宮門外，只聽侍衛高喊：「聖上有旨，宣畫師胡圖晉見！」「領旨！」胡圖應道。「你，就是『糊塗』？」小太監問。「小人胡圖。」胡圖回答後，趕緊從衣袖裡拿出一錠白銀，呈送給小太監。小太監滿意地點點頭，就帶領胡圖來到寢宮。

兩人來到寢宮前。小太監忙報告總管太監，總管太監急急稟報皇帝，皇帝點點頭，從容走到亮處。胡圖一看，嚇了一跳，原來威武英名的朱元璋皇帝外貌是這樣……，再看看前面畫師的「大作」，竟然是毫無修飾的「寫實」，這種畫像怎能流入民間？胡圖猛然覺悟，靈機一動，大筆揮毫，一幅「天庭飽滿、天威顯赫、下頷方圓、兩耳垂肩」的皇帝畫像，已然完成。小太監捧給總管太監，總管太監捧給朱元璋，朱元璋點點頭，總管太監知其意，便朗聲宣道：「皇上龍心大悅，御賜畫師胡圖黃金百兩，美酒三杯，領旨！」胡圖興奮極了，心想：「還好，我懂得揣摩上意！」他高興地領了百兩黃金，連飲三杯美酒，得意洋洋地走出宮苑。

迎面一陣涼風，剎時胡圖覺得隱隱腹痛，「啊！那三杯酒，……」說時遲那時快，只見他兩腿一軟、雙手一攤，百兩黃金散落一地，就這樣糊里糊塗地往對照「謝天」一文中那位凡事感激的市井小民，在物質生活上與享盡榮華富貴的皇帝，簡直不能同日而語，但是在精神生活上，反而是充實而愉快的。可見，如果不懂得「謝天」，即使貴為皇帝也是枉然。

解析

審題：

「○○讀後感」這類題型的重心一定要放在「讀後感」之上。

取材：

先略述此文內容後，接著抒發自己的感想，這時不妨以講一個歷史故事的方式來表達，再兩相對照。

其他：

用說故事的方式來說理較生動吸引人，再以「映襯」的技巧對比「謝天」和「忘恩」的行為。

ⓧ謙遜感「思」→ ✓謙遜感「恩」

ⓧ誇「躍」→ ✓誇「耀」

ⓧ「絞」兔→ ✓「狡」兔

ⓧ印「相」→ ✓印「象」

ⓧ「遇」開大步→ ✓「邁」開大步

ⓧ一「定」白銀→ ✓一「錠」白銀

ⓧ「秉」報→ ✓「稟」報

ⓧ揮「豪」→ ✓揮「毫」

ⓧ下「領」方圓→ ✓下「頷」方圓

成語佳句

- 功成不居：形容立功之後，不把功勞歸於自己。
- 狡兔死走狗烹：比喻有利用價值時就利用，當事情完成結束後就加以剷除殺害。
- 自私者的田裡，栽不出同情的花朵。
- 交友須帶三分俠氣，做人要存一點素心。
- 德蕾莎修女：「愛的反面不是恨，而是冷漠。」

最後悔的一件事

◎記敘文

說明

人非聖賢，誰能無過？日常生活中，我們總是不斷地犯錯，有些過錯彌補後就船過水無痕了，但有些過錯無法修復，讓人後悔不已。請你以「最後悔的一件事」為題目，寫出一篇涵蓋下列條件的文章：

- 寫出「最後悔的一件事」的來龍去脈。
- 寫出事件後的感想。

範文

「青春少年時，親像目一眨……」，老牌歌星沈文程略帶蒼涼的歌聲，又從收音機裡宣洩而出，我不禁想起了當年和母親一起灌製香腸時的情景。當時這首「舊情也綿綿」剛剛走紅，每天電台一再播唱，它一直伴隨著我們工作。

當年國中暑假，同學來電邀約逛街、出遊，母親的邀請。那天，同學又來電了，正在工作的母親放下豬肉，用油膩膩的手接起電話，盤問對方幹啥？隨後母親不悅地數落我的同學：「他沒空，你們以後不要再打電話來了。」然後「砰」的一聲掛上電話。

「媽，你怎麼這樣和我同學講話？」我壓抑不住累積的怒火，在旁邊大聲抗議起來。「你幹麼講話這麼大聲？你交的朋友整天只知道玩，功課一定不好，還是少來往為妙。」媽媽的聲音壓過了我。「連我交朋友你都要管，你管太多了！」「你這是對媽媽講話的態度嗎？你不喜歡這個家，可以離開啊！」我一聽，馬上甩去手上香腸吼叫：「誰希罕這個家？」就頭也不回地跑了出去。「你有種就不要再回來！」我只聽見媽媽歇斯底里地在背後怒吼。

我跑到河邊呆坐，看到白天的月亮也在對著我哭泣，我突然很羨慕旁邊的石頭、小樹，如果能變成它們，就沒有這麼多的煩惱了。我賭氣不回家，餓著肚子跑到附近火車站準備過夜。半夜輾轉難眠，直到警察巡邏盤問，聯絡到叔叔時，才知道媽媽急得血壓飆高，送往醫院急救。

媽時，感到既熟悉又陌生。後來，媽媽終於醒了，檢查結果是「小中風」，從此媽媽走路一拐一拐。隔幾年，母親再度中風，就離開這個家了。

現在，我已經能體會媽媽當時「愛之深，責之切」的心情。然而，一時的負氣造成媽媽永久的遺憾，卻是我一輩子的罪惡和抹滅不去的後悔。「青春少年時，親像目一眨……」，隨著歌聲，我彷彿又回到母子灌製香腸的情景……。

解析

審題：

題目重點在「最後悔」三個字，特別是「最」字，所以選擇一件事情即可。不要寫成「有過能改」的泛泛之論。

取材：

有些事情後悔之後可以彌補，有些事情後悔無用，甚至造成終身遺憾，兩種皆可取材，但是以後者為佳，因為它的感染力和震撼性比較大。

其他：

可選擇適當的「歌曲」貫穿首尾兩段，如本文「青春少年時，親像目一眨……」。

牢牢記住

- ⊗「滄」涼→ ✓「蒼」涼
- ⊗「播（ㄅㄛ）」唱→ ✓「播（ㄅㄛˋ）」唱
- ⊗回「決」→ ✓回「絕」
- ⊗幹「麻」→ ✓幹「麼」
- ⊗煩「腦」→ ✓煩「惱」
- ⊗「標」高→ ✓「飆」高
- ⊗一「枴」一「枴」→ ✓一「拐」一「拐」
- ⊗「付」氣→ ✓「負」氣
- ⊗遺「撼」→ ✓遺「憾」

成語佳句

- 歇斯底里：形容因情緒過於激動，以致舉止失常。
- 人生的苦惱，不在擁有太少，而在奢望太多。
- 憤怒，是片刻的瘋狂。
- 為別人的快樂著想，是超人；先為自己的快樂著想，是凡人；使別人不快樂，自己也不快樂的，是笨人。
- 仇恨是一把雙刃劍，傷了別人，也傷了自己。
- 俗諺：「良言一句三冬暖，惡語傷人六月寒。」

最美的東西

◎論說文

說明

我們常在不同時候有不同美的感受。請你以「最美的東西」為題目，寫出一篇涵蓋下列條件的文章：

- 寫出你心中最美的東西。
- 說明它為何是你心中最美的東西。
- 說明它對大我的貢獻或對小我（你）的影響。

範文

美，可以有形，可以無形；可以動態，可以靜謐。沉魚落雁之姿、潘安再世之貌，是美；親情的無私、愛情的悸動，是美；草原萬馬奔騰、波濤洶湧澎湃，是美；溪谷清泉涼風，山林蟬噪鳥鳴，也是美。但最撼動我心的，是一種人人都可擁有的美麗態度，那就是「真誠之愛」。

從小我們就熟讀許多「真愛無敵」的童話，善良柔弱的公主在得到王子真愛之吻後，總能破除魔咒獲得幸福；擁有操控世界運轉魔力的巫婆，因為缺乏真愛，終將毀滅。

生活中也有許多真愛篇章令人動容。看過班際球賽：場上是揮灑汗水專注求勝的球員，場邊是聲嘶力竭的啦啦隊，那分充滿向心力、重視團隊榮譽的畫面，令人感動。那是美。

愛可以治癒地震、海嘯、瘟疫、貧窮與戰爭所帶來的傷害，那是世上最美也最強的醫療技術。震垮台灣的九二一地震，全民用愛弭平滿目瘡痍的大地，給痛不欲生的倖存者再站起來的勇氣。愛無國界的慈濟人，用愛幫助經歷慘絕人寰災難的災民，重建家園展開新生。這些令人感動的大愛，真美。

學校常常宣導維護環境整潔，其實並非怕嫦娥笑我們髒，也非我們只有一個地球，只因為這是我們的家園，我們生活的伊甸園，愛自己成長的地方不需要冠冕堂皇的理由，只因為「愛」它。愛它，讓環境變美；愛它，讓心情變美。

有愛，人間處處有溫情；有愛，沒有過不去的難關。我愛我的家人，也關心我的師長同學；我愛我認識的人，也關心我不認識的陌生人；我愛我成長的地力，也關心我從沒到過的土地。因為愛，讓我享受了付出的快樂；因為愛，讓我的生活既充實又美麗。

愛，是我心中最美的東西。

解析

審題：

重點在「最美」兩個字，只能寫一樣美的東西，不能寫兩種以上。

取材：

快速搜尋記憶中美的事物或經驗並加以歸類，在看到題目一兩分鐘內，哪類影像浮現腦海最多，就是你該選擇的取材方向。

其他：

平凡的題目，熟悉的例證，必須配上深刻的描摹或發人深醒的見解，才能抓到主題真義，寫出一篇層次井然、耳目一新的好文章。

牢牢記住

⊗靜「密」→	✓靜「謐」
⊗沉魚落「燕」→	✓沉魚落「雁」
⊗「季」動→	✓「悸」動
⊗蟬「燥」鳥鳴→	✓蟬「噪」鳥鳴
⊗魔「奏」→	✓魔「咒」
⊗聲「撕」力「結」→	✓聲「嘶」力「竭」
⊗溫「役」→	✓溫「疫」
⊗痛不欲「身」→	✓痛不欲「生」
⊗「幸」存→	✓「倖」存

成語佳句

- 滿目瘡痍：形容戰亂或災荒後，呈現殘破、淒涼的景象。
- 慘絕人寰：形容世上再沒有這麼悲慘的事了。
- 冠冕堂皇：比喻外表很體面，實際並非如此。
- 蘇軾：「一年好景君須記，最是橙黃橘綠時。」
- 王勃「滕王閣序」：「落霞與孤鶩齊飛，秋水共長天一色。」

掌聲響起的時候

◎記敘文

說明

當別人有好的表現時，最簡單的鼓勵就是給予掌聲，然而獲得掌聲的那一方，又是花費多少的時光；經過多久的磨練，才有這短暫的掌聲呢！請你以「掌聲響起的時候」為題目，寫出一篇涵蓋下列條件的文章：

- 敘述獲得掌聲的經過。
- 敘說其中的甘苦。
- 說明感受或收穫。

範文

每回看奧斯卡或金馬獎的頒獎典禮，得獎者上台發表感言時，總會眼中泛著淚光，感謝許多的人，然後在台下如雷的掌聲中，高舉獎盃大聲說：「這是值得的！」「我會再努力！」「謝謝大家！」……。今天我終於明白那淚水的意義了！

八年級下學期，我有幸代表學校參加全市的朗讀比賽，如果榮獲第一名，還要參與全國的比賽，在導師的積極爭取下，學校安排了一位很有經驗的老師來指導我，從此開啟我與這位老師之間的一段情緣。

每天早自習我先閱讀一篇文章，然後中午到涼亭唸給老師聽。有時在樹葉隙縫篩下的光影間，等待處理完班務的老師前來共赴一場聲音與文字的盛宴；有時在像雲層堆疊得一樣厚的陰霾心情中努力發聲，試著以投入作者心境轉換自我心情——我們漸漸熟稔，練習的感覺漸漸深刻了起來！

大多數時候，我們花少部分的時間修正「技術問題」（發音、咬字、速度等等），而花大部分的時間在討論，在分享，關於文章主體內容的探討，關於延伸的聯想，關於最敏銳的一種「心」的觸覺……。我不覺得自己在做一種機械性的訓練，相對而言，是一種心志的磨練及成長。

比賽之前，我們的訓練開始更重視內容的文字斟酌、表情達意；更深入地探討每一種議題，從人際關係到國家大事，老師提供的不同角度及寬廣視野，讓我擁有更多學習的機會；於是和老師討論些讀書心得或生活中的小悲小喜，似乎也成了自然而真切的一種交心皇天不負苦心人」，在多日的努力下，我果然有亮麗的成績。在頒獎典禮上，台下掌聲如雷，我在不斷閃爍的鎂光燈中，眼角瞥見老師的身影，我的淚不由自主的盈滿眼眶，我高舉獎狀，大聲地說：「老師！謝謝您！」

解析

審題：

題目是「掌聲響起的時候」，因為有「時候」這個詞，所以必須敘寫獲得掌聲的那個場景，當然主題還是以如何獲得掌聲，經過情形等為主。

取材：

在掌聲之前，一定都有段辛苦的練習過程。所以此題可以描述艱苦的過程，或是感激他人的幫助，或是抒發內心的激動感懷等。

其他：

這篇文章若只是純粹記敘過程，易流於冗長的平鋪直述，或只一味訴苦，引不起他人的共鳴，因此記敘中要加入抒情的筆調，將感懷融入其中。

牢牢記住

- ✗「搬」獎→ ✓「頒」獎
- ✗參「與（ㄩˇ）」→ ✓參「與（ㄩˋ）」
- ✗樹葉「細」縫→ ✓樹葉「隙」縫
- ✗「篩（ㄕㄨㄞ）」下→ ✓「篩（ㄕㄞ）」下
- ✗陰「埋」→ ✓陰「霾」
- ✗熟「稔（ㄋㄢˇ）」→ ✓熟「稔（ㄖㄣˇ）」
- ✗延「身」→ ✓延「伸」
- ✗「美」光燈→ ✓「鎂」光燈
- ✗「撇」見→ ✓「瞥」見

成語佳句

- 掌聲如雷：形容掌聲熱烈響亮，就像打雷一樣。
- 不由自主：由不得自己作主，也就是無法控制自己。
- 成功的祕訣在於：當機會來臨時，你已準備妥當。
- 要做鬥士，便必須在別人不信任你的時候信任自己。
- 信心是神奇的鎖鍊，使我們心繫無數個無限。
- 拿破崙：「勝利屬於最堅忍的人。」

無知

◎論說文

說明

你夠了解自己嗎？能免於「無知」所造成的困惑嗎？人在無知中，最可能產生自大或自卑心態。請你以「無知」為題目，寫出一篇涵蓋下列條件的文章：

- 說明無知的定義。
- 說明無知可能造成的情形。
- 提出你對無知的想法。

範文

人生的不幸與悲哀，多數是無知與疏忽造成的。人們因無知導致偏見，使自己無法認清自己，無法看清世界，缺少反省能力，以致產生自怨自艾的自卑心態。無知最可能導致判斷上的錯誤，無知如同井底之蛙，容易以管窺天，以蠡測海，所看到的都是假象而已，卻不自覺。

若無知而仍不知求知；或者不知自己無知卻隨便以為是者，這些才是真正無知的悲哀。有人說：「無知就如同一粒沾在嘴邊的飯粒」，或許有人覺得無傷大雅，但是那顆自己看不到，別人又不好意思協助取下的飯粒，實在有礙於我們的人際關係。

人因為無知造成了許多無可挽回的悲哀，歷史上說明無知的悲哀，例子不勝枚舉，例如：春秋楚王想占領鄰近的越國，卻不自知楚國軍力的薄弱，就如同眼睛看得見遠處，卻永遠看不見離自己最近的眼睫毛一般。

唐朝的魏徵也說：「以古為鏡，可以知興替；以銅為鏡，可以正衣冠；以人為鏡，可以明得失。」廣納雅言，勇於接納別人的評價，勇於改善自己的缺失，才不會枉做一位無知的人，同時時時警惕自己，千萬不要讓無知如蛀蟲般啃食自知的支柱，不要讓自己成為一隻迷途羔羊或當一位螳臂擋車的人，迷失的無知或自大的無知，都容易造成永遠無法挽回的可悲結局。

「人若『無知』，人生是黑白的。」我們都很了解，風風雨雨的人生路上，難免失去方向，容易一不方向的人。因為無知絕不會讓人的一生平順，所以要懂得自己要什麼，拒絕不好的誘惑和惱人的八卦，當個自我肯定的人，不再跟著別人的指使前進，不再無知地渾渾噩噩過一生。

解析

審題：

說明中已經對「無知」定位，所以不要寫成「無知是可取」的。

取材：

先定位「無知」的意義，若能引用相關名言佳句入文更好。接著，闡述人若無知可能發生的情形，可舉例說明。最後，才進一步說明該如何預防無知的發生。

其他：

國文教材《呂氏春秋》「齊王好射」一文，採用先說故事，再講道理的方式，說明了一位國君「無知的悲哀」，這種寫法很容易入手又顯得活潑，不妨多多參考、學習。

牢牢記住

- ⊗導「至」→ ✓導「致」
- ⊗自怨自「艾（ㄞˋ）」→ ✓自怨自「艾（ㄧˋ）」
- ⊗以「蟲」測海→ ✓以「蠡」測海
- ⊗眼「捷」毛→ ✓眼「睫」毛
- ⊗衣「冠（ㄍㄨㄢˋ）」→ ✓衣「冠（ㄍㄨㄢ）」
- ⊗警「替」→ ✓警「惕」
- ⊗「決」不會→ ✓「絕」不會
- ⊗誘「或」→ ✓誘「惑」

成語佳句

- 自怨自艾：指自己悔恨怨嘆，並不想改正缺失。
- 以管窺天，以蠡測海：譏笑人見識淺短。
- 迷途羔羊：比喻迷失人生方向。
- 螳臂擋車：比喻不自量力。
- 渾渾噩噩：形容糊裡糊塗地過日子。
- 無知就如同一粒沾在嘴邊的飯粒。
- 唐太宗：「以古為鏡，可以知興替；以銅為鏡，可以正衣冠；以人為鏡，可以明得失。」
- 人若無知，人生是黑白的。

無價之寶

◎論說文

說明

世上有許多無價之寶等待我們去挖掘，這些無價之寶可能是生命中珍貴的青春、回憶、情感……，無法用金錢購得。請你以「無價之寶」為題目，寫出一篇涵蓋下列條件的文章：

- 陳述你心目中的無價之寶是什麼？
- 說明無價之寶對你的意義。
- 抒發你如何珍惜無價之寶？

範文

人的一生中，什麼是最珍貴的無價之寶？是光芒耀眼的珍珠寶石？還是擁有至高無上的聲名地位？答案都不是。無法用金錢來衡量的寶物即是上天所賜予我們的生命。生命就像是等著我們譜上跳躍音符的五線譜，我們要用生命豐富的創造力給予節奏，散發魅力，直到生命的樂章畫下美麗的休止符。

社會上，很多人因為遭遇感情、經濟、課業的風暴，只好藉著吸毒、飲酒來麻醉自己，逃避現實；甚至有些人承受不了失業的壓力，帶著妻兒一起結束生命，孩子何其無辜？尚且來不及認識世界，領會生命趣味，憑什麼剝奪上天所賦予生存的權利？人生在世或許有太多的疑惑和困厄，只有自己勇敢面對，才能排除萬難為生命找到出口，也才能夠「柳暗花明又一村」。

環顧我們身邊的螞蟻、小草、飛蛾……都是毫不起眼的小生命，牠們時而裝死、時而利用保護色，不管用什麼方式，為的就是愛惜自己的生命，讓自己再活下去。劉俠的「一顆珍珠」寫出沙子的侵入，成了蚌最深的苦痛，可是蚌艱苦卓絕地克服困難，終究換來了價值不菲的珍珠；「樂聖」貝多芬在病痛的折磨之下，譜出震懾人心的「命運交響曲」、感人肺腑的「月光奏鳴曲」；蓮娜·瑪莉亞在身體殘缺之下，用腳游出了四面奧運金牌！海倫凱勒出生後的一場疾病，使得她又聾又啞又瞎，她卻戰勝身體上的殘缺，幫助更多身心障礙的人。

俗話說得好：「留的青山在，不怕沒柴燒」，生命是無價之寶，人生只有一趟，只要我們肯努力與希望。如果因一時的挫折就放棄生命，將失去一切，甚至讓心愛的親人傷心欲絕，又釀成另一齣悲劇，果真如此，教人情何以堪？

生命總是找得到出口，無價的生命得來不易，不要辜負蒼天賜予我們這珍貴的禮物，讓生命光芒熱情地綻放出來吧！

解析

審題：

題目是「無價之寶」，撰寫時務必要將重心放在「無價」。

取材：

無價之寶可取材的內容頗多，例如：光陰、親情、友誼、回憶……，都是金錢買不到的，均適合列入發揮的題材。

其他：

既然是無價之寶，表示此寶物乃千金難買，描寫時可以彰顯其重要性。

⊗「媚」力→ ✓「魅」力

⊗「撥」奪→ ✓「剝」奪

⊗困「惡」→ ✓困「厄」

⊗「豪」不起眼→ ✓「毫」不起眼

⊗「堅」苦卓絕→ ✓「艱」苦卓絕

⊗價值不「斐」→ ✓價值不「菲」

⊗震「攝」→ ✓震「懾」

⊗「齟」喪→ ✓「沮」喪

⊗「孤」負→ ✓「辜」負

⊗賜「于」→ ✓賜「予」

成語佳句

- 柳暗花明又一村：比喻經過絕望後出現的新局面。
- 艱苦卓絕：形容非常的艱苦困厄。
- 感人肺腑：形容十分的令人感動。
- 諺語：「留的青山在，不怕沒柴燒。」
- 人生就是——斷了一根弦，就用剩餘的三根弦奏完全曲。

童年往事

◎記敘文

說明

「兒時記趣」一文，可以知道沈復的童年既天真又愛幻想；「紙船印象」則描述洪醒夫小時候的快樂及長大後的感觸。讓我們也重遊童年時光，回想童年的點點滴滴。請你以「童年往事」為題目，寫出一篇涵蓋下列條件的文章：

- 陳述你的童年是憂？是喜？還是無憂無慮？
- 舉例說明童年有哪些令你印象深刻的人、事、物。
- 抒發童年往事帶給你的感受。

範文

歲月荏苒，韶光飛逝，那一幅幅扣人心弦的畫面、一幕幕優游自在的景象，歷歷在目。飽受功課壓力的我，經常不自覺地墜入時光隧道，乘著夢想的翅

依稀記得國小四年級時，學校將參加校際的舞蹈比賽，我以期待的眼神望著級任老師，希望能雀屏中選。當我心想事成順利加入代表隊時，我開始朝著人生的目標而努力，希望自己有朝一日能像畫報上的芭蕾舞者一般，穿著薄紗舞衣、墊起腳跟、旋轉，猛然一跳飛躍舞台，贏得熱烈掌聲。

於是，每日每日孜孜矻矻的演練，就在演出前夕，學校宣布演出者必須自費購買表演服裝，否則無法參賽。這晴天霹靂的消息，我不知如何向家人啟齒，看著爸媽為了家中生計而奔波忙碌，我只好無奈地退出。

就在我心情跌落谷底時，我想起沒有手、只有一隻眼、一隻腳的謝坤山先生，他說：「我從不看自己所失去的，我只珍惜我還擁有的。」這番話讓我體悟人生沒有百分之百的圓滿，珍惜自己所擁有的，才有愉快的人生。

於是我和姐姐開始籌劃學童才藝表演晚會，演出那一夜，家人和左鄰右舍都是我們的觀眾，我與玩伴們的歌舞表演贏得熱烈的喝采，這真是我最難以忘懷

時光荏苒，轉眼間，我已是國三生了！回憶童年時光對舞蹈的狂熱，成就了我學習舞蹈的人生目標，現在的我以考取舞蹈學校為第一志願，希望有朝一日我能穿著薄紗舞衣、墊起腳跟、旋轉，猛然一跳飛躍舞台，贏得熱烈掌聲……。

解析

審題：

題目是「童年往事」，可以寫出童年令你難忘的回憶，最好是感觸良多、印象深刻或者特別具有意義的往事。

取材：

每個人的童年都不一樣，可以寫小時候發生的糗事、跟爺爺奶奶同住、念小學的特殊經歷等等，越具特色越好、越能感動人心越佳。

其他：

國文教材關於童年往事的篇章有：「兒時記趣」、「下雨天真好」、「紙船印象」等篇章，都可以技巧性的學習其中的事例、言例的表現方式。

ⓧ「任」苒→ ✓「荏」苒
ⓧ「杓」光→ ✓「韶」光
ⓧ一「暮」→ ✓一「幕」
ⓧ景「相」→ ✓景「象」
ⓧ「曆曆」在目→ ✓「歷歷」在目
ⓧ「遂」道→ ✓「隧」道
ⓧ純「珍」→ ✓純「真」
ⓧ雀「平」中選→ ✓雀「屏」中選
ⓧ孜孜「吃吃」→ ✓孜孜「矻矻」
ⓧ晴天「劈歷」→ ✓晴天「霹靂」
ⓧ無「耐」→ ✓無「奈」
ⓧ薄「沙」→ ✓薄「紗」

成語佳句

- 歷歷在目：分明、清楚地出現在眼前。
- 孜孜矻矻：形容勤奮努力，毫不倦怠。
- 晴天霹靂：比喻突然發生使人震驚的消息。
- 畫家謝坤山：「我從不看自己所失去的，我只珍惜我還擁有的。」

給○○的一封信

◎抒情文

說明

有些話也許很難說出口，有些思念也許無法當面說，那麼就寫信吧！請你以「給○○的一封信」為題目，寫出一篇涵蓋下列條件的文章：

- 符合書信的基本格式。
- 選擇一個人做為書寫信件的對象。
- 寫出你最想對他訴說的心緒、想法。

範文

親愛的母親：

已經三年不見您的形影了，如今的我，只能藉由許多熟悉的聲響來記憶您。

「嗤——」現在，我終於知道，那是鍋中的水和油接觸時所發出的聲音——在我被飛濺出的油滴燙傷過數次之後。以前，一聽見這個聲音，就知道是您在幫我們準備便當了。在數不完的工作中，您總是匆關注。望著自己手上新生的燙傷，才知道，曾經看過您手上的點點星星，訴說的都是對子女的愛。

「嗡——」不知怎麼，蚊子就是鍾情我們家的書桌底下。桌旁的電風扇，與其說是為了能在溽夏中帶來一陣涼意，倒不如說是驅蚊專用。當時，愛撒嬌的我，總喜歡拿著功課去和辛苦作帳的您並坐，然後，看您忙不迭地將桌旁唯一的電風扇，轉向我這邊吹。您打蚊子的巴掌聲，就成為那些夏天，寵溺我這個無知女兒的最佳印記。

「唧——」以前，只要外婆留下的那臺舊式縫紉機發出聲響，就表示我們兄妹又有世界上獨一無二的衣服可穿。多少穿便服的日子，我接受到的豔羨眼光，均是對您的讚賞之情。如果早知我們的母女情份有限，我一定會放棄許多貪玩的時光，陪在您身邊，多學一些，多看一點。而不像現在，只能踏著空轉的縫紉機，然後，閉上眼睛，想像您就在我的身邊。

當時以為平常，現今才懂得珍惜的聲響，是您在我生命中所演奏出最動聽的樂章。雖然，逝去的美好無法挽回，但我會記取您對我的殷切叮嚀，好好的用

平安。敬祝

福安

愛您的女兒小文　叩上

○○年○日○日

解析

審題：

題目是給某人的一封信，因此要特別注意書信的基本格式：稱謂、正文、結尾問候語、自稱、末啟詞、日期。不能省略的格式，絕對不可少。

取材：

描寫人物宜將要陳述的內容定出一個主旨，例如：朱自清便是透過「背影」，將父親的形象做了一個鮮明而且深刻的描述。

其他：

描寫感情文詞不宜過於露骨，從小地方著手反而更加平實動人。

⊗熟「希」↓　✓熟「悉」

⊗飛「賤」↓　✓飛「濺」

⊗「鐘」情↓　✓「鍾」情

⊗「辱」夏↓　✓「溽」夏

⊗「趨」蚊↓　✓「驅」蚊

⊗「併」坐↓　✓「並」坐

⊗縫「認」↓　✓縫「紉」

⊗叮「寧」↓　✓叮「嚀」

成語佳句

- 獨一無二：僅此一個，不再有第二個。
- 世界上的一切光榮和驕傲，都來自母親。
- 法國繪畫大師夏加爾：「母親對我的愛之偉大，讓我不得不用我的努力去驗證這種愛是值得的。」
- 卡繆：「幸福不是一切，人還有責任。」
- 愛因斯坦：「一個人的價值，應該看他貢獻了什麼，而不是他取得了什麼。」
- 母性的力量勝過自然界的法則。

詠〇

◎抒情文

說明

描寫能力的不斷提升，需要來自於對人事物景的觀察和想像。請你以「詠〇」為題目，寫出一篇涵蓋下列條件的文章：

- 請形容主體之外在特徵和內在特質。
- 請寫出主體處於古今時代之異同。
- 請寫出主體的功能或貢獻。

範文

水的本性是無色、無味、無嗅、透明，據說地球表面有百分之七十的組成是水，三大洋和南北極的冰山就是最好的證明。水有其多變性的外表，也有其不變性的內在本質，他從一滴水，一池溪、一江水，到一片汪洋大海，不論蒸發為雲霧，或結成冰霜，下成雨滴，他百種變化，始終不失其單純本性。

經典作品中常以人的性格賦予水的生命，使之成善利萬物而不爭。」水化育萬物而無私，正如人性的善良無私，值得稱讚和崇敬。孔子也曾讚美水有五德：有德、有義、有道、有勇、有法，所以「君子遇水必觀」。

古往今來，人類以水為師，學習水之道，也造就了語言當中，有關水的詞語，例如：不忘本叫「飲水思源」；心不浮動叫「心如止水」；不浪費叫「細水長流」；不怕苦叫「逆水行舟」；挽不回叫「覆水難收」；不懈怠叫「流水不腐」。而名篇詩句當中，也流傳了水的作品，例如：李白的「孤帆遠影碧山盡，唯見長江天際流」；白居易的「日出江花紅勝火，春來江水綠如藍」等。

人類的老祖先早就明白了要活就要水，舉凡人們食衣住行育樂，無一不需要水。水對人類幫助無限，而水唯一的要求，就是順其本性，為他找到適當方向，讓他盡情往低處流，找到回家的依歸。

水最柔卻也最堅強，老子曾說：「天下莫柔弱於水，而攻堅強者莫之能勝。」水看似柔弱，卻能沖垮比他堅硬千萬倍的東西，在柔性的特質下，他滴水穿發明成水刀，足以切割堅硬無比的金屬、石頭和木頭，而且無往不利，功用比鋼刀更銳利。

人，應該像水，能屈能伸，勇往直前，我們應該以水為師，學習水之道，學習他有容乃大的至高精神。

解析

審題：

題目是「詠○」，所要吟詠之物範圍很大，宜選擇值得探討的主體來著墨。

取材：

舉凡具體或抽象的物品皆可入文，例如：具體的風、雨、花、草、動物、橋、書等；抽象的愛、善良、道德等，都是可以吟詠的對象。

其他：

劉鶚在「大明湖」一文中，對山水風光景物的深入描寫，以及運用色彩的對比與生動的修辭技巧，是足以學習的重點。

⊗「精」典→ ✓「經」典

⊗化「生」→ ✓化「身」

⊗「復」水難收→ ✓「覆」水難收

⊗「卸」怠→ ✓「懈」怠

⊗「衣」歸→ ✓「依」歸

⊗「綱」刀→ ✓「鋼」刀

成語佳句

- 滴水穿石：比喻只要能堅持不懈，就一定能成功。
- 能屈能伸：本指失意時能忍耐，得意時能有一番作為。形容人處世能隨環境轉變。
- 有容乃大：有氣度，能寬恕別人的人，才能夠成就大事業。
- 李白：「孤帆遠影碧山盡，唯見長江天際流。」
- 白居易：「日出江花紅勝火，春來江水綠如藍。」
- 老子：「天下莫柔弱於水，而攻堅強者莫之能勝。」
- 《論語．雍也》：「知者樂水，仁者樂山。」

跌倒

◎論說文

說明

從小到大我們不知跌倒多少次，也不知受過多少挫折，過程中可能流血流淚，身心受傷，也可能情緒激動憤恨難平。請你以「跌倒」為題目，寫出一篇涵蓋下列條件的文章：

- 寫出跌倒挫折發生的經過與當時的心境。
- 寫出事後的結果與當下的感想。
- 寫出事後個人的檢討反省與自我期許。

範文

誰沒跌倒過？誰沒受傷過？不論你是跌倒在崎嶇的羊腸小徑，還是坎坷的人生道上，你是要坐在地上嚎啕大哭等待救援？還是要擦乾血淚奮力站起，再朝目的地勇往邁進？

來說是墊腳石，對能幹者是財富，對弱者才是萬丈深淵。」因為強者遭遇苦難，不會怨天尤人，而是勇於面對不幸，思考解決方案，化危機為轉機，增強能力度過難關。

從小罹患肌肉萎縮症的陳俊漢，反而更珍惜生命，焚膏繼晷勤奮不懈的努力，即使學習比一般小孩艱難萬倍，他卻一路名列前茅，目前已在台大雙主修法律與會計，他的苦難轉換成激發學習潛能的動力，愈挫愈勇，化絆腳石為高梯，讓自己的視野更遠更廣，採得的甜美果實也更多更大。

現今社會的教育觀念強調用愛的教育來對待孩子，只能稱讚，不能責備；只能鼓勵，不能糾正；只能安慰，不能檢討。甚至生活中大小事情都幫他安排妥切，上下學有轎車接送，乍看之下一切美好，轎車或許能夠阻擋途中的日晒雨淋，卻無法阻擋人生的風霜。嬌生慣養的草莓性格，容易失去反省能力，面對困境常是無可救藥的樂觀，以為稍作努力，問題就能夠迎刃而解，若不如意，不是怨天尤人，就是自怨自艾。

怕滿路荊棘。玉不琢不美，人不點不亮，跌倒後再爬起來，在磨練中開發潛能，奮發上進。是駱駝，不怕風沙；當砥柱，不怕狂瀾；有火炬，不怕黑暗；走人生，不怕跌倒磨難。所以不要懼怕走在可能跌倒的人生旅途，唯有經歷磨練的人生才能過得充實，唯有經歷磨練的青春才會更加光彩照人！

解析

審題：

非常具象的題目，若只說明具體的意義，就顯得過分「淺顯易懂」，缺乏深度，故宜掌握背後所代表的象徵意義，方是佳作。

取材：

舉凡古今中外聖賢達人，他們成功或失敗的例子，均是入題的好材料。

其他：

舉凡課內外的學習內容，可資引用至本文的名言佳句不妨多多利用。

- ⊗崎「曲」↓ ✓崎「嶇」
- ⊗「奠」腳石↓ ✓「墊」腳石
- ⊗「羅」患↓ ✓「罹」患
- ⊗焚膏繼「詭」↓ ✓焚膏繼「晷」
- ⊗「拌」腳石↓ ✓「絆」腳石
- ⊗荊「刺」↓ ✓荊「棘」
- ⊗「抵」柱↓ ✓「砥」柱
- ⊗火「巨」↓ ✓火「炬」

成語佳句

- 羊腸小徑：形容崎嶇狹險的山路或曲折狹窄的小道。
- 焚膏繼晷：形容夜以繼日勤奮地工作或學習。
- 迎刃而解：比喻困難或事情容易解決。
- 怨天尤人：形容人不如意時一味埋怨或歸罪於客觀環境。
- 山窮水盡疑無路，柳暗花明又一村。
- 是駱駝，不怕風沙；當砥柱，不怕狂瀾；有火炬，不怕黑暗；走人生，不怕跌倒磨難。

傾聽

◎抒情文

說明

生活在喧鬧的人群中，忙著發表自己的看法意見，也該放慢腳步，傾聽這個變幻多端的燦爛世界。請你以「傾聽」為題目，寫出一篇涵蓋下列條件的文章：

- 你曾傾聽嗎？請說出自己的經驗，哪些聲音最優美？
- 傾聽帶來的收穫。
- 如何使自己善於傾聽？
- 傾聽外界的聲音，同時也要傾聽自己內心的聲音。

範文

古人說：「萬物靜觀皆自得，四時佳興與人同。」除了觀看，聆聽也能帶給人無窮的美感。春天來了，松鼠豎起耳朵，傾聽春風的腳步聲；夏天來了，小朋友專心致志傾聽餐風飲露的蟬鳴聲；秋天來聽來自農莊豐收的嘻笑聲。四季，看似靜謐地遞嬗，其實卻充滿了豐富的天籟！用心，就能聽見大自然，用心，更能聽見生命的聲音。

早晨起床，用心聆聽窗外的鳥鳴，感受美好的一天被太陽拉開序幕！聆聽母親充滿活力的嗓音，張羅一家人吃早餐，母親的聲音是關愛的聲音。帶著愉悅的心情出門，上學的路上，聆聽駕駛們開車的引擎聲，代表了動力、朝氣和蓬勃。到了校門口，聆聽交通隊的哨音，代表了慈悲、禮讓和安全。用心去傾聽生活角落的每一種聲音，就能感受美好一天！

午夜時分，一個人靜靜夜讀，享受無聲的寂靜，也享受傾聽的樂趣！前人說：「寧靜得巧思，讀書生氣質。」傾聽窗外的蟲鳴，突顯出夜晚的靜謐，讓人心平氣和，沉澱俗慮，找到生活的靈感，隨古人神遊，聆聽古人的教誨！傾聽收音機低沉的樂聲，感受午夜的幽雅，和節目主持人在空中心靈相會，像結交知己一般，心靈深處產生一股甜美滋味。傾聽家人韻律的鼾聲，體會他們為家庭奮鬥後的放鬆，藉由這樣的傾聽，感受家人的愛。

望，追尋心靈的平靜，當擺脫塵世的枷鎖，心靈得以自由翱翔時，內心深處的聲音就被自己傾聽到了。你清楚知道自己的嚮往，藉由傾聽內心的聲音，找到生命該追尋的方向！

傾聽大自然的聲音，感覺自己生活在地球上的幸福；傾聽家人的聲音，領略自己受到無微不至照顧的福氣。傾聽外界，也傾聽自己的內心，找到真我的渴望，傾聽自己的呼吸，肯定自我的價值！

解析

審題：

寫作時，由遠而近，由外而內，要注意心靈世界的提升，精神層面的探索。

取材：

以「傾聽大自然」寫心靈的寧靜；以「傾聽父母的聲音」寫家人的親情；以「傾聽自己的呼吸」寫內心深處的渴望及嚮往。取材要多元，探索要深刻。

其他：

描述時注意文章的優美度，如實的記錄，也要多多鍛鍊字句。

字字記住

⊗「竪」耳→ ✓「豎」耳
⊗「頃」聽→ ✓「傾」聽
⊗靜「密」→ ✓靜「謐」
⊗遞「擅」→ ✓遞「嬗」
⊗天「賴」→ ✓天「籟」
⊗序「暮」→ ✓序「幕」
⊗「觀」愛→ ✓「關」愛
⊗沉「殿」→ ✓沉「澱」
⊗「酣」聲→ ✓「鼾」聲
⊗「憤」鬥→ ✓「奮」鬥
⊗「加」鎖→ ✓「枷」鎖
⊗「熬」翔→ ✓「翱」翔
⊗「響」往→ ✓「嚮」往

成語佳句

餐風飲露：比喻長途跋涉，夜宿荒郊野外的辛苦。

宋朝程顥「秋日偶成」：「萬物靜觀皆自得，四時佳興與人同。」

寧靜得巧思，讀書生氣質。

搭公車

◎記敘文

說明

搭乘大眾交通工具是學生主要的交通方式。請你以「搭公車」為題目，寫出一篇涵蓋下列條件的文章：

- 經驗發生的時間與地點是在公車上。
- 較為特殊且有意義的經驗。
- 你對該經驗的反省或感觸。

範文

那天站在酷熱站牌下等公車，即使已穿厚底球鞋，依然清楚感受到柏油燙腳的威力，時間一分一秒過去，當我們等到眼冒金星，覺得即將從「人間蒸發」之際，眼尖的弟弟看見夢寐以求的號碼，正從遠方朝這兒緩緩駛近。一腳踏上公車階梯，一股沁人心脾的冷氣直衝腦門、滲入五臟六腑，真是通體舒暢。

車上只剩一個單人博愛座，只好先安撫弟弟坐下，過了兩站車門一開，首先映入眼簾的是菜籃，接管，一使勁，一位氣喘噓噓的老婆婆攀爬上來。

我望著前面博愛座上穿著入時的小姐，她會讓位吧？可是當老婦人走近時，卻絲毫感受不到她有起身之意，我趕緊叫弟弟讓座，還故意稍提高嗓門說：「博愛座只是借坐，應該讓給最需要的人才對呀！」我希望她能意會我的弦外之音。可是令我驚訝的是，她不懂不讓位，還朝我笑一笑，依然穩若泰山地繼續安坐著，那「笑」到底是什麼含意？是得意？是嘲弄？還是恥笑？

老婦人安坐後，我仔細觀察那位小姐，心中感到微微不平：老天為什麼要把美麗的臉龐，長在缺乏同情心的人身上？

公車來到世貿，她按了下車鈴，令我意外的是她等車子完全停穩後才起身，我見她緩慢而艱難地往前移動，才發覺長裙下的雙腳穿著笨重的鐵鞋。頓時，我萬分愧疚，原來是我「以小人之心，度君子之腹」，錯怪她了。

經過公車事件，我決定以後對人對事都要細心觀察、真誠相待，雖然「防人之心不可無」，但是在未解、互相幫助，人間必能減少苦難、增進和諧、充滿歡笑。

解析

審題：

題目的重點在於描寫搭公車時有意義的見聞，並抒發感觸，因此與家人開車共遊的場景不宜入題。

取材：

比較特殊且能賦予深刻感觸的事件與經驗，才是寫進這個題目的好材料，例如：公車上常見的喧嘩、爭吵、讓座、搶位、偷竊、破壞公物等均可入題。

其他：

材料愈是唾手可得，就愈需要去蕪存菁的剪裁工夫，例如：本文的重點是描述作者誤會殘障女子的過程，與事後的檢討反省，其他的細節則可省略。

✗	✓
「沁（ㄑㄧㄥˋ）」	「沁（ㄑㄧㄣˋ）」
「滲（ㄘㄢ）」入	「滲（ㄕㄣˋ）」入
五臟六「府」	五臟六「腑」
安「憮」	安「撫」
「縐」紋	「皺」紋
氣喘「虗虗」	氣喘「噓噓」
「齒」笑	「恥」笑
臉「旁」	臉「龐」
「堅」難	「艱」難
愧「咎」	愧「疚」
「察」證	「查」證

成語佳句

- 眼冒金星：比喻被太陽晒到頭昏眼花。
- 夢寐以求：連睡夢中都在追求。形容希望的迫切。
- 沁人心脾：形容感受深刻。多用來形容文學作品美好，使人感動。
- 以小人之心，度君子之腹。
- 害人之心不可有，防人之心不可無。

新詩改寫

◎記敘文

說明

所謂「改寫」就是針對提供的文章，改變其人稱、內容結構、形式、體裁等，但內涵不變的一種寫作方式。請你以「新詩改寫」為題目，依胡適的「老鴉」為藍本，寫出一篇涵蓋下列條件的文章：

- 仍以「老鴉」為題目。
- 敘述觀點為「第一人稱」。

範文

【我大清早起，／站在人家屋角上啞啞的啼。／人家討嫌我，說我不吉利；———／我不能呢呢喃喃討人家的歡喜！　天寒風緊，無枝可棲。／我整日裡飛去飛回，整日裡又寒又饑。———／我不能帶著鞘兒，翁翁央央的替人家飛；／不能叫人家繫在竹竿頭，賺一把小米！】

抬頭看看天色，太陽似乎還不想露臉，我整理一下黑色長衫，在[illegible]，[illegible]出大門，一大清早，門口就聚集了一堆麻雀，不斷探頭探腦地往屋裡看，又不時交頭接耳的，好像在商量著什麼。一見到我便七嘴八舌的問道：「喂！你說斑鳩把喜鵲的家給占了，是真的嗎？」「鴿子老是揀著旺處飛？」「雞飛到梧桐樹上和鳳凰爭吃果實？」「燕子為了討主人的歡心，寧可奉上自己的窩？」「有人說你老是在唱衰我們，真是長他人志氣，滅自己的威風呀！」

我一聽，急著高聲回答：「你們誤會了！這些都是事實，我希望……」但是話還沒說完，麻雀們早已飛得無影無蹤了。

我又開始今天的行程，雖然我知道一路上不會有任何人幫助我；不會有我可以落腳休息的地方，還可能遭到老鷹的爪牙攻擊，但我仍執著我的信念，要把真相報導出來。我寧可一身的黑，被咒罵是不吉利；也不願意換上鸚鵡的彩衣，為了少許的葵花子而學別人說話。

審題：

改寫前應確實了解原文的內涵，並仔細閱讀題目的規定，避免離題。此外，除非題目有特別規定，原則上不可以改變文章的中心思想。。

取材：

本詩第一節寫出作者寧可作不懂阿諛諂媚、不討人喜歡的烏鴉，要用逆耳的忠言揭露社會種種不合理現象。第二節寫他人單勢孤，處境危殆，但他仍要大聲宣告：不願被豢養，也就是不受他人指揮。

其他：

改寫也有要求改變敘述的角度，也就是改變人稱。第一人稱是最直接的，可以表達作者的主觀、自信和分享；第二人稱讓讀者感覺親切；第三人稱較為客觀，讀者會不知不覺的與作者站在同一立場。

牢牢記住

⊗「啞（ㄧㄚˇ）」啞→ ✓「啞（ㄧㄚ）」啞

⊗「尼」喃→ ✓「呢」喃

⊗無枝可「淒」→ ✓無枝可「棲」

⊗行「陳」→ ✓行「程」

⊗「爪（ㄓㄨㄚˇ）」牙→ ✓「爪（ㄓㄠˇ）」牙

⊗「直」著→ ✓「執」著

成語佳句

- 呢呢喃喃：燕子的啼叫聲。也常比喻女子的聲音柔美。
- 翁翁央央：模擬鴿子的叫聲。
- 探頭探腦：形容東張西望，四處窺探的樣子。
- 交頭接耳：形容兩個人互相在耳邊低聲說話。
- 七嘴八舌：形容人多嘴雜或議論紛紛的樣子。
- 斑鳩把喜鵲的家給占了：比喻坐享其成。
- 鴿子老是揀著旺處飛：比喻趨炎附勢，攀權達貴。
- 《論語》：「巧言令色，鮮以仁。」

新與舊

◎論說文

說明

新與舊是相對的兩詞，未來是新，過去是舊，兩者如何銜接？如何取捨？如何相輔相成？請你以「新與舊」為題目，寫出一篇涵蓋下列條件的文章：

- 要說明何謂新？何謂舊？各有何利弊？
- 請設定腳色，讓新與舊互相對話。
- 請務必說明新與舊之間的關係及如何取得平衡點？

範文

那天晚上，走進光華商場的最後一夜，果然人潮洶湧；尤其醒目的是：印象中舊書攤風光不再，取而代之的是走在時代尖端的電腦配備，彷彿走入新舊交替的時光隧道。

我此行的目的是去幫哥哥買個小配件，他已經將規格、品牌、價目等列子清單，就等我按圖索驥，兩場內到處都是集聲光於一體的產物，舊書攤賣場，已經被擠到地下室剩下碩果僅存的兩三家。

恍惚中，看到一位傴僂的老人，從舊書堆裡走出來，自言自語地說：「這是什麼世界啊？新的一代只知道一味求新、求變、求刺激，對舊的東西卻棄如敝屣，不懂過去，怎能掌握未來？」「喔？」我有點不知所措。「你想，如果沒有歷史感情，社會還有人性？人類還有希望嗎？」老先生看了我一眼，慨嘆地說。「可是科技帶給我們方便，也替我們省下很多時間、精力呀！」我也有自己的想法。老先生不理會我的回答，他一臉憂鬱地說：「現代人越來越懶得看書寫字，變成沒有人文、沒有人性，還算是人的世界嗎？」的確，這幾年我不知不覺養成直接上機寫文章的習慣，真的再也沒有辦法運筆寫文章，字體當然更加「龍飛鳳舞」了。

老先生見我尷尬得答不出話來，不禁輕輕地嘆口氣，語重心長地說：「今日的新是未來的舊，未來的新要建立在昔日的舊之上，如此新舊交替、環環相扣，才真正是文明的演進。」老先生說完，又兀自俯首沒入古書堆中。

樂，必須推展新科技，但是為了人類的幸福，又必須具備歷史、人文涵養；凡事必須累積在「舊的過去」之上，以古鑑今，那麼，新與舊真的是不能分割的一體兩面。

解析

審題：

「新與舊」這是並列式的題型，分三個層次：一、解釋A再解釋B；二、說明A與B的關係；三、結論。

取材：

以學生的生活體驗，逛中華商場這新舊雜陳的書城是最好的體材。本文以一個老人，代表舊智慧，和作者對話，以循循善誘的方式，引導讀者深入其境。

其他：

梁啟超的「最苦與最樂」的文章架構適合本題目，值得參考學習。

ⓧ風光不「在」→ ✓風光不「再」

ⓧ時光隧「到」→ ✓時光隧「道」

ⓧ佝「樓」→ ✓佝「僂」

ⓧ一「為」求新→ ✓一「味」求新

ⓧ棄如敝「屢」→ ✓棄如敝「屣」

ⓧ環環相「叩」→ ✓環環相「扣」

成語佳句

- 按圖索驥：比喻辦事拘泥於舊法，現指按照資料、線索去尋找事物。
- 碩果僅存：比喻經過時間的淘汰，唯一仍留存下來的人或物。
- 棄如敝屣：像扔掉破鞋一樣將其拋棄。比喻毫不顧惜。
- 不知所措：形容受窘或驚慌的樣子。
- 龍飛鳳舞：形容書法筆勢生動或字跡潦草。
- 唐太宗：「以銅為鏡，可以正衣冠；以古為鏡，可以知興替；以人為鏡，可以明得失。」

暗戀的滋味

◎抒情文

說明

年輕的心，對情感難免有一股想像與憧憬。請你以「暗戀的滋味」為題目，寫出一篇涵蓋下列條件的文章：

- 文中請描述你偷偷欣賞的人物。
- 請寫出暗戀時的心情感受。
- 這樣的經驗帶給你心靈上有何成長與啟示。

範文

記得那是一個微雨溼潤的黃昏，整個天空隱蔽在灰濛濛的帷幕之中，霪雨霏霏，像是煩人心緒的淚珠。你撐把花傘，伊人姍姍，從雨中走來，走進我的視線，也走進我的心中。

我永遠記得初見你的那一天，那是個美麗的雨季。乍見你的那一刻，是一種似曾相識的悸動。你的俗，不食人間煙火的氣質。當你回眸一笑，響動了我身旁四面的微風；當你的眉輕揚，我的心隨之高舉，再輕輕、輕輕地落下。你的一顰一笑牽引我身上所有的細胞。啊！難道這就是暗戀的感覺。

從此，我把對你的思念，包裹在心裡。每當放學的鐘聲響起，我的心就跟著吟哦，將片片詩句，飄灑在你的髮梢、笑臉與舉手投足間，期待在回家的路上，再與你的身影相遇，將你的微笑，框在我的心裡，扛回家慢慢欣賞。

《小王子》一書曾言：「如果你愛上了某個星球上的一朵花，那麼，只要在夜晚仰望星空，就會覺得所有的星星都開出花朵來了。」我開始喜歡上學途中的點點滴滴，更期待放學時我刻意製造的「巧遇」。雖然膽小的我只能遠遠望著你，即使這是咫尺天涯難以跨越的距離，但你的出現，已是我黯淡國三生活中的一道曙光。

我總在最深的絕望裡，遇見最美麗的驚喜。雖然我從未和你說過話，但那是我年少輕狂的一段青春烙印，就像一筆資料儲存在某個磁區的深處，那種酸酸

解析

審題：

「暗戀的滋味」重點在「暗戀」二字，內容應寫出對方不知情，而自己偷偷欣賞期待的心情。

取材：

描寫感覺的文字，最忌諱用抽象的形容詞來堆疊，可運用譬喻及轉化的修辭，使抽象的感覺更具體。例如：「你的臉龐不是如玫瑰的嬌妍豔麗，卻有著似蓮花般清新脫俗，不食人間煙火的氣質。」（譬喻）；「當你回眸一笑，響動了我身旁四面的微風。」「每當放學的鐘聲響起，我的心就跟著吟哦，將片片詩句，飄灑在你的髮梢、笑臉與舉手投足間。」（轉化）。

其他：

最理想的抒情文，是「情盡乎辭」，情感和筆鋒成正比，寫來的感情要能真、要能深，先要求能感動自己，才能感動別人。

⊗隱「敝」→ ✓隱「蔽」

⊗灰「蒙蒙」→ ✓灰「濛濛」

⊗「維」幕→ ✓「帷」幕

⊗嬌「研」→ ✓嬌「妍」

⊗難「到」→ ✓難「道」

⊗「鍾」聲→ ✓「鐘」聲

⊗年「青」→ ✓年「輕」

成語佳句

- 伊人姍姍：形容女子走路緩慢，舉止優雅。
- 不食人間煙火：形容具有靈氣的女子。
- 一顰一笑：因憂喜而產生的皺眉或微笑的表情變化。
- 咫尺天涯：比喻雖然相距很近，但是因為很難相見，感覺像是遠在天邊一樣。
- 我總在最深的絕望裡，遇見最美麗的驚喜。
- 唐朝李商隱「無題」：「昨夜星辰昨夜風，畫樓西畔桂堂東。身無彩鳳雙飛翼，心有靈犀一點通。」

照鏡子

◎論說文

說明

照鏡子是每天必做的事，我們利用穿衣鏡來整理儀容，利用後視鏡來開車，遊樂區利用凸面鏡來製造娛樂效果，除此之外，還有哪些人哪些事哪些話也扮演著鏡子的角色，時時提醒我們的言行舉止？請你以「照鏡子」為題目，寫出一篇涵蓋下列條件的文章：

- 寫出日常生活中有形鏡子的功能。
- 寫出無形鏡子對個人的影響力。
- 寫出時時向無形鏡子學習的處世態度。

範文

「佛要金裝，人要衣裝。」有了衣裝還不夠，要打扮出合宜自己身分的穿著，就得照鏡子。平日開車要看清後方來車，要後視鏡；銀行提款機加裝鏡子，才能讓提款人了解四方動靜，提防歹徒。看來日常生

世上也有面無形的鏡子時時映照我們，唐太宗說：「以銅為鏡，可以正衣冠；以史為鏡，可以知興替；以人為鏡，可以明得失。」對我來說，以友為鏡，讓我看清自己的弱點，洞察行為得失，進而虛心向他們學習。

「三人行，必有我師焉。」不同類型的朋友，是我學習不同處世態度的明鏡。脾氣溫和的朋友，對於別人的惡作劇，總能一笑置之，讓我反省自己別老為一點小事而臭著臉；精明幹練的朋友總能自信又有效率的處理問題，我常想我要怎麼做才能跟他們一樣？品學兼優的朋友，既能專心課業又能協助同學排憂解難，那種光芒內斂的開闊胸襟，是我羨慕與學習的對象。

孔子「知其不可而為之」、「有所為有所不為」，是我進德修業的明鏡；比爾蓋茲、郭台銘樂善好施四處興學，是我努力看齊的明鏡，不只期待能擁有他們的能力與財富，更希望能學習他們的善心與社會責任；「嚴以律己，寬以待人」，是我待人處事的格言明鏡，待人以春氣，律己以秋氣。

高懸」，不只照見自己的缺失，更能截他人之長，補自己之短。總之，高懸明鏡，向明鏡學習，「見賢思齊，見不賢內自省」，人生就能更自在、更踏實、更豐富、更美好，更期待有一天自己也能成為他人學習的明鏡。

解析

審題

「照鏡子」題意清楚明白，要離題也難，但要寫得好，只寫日常鏡子的功能是不夠的，必須指出還有哪些人事物也有鏡子的抽象功能，方是切題的內容。

取材：

搜尋一下腦中的聖賢豪傑和周遭的良師益友，他們哪些嘉言懿行是你學習的典範？加以分段編排闡述。

其他：

要把主力放在闡述值得我們學習或對進德修業有益的「明鏡」上，最後，寫出期許自己有朝一日，也能成為他人學習的明鏡作結。

牢牢記住

- ⊗合「誼」→ ✓合「宜」
- ⊗「印」照→ ✓「映」照
- ⊗洞「查」→ ✓洞「察」
- ⊗一笑「至」之→ ✓一笑「置」之
- ⊗內「練」→ ✓內「斂」
- ⊗開闊胸「巾」→ ✓開闊胸「襟」
- ⊗「近」德修業→ ✓「進」德修業
- ⊗明「境」高懸→ ✓明「鏡」高懸

成語佳句

- 佛要金裝，人要衣裝：佛像用金粉塗飾，才顯得威風；人用好衣服打扮，才顯得漂亮。
- 明鏡高懸：比喻居官清明，判案公正無私。
- 《論語》：「三人行，必有我師焉。」
- 嚴以律己，寬以待人
- 張潮《幽夢影》：「律己以秋氣，待人以春氣：秋氣肅殺，春風和暖。」

補習

◎論說文

說明

台灣地小人稠，競爭激烈，補習班四處林立。請你以「補習」為題目，寫出一篇涵蓋下列條件的文章：

- 寫出參加補習的原因。
- 寫出補習的優缺點。
- 提出對補習的期許。

範文

「補！補！補！越補洞越大！」每回賣檳榔的老媽拿到我的段考成績單，免不了會數落我一番。奇怪的是，既然老媽對補習這麼沒信心，卻不允許我退出，而是要我轉進到張媽媽介紹的另一家有口皆碑的補習班。

在台灣當國中生真辛苦，升學壓力讓人喘不過氣來，補習就成了家常便飯，在怕輸的心理下，我只能隨波逐流加入補習一族，過著早出晚歸的生活。

每天學校放學後，我總是拖著疲憊不堪的步伐，緩緩走向補習班。補習班的教室狹窄，座位密集，但是它有學校教室欠缺的冷氣設備，這是補習班環境的優缺點；另外，補習班的上課非常人性化（其實是放任啦），它不若學校嚴肅，也不大敢嚴格管我們，因為若是得罪我們這些「財主」，我們就會考慮「集體跳槽」。

「補來補去補成愁」，從國小補到國中，從「心算」、「電腦」補到「英數」、「基測寫作」，我可是身經百戰，閱「補習班」無數。老媽累積投資在我身上的學費，更是一筆可觀的數字。

補習當然是要讓自己的課業更上一層樓。問題是，補習到底有沒有成效？我想，只要是自己喜歡的科目，經過補習就會突飛猛進；若是沒有興趣的科目，怎麼補也沒用。像是我喜歡的「電腦」、「英文」，補習時我非常專心聽講，成績當然令人刮目相看；至於我最討厭的「數學」、「寫作」，我就常常元神出竅。

「學校上課專心聽講即可，從來沒有補習過。」每次看到榜首學生在電視上侃侃而談，輕鬆地否認補習的必要，我就會感到非常疑惑，懷疑「補習」的功能，感慨自己的天資不如人。「人一能之，己百之；人十能之，己千之。」我想榜首的天資可望不可及，我不過是個凡夫俗子，只能「勤能補拙」，補習就是我補拙的方法。我應該還會繼續補下去，只是希望補習價錢能再便宜一點。

解析

審題：

題目是「補習」，它和「補習班」息息相關。「補習」的層面較廣，「補習班」比較狹小，是「補習」的一部分。所以撰寫時要留意，不要寫成「補習班」。

取材：

取材當然以親身經歷的補習經驗為佳，這樣議論起道理來比較有信服力。「多年多科」的補習經驗，或以「短期一科」為題材皆可，角度不同，看法若有出入也沒關係，只要言之成理即可。

其他：

「一段理論，一段例證」的夾敘夾議論說方式，非常適合用來撰寫這個題目。

牢牢記住

- ⊗隨波「遂」流↓ ✓隨波「逐」流
- ⊗疲「備」↓ ✓疲「憊」
- ⊗「蜜」集↓ ✓「密」集
- ⊗跳「糟」↓ ✓跳「槽」
- ⊗「括」目相看↓ ✓「刮」目相看
- ⊗「原」神出竅↓ ✓「元」神出竅
- ⊗感「概」↓ ✓感「慨」
- ⊗勤能補「茁」↓ ✓勤能補「拙」

成語佳句

- 有口皆碑：人人稱讚的意思。
- 家常便飯：比喻容易見到或平常的事情。
- 隨波逐流：比喻沒有正確的主見或堅定的立場，只是聽任外力的影響。
- 刮目相看：指別人已經有顯著的進步，要以全新的眼光看待他。
- 侃侃而談：形容說話理直氣壯，從容不迫的樣子。
- 勤能補拙：勤奮不懈可以彌補天資上的愚鈍。
- 《禮記・中庸》：「人一能之，己百之；人十能之，己千之。」

資源回收

◎論說文

說明

我們只有一個地球，資源非常珍貴，如果任意揮霍資源的話，無異提早宣告人類滅亡的到來。請你以「資源回收」為題目，寫出一篇涵蓋下列條件的文章：

- 描述身邊「資源回收」的情形。
- 寫出你對「資源回收」的看法。

範文

每當回台南故鄉經過那條烏黑惡臭的河川，阿公就會感慨地說：「我當小孩子的時候，河水清澈見底，可以抓魚回家當晚餐，有時更可以一兼二顧——摸蛤仔兼洗褲。」這對我來說簡直是天方夜譚，每次騎腳踏車經過河邊時，從老遠處就可聞到它散發出來的刺鼻臭味，最近它的河水更是由黑轉紅，只要在橋上多待一會兒，就會讓人頭暈目眩，把持不住就有墜河之虞。

勝枚舉，而環境汙染和資源回收是脣齒關係。隨著經濟起飛，台灣犧牲了大自然，糟蹋了上天給我們的珍貴資源。每天看到社區傾運如小山丘般的垃圾，實在令人膽戰心驚，這些都是得來不易的資源，轉眼變成垃圾，不知它們將流向何處？造成怎樣的汙染？

直到幾年前，里長發起了「落實資源回收」政策，邀請慈濟義工前來指導，社區媽媽也積極參與，現在我們社區的資源回收分類有大型家具、破舊衣服、損壞電氣，包裝紙張、塑膠寶特瓶、鐵罐鋁箔包、廚餘餿水等。

我的媽媽也是資源回收義工的一員，每個星期二晚上，她都揮汗如雨地整理資源回收分類。媽媽忙得很快樂，越分類越有心得，她認為與其「資源回收」，不如停止浪費資源，現在，我們家的垃圾量就減少很多，一切向環保看齊。

其實，大自然對人類揮霍資源已經進行反撲，如砍伐樹木造成土石流，濫用流刺網造成海洋資源竭乏，在在警告我們要珍惜資源。「資源回收」可避免「環境汙染」、「環保第一」可避免「資源浪費」，台南古蹟的河[illegible]臭，最近當地人發起了[illegible]吼，這是一個好現象。唯有人們重視環境，開始動手「資源回收」，它才有「起死回生」的可能，我對它的恢復原貌充滿信心，認為是指日可待的，高雄的愛河不就是如此嗎？

解析

審題：

資源如何作回收？為什麼要作回收？都是寫作主題。論點則可大可小，可以從全人類的立場出發，也可以從個人的體驗發揮。

取材：

「資源回收」是否落實，關係著「自然環境」的良窳。所以可取材「自然環境」導出「資源回收」問題。以本身週遭進行「資源回收」為題材，理論才有說服力，如作者社區的慈濟義工和媽媽就是。

其他：

可用「前呼後應法」當首末段，本文首末段都提到「台南河川」就是。另外，除了一般呼籲「資源回收」的重要外，如果能提出特殊、積極的看法，則更有可看性。

牢牢記住

- ⊗清「徹」↓ ✓清「澈」
- ⊗「遭」蹋↓ ✓「糟」蹋
- ⊗「頃」運↓ ✓「傾」運
- ⊗參「與（ㄩˇ）」↓ ✓參「與（ㄩˋ）」
- ⊗廚餘「收」水↓ ✓廚餘「餿」水
- ⊗反「仆」↓ ✓反「撲」
- ⊗「習習」相關↓ ✓「息息」相關
- ⊗「止」日可待↓ ✓「指」日可待

成語佳句

- 一兼二顧——摸蛤仔兼洗褲：歇後語。比喻一舉兩得的意思。
- 天方夜譚：引申作荒誕不經的言論。
- 冰山一角：指嚴重的問題僅呈現一小部分。或形容數量不多。
- 不勝枚舉：形容數目很多，不能一個個地詳細列舉出來。
- 揮汗如雨：形容流汗很多的樣子。
- 息息相關：比喻關係十分密切，相互關連。
- 留得青山在，不怕沒柴燒。

路邊的〇〇

◎記敘文

說明

現代人往往無心留意與觀察身旁的環境生態，對於路邊人事物景等，也常無視於他們的存在。請你以「路邊的〇〇」為題目，寫出一篇涵蓋下列條件的文章：

- 寫出如何發現。
- 描寫主體情況。
- 寫季節變化（或早晚）的不同風貌。
- 人類可以向其學習的精神所在。

範文

就在這春天繁花盛開的季節，騎著腳踏車經過家門前那阡陌縱橫的稻田，很難不去發現路邊那片綻放著明黃色的小花——蒲公英。當進入黃梅時節，遍地明黃色的小花，變成了白色團團的小棉絮，搭配蒼翠的綠葉，將山坡染成一片。

據說蒲公英的種類共有四百多種，繁殖力極強，

逐於花間。蔚藍的蒼穹下，嚮往自由的蒲公英，如一群吉普賽女郎，在路邊高聲唱著流浪者之歌……。

路邊卑微的蒲公英，也許並不起眼，但無數的小白球，是一群希望種子，像一場暖暖的「蒲公英之雪」，在閃耀的午後陽光裡，帶著滿天的希望，等待微風輕輕吹起，一片片的黃色花海，猶如一隻隻鑲上了白色翅膀的希望精靈，在空中振翅翱翔。蒲公英是一種生命韌性很強的植物，似乎只要一點點土壤和水分就能生存，並且繁衍自己的下一代，待時機成熟時，再次乘著徐風出發，繼續下一代的生命。每一次的落地生根，並不是生命的結束，而是另一個令人期待的序幕。

蒲公英任情感奔騰於一片純真的境界，任遐思幻想無拘無束地在白雲綠樹間飛馳……，時而在雪絨般的雲海中穿梭；時而在金色的陽光下挺進；時而在燦美的星光間靜定地航行，當她發現到喜歡的地點時，便會如落葉般的搖落，再靜靜地伸入泥土，然後悄悄地發芽，伸展出她那雪白如絲的種子。嫩芽初發，伴著陣陣的微風搖曳，掀起一幅瀰漫雪花紛飛的景色，

毛，載著自己的生命希望飛向藍天，飛往屬於她們「生命的桃花源」，愈是貧瘠的土地上，她們愈用堅毅的生命力生存下去，她們都在為自然寫詩，默默地在自然詩集中，創下一篇篇動人的生命詩篇。

解析

審題：強調「路邊」可以看到的，所以是在「室外」發現與觀察到的。

取材：只要是心中有所感動的，是在路旁所見的題材，都值得留下感動的字跡。

其他：路寒袖的「等待冬天」，使用陪襯方式描述文章主體，以一段野薑花為輔，帶出全文主角芒草，最後以象徵意義描述主體作結，可多加模仿學習。

⊗「倉」翠→ ✓「蒼」翠

⊗花「從」→ ✓花「叢」

⊗「尉」藍→ ✓「蔚」藍

⊗蒼「穹（ㄑㄩㄥˊ）」→ ✓蒼「穹（ㄑㄩㄥ）」

⊗「震」翅→ ✓「振」翅

⊗生命「任」性→ ✓生命「韌」性

⊗閃「鑠」→ ✓閃「爍」

⊗「鄰鄰」奪目→ ✓「粼粼」奪目

⊗貧「脊」→ ✓貧「瘠」

成語佳句

阡陌縱橫：形容田間小路交錯的樣子。

無拘無束：絲毫不受束縛。

法國文學大師羅曼．羅蘭：「生命在閃光中見出燦爛；在平凡中見出真實。」

就像一個成熟的果子一樣，當你熟落下來的時候，應當謝謝生出你的那棵樹木。

海倫．凱勒：「人生是一連串的課程，必須活過才能明白。」

電腦與現代人

◎記敘文

說明

電腦對現代人來說，已是必要的配備，少了它就十分不便，甚至天下大亂。請你以「電腦與現代人」為題目，寫出一篇涵蓋下列條件的文章：

- 寫出電腦在現代人生活中扮演何種重要角色。
- 寫出電腦對人類的貢獻與危害。
- 寫出個人要克制慾望勇於取捨的自我期許。

範文

電腦是近代最偉大的發明，其聰明才智，即使是諸葛亮、愛因斯坦再世也甘拜下風，其貢獻真是不勝枚舉。電腦在日益普及下，機關學校有他，公司行號有他，便利商店有他，各行各業家家戶戶都需要他，全面E化更是便捷快速高品質的代稱，是所有機構追

電腦影響多數人的生活，舉凡查資料、寫作業、打報告都需要他，可減少四處查印資料既浪費物資又空費時日之苦；平時我們搭火車、公車、捷運、飛機也都需仰賴電腦排班控制；繁複的運算，危險的實驗，連衛星導航都需要電腦幫忙。

同時電腦也縮短了有形的距離，視訊會議可讓遠在天邊的人「近在咫尺」，彼此「面對面」溝通論戰，可說是省時省力。在休閒方面：不只可「天涯若比鄰」的聊天、寄信，亦可欣賞優美的文學藝術作品；部落格的開闢，讓「千里共嬋娟」不只停留在期待，而是真的可以「共賞」。

但很多事物都是利弊互見，有些人整天掛在電腦前，只能和電腦交流無法與人和諧共處，而且瘋狂投入虛擬遊戲，不但玩歲愒日也玩物喪志；有些人無法克制慾望沉迷網路購物，散盡家財成為卡奴，流連網咖更是結交損友，製造偷竊、搶劫、飆車、吸毒罪犯的溫床。也常常看到利用網路詐財、騙色、販毒、賣槍械，或是駭客入侵恣意破壞他人系統的新聞。

善用電腦可使生活便利、事業成功；誤用電腦小

生活不可或缺的一部分，我們應該管腦控制其文明病，並發揮最大功用，增廣見聞，調劑身心，讓電腦為人所用，而非人被電腦所控制。

解析

審題：

注意題目是「電腦」，而非「網路」，可介紹說明的範圍較大，內容較多，不要僅就網路的利弊得失大作文章，而忘了電腦還有其他的貢獻與問題。

取材：

我們對於使用電腦的利弊得失，其實早已了然於胸，思考方向可從身體、生活、科技、國際、休閒、人際關係等方面發揮。

其他：

不要因為過度介紹「網路」的功能，而忽略了說明電腦的課題。

牢牢記住

- ⊗甘「敗」下風→ ✓甘「拜」下風
- ⊗不勝「沒」舉→ ✓不勝「枚」舉
- ⊗「煩」複→ ✓「繁」複
- ⊗近在「只」尺→ ✓近在「咫」尺
- ⊗「蟬」娟→ ✓「嬋」娟
- ⊗期「代」→ ✓期「待」
- ⊗利「敝」→ ✓利「弊」
- ⊗「合」諧→ ✓「和」諧
- ⊗「留」連→ ✓「流」連

成語佳句

- 空費時日：白白浪費時間。
- 近在咫尺：形容距離很近。
- 千里共嬋娟：彼此相距雖然有千里遠，也能共賞明月的美。
- 天涯若比鄰：兩人若是知己，即使隔著天涯海角，心中感覺也和近鄰一樣。
- 玩歲愒日：指貪圖安逸，荒廢時光。
- 智慧，是打開世界的鑰匙。
- 只要你還在學習，就不會變老。

颱風夜

◎記敘文

說明

到了颱風夜，常常停水停電，甚至橋斷路毀，造成極大的不便。請你以「颱風夜」為題目，寫出一篇涵蓋下列條件的文章：

- 描述颱風夜的景象。
- 寫出你如何度過颱風夜。
- 寫出颱風夜給你的影響。

範文

「中度颱風○○來襲，明天傍晚暴風圈進入台灣，台北縣停止上班上課一天……。」自從氣象局發布颱風警報後，我和弟弟就一直盯著電視跑馬燈，在我們殷殷期盼下，它終於秀出了令人振奮的字幕。

一大早晴空萬里，根本不像颱風天，「這是暴風雨前的寧靜。」爸爸提醒我們要未雨綢繆，所以一家四口來到大賣場，加入瘋狂搶購食物的血拼族，只見

晚餐後，風雨就逐漸大了起來。有了上次大淹水的慘痛經驗，爸爸看到苗頭有點不對，馬上下樓，將地下室的愛車開往附近山坡。在家的我們，媽媽忙著電話八卦，我和弟弟正在線上遊戲上廝殺，突然「唰」一聲，意料中停電了。弟弟興奮地點起蠟燭要去洗澡，脫光衣服時才發現水也停了。「開門！開門！」我聽到爸爸在門外急促地呼叫聲，趕緊打開大門，只見爸爸上氣不接下氣，氣喘噓噓地說：「電梯暫停使用，累死我了！」望著從一樓爬樓梯到九樓，全身溼淋淋的爸爸，我們也只敢在心底偷笑，以免招來「不測」。

狂風暴雨下，不時傳來招牌墜地的巨響；漆黑街道中，偶爾有一輛汽車搖晃地駛過。我望著窗外的颱風夜景，深感在大自然磅礡的氣勢下，人類是那麼的渺小。就在陰風怒吼陪伴下，我回到寢室，卻驚覺夏天沒有冷氣根本無法入睡，輾轉反側地失眠到天亮。

隔天起來，颱風已經遠颺，但是留下令人怵目驚心的滿地殘骸。因為水電還在「罷工」中，我無法盥洗，只能一臉睡容地來到學校。學校因為沒有鐘聲管制上

人總是不會珍惜身邊之人、事、物，等到失去才了解它的可貴，這種感覺在颱風過後讓我感受特別深刻，所以囉！偶爾來次颱風驚魂夜，好像挺不錯的，因為它提醒我們要「惜福」。

解析

審題：

題目是「颱風夜」，描寫重點要放在「颱風夜晚」，而不是「颱風天」。

取材：

取一次經驗的話，內容要有別一般的颱風夜才能勝出。取多次綜合經驗的話，心得總結要發人深省，才不會成為泛泛之談。

其他：

「颱風夜」的描寫，可分「自然」和「人文」兩方面。描寫「自然」以能夠添加修飾辭或成語為勝；描寫「人文」可藉由描述每個人的慌張、不安，來襯托出颱風夜的可怕。

⊗「叮」著↓ ✓「盯」著

⊗字「目」↓ ✓字「幕」

⊗提「省」↓ ✓提「醒」

⊗門「廷」若市↓ ✓門「庭」若市

⊗「性」奮↓ ✓「興」奮

⊗「臘」燭↓ ✓「蠟」燭

⊗「墮」地↓ ✓「墜」地

⊗「旁」礴↓ ✓「磅」礴

⊗遠「揚」↓ ✓遠「颺」

⊗亂「烘烘」↓ ✓亂「哄哄」

成語佳句

- 殷殷期盼：非常的盼望。
- 未雨綢繆：比喻事前做好準備工作。
- 門庭若市：形容來的人很多，像市場一樣熱鬧。
- 怵目驚心：形容極其驚恐。
- 對物要珍惜，對事要盡心，對人要感恩。
- 身在福中不知福，即沒有福。

鳳凰花開的季節

◎抒情文

說明

六月，畢業的季節，也是分離的時刻，這是人在成長過程中一定會面對的。請你以「鳳凰花開的季節」為題目，寫出一篇涵蓋下列條件的文章：

- 鳳凰花開引發你想到的事物。
- 敘述事物的始末。
- 述說你的心情、感懷。

範文

六月十五日是我們畢業的日子。校門的那株鳳凰樹，正開著豔紅紅的花。三年的日子，似乎一轉眼就過去了，回首來時路，一幕幕又都湧上心頭……。

新生訓練的第二天，有個校園巡禮的活動，教育班長帶著全班為我們一一介紹訓導處、教務處、健康中心……。正經過前庭，教育班長說他要去領個東西，讓我們在樹下休息。你和幾個男生興高采烈地在

已久的鳳凰花拾起，將花瓣構成彩蝶的翅膀，花蕊當作身體及觸鬚，一隻蝴蝶就栩栩如生地在地上隨風翩翩起舞了。

之後，我發現你不僅手很靈巧，個性也很開朗；喜歡幫助別人，說話很幽默；因為有你，本班的直笛比賽獲得了特優，在全年級面前的表演讓你獲選為全校模範生。不但班上許多女生喜歡你，還風靡了不少學妹呢！

那天，我正為一題數學絞盡腦汁，突然媽媽說有我的電話，而且是男同學。我滿心狐疑地接起話筒，意外地，從線的另一端傳來你的聲音，先是與我天南地北地說了半天，中間卻插入一句：「我們做朋友好嗎？」我直覺地回答：「好啊！」「是朋友，不是同學喲！」「……」。掛上電話，只覺胸臆中似有萬馬奔騰，百味雜陳。

平時上課，我們與一般同學別無二致，唯有晚自習下課後，你陪我走到車站搭車。一路上，你會說說讀書心得，某種發現、某個有趣的遊戲……。日子就在你永遠發表不完的高見中來到了五月。基測是我們

皇天不負苦心人，畢業前夕，我們已都考上第一志願。然而……。

鳳凰花開了，真的要分道揚鑣了。驪歌唱完之後呢？是仍可以時常散步月光下？還是就各奔前程了呢？誰能告訴我答案呢？

解析

審題：

這題目本身已具有抒情的意味，文章內容當然不能走論說路線。至於要抒發哪種情感呢？鳳凰花大多在國曆六月的時候開花，這時正是各學校畢業的時刻，所以書寫離情，就一定不會離題了。

取材：

畢業對同學而言，只是短暫的分開，與其寫如何依依不捨，不如述說值得記憶的事、或對師長的感念、或對某人的難忘、或是自我的成長等，會比較真切些。

其他：

可參考陳幸惠的「我再說一次」，學習其文章架構。

ⓧ「擁」上心頭↓ ✓「湧」上心頭

ⓧ花「辯」↓ ✓花「瓣」

ⓧ風「迷」↓ ✓風「靡」

ⓧ「攪」盡「惱」汁↓ ✓「絞」盡「腦」汁

ⓧ「胡」疑↓ ✓「狐」疑

ⓧ胸「意」↓ ✓胸「臆」

ⓧ分道揚「彪」↓ ✓分道揚「鑣」

ⓧ「離」歌↓ ✓「驪」歌

成語佳句

- 興高采烈：形容歡樂興奮的氣氛。
- 栩栩如生：形容非常生動逼真，好像活的一樣。
- 絞盡腦汁：形容動腦筋，拚命地思考。
- 萬馬奔騰：形容聲勢浩大，極為壯觀。
- 別無二致：沒有差別，完全相同。
- 分道揚鑣：形容分路而行。或比喻彼此志趣不同而各行其是。

寫一個神話故事

◎記敘文

說明

超乎自然存在，荒誕無稽的事情謂之神話，雖然與現實不符，卻能引發極大的想像空間。請你以「寫一個神話故事」為題目，寫出一篇涵蓋下列條件的文章：

- 要交代清楚人、事、時、地、物。
- 必須是有頭有尾、情節完整的故事。
- 故事裡必須包含要教導讀者的道理。

範文

熊家飯館只是一間小小的店面，但因老闆熊敬溪待人誠懇又豪爽，所以經常食客如織，高朋滿座。本縣秀才蕭王賓就是這裡的老顧客，他每次來，都固定坐在進門左邊那個角落，點過飯菜，就獨自默默地看起書來，即使在吃飯的時候，也是手不釋卷，有人就在背地裡笑他是個「書呆子」。

一天晚上，熊老闆夢見他供奉在大廳的五尊神

面裝個簾子吧！每天要面對蕭狀元懾人的光芒，實在受不了！」

熊老闆一覺醒來，清清楚楚地記著這些話，卻百思不解：「到底誰是蕭狀元呢？難道會是蕭秀才嗎？」等蕭秀才一進門，熊老闆特地仔細觀察，天啊！果然他坐的位子正面對著神龕哪！心中便暗自想著：「真是人不可貌相，海水不可斗量啊！」連忙吩咐跑堂，立刻去買個簾子來裝上。

大約過了一個月，五尊神像又來托夢，說：「趕緊把簾子拆掉吧！快悶死人了！」熊老闆很吃驚地問：「是你們要我裝上去的啊！」五尊財神笑笑說：「他觸犯天條，已經被貶謫了……。」熊老闆正想追問，卻突然驚醒過來。

第二天，蕭秀才一進門，熊老闆立刻跑過去，把事情敘述了一遍。蕭秀才聽後，驚異萬分，想了好久，才說：「喔？難道會是兩天前我路過孫家門口，看他們吵吵鬧鬧、哭哭啼啼的，便好奇地詢問，原來是婆婆堅持要休掉不孝的媳婦，我就義不容辭地幫他們寫了休書。」

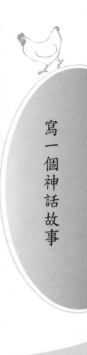

婦接見了，便惱羞成怒，捏造他不孝的罪名，硬要趕走媳婦，想不到你卻去幫這種人寫休書！」蕭秀才聽了這番話，心裡真是既難過又後悔，事到如今，也只有嘆口氣，認命啦！

果然，後來蕭秀才去參加科舉，只考上舉人，終其一生就當一個小小的知縣而已，可見，善惡因果還真是不能不信。

解析

審題：

重點在「神話」二字，而且只能寫「一個」故事。

取材：

古今中外凡是合乎神話定義的故事都可以採用，而且越神奇越好，例如：希臘神話、佛經故事、聊齋故事等。

其他：

說故事的訣竅，除了情節要交代清楚以外，一定要有精神主軸，也就是說：必須告訴讀者一個「道理」，這樣故事才會有生命力。

牢牢記住

- ⊗誠「墾」→ ✓誠「懇」
- ⊗「毫」爽→ ✓「豪」爽
- ⊗食客如「識」→ ✓食客如「織」
- ⊗「攝」人→ ✓「懾」人
- ⊗觀「查」→ ✓觀「察」
- ⊗神「龕（ㄎㄢˋ）」→ ✓神「龕（ㄎㄢ）」
- ⊗貶「摘」→ ✓貶「謫」
- ⊗「意」不容辭→ ✓「義」不容辭

成語佳句

- 高朋滿座：客人眾多，坐滿座位。
- 手不釋卷：比喻用功讀書。
- 人不可貌相：不可以憑外表來評斷一個人的成就。
- 海水不可斗量：比喻博大而不能用狹小的心胸來揣測。
- 惱羞成怒：懊惱羞愧到了極點而大發脾氣。
- 曾國藩：「我輩做事，只求問心無愧，自盡其本份而已。」

寫一個歷史故事

◎記敘文

說明

凡是一切事物的發展過程，或記載此發展過程的文字都叫「歷史」。請你以「寫一個歷史故事」為題目，寫出一篇涵蓋下列條件的文章：

- 選擇一個自己熟悉的歷史故事。
- 以第三人稱方式書寫。
- 此則歷史故事給你的省思。

範文

西元前八十七年，七十高齡的漢武帝劉徹終於病倒了，他思考良久，決定由年僅八歲的兒子——小弗陵繼位，同時將託孤的重責大任交給霍光。不久，武帝駕崩，劉弗陵即位，也就是漢昭帝。

忠心耿耿的霍光全力輔佐小皇帝，絲毫不敢懈怠，反觀將軍上官傑卻陽奉陰違，一心只想擴大權勢，累積財富，所以和霍光漸行漸遠。

[illegible]三，劉弗陵已經十五歲了，在霍光的輔政下，已漸有君王氣度。有一天，劉弗陵在御書房批奏章，一名宦官入內稟奏道：「啟奏皇上，燕王使者有急事求見。」「咦？」劉弗陵抬起頭，見使者已匆匆進入，跪在御座前，呈上奏章。

劉弗陵狐疑地打開奏章，一瞧，奏章上寫道：「大將軍霍光自掌有軍權以來，便野心勃勃，如今聽聞竟私自檢閱禁衛軍，有造反之嫌……。」劉弗陵看完，不發一語，繼續批閱其他公文。

這其實是上官傑和燕王勾結的詭計，目的是要鏟除霍光，廢掉小皇帝。在門外伺機而動的上官傑，等了老半天，卻不見小皇帝下令要捉拿霍光，他乾脆一不作，二不休，隨便編個理由也進入御書房，站在門口，等著小皇帝宣他進入。

誰知劉弗陵卻好像沒看到他似的，默默批完奏章，便兀自起身回寢宮，丟下錯愕不已的上官傑。「這……這是怎麼一回事？」

第二天，霍光聽到有人誣陷他的消息，嚇得不敢貿然進殿。劉弗陵等了半天不見人，便下令：「宣大將軍！」霍光連忙摘下官帽，趴在殿前磕頭。劉弗陵笑著說：「那是燕王胡謅的，愛卿並沒有罪呀！」

童音，認真地分析道：「大將軍檢閱禁衛軍是最近幾天的事，那燕王遠在千里之外，怎麼可能馬上知道？除非有人內神通外鬼，事先告訴他……。」小皇帝看了看眾臣，又繼續說：「愛卿是先皇時的重臣，向來忠心耿耿，朕怎麼會去懷疑你呢？」一席話說得文武百官敬佩萬分，不禁齊聲高喊：「吾皇萬歲萬歲萬歲！」劉弗陵小小的年紀，就懂得「疑人勿用，用人勿疑」的道理，真不愧是「少年英雄」呀！

解析

審題：
「一個」歷史故事，所以只能寫一則有頭有尾有主旨的「歷史」故事。

取材：
古今中外自己熟悉的歷史故事；歷史老師說過或自己看過的稗官野史。

其他：
國文教材「王冕的少年時代」，其寫法可供仿效。

✗「假」崩→	✓「駕」崩
✗輔「左」→	✓輔「佐」
✗懈「代」→	✓懈「怠」
✗權「事」→	✓權「勢」
✗累「績」→	✓累「積」
✗「胡」疑→	✓「狐」疑
✗「鬼」計→	✓「詭」計
✗「產」除→	✓「鏟」除
✗「巫」陷→	✓「誣」陷
✗「冒」然→	✓「貿」然
✗「瞌」頭→	✓「磕」頭

成語佳句

- 漸行漸遠：距離愈來愈遙遠。或比喻情感逐漸冷淡。
- 《說苑》：「人材雖高，不務學問，不能致用。」
- 路遙知馬力，日久見人心。
- 世上有人因失敗而懷疑，因懷疑而成長；也有人因成功而自信，因自信而停滯。

影響我最深的一句話

◎抒情文

說明

世界上有很多名言佳句，有的人因為名言「一分耕耘，一分收穫」而有所改變，有的人因為佳句「有志者事竟成」而堅持到底。請你以「影響我最深的一句話」為題目，寫出一篇涵蓋下列條件的文章：

- 寫出影響你最深的一句話。
- 寫出第一次接觸到這句話時的情景。
- 寫出這句話對你的影響。

範文

我的個性喜歡追根究底，發覺對方錯誤後，就會得理不饒人。如果對方再不認錯，我就會氣得和他絕交。我常常為了芝麻小事，和同學爭的死去活來，有時說不過別人，自己就生好幾天的悶氣。

「長城萬里今猶在，不見當年秦始皇」，它張貼在一家麵食小吃店的牆壁上。那天晚上，我就坐在它

用斤斤計較，當年秦始皇建造萬里長城，如今長城依舊，而秦始皇卻已經不在人間了。換句話說，人生在世，「生不帶來、死不帶去」，所以就用不著太斤斤計較了。

我正在咀嚼這句話的意思時，突然聽到有客人大喊：「我明明給你一千元，你怎麼找我這麼少錢？」老闆口氣溫和地回答：「先生，我的收銀機裡沒有一千塊大鈔，您要不要再確定一下？」「我還會弄錯嗎？」客人氣急敗壞地吼叫著，引來其他客人好奇的眼光。「可能是我搞錯了，對不起。」老闆頻頻向他道歉，退錢了事，才平息客人的怒火。老闆這種「不計較」的寬大胸懷，當場震撼了我。望著牆壁上的「長城萬里今猶在，不見當年秦始皇」，這位老闆真正落實了。

我想，我要是那位老闆，一定會和那客人大戰三百回合，即使打架或上法院都無所謂。回家後我上網查詢這句話的典故，原詩是「何事紛爭一角牆，讓他幾尺也無妨，長城萬里今猶在，不見當年秦始皇。」嗯，寫得真好，我將它列印出來，張貼在書房裡面。

這就是影響我最深的一句話，時至今日，如果我有一點點好脾氣，如果我有一點點懂得原諒別人，都要感謝這句話給我的啟示。

解析

審題：

題目「影響我最深的一句話」，其重心在「一句話」，要明確寫出這句話。

取材：

一般的名句或諺語都是很好的題材，例如：「退一步海闊天空」、「萬事起頭難」。避免從長輩的對話中取材，例如：「你再不用功唸書，就去當工人啦！」既沒有人生哲理，辭句又不優美，又有鄙視職業的味道，而且也不像「一句話」。

其他：

除了寫出最早接觸到這句話的來龍去脈外，更重要的是，要寫出它對你有什麼影響，這才是文章晉級的關鍵處。

⊗追根「就」底→ ✓追根「究」底

⊗「決」交→ ✓「絕」交

⊗「之」麻→ ✓「芝」麻

⊗「劉」覽→ ✓「瀏」覽

⊗「詛」嚼→ ✓「咀」嚼

⊗溫「合」→ ✓溫「和」

⊗「振」撼→ ✓「震」撼

⊗查「尋」→ ✓查「詢」

⊗「僧」恨→ ✓「憎」恨

成語佳句

- 追根究底：追求根源，窮究底細。指追問事情的原由。
- 死去活來：形容非常的悲痛。
- 斤斤計較：形容過分計較無關緊要的小事。
- 氣急敗壞：形容慌亂或憤怒的樣子。
- 雲淡風輕：流雲淡薄，和風輕拂。形容天氣晴朗。
- 何事紛爭一角牆，讓他幾尺也無妨，長城萬里今猶在，不見當年秦始皇。

影響我最深的一個人

◎記敘文

說明

每個人之所以變成今天的自己，都是由無數的人、事所交疊影響而成的。請你以「影響我最深的一個人」為題目，寫出一篇涵蓋下列條件的文章：

- 挑選一位影響你最深的人物作為描寫對象。
- 仔細描述他的哪些言行最令你印象深刻。
- 說明這些言語行為又帶給你什麼影響。

範文

盛夏的午後，與友伴玩得口乾舌燥的他，衝回家中要躺在客廳的母親為他倒杯冰水，卻被身旁的大人一把拉開，說：「你媽死了！」那年，他五歲。

由獨子變成六個同父異母弟妹的長兄，他開始沉下的，他始終保持著笑容。他，是我的爺爺。

因為不爭，爺爺總被奶奶罵個性軟弱。然而每當叔公們有所紛爭時，唯一信任的裁判者，永遠只有爺爺。在爺爺身上，我學到不爭一時，爭千秋的道理。

從小，我常看奶奶將吃一口後，發覺不喜歡吃的菜，就擱往爺爺的飯碗裡。而爺爺也總是細細地咀嚼，不曾抱怨。有趣的是，爺爺一直是個瘦子。反倒是挑嘴的奶奶，身材始終富態。讀了書之後，才發現均衡飲食，細嚼慢嚥方是維持健康體態的好方法。對於重視身材的我來說，爺爺樹立的是正確的飲食法則。

我家後頭，有一大片菜園，那是爺爺工作之暇的私人加班區。或許是勞動習慣了，因此，即使父親早已聲明接父母同住是希望他們享清福，然而爺爺卻依舊習慣做做這個，忙忙那個。也因此，即使年過八十，與全家同遊峇里島時，他依然可以騎乘風馳電掣的水上摩托車。要活就要動，是爺爺以身作則的家訓。

在爺爺的眼中，似乎沒有壞人和惡事。所以，他總是微笑的把加諸在他身上的責任，一件件的仔細辦好。「知足勝不祥」，是我在爺爺身上獲得的實證。

好茶，看似平凡，留在舌間的甘味，卻能夠持續許久，許久……。我想，在這紛雜的人世裡，如果我習得了一絲絲的知足、一些些的寬容，那都得感謝爺爺對我的影響。

解析

審題：

題目叫「影響我最深的一個人」，因此描寫對象僅限一人，且取決標準為他對你的影響程度。

取材：

先找出自己最受他人稱讚的長處或優點，再思考這些優點是受誰影響，而後寫出他是如何影響自己的過程。

其他：

怕文句過於平淡，可以嘗試練習兩種修辭法的同時混用。例如：我的母親像仁慈的天使一般，總是包容著我（譬喻），改為：像仁慈的天使一般，我的母親總是以包容的態度呵護著我。（倒裝加譬喻）

- ⊗口乾舌「躁」→ ✓口乾舌「燥」
- ⊗「沈」默→ ✓「沉」默
- ⊗勤「憤」→ ✓勤「奮」
- ⊗「牢」役→ ✓「勞」役
- ⊗挑「撿」→ ✓挑「揀」
- ⊗「才」判→ ✓「裁」判
- ⊗「詛」嚼→ ✓「咀」嚼
- ⊗反「到」是→ ✓反「倒」是
- ⊗工作之「瑕」→ ✓工作之「暇」

成語佳句

- 口乾舌燥：比喻嘴巴非常的乾渴。
- 細嚼慢嚥：把食物嚼得稀爛，才慢慢得吞下去。
- 風馳電掣：形容非常迅速，急閃而過。
- 海倫凱勒：「面對光明，陰影就在我們身後。」
- 蘇格拉底：「沒有經過反省的人生，是不值得活的人生。」
- 托爾斯泰：「一個人就像一個分數，他的實際才能是分子，他對自己的評價是分母。分母越大，則分數的價值越小。」

談自尊心

◎論說文

說明

自尊心就像一個人的靈魂，有了它，生命才會更充實更有意義。請你以「談自尊心」為題目，寫出一篇涵蓋下列條件的文章：

- 對自尊心的看法與重視的程度。
- 舉例說明自尊心受傷時的心理與處理態度。
- 未來維護自尊心的方向與目標。

範文

如果榮譽是一個人的第二生命，那麼維護自己的尊嚴就是我第一個生命。我愛名，我摯愛我的清名，因此我非常努力在維護自己的尊嚴！

從小我就很自愛，我不希望被人家責罵，更不願意受到輕視，因此我總是盡力把該做的事先做好，該念的書先念好，確實奉行「今日事今日畢」的理念，便第二天能從容上學。

上了國中以後，我努力做好每一件身為學生該做的事，也是因為我愛名、珍惜我的清名，不希望被老師認為我是個缺乏自尊心的學生。我也以此和好友共勉：「每個人的名字就像一個產品的名稱，生產者要努力維持自己的經營理念、要嚴格要求自己產品的品質，要使自己的名字成為『品質保證的正字標記』！」這是一個人的本分，也是一個人維持自尊心的基本修養。

一個愛惜清名、非常自愛的人最怕被人傷到自尊，所謂「士可殺不可辱」就是這個道理。什麼玩笑都可以開，就是不能傷害到人家的自尊、不可侮辱到人家的人格。我曾經有一個刻骨銘心的慘痛經驗：八年級時一次班會課，大家高高興興地在討論議題，突然有位同學對著我破口大罵：「本位主義！……不做事！……令人失望！」我先是一愣，望向他，但見他臉色鐵青，不像是在開玩笑。我極力辯駁，對方根本不聽，堅信他聽到的傳聞。我在委屈之餘，忍不住淚如雨下。後來，雖然真相大白，傷口已然造成，如今

「花蔭處一犁綠雨，笛聲中斜陽隴樹，為何殘凌境瘦骨西風暮，只見他垂頭無語，……」，這正是盡心盡力為人服務的老牛，非但未得到肯定，還遭人漠視的心情寫照。

唉！在痛定思痛之餘，我更加嚴格要求自己做事的態度，尤其多了一份體諒別人的心，所謂「理直氣和，義正辭緩」。凡是留人餘地，即使對方有錯，在勸告時要盡量悅色，盡量和顏，因為每個人都有自尊心呀！

解析

審題：

重點在「談」字，就「自尊心」正反兩面舉例說明。

取材：

以夾敘夾議的方式，娓娓敘說如何維護自尊心，又如何因為自尊心受他人傷害而引發同理心，這是最真切且容易取得的材料。

其他：

陶淵明愛菊、周敦頤愛蓮，都各有格調，不妨以他們為例，加以抒發。

⊗「至」愛→ ✓「摯」愛

⊗「青」視→ ✓「輕」視

⊗「真」惜→ ✓「珍」惜

⊗「義」題→ ✓「議」題

⊗「及」力→ ✓「極」力

⊗「躺」血→ ✓「淌」血

⊗「合」顏悅色→ ✓「和」顏悅色

成語佳句

刻骨銘心：比喻感受深切不能忘懷。

臉色鐵青：形容人憤怒、害怕或生病時，臉色呈現青黑色。

痛定思痛：悲傷的心情平靜以後，回想當時所受的痛苦。含有吸取教訓警惕未來之意。

每個人的名字就像一個產品的名稱，生產者要努力維持自己的經營理念、要嚴格要求自己產品的品質，要使自己的名字成為「品質保證的正字標記」！

俗諺：「信用是經商的第一生命。」

我們必須記得，只有智能是不夠的，智能加上品格，才是真正的目標。

談責任

◎論說文

說明

梁啟超說：「責任完了，算是人生第一件樂事。」每一個人都有該盡的本分、該盡的責任。請你以「談責任」為題目，寫出一篇涵蓋下列條件的文章：

- 說明何謂責任？
- 舉例說明如何才叫盡到責任。
- 詮釋盡責任該有的心理建設。

範文

「皮皮」是六叔家老母狗生下的七隻小狗之一，灰白的短毛、瘦小的身軀，偏偏有兩對肥短的小腿，只見牠笨拙的鑽進鑽出，就是搶不到母親的奶頭。當時我不知哪來的惻隱之心，竟然決定領養這隻小笨笨，就這樣牠成為我們家第三代的「長孫」，取名為「皮皮」。

皮皮是一隻如假包換的台灣純種土狗，剛開始，地想把牠「退回去」。「不行！」爸爸說：「是你要的，你就該盡責任！」唉！牠真的是既醜又笨，光是大小便的訓練，就令人傷透腦筋，家裡到處都是牠的「味道」，媽媽氣得直跺腳。最可憐的是我，整個暑假就泡在家裡不停地擦地板，真想一拳把牠打昏過去，但見牠無辜的眼神，還是不忍下手，只好耐著性子，一再重複地教牠，皇天不負苦心人，開學前，牠終於學會了！哈！

隨著歲月的流逝，也流走了「皮皮」的一些土性，牠變聰明了！牠不會看時鐘，卻能分毫不差的在下午四點半時，自己將繩子咬給「爺爺」，「祖孫二人」便從容地出門去了。後來，媽媽當起了保母，幫鄰居照顧嬰兒，「皮皮」不僅盡責地護衛著小娃娃，散步時更寸步不離地守著娃娃車。更不可思議的是，怕牠吵到嬰兒，爸爸不准牠進房間，有一次，我們在玩追趕遊戲，跑到房門口，牠竟然緊急煞車，及時轉彎，真令人嘖嘖稱奇！

「皮皮」就這樣成為家中的「管家」，小娃娃一哭，牠會趕緊去叫在廚房忙的媽媽，過來換尿布或泡趴在我的桌邊「監督」。因此，對牠的觀感改變最多的是媽媽，從以前的「咬牙切齒」，到現在的「讚不絕口」，簡直是一百八十度的轉變。爸爸說：「『皮皮』會得到全家的喜歡與認同，是由於牠的『責任感』。」

「皮皮」懂得認定自己的本分，努力盡到自己的本分，就是盡責任，自稱為萬物之靈的人類，又豈能不如一隻土狗？

解析

審題：

重點在「談」字。就「責任」的定義，舉例說明。

取材：

舉家中所飼養的土狗為例，夾敘夾議，從牠的行為中娓娓道出何謂「責任」？何謂盡責任？可免去說不出深奧道理的困境。

其他：

國文教材：「立志做大事」、「王冕的少年時代」、「最苦與最樂」，有許多值得參考的觀念與佳句。

⊗身「驅」→ ✓身「軀」

⊗「側」隱→ ✓「惻」隱

⊗「睥（ㄅㄟˋ）」睨→ ✓「睥（ㄅㄧˋ）」睨

⊗「惱」筋→ ✓「腦」筋

⊗直「剁」腳→ ✓直「跺」腳

⊗重「復」→ ✓重「複」

⊗「責責」稱奇→ ✓「嘖嘖」稱奇

⊗讚不「決」口→ ✓讚不「絕」口

成語佳句

惻隱之心：憐憫同情別人的心理。

嘖嘖稱奇：以舌尖頂住上顎，發出聲音，表示驚奇、羨慕或驚嘆。

逃避不一定躲得過，轉身不一定最軟弱，失去不一定不再有，面對不一定最難受。

《靜思語》：「人生因為有責任而踏實，逃避責任就是虛度人生。」

《靜思語》：「人最難能可貴的是：擁有一份力量，負起一切責任。」

談愛美

◎論說文

說明

孔子說：「食色性也」，喜歡美食、美色以及各種美好的東西本是天性。請你以「談愛美」為題目，寫出一篇涵蓋下列條件的文章：

- 你認為什麼是美？
- 怎樣的表現才叫「愛美」？
- 外在的愛美能否讓內心也愛美呢？

範文

要一個不美的人談如何愛美，就像要一個沒錢的人談如何有錢一樣——期許很多，卻大多是華而不實的空想。

我知道我不美，但我曾經是愛美的，所以當我學著班上公認的美人胚子把裙子改短，換上流行的泡泡襪之後，便立刻換來「馬臉公主」的封號——馬不知臉長，胖子不自覺腿粗。就這樣，將「東施效顰」故和我容貌極度相似的母親這樣告訴我：「美麗是膚淺的，我們要追求的是內在的充實，而不是光鮮亮麗的外表。」我似懂非懂地看著我的母親，然後，兩張神似的臉龐同時漾出一個相似的微笑。

成績優異的我，自此也確實努力地充實著我的腦袋。我要讓我的內涵發光發熱，證明內在確實比外在更加重要。我考進了一流高中，用成績羞辱了當年譏笑我的那些同學。然後，在開學的第一天，我發現——我竟然又跟另一批愛美，且成績跟我相當的人當同學了。第一次參加聯誼的時候，我發現男生們盡是找那些漂亮懂得打扮的同學，接著第二次、第三次……皆是如此。好強的我，怎能容許自己容貌和學業上處於雙輸的狀態。於是，我不僅更加把勁在學業上，用成績來證明自己的「出色」，同時也開始接觸了那些關於美感打扮的流行雜誌。

發揮我積極求知的精神之後，我才赫然發現，愛美，原來也是一門高深的學問，哪種臉型該配哪種髮型，哪種膚色該穿哪種顏色的衣服……，其複雜的程度，並不亞於解出一道艱困的數學題。隨著一再的嘗我的人生也開始美好了許多，我開始笑了，也發現周遭的人也愈來愈常對著我微笑了。

人人都應該愛美，因為「愛美」，讓人懂的用「心」感「受」人世間的總總「美」好。愛美，不是膚淺的；愛美，是心中有愛也懂愛的展現。我決定了，我要成為一個愛美的人，並且持續地愛下去。

解析

審題：

文章要談「愛美」，因此一定要談到自己認知的「美」，及應該如何「愛」美。

取材：

如果是從表相的美寫起，一定要從外在的愛美引申至內心如何愛美、欣賞美，才能讓文章顯得有深度。

其他：

一般寫這種文體，同學多會以「我愛美」起頭。因此若開宗明義便說我不愛美或不懂美，較能引起讀者的閱讀興趣，但須注意題目是「談愛美」，因此最後一定要轉回「愛美」的議題，才能避免離題的危機。

⊗美人「杯」子→	✓美人「胚」子
⊗東施「笑」顰→	✓東施「效」顰
⊗「敷」淺→	✓「膚」淺
⊗臉「旁」→	✓臉「龐」
⊗聯「誼（ㄧˊ）」→	✓聯「誼（ㄧˋ）」
⊗「喝」然發現→	✓「赫」然發現

成語佳句

- 華而不實：比喻外表好看，並無實際內容。
- 東施效顰：比喻生硬地模仿，反而效果更糟。
- 海倫．凱勒：「最美好的東西是看不到、摸不到的，但可以用心感覺。」
- 喜歡自己的另一層意義是接納自己。
- 當我微笑時，世界和我一起微笑；當我快樂時，世界和我一起活躍。
- 《靜思語》：「心中有愛，才會人見人愛。」
- 泰戈爾：「你可以從外表的美來評論一朵花或一隻蝴蝶，但你不能這樣來評論一個人。」

談讀書與變化氣質

◎論說文

說明

提昇自己的形象不是依賴整型、美容，而是需要充實個人內涵。想要擁有雍容的氣質，讀書是不二法門。請你以「談讀書與變化氣質」為題目，寫出一篇涵蓋下列條件的文章：

- 氣質和外型的關係。
- 讀書可以充實個人內涵。
- 選擇好書的重要。

範文

人的美醜是會改變的，而相貌的改變，來自內心。佛家說：「相由心生」，便是此意。想要有高貴的氣質，給人最佳的第一印象，讀書是不二法門！

優雅的氣度、從容的神情、合宜的禮節、不凡的談吐、高尚的穿著，舉手投足之間，表現彬彬有禮。遇著該發言時，不貶損他人，顯出雍容及深度。這樣

親近書籍，想要與古人先賢為友，想要吸取前人的智慧；其次，必須有能力選擇書籍。篩選出有內涵、有價值的書來閱讀，才可能使人氣質高尚；其三，能將書中所學，消化且實踐出來。讀書的目的在學做人的道理，讀書之後，自己的道德也要和書本結合。否則，書是書，人是人，豈能經由讀書而改善自己的氣質呢？一個人可以做到上述三點：「愛讀書」、「讀好書」、「實踐書」，個人氣質必定提昇，成為溫文有禮的君子。

目前我國實施國教普及，街市上書店林立，何以許多人未能變化氣質呢？我認為許多人是被動讀書，甚至因不斷被驅策，而扼殺了對讀書的喜好；也有許多人讀書全為了功利，一捧書本就想發財、得勢、飛黃騰達，這種動機促成的讀書，對於變化氣質是無濟於事的。也有些人讀書卻不選書，反而讀了不良書籍，真可謂「未蒙其利，先受其害。」這種囫圇吞棗的讀法，容易使自己迷失，思想不端正，氣質也不佳了。更有一種「兩腳書櫥」，光讀書卻不消化，儼然是一幢圖書館，讀書再多也無法改善自己的言行，書

……社會的美容、塑身、減肥、美…，已成為許多人的新寵。其實，一個人的美，全在氣質的表現，而不是無常存在的軀體。想要擁有好形象，便需要變化氣質；想要變化氣質，便需要經由潛移默化的最佳功夫入手——讀書。唯有讀書才是變化氣質最有效的方法。當我們舉目看去，大家都慈眉善目，大家都彬彬知禮，這將是社會國家之福啊！

解析

審題：

本文屬於雙元題，要先說明讀書可以使人氣質變佳，鼓勵人們讀好書，藉由讀好書，增進自己優雅的氣質。

取材：

取材時，可提出氣質好重於相貌美，再論述到讀書可以增進氣質的高雅，隨後補充說明，讀好書的重要性，接著，回歸到讀書必須持之以恆，才能夠發揮影響。

其他：

讀書是指自動自發地閱讀，並非指在升學壓力下作填鴨式的學習，這點要釐清。

牢牢記住

✗	✓
「眨」損	「貶」損
「庸」容	「雍」容
「塞」選	「篩」選
「趨」策	「驅」策
「惡」殺	「扼」殺
「驅」體	「軀」體

成語佳句

- 飛黃騰達：比喻人地位提升得很快，在仕途上稱心如意。
- 囫圇吞棗：比喻學習時生吞活剝，不求深刻的理解。
- 兩腳書櫥：譏笑人雖書讀得多，卻不善於靈活運用的人。
- 潛移默化：人的思想性格，長期受到外來影響，在不知不覺中發生了變化。
- 三日不讀書，便覺面目可憎，言語乏味。
- 蘇東坡：「用之而不弊，取之而不竭，求之無不獲者，惟書乎！」
- 王安石：「貧者因書而富，富者因書而貴。」
- 西諺：「讀書使心智豐富，交談使心智增美。」

請聽我說

◎抒情文

說明

處於teenage的青少年，常會有自己的一些想法，但常常不知道要如何說，現在給你機會將自己的看法說出來，你想說什麼呢？請你以「請聽我說」為題目，寫出一篇涵蓋下列條件的文章：

- 說明你要訴說的主題。
- 將想法明確說出來。
- 不要寫新詩或小說。

範文

從小跟著家人看各類型的電影，對電影的劇情常有很深的感觸。今天我看了「心靈捕手」，心裡有很多話很多話想說出來，現在就藉著這個機會，請聽我說說吧！

「麻省理工學院是全世界理工科的泰斗，只有少數教授懂得解法的『傅立葉算式』，被一位學校的清

開，男主角威爾是一位天才，但他交往的朋友為什麼都是一群滿嘴髒話的痞子？影片的發展很快便進入了主題：傑洛教授看到了這位天才，惜才之心油然而生，於是特地邀請同窗好友尚恩來輔導他。

尚恩和威爾的第一次會面，兩人是不歡而散的，後來，尚恩經過思考，再度約他面談。這次的晤面，尚恩的一番話，觸動了威爾孤寂的心靈，他終於願意坦然面對自己。尚恩的那一段話是這樣說的：「如果問你藝術，你會侃侃而談地講米開朗基羅，但你不知道西斯丁教堂的氣味，因為你從沒站在那兒觀賞過天花板，但我見過。……問戰爭，你會說莎士比亞的話『共赴戰場，親愛的朋友』，但你從沒經歷過把好友的頭抱在膝蓋上，看著他吐出最後一口氣。……我不能靠任何書籍認識你，除非你想談自己，談你是誰；但你不想那麼做，對嗎？」

其實，威爾是位數學天才，但因為從小在父親的暴力下成長，使他自我防衛的心很強烈，不知如何肯定自我，不懂得如何愛人，也不知如何被愛。然而尚恩的「耐心」和「誠懇」感動了威爾，他終於願意面

小父母總認為我不會處理事情，永遠視我為「小孩子」，讓我覺得挫折感很重。現在我才明白這是因為父母擔心我，怕我受傷害，其實都是出自於愛。看來我也該像威爾一樣走出小象牙塔，除了看「達文西密碼」外，還該去「羅浮宮」聞一聞那兒的味道吧！

解析

審題：

這個題目可以寫成各種文體，主要是寫出自己的某些想法，可藉事抒感，因人、因物、因理抒情，或強調某些論點等都可以，但避免只是述說某事件。

取材：

雖然是「請聽我說」，但是選材時，仍以正向的、積極的、有建設性的主題為佳。

其他：

條件說明中特別提到，「不要寫新詩或小說」，是因為新詩的表達，讀的人不容易掌握作者的真正意涵，也許會解讀錯誤。至於小說必須有人物、情節，不容易在有限的篇幅內表達清楚，所以一般寫作測驗才會有此條件。

⊗類「形」→ ✓類「型」

⊗突「勿」→ ✓突「兀」

⊗「痞（ㄈㄡˇ）」子→ ✓「痞（ㄆㄧˇ）」子

⊗「悟」面→ ✓「晤」面

⊗「袒」然→ ✓「坦」然

⊗「奈」心→ ✓「耐」心

⊗「城」懇→ ✓「誠」懇

⊗老「夭」→ ✓老「么」

⊗「錯」折→ ✓「挫」折

成語佳句

- 油然而生：某種思想或感情，自然而然地產生。
- 不歡而散：因為彼此發生衝突，致使不愉快的各自離開。
- 侃侃而談：形容說話理直氣壯，從容不迫的樣子。
- 任何事要了解真相，惟有去嘗試。
- 學識和經驗加起來，才算是真正的智慧。
- 懂得交談只有一個訣竅：學習傾聽。
- 希望是沮喪最有效的辦法。

學○○記

◎記敘文

說明

俗話說：「活到老，學到老。」每個人從小到大都不停地學習新知，至於學習過程的甘苦，也因人而異。請你以「學○○記」為題目，寫出一篇涵蓋下列條件的文章：

說明你要寫的是學習哪件事物。
記敘學習的過程和述說其中的甘苦。
說明你的收穫及心得。

範文

從小爸媽親自教我溜冰、騎腳踏車、打籃球、桌球；請教練教我游泳、羽球；送我去學鋼琴、黑管、畫畫、圍棋、作文……。我學的東西可說是五花八門，琳瑯滿目，其中我最喜歡的卻是上「數學」課。

話說小三那年，週三下午我常常在媽媽的學校中閒晃，媽媽去上課前總是千叮萬囑，要我在座位上寫課寫一下就到處亂跑，等下課鐘敲起，才趕緊回座假裝認真做功課。

這天我又故技重施，媽媽才離開辦公室，我就跳上電腦椅，開始玩遊戲。忽然有一位男老師叫我過去，問我想不想學點新鮮的東西，我一口答應。原以為老師要教我什麼特技，沒想到老師拿出一張紙，在上面畫了些五角形、六角形，然後要我把這些組成一個足球，條件是只能用說的，不能剪下來拼湊。接著，老師又出了一題，一個五公升和一個三公升的水瓶，裝滿水，要如何讓水瓶中剩四公升的水。我對這兩題完全放棄，這時，老師才問我想不想學如何解答這些題目，我馬上說：「想。」而這個回答卻開啟了我人生的第一個契機。

老師另外邀約了兩位同學一起學習。起初，我還興致高昂，但是隨著課程不斷的加深、加廣，我的好奇心逐漸下降，開始搗蛋，不認真上課，老師卻不曾放棄。他說學到一定程度時，可以去參加美國和澳洲的各級數學檢定考試。

小六那年我參加了生平第一次最大規模的數學檢

我開始認真上課，認真寫作業，還會自動提問，當然這些功夫都沒有白費，國二那年參加澳洲AMC數學檢測時獲得中級組的特優獎。

如果你問我，想成為數學專家或老師嗎？其實我並不熱衷，但是我還要繼續學數學，在老師以古代成語解說題目；課程中間蹲十分鐘馬步；共同閱讀世界數學家的成長故事；偶有的冷笑話中快樂地學習。

解析

審題：

文章的題目是「學〇〇記」，文章的主要部分就是，將學習的過程作詳細的敘述。只要針對選定的主題，按學習的進度有條理的記敘，就不致離題了。

取材：

最好寫比較不一樣的學習項目，假如你曾學過「相撲」、「做蛋糕」、「修皮鞋」、「開鎖」等，那只要把經過寫出來，就已經與眾不同了。

其他：

一般記敘文要寫得好，一定要有特色。掌握特色是寫出好文章的不二法門。

牢牢記住

- ✗「藍」球→ ✓「籃」球
- ✗「坐」位→ ✓「座」位
- ✗下課「鍾」→ ✓下課「鐘」
- ✗「辨」公室→ ✓「辦」公室
- ✗拼「揍」→ ✓拼「湊」
- ✗「企」機→ ✓「契」機
- ✗興「至」→ ✓興「致」
- ✗「遂」漸→ ✓「逐」漸
- ✗白「廢」→ ✓白「費」
- ✗「敦」馬步→ ✓「蹲」馬步

成語佳句

- 五花八門：比喻事物變化莫測，花樣繁多。
- 琳瑯滿目：心喻所見都是優美珍貴的東西。
- 千叮萬囑：一而再，再而三地叮嚀囑咐。
- 故技重施：再次耍弄老花招。
- 胡適：「為學好像金字塔，要能廣大要能高。」
- 英國作家培根：「活著就應該要學習，學習卻不是為了活著。」

戰爭的故事

◎記敘文

說明

戰爭是既殘酷又可怕的事，我們從螢光幕上看到一張張驚惶的臉龐，不禁令人鼻酸。請你以「戰爭的故事」為題目，寫出一篇涵蓋下列條件的文章：

- 請以古今中外曾發生過的戰爭故事為體材。
- 請選擇一段與老百姓切身有關的戰亂情節。
- 請以故事對話方式書寫。

範文

唐肅宗乾元二年（西元七五九年），郭子儀率領的二十萬大軍，正與匈奴打得如火如荼，全國瀰漫濃濃的煙硝味，連樹梢上新抽出的嫩芽，也顯得毫無生氣。

戰敗的消息一次又一次地傳到皇宮，肅宗氣得直跺腳，他眼見局勢急迫，乾脆一不作，二不休，下詔全國的少男和老人統統都要上戰場。

聖旨一頒布，官兵四處抓人，百姓個個叫苦連天，怒喝聲、求饒聲、哭泣聲交織成一首戰爭交響曲，聲聲哀悽，令人不忍聽聞。一眼望去，田地荒蕪、人煙稀少，彷彿成為死城。

這時候，有個參軍叫杜甫，他路過石壕村時，因天色已晚，便借住在一戶農家。突然「碰」一聲，一個身影從牆邊縱身而入。「誰？」杜甫驚呼。「噓！」杜甫還來不及反應，從隔壁傳來急促的敲門聲。

「來了！」一位老婦人的聲音。開了門，傳來軍官的吼叫：「聖上有旨，男丁統統要從軍！」「軍爺呀！家裡的男丁只剩襁褓中的小孫子了！」「哼！」軍士粗暴地悶哼一聲，接著，就大刺刺地推門進入。

「真的沒有男丁嗎？」軍士惡狠狠地問。老婦人哭著說：「我三個兒子出去打仗，到現在音信全無，嗚嗚……」「不准哭！」軍士吼道。「是！」老婦人收起淚水迭聲應道。軍士冷笑道：「看樣子，只好由你媳婦……」「不！不要！」少婦驚叫、嬰兒啼哭、老婦人磕頭請求的聲音，聲聲刺入杜甫的心坎。

突然，老婦人淒涼地喊道：「軍爺！如果你把我媳婦帶走，我的孫子會沒命，不然，就讓我去吧」

反問。「我會煮飯！」老婦人堅定地說。

爭論聲越來越小，天也逐漸露出魚肚白，軍官帶走了老婦人，留下哀號不已的少婦和啼哭的嬰兒。曙光中，杜甫終於看清身邊的人，原來是一位白髮皤皤的老農夫。「我不是貪生怕死！」老農夫無奈地說：「這是我們夫妻商量好的，由她去『服役』，我負責帶媳婦和孫子逃走。」望著老農夫佝僂的背影，杜甫只覺兩頰滾燙、視線逐漸模糊……。

解析

審題：

題目重點在「故事」二字，因此要以講故事的形式來描述。

取材：

魏晉的八王之亂、唐朝的安史之亂……，以及現代的伊阿戰爭等，都是可取材的史料。其戰亂中所透露的「百姓疾苦」，是引起共鳴的最好材料。

其他：

杜甫的「石壕吏」寫戰亂中百姓所受的苦，十分深刻，值得參考學習。

⊗「帥」領→ ✓「率」領

⊗煙「消」味→ ✓煙「硝」味

⊗如火如「茶」→ ✓如火如「荼」

⊗樹「稍」→ ✓樹「梢」

⊗直「剁」腳→ ✓直「跺」腳

⊗「班」布→ ✓「頒」布

⊗哀「淒」→ ✓哀「悽」

⊗田地荒「無」→ ✓田地荒「蕪」

⊗「蹤」身→ ✓「縱」身

⊗輕「滅」→ ✓輕「蔑」

⊗「皤（ㄈㄢ）」皤→ ✓「皤（ㄆㄛˊ）」皤

成語佳句

如火如荼：原指軍容盛大。現在用來比喻氣勢旺盛或熱烈。

叫苦連天：比喻非常的痛苦。

雞皮鶴髮：形容老人家滿頭白髮和滿臉皺紋。

愛默生：「英雄並不比常人勇敢，他只是比常人多勇敢五分鐘而已！」

擁抱青春

◎論說文

說明

由青春歲月交織而成的時空，我們可以恣意馳騁，盡情揮灑自己色彩，活出亮麗的人生。請你以「擁抱青春」為題目，寫出一篇涵蓋下列條件的文章：

- 描寫青春的感覺、青春的特色。
- 舉例說明如何擁抱青春而不虛度歲月。
- 抒發你對青春有限應及時擁抱青春的體悟。

範文

青春如同一張白紙，等待我們寫下一頁頁扣人心弦的詩篇；青春如同曼妙的芭蕾舞者，輕盈旋繞展現優雅的舞姿；青春如同爭妍鬥豔的繁花，吐露令人陶醉的馨香；青春如同枝頭上新生的嫩芽，迫不及待向世界伸展雙葉；青春如同慷慨激昂的愛國歌曲，唱出

青春令人恣意飛揚、青春令人馳騁奔放，青春代表生生不息的活力、無窮無盡的希望，是上帝賜予我們最珍貴美好的禮物，讓人可以翱翔於浩瀚無垠的天際自由自在，也可以徜徉於嫵媚多情的青山無憂無慮。青春，真好！

美好的青春是生命中的金色年華，擁抱青春、珍惜人生的春天，「莫等閒、白了少年頭，空悲切！」青春歲月亟待我們去充實，我要用明亮的眸子看盡名山大川、千古書畫，探究大自然的奧祕；用靈敏的雙耳去聽蟲鳴鳥唧，聆聽血淚交織、可歌可泣的動人故事；用清明無偽的心去感受書中的微言大義、吸取前人智慧的結晶，體會人世間的溫暖有情；用萬能靈巧的雙手打造自己的舞台、開創美好未來，伸出臂膀擁抱青春！

「人不痴狂枉少年」，青春歲月充滿瘋狂與浪漫，難免年少痴狂而感情用事，無知在體內發酵、熱情在血液中奔騰，「暴虎馮河」的衝動、沉緬於「聲色犬馬」的靡費，缺少理性與鬥志，一路走來，難免跌跌撞撞、鼻青臉腫甚至傷痕累累，這就是青春！

用的消極，成熟、甜美而飽滿，並能學習圓融的處事態度、有著積極奮發的人生觀。有朝一日，年華老去、青春不再，即使耳不聰、目不明、心不清、手不巧，也能知足感恩曾經擁抱青春的美好，沒有白白的走這一遭而抱憾終身！

解析

審題：

題目是「擁抱青春」，指的是珍惜擁有生命中美好的青春歲月，撰寫時要將重心放在珍惜黃金歲月、把握時光。

取材：

可以寫珍惜人生最年少、最美麗的時光，讓生命呈現積極、樂觀、進取、充滿希望，如此才能扣緊主題，讓青春不輕易消逝，而能「擁抱青春」。

其他：

朱自清的「匆匆」、陸游的「暮春」、岳飛的「滿江紅」等都提到時光忽焉消逝，須及時努力。可以藉著引用這些篇章的佳句，來加以發揮。

字字計佳

- ⊗精神抖「藪」→ ✓精神抖「擻」
- ⊗馳「逞」奔放→ ✓馳「騁」奔放
- ⊗「企」待→ ✓「亟」待
- ⊗「伶」聽→ ✓「聆」聽
- ⊗暴虎「平」河→ ✓暴虎「馮」河
- ⊗沉「勉」→ ✓沉「緬」
- ⊗鼻青臉「踵」→ ✓鼻青臉「腫」
- ⊗抱「撼」終身→ ✓抱「憾」終身

成語佳句

- 暴虎馮河：比喻有勇無謀，僅憑血氣之勇行事。
- 聲色犬馬：形容人沉迷於歌舞女色玩樂之中，生活非常奢靡。
- 青春如同一張白紙，等待我們寫下一頁頁扣人心弦的詩篇；青春如同曼妙的芭蕾舞者，輕盈旋繞展現優雅的舞姿；青春如同爭妍鬥豔的繁花，吐露令人陶醉的馨香；青春如同枝頭上新生的嫩芽，迫不及待向世界伸展雙葉；青春如同慷慨激昂的愛國歌曲，唱出精神抖擻的壯闊情懷。
- 人不痴狂枉少年。

燈下

◎抒情文

說明

每天晚上，我們都在燈下做許多事，可能是讀書也可能是回憶。請你以「燈下」為題目，寫出一篇涵蓋下列條件的文章：

- 寫出在燈下發生的一件或數件特殊有意義的情境與見聞。
- 寫出對燈下各種情境與見聞的感想。
- 情境的描摹要細膩，情感的鋪陳要真誠。

範文

傍晚，寒風呼嘯而過，夜幕頂替太陽工作，布幕隨著時間層層加深色度，城市的步調並沒有因此而停歇，商家開啟七彩炫目的霓虹燈，路上的車子，像螢火蟲散亂的擠在一起，還沒回來的爸爸是否也是那裡面的一隻螢火蟲？

[illegible]我的回憶。

幼時總喜歡在門前路燈下等爸爸，那盞老舊的路燈，漆有點脫落，燈泡也發黃，光亮自燈心幽幽暈開，一圈圈光芒籠罩四周，飛蛾追著光源飛舞，細小的黑影投射在地上襯著我頎長的影子。站在光點中央，讓自己沐浴在晶亮下，讓溫暖的路燈守護著，唯有如此，才能不被寂靜的黑暗吞噬，勇敢地等候爸爸回來。

爸爸下班總在八點之後，看著別人的爸爸牽著孩子走回家，我總非常羨慕，有時候即使別人的爸爸已穿著舒適的休閒服，穿著涼鞋牽著孩子散步，我的爸爸也還無法回家，媽媽總叫我先吃飯。吃飽飯的我就跑到路燈下等待，當爸爸的身影出現在巷子轉角時，我總是雀躍的對著門內大叫：「爸爸回來了！」當那雙大大的手掌與粗壯的手臂把我抱起來擁在懷裡時，我覺得自己擁有全世界的幸福與快樂，耳邊也盈繞著媽媽銀鈴般的笑語。

我讀國中時，家裡搬遷，相同的是門前的小公園依然有數盞路燈。每天傍晚，燈下總坐著一位老人，呆滯的目光遙望天際，媽媽說老人的兒女都住在美國，很少回來，我聽了有點心酸後，[illegible]，未來我經意往公園一瞥，鵝黃色的燈光下坐著一對對情侶，或竊竊私語，或脈脈含情，即使是旁人也能感受到那股幸福的暖流。

每天燈下總周而復始不斷上演一幕幕人生悲歡離合的舞台劇，即使沒有票房，也從不曾停演。夜深了，蟲睡了，樹也睡了，只剩下孤寂的路燈仔細咀嚼燈下的幸福與悲苦。

解析

審題：

注意題目是「燈下」，燈具的造型或功能均不必贅述。此外，每天燈下必做的「流水帳」也不宜出現，而是描繪在燈下的故事與心境。

取材：

每天「燈下」都發生無數或喜或悲的小故事，故事的選擇將決定本文的成敗，例如：路燈下可能有長輩含飴弄孫的天倫之樂；餐燈下可能有媽媽等待家人的身影與心情。應選擇感人又常見的情境來描摹。

其他：

下筆時，留意勿一味地使用令人似懂非懂的辭彙來填充版面，而是要真情流露。

✗呼「笑」→	✓呼「嘯」
✗夜「暮」→	✓夜「幕」
✗停「些」→	✓停「歇」
✗「妮」虹燈→	✓「霓」虹燈
✗「瑩」火蟲→	✓「螢」火蟲
✗籠「照」→	✓籠「罩」
✗飛「鵝」→	✓飛「蛾」
✗吞「試」→	✓吞「噬」
✗呆「置」→	✓呆「滯」

成語佳句

- 望穿秋水：秋水，比喻眼睛。形容盼望的深切。
- 竊竊私語：背地裡低聲說話。形容聲音微細。
- 周而復始：形容不斷地循環。
- 每天燈下總周而復始不斷上演一幕幕人生悲歡離合的舞台劇，即使沒有票房，也從不曾停演。
- 對孤寂的人而言，一個微笑的擁抱，比名牌禮物還令人雀躍萬分。

獨處的時候

◎抒情文

說明

無論你身邊有多少親朋好友，無論你多麼享受人群熱鬧，你都會有一個人獨處的時光。請你以「獨處的時候」為題目，寫出一篇涵蓋下列條件的文章：

- 寫出如何運用獨處的時候。
- 寫出你對獨處的看法。

範文

人們常常喜歡用「內向」和「外向」來判別一個人的個性，認為個性外向的人一定喜歡熱鬧；個性內向的人一定喜歡安靜。我想，基本上應該是如此。但獨處不是內向的人的專利，所有的人都有獨處的時候。

我一直認為無論是「群體」或「獨處」，我都可以適應。人多時的熱鬧氣氛，常常有一種快樂的氛圍，置身其中很容易忘記不如意的事。好比剛剛和父母吵架的不愉快事，只要踏入同學聚餐會場，就忘得

我也很會享受獨處的時光，晚上一個人在書房唸書，偶爾疲倦了，我會打開調頻電台，光聽主持人那黃鶯出谷般的美聲，真叫人「聞聲忘返」；有時也會泡一杯咖啡，一個人沉浸在書房裡，對著咖啡回味今天的生活瑣事。

直到去年一次長期獨居的經驗，讓我重新認清自己的適應能力。那次因為學校輔導課的關係，我無法參加家人的出國旅遊，因此有了七天的獨居經驗。那陣子，沒有媽媽催促我去洗澡，也沒有爸爸下令我去唸書，更沒有哥哥霸占電腦。一開始我好喜歡這樣的感覺，晚上可以摸索到深夜才上床，隔天早晨貪睡賴床，來不及吃早餐也無人叫罵。但是才三天我就懷念起家人了，再過兩天，我開始厭倦起獨居的日子，「一個人看電視」、「一個人煮水餃」、「一個人洗碗」，這畫面可真淒涼。還有，最後一天晚上，我在書房聆聽音樂時，突然聽到廚房的門，「砰」的一聲巨響，關了起來，我嚇得趕緊將書房反鎖。

「人是群居的動物」，經過這次經驗，我有了深一層的體認：「任何事情過猶不及」，也就是任何事

從熱鬧、七彩享受獨處時「與人喧嘩」、「與人樂

曲」那種無拘無束的自在時光，只是——獨處的時間不要太漫長了。

解析

審題：

題目是「獨處的時候」，其實是「我獨處的時候」的省略，重點在「我」和「獨」兩字，要寫出當你一個人時，你做出什麼事情。當然，立意要良善才行。

取材：

「獨處」取材可廣，可先輕描淡寫週遭親朋好友如何獨處，再引出自己如何不同於他人的獨處之道。藉由一次獨處發生的事情，改變自己對獨處的看法，可讓文章有波瀾起伏之感，不再流於對獨處的歌功頌德，文章深度自然加深加廣了。

其他：

撰寫享受獨處時光時，要布置出獨處的快樂氛圍，「咖啡」、「音樂」都可讓人感受到一個人的悠哉時光。抒發感情之餘，加上一點理性的思考，就能「感性理性」兼具。本文文末提出「喜歡享受獨處那種無拘無束的自在時光」，但又希望「獨處的時間不要太漫長了」的理論，難能可貴。

[illegible]

ⓧ專「力」→ ✓專「利」

ⓧ「芬」氛→ ✓「氛」圍

ⓧ「沈」浸→ ✓「沉」浸

ⓧ「鎖」事→ ✓「瑣」事

ⓧ「從」新→ ✓「重」新

ⓧ「摧」促→ ✓「催」促

ⓧ「感」緊→ ✓「趕」緊

ⓧ無「居」無束→ ✓無「拘」無束

成語佳句

- 置身其中：指人投入於某事情中，並表示關心。
- 一乾二淨：比喻任何東西都不留下。
- 黃鶯出谷：比喻人的歌聲悅耳動聽。
- 過猶不及：過頭與不及是一樣不得當的。
- 適可而止：到了適當程度就停止下來，表示凡事恰到好處，不要過分。
- 柳宗元「江雪詩」：「千山鳥飛絕，萬徑人蹤滅。孤舟簑笠翁，獨釣寒江雪。」
- 獨處是反省最好的良藥。
- 獨處就像吃大餐，經年累月的話，一定會出問題。

親情也需要經營

◎論說文

說明：

有血緣關係的感情叫「親情」，親情雖然是天生，卻也需要「後天」努力經營和維繫，才能更加濃郁。請你以「親情也需要經營」為題目，寫出一篇涵蓋下列條件的文章：

- 選擇一則和親情有關的事件。
- 說明親情和經營的關係。
- 強調親情需要經營的重要。

範文

又到溫馨的五月天，導師要求同學們將感謝母親的話寫在聯絡簿上，但是有少數同學反映：「寫那些話，太噁心了！」。導師笑了笑，說了一句話：「親情也需要經營喔！」於是，她利用班會時間，跟我們分享一個真實的故事：

十幾年前，我曾任「特別班」的導師，阿邦是其

爸在南部從政，媽媽在中部大學任教，哥哥和姊姊都在國外深造，唯有老么的他——令父母傷透腦筋。

據我所知，阿邦的父母因為工作關係，把他託給親戚照顧。脾氣暴躁的他，和親戚也處得不融洽，而親戚似乎也都由他去。有一天深夜，我突然接到一通電話：『老師，您能來保釋我嗎？』電話那頭傳來阿邦的聲音。我慌忙趕到警察局，原來他在電動玩具店和人打架，被警察帶回訊問。『老師，謝謝你！』阿邦說。我第一次接觸到他的眼神。等待交保手續時，阿邦淡淡地說：「不要通知我父母。」我點點頭，希望我的善意能贏得他的友誼。

後來，我才明白阿邦為什麼總是憤世嫉俗，原來他的母親懷他時，正值考上博士班，她無心更無意關照這個「意外」的孩子。哥哥、姊姊和爸爸又各忙各的，他就這樣在寂寞的世界裡成長。到了國中叛逆期，父母鬧婚變，導致阿邦開始自甘墮落，以離家出走來表示無言的抗議。國三時，阿邦被母親接回中部一起住，幾個月後，他母親寄一封信給我，寫著：『老師，謝謝您平日對阿邦的開導，使得身為母親的

營』的重要，慚愧的是，我浪費了大家……。」

「不要以為親情是與生俱來的就可以棄之不顧喔！」導師停下來看看大家，說：「今天我們班會課要討論的主題就是『親情也需要經營』」。

經過一番熱烈的研討，我們的結論如下：有血緣的親情雖然是與生俱來的，可是也不能視為理所當然，而忽略了經營親情的重要。如何經營親情，簡單的說，就是要彼此噓寒問暖、彼此體諒對方的苦衷、彼此尊重對方的想法、彼此感謝對方的付出。最後，我們決議以後班會課，每位同學都要輪流上台報告「經營親情的經驗談」。那天，我們都隱約感到空氣中瀰漫著一股幸福的芬芳，久久不散……。

解析

審題：

本題目的關鍵字在「也需要」，不能忽略。

取材：

不妨以自己或親朋好友與家人互動的經驗，做為抒寫的題材。

其他：

可參考國文課文「讓關心萌芽」，仿效其行文架構。

字字計佳

- ⊗溫「辛」→ ✓溫「馨」
- ⊗「晶」營→ ✓「經」營
- ⊗「惱」筋→ ✓「腦」筋
- ⊗「溶」洽→ ✓「融」洽
- ⊗手「序」→ ✓手「續」
- ⊗「奮」世嫉俗→ ✓「憤」世嫉俗
- ⊗抗「意」→ ✓抗「議」
- ⊗「瀰」補→ ✓「彌」補
- ⊗苦「中」→ ✓苦「衷」
- ⊗「絕」議→ ✓「決」議

成語佳句

- 與生俱來：天生就具備的。
- 噓寒問暖：形容十分關心體貼別人的生活。
- 生活因為關心而更豐富，生命因為付出而更充實，世界因為分享而更美好。
- 關心讓世界更美好，更溫暖。
- 關懷是一條河流，只要開始流動，就不會止息。
- 原諒是金，道歉是銀。

龍的聯想

◎記敘文

說明

「龍」是中國人憑著想像力所創造出來的神物，自古以來，「龍」就被當作尊貴的表徵，甚至中國人都自許為「龍的傳人」。請你以「龍的聯想」為題目，寫出一篇涵蓋下列條件的文章：

- 描述龍的外形、特性。
- 說明龍的隱喻為何？
- 寫出龍給你的聯想為何？
- 根據上述的聯想，提出自己的主張。

範文

中國人喜歡龍、崇拜龍，因此，對於沒有具體形軀的龍，反而充滿了無限的想像，幻想牠的頭上有角、有鬚，身形修長，有鱗、有爪。對於龍的意義，我們也加以穿鑿附會，賜予牠最尊貴的身分，牠不僅可以指稱首領、英雄豪傑等，更是古代帝王的表徵，子，我們稱為「龍椅」；連天皇老子高興時，我們都可以說是「龍心大悅」。

中國人對於龍的瞻仰不僅於此，正因為「龍」在我們的心目中無比的嬌貴，所以每當龍年時，在醫院門口就可以看到一堆父母趕著生龍子、龍女。不是龍年生的也沒關係，只要在名字中嵌入「龍」字，似乎也可以討個好采頭。

在這個競爭激烈的時代，要身為龍的傳人並不容易。否則以人數之眾，我們應可以躋身世界第一強國。與外國人相較，中國人缺少的就是一種「實事求是」的精神。以時間為例，西方人對於分秒的要求十分精準，他們不僅發明了時鐘，就連守時的觀念都深刻地烙印在他們的心版中，相對於中國人以較為籠統的時辰、刻鐘來區分時間的遞進，外國人毋寧進步很多。也難怪文壇先驅胡適先生要戲稱中國人為「差不多」先生了！

因此，當我們傳唱歷久不衰的歌曲——「龍的傳人」時，也別忘了要以身為中國人為榮。而中國的榮耀正繫在我們每個人身上，只要我們勵精圖治，奮發國」、「盜版王國」蛻變為世界一等的強國。

解析

審題：

本文即是透過「龍」此種無具體形象的生物，任憑我們聯想，再提筆行文。本文重在以馳騁的想像力，來豐富文章的意涵，增添文字的趣味。

取材：

面對聯想類的文章時，不用害怕，只要能將一點靈光隨手記下，再分項式逐條成文，就可以了。如果你的聯想可以觸及到較為嚴肅的議題，試著申述己見也未嘗不可。

其他：

《三國演義》中，曹操曾以龍比喻英雄：「龍能大能小，能升能隱；大則興雲吐霧，小則隱介藏形；升則飛騰於宇宙之間，隱則潛伏於波濤之內。方今春深，龍乘時變化，猶人得志而縱橫四海。龍之為物，可比世之英雄。」寓意深刻，可做為行文的參考。

✗	✓
「毫」傑 →	「豪」傑
「擠」身 →	「躋」身
「無」寧 →	「毋」寧
「力」精圖治 →	「勵」精圖治
「狗」且 →	「苟」且
「兌」變 →	「蛻」變

成語佳句

- 穿鑿附會：道理說不通，勉強曲解湊合，把本來沒有的意思加進去。
- 實事求是：比喻按照事物的實際情況辦事，不誇大也不縮小。
- 兢兢業業：形容做事小心謹慎，認真踏實。
- 俗諺：「猛虎歸山，蛟龍入海。」
- 俗諺：「龍不離海，虎不離山。」
- 俗諺：「龍游淺水遭蝦戲，虎落平原被犬欺。」
- 龍王爺的後代——龍子龍孫。
- 龍王爺作法——呼風喚雨。
- 龍王爺搬家——厲害（離海）。

壓力與我

◎記敘文

說明

現代是一個競爭的時代，即使是學生，也有來自學業上、人際關係上或各種競賽的競爭。請你以「壓力與我」為題目，寫出一篇涵蓋下列條件的文章：

- 請敘述一段你個人承受「壓力」的過程。
- 過程中須包含在何種情形之下承受此壓力，它在你的生活中帶來哪些變化？你又是如何面對它？
- 請論述你對「壓力」的看法。

範文

從小到大，面對一連串的學習與考驗，我總是抱持著「兵來將擋，水來土掩」的想法，所以也從未造成我的困擾。但就在一個月前，我卻接受了一項前所未有的挑戰與壓力。

自覺得出現一股反作用力，我愈想逃避，它就反彈越大，如同泰山壓頂，揮之不去。這樣的反彈作用力，常令我窒息。白天我會沒來由的心跳加快，甚至因為忘詞，尷尬地站在講台上的畫面，也像夢魘般出現在夢境中。其實我多麼想放下所有的一切，好好出外走走，吹吹風、唱唱歌，走在陽光下體會風吹的喜悅，雨淋的痛快。但，這股壓力就像呼吸一樣，如影隨形，無從逃避，除非我坦然面對它。

既然無法躲避，往後的幾天，我決定將此壓力化為動力。我開始以平靜心來看待未來將要面臨的事。我先擬定計畫，一步步地蒐集演說材料、擬稿、練習，在準備過程中，心裡的不安也漸漸地消除。往樂觀方向前進的思緒，更讓我有持續支撐下去的動力，相信自己，不妄自菲薄。經過一連串鍥而不捨的練習，我僥倖獲得全校第二名的殊榮，比賽後感到一股如釋重負的喜悅，喜悅的是成功後的鼓勵，面對壓力後的成長。

其實想想，誰沒有壓力呢？壓力可比擬成時刻存在的空氣，人只要成長就會面對無窮的壓力，平時小現在壓力，差別只在大小和急迫性的不同，不過在這次幾近崩潰邊緣的重生後，我漸漸找到和它相依相存的頻率了，與其像個埋在沙地裡不願意正視現實的鴕鳥，還不如做個面對接受考驗的勇士。

或許壓力令人畏懼、排斥，但真正面對克服它，才能擁有絕處逢生的喜悅。深刻體會之後，我才真正賦予「柳暗花明又一村」更飽滿的定義。

解析

審題：

題目為「壓力與我」，所以內容應寫出自己曾經面對壓力的經驗及看法，不能單從「壓力」二字做論述。

取材：

先挑選一件壓力繁重的事，寫出面對壓力時的痛苦與沉重，再描述自己如何面對壓力，以及壓力解除後的心情。後半部再論述自己的體悟，寫出見解及看法。

其他：

本文論述的寫法為全文發揮的重點。可就自己或目前社會上年輕人的抗壓性，來切入論述。

字字計佳

⊗「至」息→ ✓「窒」息

⊗夢「魘（ㄧㄝ）」→ ✓夢「魘（ㄧㄢˇ）」

⊗「即」然→ ✓「既」然

⊗看「代」→ ✓看「待」

⊗過「成」→ ✓過「程」

⊗頻「律」→ ✓頻「率」

⊗「駝」鳥→ ✓「鴕」鳥

⊗「刻」服→ ✓「克」服

成語佳句

- 泰山壓頂：比喻壓力非常的大。
- 妄自菲薄：輕率地看輕自己。指自輕自賤。
- 鍥而不捨：比喻努力不懈。
- 如釋重負：像放下沉重負擔那樣的輕鬆。
- 柳暗花明又一村：比喻經過絕望後出現的新局面。
- 壓力是成長的動力。
- 依賴性愈強的人，離成功愈遠；抗壓性愈高的人，離成功愈近。

臨別贈禮

◎記敘文

說明

我們常在臨別的日子與師長、朋友、同學……互贈禮物，不論收禮、送禮，禮物象徵著彼此的情感並在人生留下特殊的回憶。請你以「臨別贈禮」為題目，寫出一篇涵蓋下列條件的文章：

- 選出一份你收到或送人的臨別禮物。
- 描述禮物的內容。
- 說明禮物背後的故事或祝福之意。
- 說明你收到或送人這份禮物的意義。

範文

驪歌輕唱，枝頭的鳳凰花開，校園中瀰漫著濃濃的離愁，遠處的蟬鳴一聲接著一聲，彷彿與我互道別離。生命中的雪泥鴻爪，沒有比國中時期更值得記取的，這三年的青春歲月，難忘的是一場又一場激烈的球賽、人山人海的校慶園遊會及充滿挑戰的隔宿露營

說畢業代表我們將邁向美好的未來，他要送給全班同學一段話作為臨別贈禮。

老師說：「人生就像是汪洋大海，你就是茫茫大海中的行船人，船舵掌握在你的手中，你要清楚地知道自己的航行目標。這條航程不會永遠平穩，航行的過程中你會碰到無法預測的暗流及難以抵擋的暴風雨。證嚴法師曾說：『人生不一定球球好球，但是有歷練的強打者，隨時都可以揮棒。』即使你會因為偶發的事件而偏離了航道，只要你記得方向及時回頭，重新調整好船頭再出發，永遠都不嫌晚。請記住『人生最重要的不是握一手好牌，而是把壞牌打好。』如此一來，你就永遠不會在人生的大海中迷失了！」

每當我遭遇困難挫折時，我就想起老師「臨別贈禮」對我的啟示：世界上沒有通往成功的捷徑，凡事都應該一步一腳印，以努力不懈的精神，激發自我潛能、創造自己的未來。唯有超越「每一個昨天的我」，才會使自己更進步。我要當自己命運的建築師，面對起起伏伏的人生，勇敢克服所有的艱難險阻，以鍥而不捨、屹立不搖的精神，挑戰種種不可

要享受這美好的生命，讓自己的人生畫布添上色彩，快樂自在地張開生命的翅膀飛翔。

老師的臨別贈言讓我受用無窮，成為我待人處事的最佳座右銘。感謝老師畢業前誠摯的關懷，這段話讓我日後的人生變得更積極、樂觀，這真是一份珍貴的「臨別贈禮」！

解析

審題：

撰寫時首先要確定是以「贈送者」的角度或「收禮者」的角度來寫，而且要將重心放在「臨別」的情感，禮物象徵著對分離的不捨及祝福。

取材：

不管是送禮或收禮，禮物背後的故事要扣人心弦，針對「臨別」的情感抒發。

其他：

可以寫出贈送這份禮物的意義，如果是以贈送者的角度來寫，可包含贈送者的心意，若是以收禮者的角度來寫，就可寫收受禮物的人內心的感謝之情。

- ✗「彌」漫→ ✓「瀰」漫
- ✗雪泥「紅」爪→ ✓雪泥「鴻」爪
- ✗捷「近」→ ✓捷「徑」
- ✗「棄」而不捨→ ✓「鍥」而不捨
- ✗「迄」立不搖→ ✓「屹」立不搖
- ✗轉「淚」點→ ✓轉「捩」點
- ✗誠「致」→ ✓誠「摯」

成語佳句

- 雪泥鴻爪：比喻人生際遇的偶然和無常。
- 人山人海：形容很多人聚集在一起。
- 屹立不搖：形容穩固堅定如高山聳立。
- 人生就像是汪洋大海，你就是茫茫大海中的行船人，船舵掌握在你的手中，你要清楚地知道自己的航行目標。
- 證嚴法師：「人生不一定球球好球，但是有歷練的強打者，隨時都可以揮棒。」
- 每個人都是自己命運的建築師。

謙虛與驕傲

◎論說文

說明

人性有許多美德值得彰顯，也有許多缺點值得借鑑。謙虛與驕傲就是相去懸殊的人格特質。請你以「謙虛與驕傲」為題目，寫出一篇涵蓋下列條件的文章：

- 分述謙虛與驕傲。
- 敘寫關於兩者的名人故事。

範文

　今來古往，成功與失敗的例子雖然不計其數，但歸納何以成功與何以失敗的緣由，則不外乎為個人人格特質的差異。成功的人做事兢兢業業、折節下士，自然廣受群眾或部屬的支持、愛戴；反觀失敗的人則往往自矜自是，對人總是頤指氣使，殊不知「人外有人，天外有天」的道理，即使占盡天時與地利，缺少人和的助力，也是極難成功。

　俗諺有云：「寬廣的河流平靜，有教養的人謙右，他偉大的創見——「相對論」，並沒有引用任何的參考資料，卻仍然感謝同事貝索的時相討論。謙虛的他，從來不覺得自己對世界有任何貢獻，因此，即使名利隨著他的研究滾滾而來，他的生活仍是維持一貫的低調、簡樸。正所謂「謙遜可以使一個戰士更美麗」，在我們訝異於愛因斯坦的天分時，他待人處事的謙卑更贏得了大家的敬重。

　莎士比亞曾說：「一個驕傲的人，結果總是在驕傲裡毀滅了自己。」人的命運如此，國家又豈能倖免於難？十九世紀末的中國，以為世界唯「我」而已，不把四方來夷看在眼裡，堅持外國使節謁見清帝必須行使跪拜禮，在兩方各持己見的結果下，清帝憤而鎖國。直到鴉片戰爭大敗，中國門戶洞開，卻仍有守舊派以「天朝」自詡，相信義和團刀槍不入的神話，終於導致國滅家亡。

　關羽大意失荊州、項羽烏江自刎等覆車之鑑，猶在眼前。我們豈可以忘了這些歷史教訓，再重蹈覆轍呢？謙虛與驕傲其實就在一念之間，只要我們放下無謂的自尊、自大，揚棄趾高氣昂的姿態，相信謙卑的

審題：

本文為雙軌式作文題，這種題型依照詞義又可將其細分為「因果」、「並列」、「對立」。本文屬於對立關係的雙軌式作文，因此在撰寫時，可先點出兩者間的差異，經過論證後，再總結全文。

取材：

因為謙虛、驕傲而造成的成功或失敗的例證，不可勝數，除了本文中以天朝自居的中國外，二十世紀初，因為大帝國主義的心理作祟，日本、德國等軸心國引爆第二次世界大戰的戰火，也是可援引的題材。

其他：

愛因斯坦的「我心目中的世界」譯文，展現了他高成就下的謙卑，閱讀此篇譯作，可以幫助我們認識愛因斯坦事事講求謙虛的哲理。

⊗歸「訥」↓ ✓歸「納」

⊗「原」由↓ ✓「緣」由

⊗愛「帶」↓ ✓愛「戴」

⊗貢「現」↓ ✓貢「獻」

⊗「偈」見↓ ✓「謁」見

⊗自「吻」↓ ✓自「刎」

⊗重蹈覆「徹」↓ ✓重蹈覆「轍」

● 成語佳句

- 不計其數：數目多到無法估算。
- 兢兢業業：形容做事小心謹慎，認真踏實。
- 折節下士：形容尊重有見識有能力的賢士。
- 頤指氣使：形容人驕縱傲慢，任意指揮別人。
- 趾高氣昂：形容驕傲自大，得意洋洋的樣子。
- 俗諺：「寬廣的河流平靜，有教養的人謙遜。」
- 莎士比亞：「一個驕傲的人，結果總是在驕傲裡毀滅了自己。」
- 勝不驕，敗不餒。

豐收之前

◎論說文

說明

天下沒有白吃的午餐，任何有形或無形的報酬，例如：一句讚美、一個擁抱、一張獎狀、優渥的薪水等，都需要付出心力才能得到。請你以「豐收之前」為題目，寫出一篇涵蓋下列條件的文章：

- 解釋題目的意涵。
- 列舉名人事蹟、個人經驗強化自己的觀點。

範文

俗話說：「天下沒有白吃的午餐。」任何有形或無形的報酬，不管是一句讚美、一張獎狀或是一筆優渥的薪水等，都需要付出相當的努力方能獲得，就像田裡工作的農夫，如果沒有春夏兩季的「汗滴禾下土」，又何來秋冬時豐收的喜悅？但是，現在的人往往妄想不勞而獲，只會欣羨他人的功成名就，而忽略

榮獲奧斯卡最佳導演殊榮的李安，在成名前，曾有一段不短的艱困歲月。自學校畢業後，李安因為無片可拍，只好賦閒在家，當個稱職的家庭主夫，蟄居的歲月並未消磨李安對電影的熱愛，他專心創作劇本，壯大自己的實力，等待機會的到來。如今，李安已經站上世界電影的高峰，當他手持奧斯卡獎座，接受眾人的喝采時，他的不卑不亢令人肅然起敬。誠如他的得獎感言：「我已經用心很久了，我拿這個獎不是靠運氣。」試想，當年的李安，如果真向命運低頭，甘願委身於柴米油鹽之中，即使機會來了，他是否有十足的實力能夠把握？

正所謂「偶然不會幫助準備不周的人」，發明大王愛迪生一生卓越的成就並非僥倖，如果沒有數以千次失敗的實驗，又何來如此多項驚人的發明？國父推翻滿清不也是經歷千辛萬苦，直至第十一次革命才獲得成功嗎？世界首富比爾蓋茲曾說：「成功是最差勁的導師，他帶給你無知和膽識。」一個不知道失敗為何物的人，必定不能持續享受成功帶來的喜悅，反而容易因為自大、無知而自嘗苦果，唯有不斷從失敗中

成功並非一蹴可幾，必須要有堅持的毅力，還要有面對挫折不被打倒的勇氣。因此，渴望成功的人們啊！「一分耕耘，一分收穫」，的確是顛撲不破的真理，如果只想坐收漁利，結果終必令人失望。

解析

審題：

「豐收」二字從狹義來看，是指農田收成豐足。綜觀來說，任何事情的成功，都需要付出努力。下筆前，應先仔細思考成功需要具備的條件與相關的例證。

取材：

援引例證要能刪除贅句，寧可文章短而美，也不要累贅的字句破壞了文章的整體性；寫作論說文時，為了強化論點，不妨多引用名人事例做為佐證。

其他：

平時多看、多記名人典故，如此寫作時，就不怕沒有題材可寫。也可回想讀到的故事或作者生平，也是寫作時可引用的素材。

⊗優「握」→ ✓優「渥」

⊗「穫」得→ ✓「獲」得

⊗「忘」想→ ✓「妄」想

⊗不勞而「穫」→ ✓不勞而「獲」

⊗「負」閒→ ✓「賦」閒

⊗「蟹」居→ ✓「蟄」居

⊗「樹」然起敬→ ✓「肅」然起敬

⊗坐收「魚」利→ ✓坐收「漁」利

成語佳句

- 一蹴可幾：比喻一下子就能夠達成目標。
- 顛撲不破：比喻正確的言論或學說永遠無法被駁倒、推翻。
- 比爾蓋茲：「成功是最差勁的導師，他帶給你無知和膽識。」
- 行動不一定每次都帶來幸運，但坐而不行，一定無任何幸運可言。
- 天才在某種程度上是汗水的結晶物。

豐收的季節

◎記敘文

說明

隨著科技日新月異，沉迷於電視、電玩的人也越來越多，除了失去健康，甚至有人因此而失去了生命的本質。請你以「豐收的季節」為題目，寫出一篇涵蓋下列條件的文章：

- 何謂「豐收」？
- 因何事才體會出「豐收」的真意。
- 對自己的省思。

範文

小阿姨住在金山，那裡有竹子、有青菜，還有與南投竹山齊名的「金山番薯」呢！今年暑假，我們一家人搭大姨丈的便車，連同舅舅一家人，帶著外公、外婆，一行人浩浩蕩蕩趨車前往。車子攀過山區、穿過蜿蜒道路，沿途嚶嚶鳥鳴、陣陣草香，二個多小時候，我們來到金山的腳下，小阿姨一家三口已笑容可甫下車，外公就趕緊坐在屋簷下乘涼，好趕走長途坐車的不適感；而婆婆媽媽們則忙著進入廚房大展身手，煮起南瓜米粉湯；其他人則在大姨丈的帶隊下，到後院對面的番薯田「工作」。我戴著斗笠，笨拙地走在田埂上，一扭一拐的。「借過！借過！」之聲此起彼落，怎麼，連甫上幼稚園的小表弟都超過我了？唉！連忙奮力向前，站在土中，但見兩旁堆滿「雜草」，定睛一看，原來小姨丈早在昨天就先把番薯藤與番薯葉割除，堆置在田地的兩側。

舅舅舉起鐵耙輕輕一挖，成串的番薯立即現身，我們小孩群負責將番薯一一去蒂、拔開、裝袋，再扛回屋內，沒多久便覺兩眼發黑、四肢發抖，哎！還真不簡單呢！我拿起斗笠搧風，時值日正當中，炙熱直逼腦門，近處的稻田和遠處的青山都靜靜地站著，無言的和我對望，似乎在嘲笑我的脆弱，又好像在包容我的幼稚。此時，我深切的體會到孔老夫子所言：「吾不如老農！」更了解鄭板橋所說：「士為四民之末」之意！

回到屋內，抖著雙手，盛起一碗香噴噴的南瓜米條件是「勞動後的飢餓感」，這碗洋溢著泥土芬芳的南瓜米粉湯，以汗水為鹽、勞動為味精，煮成了人間最美的鮮味，這是大自然最深奧，卻也是最平實的學問。平時當慣了「四肢不勤、五穀不分」的迂腐書生，於今思之，真是羞愧萬分。

我擦乾汗水，坐在門檻上，迎著山風，面對著一堆「金光閃閃」的金山番薯，這個暑假對我而言，真是豐收的季節！

解析

審題：題目重點在「豐收」二字，不是只有物質上的獲得，精神層次的提昇才是真正的豐收。

取材：拜訪親朋好友，或旅遊、閱讀、當義工等經驗，都是很好的題材。

其他：不要寫成賺大錢或中樂透，這樣子的格局太小，也不切題。

- ⊗番「暑」→ ✓番「薯」
- ⊗蜿「延」→ ✓蜿「蜒」
- ⊗「鶯鶯」鳥鳴→ ✓「嚶嚶」鳥鳴
- ⊗屋「沿」→ ✓屋「簷」
- ⊗笨「茁」→ ✓笨「拙」
- ⊗「憤」力向前→ ✓「奮」力向前
- ⊗「翠」弱→ ✓「脆」弱
- ⊗門「坎」→ ✓門「檻」

成語佳句

- 浩浩蕩蕩：形容規模、氣勢十分浩大，蔓延長遠的樣子。
- 笑容可掬：形容笑容滿面的樣子。
- 此起彼落：這裡起來，那裡下去。表示連續不斷。
- 迂腐書生：比喻拘泥守舊，不通情理的讀書人。
- 楊慎「出郊」：「高田如樓梯，平田如棋局；白鷺忽飛來，點破秧針綠。」
- 大自然是一本內容最豐富的百科全書。
- 唐朝李紳「憫農詩」：「鋤禾日當午，汗滴禾下土。誰知盤中飧，粒粒皆辛苦。」

懷念在天國的○○

◎抒情文

說明

「生離死別」中的「死」最讓人肝腸寸斷，因為它代表「一去永不回頭」，死者留給我們的是無限的懷念。請你以「懷念在天國的○○」為題目，寫出一篇涵蓋下列條件的文章：

- 寫出懷念的人的身分。
- 寫出懷念此人的原因。

範文

心怡是我唸國小時的死黨，如果說我們是「手帕交」，絕對當之無愧。但是「天有不測風雨，人有旦夕禍福」，在國小畢業典禮後回家的路上，突如其來的一場車禍，奪走了她的寶貴生命。有人說：「時間是悲傷最好的良藥。」但是到目前為止，已經兩年了，我還是無法釋懷，依舊深深地懷念她。

我懷念心怡的善良。三年級校外教學時，遊覽車來，拿著汙垢的塑膠碗向我們討錢，同學們一哄而散，只有心怡將零用錢放入塑膠碗。我知道心怡的家境並不好，但是她奉獻出省吃儉用的零用錢。我回家告訴媽媽，媽媽說：「心怡很有同情心，值得交往一輩子。」

我懷念心怡的正直。五年級時，班上的男生欺負一位新來的轉學生，這位轉學生口齒不清，帶有輕微的智障。有一次，一位男同學藉機將他的鉛筆盒甩到地上，在場的心怡和這位男同學爭論起來，最後老師當起裁判者，要這位欺負人的男同學道歉。

我懷念心怡的體貼。六年級時，我因為和姊姊吵架而悶悶不樂，到了學校，心怡問我：「為什麼整天不說話？」我告訴她實情，放學時，她請我去吃刨冰，安慰我：「我也曾經和哥哥吵架，冷戰好幾天，後來我主動示好，就盡棄前嫌了。」我破涕為笑，回家跟著做，果然和姊姊和好如初。後來，我才知道心怡根本沒有和哥哥吵架，她只是體諒我的心情，不惜犧牲自己的形象，真是體貼啊！

心怡令人懷念的事情太多了，她簡直就是上帝派心怡！雖肇事者至今仍逍遙法外，但我和媽媽絕不死心，一定會盡全力讓案情真相大白，早日讓兇手繩之以法，好告慰你在天之靈。心怡！願您在天國能夠好好安息。心怡！我們來生再當好朋友，好嗎？

解析

審題：

「懷念在天國的○○」是一篇懷念死者的文章，不一定要寫出人名，寫成「奶奶」、「爺爺」等身分即可。重點在「懷念」，要寫出死者生前種種事蹟。

取材：

以親情經驗取材，可以讓文章充滿感情，也可以無血緣關係的「好友」或「同學」取材，只要情意真誠，也可以是一篇感人肺腑的佳作。

其他：

懷念之因可用條列式寫出，再以「總分法」接力，如本文以早逝的好友為題材，中間三段寫出懷念好友之因，都先點出「善良」、「正直」、「體貼」，再藉由三件事情印證。最後，可直接對死者呼告，讓人感到感情之深，懷念之濃。

- ✗「但」夕→ ✓「旦」夕
- ✗一「烘」而散→ ✓一「哄」而散
- ✗盡棄前「閒」→ ✓盡棄前「嫌」
- ✗「合」好如初→ ✓「和」好如初
- ✗「喝」護→ ✓「呵」護
- ✗「造」事→ ✓「肇」事
- ✗「蠅」之以法→ ✓「繩」之以法

成語佳句

- 一哄而散：形容人們吵鬧後就各自離去。
- 破涕為笑：指轉悲為喜。
- 逍遙法外：指犯法的人沒有受到法律的制裁。
- 繩之以法：指以法律制裁。
- 白居易「長恨歌」：「天長地久有時盡，此恨綿綿無絕期。」
- 昔日戲言身後事，今朝都到眼前來。
- 天有不測風雨，人有旦夕禍福。
- 真正的友誼猶如健康，只有失去時，才會意識到其價值。

藥

◎論說文

說明

吃藥的經驗人人有，藥可以治癒疾病，使人恢復健康。但是除了具體可吃的藥之外，是否有對人生有助益的良藥呢？請你以「藥」為題目，寫出一篇涵蓋下列條件的文章：

- 你的吃藥經驗。
- 什麼才是你人生中的良藥？
- 人生路上良藥的重要性。

範文

根據資料顯示，國人對於藥物相當依賴，藥似乎已經成為生活不可或缺的一項用品。然而，我們是否留意到：生活中其實更需要的是「無形的藥」呢？

面對現代繁忙的生活，每個人莫不加快腳步，生怕趕不上時代巨輪。於是，求進步成了無形的壓力；壓力成了傷害我們健康的殺手！它傷害的除了身體健步，為自己找一帖藥？

家人是一帖良藥！無論在外如何的打拚，任何人都需要家人的陪伴，所謂「分擔的痛苦格外的輕，分享的快樂加倍的多。」有了家人的傾聽和支持，我們才有力量重新出發。因此，有了這一帖良藥，人人都能勇敢面對艱難逆境。

朋友是一帖良藥！三五好友相聚，不論談天說地，傾訴心事，都具有抒解壓力，切磋砥礪的功能。至聖先師孔子說：「友直，友諒，友多聞。」就是要我們結交益友，因為在人生旅途中，朋友是最重要的心靈導師。有了這一帖良藥，面對生活上的風雨挫敗，我們都將能勇敢面對，化險為夷。

自知是一帖良藥！瞭解自己的優點和缺點，有助於調整自己的腳步，設定自己的目標，免於隨波逐流的墮落，也不至於高估自己而落入痛苦深淵。俗語說：「自知乃知識的基石。」一個瞭解自己的人，能精準抓住自己該走的路，並能勇往直前。因此，自知乃是一帖良藥，它讓我們走在人生路上更踏實，更能將優勢發揮得淋漓盡致！

的藥能保健我們的身體，無形的藥能帶領我們走向陽光生命。朋友，為自己找到良藥，讓自己在人生路上走得更有自信吧！

解析

審題：

本題應該在提昇藥的意義上著墨，才能將文章的精神面顯現出來。切勿將重點放在具體的藥，而是思考哪些是生活中的良藥？文章的層面才能提高。

取材：

在精神層面上，可以考慮個人、家人、群體，作多方論述，探究精神良藥使人擁有充實溫馨的人生。取材決定了本文的價值，千萬不要忽略。

其他：

下標題時，不妨用心思考一些較有力度的抬頭句子，使文章文采較具可讀性。例如：「家人是一帖良藥！」、「朋友是一帖良藥！」、「自知是一帖良藥！」末尾以排比法結尾，更能讓文章精彩收尾，給人深刻印象。

⊗「煩」忙→ ✓「繁」忙

⊗「席」擊→ ✓「襲」擊

⊗一「貼」藥→ ✓一「帖」藥

⊗「頃」聽→ ✓「傾」聽

⊗「堅」難→ ✓「艱」難

⊗「舒」解→ ✓「抒」解

⊗切「搓」→ ✓切「磋」

⊗「墜」落→ ✓「墮」落

⊗治「預」→ ✓治「癒」

成語佳句

- 化險為夷：使危險轉為平安。
- 隨波逐流：比喻自己沒有正確的主見或堅定的立場，只是聽任外力的影響。
- 淋漓盡致：形容文章、說話表達得詳盡、暢達。
- 有形的藥能保健我們的身體，無形的藥能帶領我們走向陽光生命。
- 自知乃知識的基石，累積知識前，應該先能夠自我認知。

關心自己關心別人

◎論說文

說明

人是群居的動物，我們不可能離群索居。在這個多元化的時代中，我們應更積極的彼此關心，彼此鼓勵，社會才會更進步。請你以「關心自己關心別人」為題目，寫出一篇涵蓋下列條件的文章：

- 說明為何要關心自己關心別人。
- 說明如何關心自己關心別人。
- 說明你如何關心自己和關心別人。

範文

在現今這個時代，人與人之間是息息相關的，想使社會有正向的發展，人人就要建立正確的人生觀——關心自己關心別人。先充實自己、發展自我，再散布關心的苗芽，如此不僅自己的人生更美好，社會也將更和諧進步。

我們在成長的歲月中，接受到許多人的關心，被心別人，也是一門重大的課題。首先要從關心自己著手，培養自己獨立的精神，相信自己的能力，千萬不可自暴自棄。李白說：「天生我才必有用」，所以我們不可看輕自己，要肯定自我，使自己成為有用的人，才能從自己出發去關心其他的人。

古今中外有許多將關心他人，並發揮得淋漓盡致的例子，例如：孔子開了平民受教育的先河；印度甘地、美國總統林肯，努力消除階級意識；德蕾莎修女、慈濟人無私的奉獻等。他們不僅成就了自己，也成就了他人。

從小父母、師長便教導我，要懂得「推己及人」、「己所不欲，勿施於人」，所以在學校我願意擔任比較辛苦的掃除工作；同學遇到問題，我也會主動幫忙，因此我的朋友很多，自己也感到非常充實和快樂。

邵僩說：「關心自己，可以檢討過去，策勵將來；關心他人，可以促進家庭幸福，社會進步祥和。」我們不可再有「個人自掃門前雪，莫管他人瓦上霜」這種「獨善其身」的狹隘觀念；應該培養「兼

解析

審題：

這個題目屬於雙項並重關係型的論說文，就是「關心自己」和「關心別人」兩者並重。論說文的基本結構有「起承轉合」、「合分合」、「分合」等，並重型的題目為使說明不致偏廢，建議採「合分合」的結構來書寫。

取材：

關心自己，不是要你自私自利，而是看重自己；關心別人就是「兼善天下」，應關心什麼樣的人？如何關心？以本身能力可以怎麼做？思考清楚便可下筆了。

其他：

論說文中的雙項題，每個主題之間的關係大致可分為四類：「並重關係」，例如：本文兩者同等重要。「對立關係」，例如：「謙虛與驕傲」；「比較關係」，例如：「心動與行動」；「因果關係」，例如：「有禮貌，受歡迎」。針對不同的重點，選擇合宜的材料，說出自己的看法，寫論說文時就能言之成理了。

字字計佳

- ⊗「習習」相關→ ⊘「息息」相關
- ⊗「合」諧→ ⊘「和」諧
- ⊗課「提」→ ⊘課「題」
- ⊗淋「離」盡至→ ⊘淋「漓」盡至
- ⊗邵「僩（ㄒㄢˇ）」→ ⊘邵「僩（ㄒㄢˇ）」
- ⊗「冊」勵→ ⊘「策」勵
- ⊗「夾」隘→ ⊘「狹」隘
- ⊗「關」念→ ⊘「觀」念

成語佳句

- 息息相關：比喻關係十分密切。
- 推己及人：指要設身處地為別人著想。
- 獨善其身：指做好自身的修養，保持自身的節操。
- 兼善天下：謂使天下人都得到好處。
- 《論語》：「己立立人，己達達人。」
- 《論語》：「己所不欲，勿施於人。」
- 《靜思語》：「一句溫暖的話，就向往別人身上灑香水，自己也會沾到兩三滴。」
- 《靜思語》：「人退一步，愛人寬一寸，就會很快樂。」

關鍵十分鐘

◎論說文

說明

從事任何事情，如果要成功，就要堅持！所謂「關鍵十分鐘」，強調的是堅持到最後的毅力和勇氣。請你以「關鍵十分鐘」為題目，寫出一篇涵蓋下列條件的文章：

- 你有沒有堅持到最後的經驗？
- 你認為最關鍵的十分鐘指的是什麼？
- 為什麼關鍵十分鐘會決定一個人的成敗？

範文

俗話說：「好的開始是成功的一半。」以「慎始」的重要性告誡我們要在開始時有萬全的計畫。然而古人卻說：「行百里者半九十。」古人認為「善始者繁，克終者寡。」告誡我們：堅持到最後才能得到豐碩的成果。究竟開頭比較重要，抑或是接近結尾比然重要，但是，堅持到底的精神，應該是更具價值的！所謂的「關鍵十分鐘」，明確指出最後十分鐘的堅持，才是成敗的最關鍵！

任何人在做一件事時，總有美好的期許，希望能夠順利達到目標。剛開始都是全力以赴，但是經過一段時間，也許是三天、也許是一兩個星期，惰性開始作祟了，於是偷懶推託，最後總沒能如期完成理想。這樣的經驗大家都有，所以古人說：「靡不有初，鮮能克終。」意思是說：沒有人不是有好的開始，可是很少有人能堅持到最後。可見，堅持到最後是非常不容易達成的。

反之，一路上的堅持執著，到了最後，惰性不能動搖、懈怠的想法無法戰勝堅毅的精神、在成功前最關鍵的十分鐘，依舊保持戰戰兢兢的態度，全心全力的付出，相信成功會自然來到，因為一個人克服了最艱難的關鍵十分鐘，能戰勝自己，怎能不成功呢？

例如：學生努力讀書，到了考前，臨危不亂，沉著應考，堅持到最後，應該都是能掌握關鍵十分鐘的人。反過來說，一開始用功認真，最後卻懈怠放棄，離終場只剩三分鐘，能夠堅持努力到最後的隊伍，才有勝算。可見最關鍵的時間不是在開頭時，而是在最後啊！

人生路上，有無數的關卡考驗我們，我們一定要瞭解：關鍵十分鐘代表的是堅持到底的精神！如果我們有堅毅不拔的信念、愈挫愈勇的態度，那麼，沒有克服不了的難關，必能穩妥掌控自己的人生！

解析

審題：

「關鍵十分鐘」這個題目顯然是指「堅持到底的毅力決心」，所以應該強調開頭的認真努力，並不足以造就成功，唯有堅持到最後，才能成功。

取材：

道理的論述，要引用佳句，古人對於堅持方面的佳句不少，平時要多背誦。舉證時，不妨使用自身的經驗，例如：中學生普遍熱中的籃球賽。

其他：

切記勿以打電動、圍毆、賭博等不良事件為例。

⊗告「戒」→ ✓告「誡」

⊗豐「朔」→ ✓豐「碩」

⊗關「建」→ ✓關「鍵」

⊗作「崇」→ ✓作「祟」

⊗推「脫」→ ✓推「託」

⊗執「著（ㄓㄨˋ）」→ ✓執「著（ㄓㄨㄛˊ）」

⊗懈「待」→ ✓懈「怠」

⊗自亂陣「角」→ ✓自亂陣「腳」

成語佳句

- 行百里者半九十：比喻事情愈到成功的階段時，最後的關鍵往往會愈困難。
- 全力以赴：指投入全部的力量，努力去完成。
- 戰戰兢兢：形容非常畏懼謹慎的樣子。
- 臨危不亂：面臨危險也不會慌亂。
- 好的開始是成功的一半。
- 唐朝魏徵：「有善始者實繁，能克終者蓋寡。」
- 詩經：「靡不有初，鮮克有終。」
- 當遇到困難時，可以改變你達到目標的方向，但不要改變你達到目標的決定。

難忘的一刻

◎抒情文

說明

孔子說：「逝者如斯夫，不捨晝夜。」時間確實是無法挽留的，記憶卻可以常存心中。請你以「難忘的一刻」為題目，寫出一篇涵蓋下列條件的文章：

- 描述一件你記憶最深刻的事。
- 特寫事件發展最特殊的幾秒鐘。
- 說明此事對你的影響。

範文

如果早知無法持續，那麼是否連最初的愛戀，都是一種殘酷？

牠，是我們學校的流浪狗。因同學的慫恿，及被牠瞳孔中那彷彿能夠懾人心魂的深邃所吸引，我決定豢養牠。廚房的一角，是我為牠布置的溫暖小窩。除了上課、讀書，泰半的時間，我忙著教牠翻滾、坐臥，父母給的零用錢，悉數被我用來添購牠的日常所

國三的沉重課業，讓我逐漸縮減與牠的相處時刻。順利考上第一志願後，我更開始活躍於多姿多采的社團活動中。翱翔於遼闊天空的我，開始不再感動於牠的搖尾擺首、熱切眼眸，甚至連餵食等工作，也早已落在父母肩上。

那天，因為比和同學約定的時間早了一個多小時起床，所以我有比較寬裕的時間來重溫與牠過往的交情。雖潔白的長毛、靈動的雙眼一如往常，牠飛撲到我身上的速度卻宣告著年華老去的訊息。我有些愧疚，原來疏忽牠已那麼久，而牠卻是毫不記仇地展現熱情。為了表示歉意，我盡興的與牠玩耍、追逐。

整點報時讓我驚覺約定時間迫近，匆忙地揮別母親後便飛奔出家門。慌亂間我未將大門關好。於是，就在我衝到馬路對面的站牌等車時，聽到了刺耳的煞車聲，及一聲極熟悉又極陌生的低吼。我猛然回頭，只見車子加速逃逸，而方才與我嬉鬧的白色身影，此刻卻和了血色，橫躺路中。分不清心中是驚恐、忿怒或是悲慟，我急忙地將牠抱至路旁，卻只來得及感受那曾經熟悉的溫熱身軀，在我懷中緩緩冷卻。那一

牠的死亡不是因為車禍，我知道，牠的死，緣於我的疏忽。我任性地給予牠從未強求過的愛，又在牠習慣有愛之後，任性地回收我的關懷。牠以自己的生命，教會我：愛，是需要負責任的，即使對象只是一隻狗。

解析

審題：

題目叫「難忘的一刻」，因此要特寫「一刻」，也就是將你印象最深刻的數秒間，生動地寫下。而非只是紀錄一件事的前因後果。

取材：

描述事件要留心內容詳略的安排，不重要的過程，縱使歷時十年，也大可一筆帶過。而事件的轉折關鍵點，即使只是一秒，也得詳細記載當下的種種心境。

其他：

以設問的方式來起頭，可引發讀者的好奇心，和幫助廷伸寫作的思路，是很容易入手的技巧。

牢牢記住

- ⊗「慘」酷→ ✓「殘」酷
- ⊗「射」人心魂→ ✓「攝」人心魂
- ⊗「喚」養→ ✓「豢」養
- ⊗眼「牟」→ ✓眼「眸」
- ⊗愧「咎」→ ✓愧「疚」
- ⊗「剜（ㄨㄢˇ）」去→ ✓「剜（ㄨㄢ）」去

成語佳句

- 多姿多采：形容姿態或色彩，很能吸引人。或形容內容豐富，變化多端。
- 佛蘭克林：「如果有什麼需要明天做的事，最好現在就開始。」
- 明朝文嘉「明日詩」：「明日復明日，明日何其多！日日待明日，萬事成蹉跎。」
- 晉朝陶潛：「盛年不重來，一日難再晨，及時宜自勉，歲月不待人。」
- 魯迅：「生命是以時間為單位，浪費別人的時間等於謀財害命，浪費自己的時間，等於慢性自殺。」
- 柏拉圖：「時間帶走一切，長年累月會把你的名字、外貌、性格、命運都改變。」

難忘的一個人

◎抒情文

說明

我們的生活是由不同的人與事交織而成。回首往事，是否曾有一個人在你的心版上烙下深刻的痕跡，令你難以忘懷？請你以「難忘的一個人」為題目，寫出一篇涵蓋下列條件的文章：

- 描述某件令你印象深刻的往事。
- 描述事件中，令你難忘的那個人。
- 說明這個人帶給你的影響。
- 描述你與此人間的故事。

範文

在一個悶熱難耐的炎夏晚上，家家戶戶早已伴隨著冷氣機轟隆隆的聲響進入夢鄉，唯有我家的燈火依然明亮，家中擠滿了人，豆大的汗珠不斷地自每個人的額上滑下。歡樂的景象已不復見，取而代之的是凝結在空氣中的緊張氣氛。

人的聲響，由遠而近，緊緊地揪住了每個人的心。當我看見父親一臉蒼白地從救護車裡被抬了下來，我的眼淚早已決堤。我垂著眼望著父親削瘦的臉龐，緊緊捏住他那雙厚實的大手。那雙曾經在我跌倒時牽起我的手，在我得獎時，為我鼓掌的手，此刻竟是如此地冰冷無力……。

小時候，每當家中有客人造訪時，父親總愛從房裡喚我出來背誦三字經、千家詩等，記憶力驚人的我總是能夠博得滿堂彩。等到年齡漸長，我從學校領回的每一張獎狀，父親總是不厭其煩地替我裱褙好，一張張地掛在家中的牆壁上。父親曾經不只一次地告訴我：「家裡雖然沒有萬貫家財，但是讀書就是一個人能夠擁有的最好資本。」當時的我，並不了解這句話的真正意涵，但是為了父親的笑容，我著實非常賣力地讀書。

猶記得罹患末期肝癌的父親，仍然堅持不要別人的攙扶，寧可挺直著腰桿顫顫巍巍地走路。在他纏綿病榻時，即使身軀羸弱，但他那雙眼睛依舊明亮清澈，透露出對生命的熱愛。

軀與他那雙炯炯有神的眼睛。

解析

審題：

本文為「記人」類的文章。因此要著力描寫這個人的形象、性格、給我們的影響等。此外，能讓我們難忘的人多半與我們有極親密的關係，因此，撰寫此文時，可以從這個人與我們的互動寫起。

取材：

提筆行文時，瑣碎的事件可以略過不提，但是，這個人所給予你的影響，一定要寫出，才能讓你筆下的這個人物更具說服力。

其他：

許多人在撰寫此類文章時，會設定自己的父母、師長為描寫的對象，但也有人撰寫此類文章時，是以陌生人為主角，寫作本來就沒有一定的公式，只要能把握題旨，申說己見，未嘗不也是篇好文章。

⊗「糾」住→ ✓「揪」住

⊗「絕」堤→ ✓「決」堤

⊗「消」瘦→ ✓「削」瘦

⊗背「頌」→ ✓背「誦」

⊗裱「背」→ ✓裱「褙」

⊗「羅」患→ ✓「罹」患

⊗「參」扶→ ✓「攙」扶

⊗「贏」弱→ ✓「羸」弱

成語佳句

- 不厭其煩：一點也不嫌麻煩。
- 顫顫巍巍：形容站立不穩的樣子。
- 炯炯有神：形容眼神很有光采。
- 家裡雖然沒有萬貫家財，但是讀書就是一個人能夠擁有的最好資本。
- 王永彬「圍爐夜話」：「守身不敢妄為，恐貽羞於父母。創業還須深慮，恐貽害於子孫。」
- 《紅樓夢》「好了歌」：「痴心父母古來多，孝順子孫誰見了？」
- 每個孩子都是父母的心頭肉。

難忘的校外教學

◎記敘文

說明

求學階段，走出教室的校外教學是學生心目中的最愛，不論是參觀活動、體驗學習甚至是遠足踏青，都令人難以忘懷。請你以「難忘的校外教學」為題目，寫出一篇涵蓋下列條件的文章：

- 描述你的校外教學活動的內容。
- 舉例說明校外教學為何令你難忘。
- 抒發校外教學的感想、收穫。

範文

這一次的校外教學有別於往常以旅遊為目的的戶外活動，我們不是到風景區遊山玩水，更不是到遊樂區享受刺激的快感，而是來到令人永生難忘的「創世基金會」。在訓導處的安排下，導師帶領全班到「創世基金會」關懷植物人。

「創世基金會」抱持著「救一位植物人等於救一式，例如：捐款、捐發票、義賣等活動，希望大家「有錢出錢，有力出力」，以「人飢己飢」、「人溺己溺」的精神關懷弱勢，給予溫暖。

「創世基金會」替植物人找到停泊的港口、溫暖舒適的家園，創辦人曹慶先生的大愛精神讓我敬佩萬分。這裡還有充滿愛心的志工秉持著「老吾老以及人之老，幼吾幼以及人之幼」的博愛精神，無怨無悔地照顧病患。反觀自己，只要遇到一點不如意的小事，就一味地怨天尤人、逃避現實，卻未曾想過，當我們正享受著豐衣足食、優閒自在的生活時，有一群人正默默地付出，不求回報。

我走過每一個病榻，看到植物人只能躺在床上一動也不能動，真令人心生憐憫。但社會上仍有許多人不知珍惜生命，飆車、吸毒、燒炭自殺等，殊不知「身體髮膚受之父母，不敢毀傷，孝之始也。」在植物人孱弱的身軀旁，不知有多少憂心忡忡的家人正盼望著奇蹟出現？想到自己家庭美滿、四肢健全，我何其幸福！

這趟「關懷之旅」，讓我想起巴西作家保羅・科長的種子，有愛的人能克服一切，一點也不害怕失去什麼。」愛的種子已經在我的心中萌芽，我期許自己從今天起能敲響「愛心鑼」，盡一己棉薄之力，關心別人、珍惜自己，絕不讓父母擔憂，我要認真地過每一天，開創幸福美滿的人生！

解析

審題：

題目是「難忘的校外教學」，既然「難忘」就要描寫細膩、融入情感，不能夠以流水帳的方式來記敘校外教學。

取材：

可將曾經參加過的校外教學，印象特別深刻或別具意義的那一次，列入寫作的素材，不論是參觀博物館、美術館、關懷弱勢團體等，都是很好的題材。

其他：

描寫校外教學的點點滴滴，除了記敘當天的情形，還要加上你的感想或收穫，如果有景物可以描寫，也是不可缺少的。

字字[illegible]

- ⊗勸「牧」↓ ✓勸「募」
- ⊗停「駁」↓ ✓停「泊」
- ⊗「禀」持↓ ✓「秉」持
- ⊗一「昧」↓ ✓一「味」
- ⊗病「塌」↓ ✓病「榻」
- ⊗「飄」車↓ ✓「飆」車
- ⊗奇「跡」↓ ✓奇「蹟」
- ⊗「孱（ㄘㄢˊ）」弱↓ ✓「孱（ㄔㄢˊ）」弱
- ⊗「綿」薄↓ ✓「棉」薄

成語佳句

- 人飢己飢：比喻心地仁慈，有憐憫心。
- 人溺己溺：形容人有慈悲心。
- 憂心忡忡：非常擔憂不安的樣子。
- 孟子：「老吾老以及人之老，幼吾幼以及人之幼。」
- 只要去愛，我們心中就已經埋下一顆成長的種子。
- 有愛的人能克服一切，一點也不害怕失去什麼。
- 愛因斯坦：「生命會給你所需要的東西，只要你不斷地向它要，只要你在要的時候說得清楚。」

難忘的微笑

◎抒情文

說明

待人處事，若都能微笑以對，人生將會更和諧美滿。請你以「難忘的微笑」為題目，寫出一篇涵蓋下列條件的文章：

- 寫出何人的微笑令你難忘。
- 仔細描繪該微笑發生時之人事物。
- 寫出該微笑對個人的意義或影響。

範文

永遠有多遠？永恆有多久？忘記有多難？對我來說，有一個微笑，不管到多遠的地方，不管離開了多久，永遠都難以忘記，也不想忘記，願意永生永世烙印在內心的，那是爺爺的微笑。

「海枯石爛，此情不渝。」真的只能用來形容男女感情嗎？不！這也是我珍惜爺爺的感覺。從小我就喜歡將小小的身體「窩藏」在爺爺大大的臂彎裡，讓快滿溢出來的疼愛，覺得自己是世界上最幸福的人。爺爺的笑容，在我心湖裡盪起幸福的漣漪，一圈又一圈，那是我日後不管面對什麼困難，能夠永遠願意微笑以對的原因。

爺爺的臉上滿布著皺紋，灰白的眉毛，彎月的眼睛，一百八十度微揚的嘴角，交織成一道道愛的光芒，凝聚著家人的共識與關懷。不管我多密集去探望他，他總是笑著問我：「怎麼這麼久才來看我呢？」其實兩天前我才去探望他，果然是「一日不見如隔三秋」。爺爺的微笑就像磁鐵一樣，把全家族吸在一起永不分離。

我喜歡看爺爺慈祥溫暖的微笑，但是那年冬天到醫院探望重病的爺爺，原本壯碩的他，卻已被折磨得骨瘦如柴，那道牽強而僵硬的微笑令我們想哭。姑姑指著我問已不能言語的爺爺：「你認得她嗎？」爺爺瞪大眼睛，淚水在眼眶裡打轉，看得出來他費了九牛二虎之力點頭，並擠出慣有的微笑，那真是令人心痛的微笑。

生命中有許多微笑都像天邊的彩虹瞬間消逝，但說：「思念是一條細細長長的線，距離走多遠，思念就綿延多長。」遠在天堂的爺爺，一定也牽起思念的另一端線頭，在想著我們。爺爺充滿慈愛的微笑，我永遠難以忘記，也不想忘記。

解析

審題：

本文的重點在「微笑」與「難忘」，既是「難忘」，一定發生了對個人極具意義的事件，應該多所發揮。至於其他笑容的種類和所代表的意義，可簡略帶過。

取材：

選擇一個或數個富有特殊意義的微笑，仔細描繪微笑發生時的情境，與令你難忘的原因，甚至對你產生何種影響。

其他：

面對此類型的題目，應避免為了寫「難忘」，而努力找出「難忘」，把原本平淡的事過度渲染，就難免給人無病呻吟的感覺。

- ⊗此情不「餘」→ ✓此情不「渝」
- ⊗滿「液」→ ✓滿「溢」
- ⊗漣「漪（ㄑㄧ）」→ ✓漣「漪（ㄧ）」
- ⊗「縐」紋→ ✓「皺」紋
- ⊗「蜜」集→ ✓「密」集
- ⊗骨瘦如「材」→ ✓骨瘦如「柴」
- ⊗眼「框」→ ✓眼「眶」
- ⊗彩「紅」→ ✓彩「虹」
- ⊗「舜」間→ ✓「瞬」間
- ⊗綿「沿」→ ✓綿「延」

成語佳句

- 海枯石爛，此情不渝：指意志堅定，至死不改變的誓言。
- 九牛二虎之力：比喻極大的力量。
- 魂牽夢縈：常在夢中縈迴出現。比喻思念極深。
- 俗諺：「一日不見如隔三秋。」
- 思念是一條細細長長的線，距離走多遠，思念就綿延多長。

聽雨看雨

◎抒情文

說明

雨中的景物，常是文人筆下最易觸動內心冥想的天地。無論是浪漫的霏霏細雨、或是令人措手不及的傾盆大雨，都有不同的風景。請你以「聽雨看雨」為題目，寫出一篇涵蓋下列條件的文章：

請敘述下雨時你所看到的景象。
並敘述雨聲帶給你的種種想像。
除景象的描述外，還需加上個人心情的抒嘆。

範文

窗外，雨淅淅瀝瀝地下著。挾帶著雨絲的微風順著敞開的窗戶吹進來，溼溼的，涼涼的，雨絲輕輕地滑過手臂，轉瞬間便蒸發消失，只剩下淡淡的感覺殘留在手上，那微涼的觸感，是那麼的虛渺卻又真實。

最喜歡的日子便是雨天。靠在窗邊聽雨，聽雨歌是打在鐵皮上的叮噹聲，是落在水窪中「咚」的聲響，或是匯集成小河發出清新的汩汩音律，都是祂給予渺小的我們最大的禮物。

在深夜靜聽雨聲，雨滴拍打窗面，發出滴滴答答的聲響，似乎就像敲擊在心中的旋律讓心中所有的煩瑣沉澱。無怪乎古人「少年歌樓聽雨」、「壯年客舟聽雨」，即便「鬢已星星的老年」也會為點滴到天明的雨聲而感嘆。

如果撐著一擎傘蓋，低迴漫步於漫天的水珠之中，雨絲霏霏，如同細針，雨中的世界虛無縹緲，神祕而美麗。有時雨勢滂沱，一粒粒飽滿厚實的雨滴，像是氣勢萬鈞的軍隊擊點的鼓聲，鋪天蓋地而下，令人避無可避，逃無可逃。

把傘丟了吧！盤腿坐下，細細的將自己冷靜的，或是激烈的，剖析一番。沒有什麼時間是人更能在這時候貼近自己的內心，傾聽發自內心的聲音。

雨水洗滌大地，彷彿天與地之間的隔閡藉由一場雨而消失。彷彿可以將手伸向天際，觸摸到那不屬於我們的地方。彷彿這由天上一直接到地上的雨絲，擎妝點上色，那是雨後的彩虹。這是上天的贈禮。

不論是綿綿細雨，或是狂風暴雨，同樣都是天上和地上短暫接軌的交集。雨聲如天籟，冷靜了偏激的思想；雨滴如鏡，映照出真實的自我。冷靜之後，檢視自己，在一次次的剖析之中，修正、昇華、凝練。

解析

審題：

應以「聽雨」及「看雨」為重心，多著墨於視覺及聽覺的模擬想像。

取材：

可將雨中的景象，不論是近景的花草、樹木、行人，或是朦朧的遠景，以「譬喻法」具體寫出。而雨聲可藉由不同的狀聲詞來比擬，如：「滴滴答答」、「淅淅瀝瀝」、「叮叮咚咚」等。雨水滴落在不同的時間、場景，感受也不同，宜細心體會。

其他：

本文的寫作，除了雨景中視覺與聽覺的描述外，更需要加入心中的感覺，使情與景交相映照，達到情景交融的境界。

- ⊗淅「歷歷」→ ✓淅「瀝瀝」
- ⊗「敝」開→ ✓「敞」開
- ⊗「慢」步→ ✓「漫」步
- ⊗雨絲「飛飛」→ ✓雨絲「霏霏」
- ⊗氣勢萬「軍」→ ✓氣勢萬「鈞」
- ⊗「破」析→ ✓「剖」析
- ⊗隔「閤」→ ✓隔「閡」
- ⊗「裝」點上色→ ✓「妝」點上色
- ⊗「棉棉」細雨→ ✓「綿綿」細雨
- ⊗天「賴」→ ✓天「籟」

成語佳句

- 虛無縹緲：形容虛幻渺茫，不可捉摸。
- 鋪天蓋地：形容聲勢浩大，威猛無敵的樣子。
- 宋朝蔣捷「虞美人」：「少年聽雨歌樓上，紅燭昏羅帳。壯年聽雨客舟中，江闊雲低，斷雁叫西風。而今聽雨僧樓上，鬢已星星也。悲歡離合總無情，一任階前，點滴到天明。」
- 蘇軾「定風波」：「回首向來蕭瑟處，歸去，也無風雨也無晴。」

讀書樂

◎論說文

說明

許多人視讀書為畏途，把讀書當成鑽研知識、求取功名的利器，忘卻了書本中所蘊含的浩瀚知識所能帶給我們的樂趣。請你以「讀書樂」為題目，寫出一篇涵蓋下列條件的文章：

- 闡述讀書的樂趣為何？
- 你最喜歡的書以及書中的內容。
- 讀書的目的和益處有哪些？

範文

我喜歡讀書。不管是在春光瀰漫、夏日午後、秋高氣爽抑或是寒冬臘月，人人裹衣求暖時，我總愛抱幾本書，待在自己的書房裡，獨自啃食。大抵而言，古典小說、人物傳記、小品散文等皆是我的最愛。

讀古典小說時，我常幻想自己是勇敢善戰的趙子龍，深入敵陣，截江救阿斗；我也可以是弱不禁風的際遇，諸如：《乞丐囝仔》、《落葉歸根》等書，常讓我潸然淚下，讀到激動處，總令我興起「有為者亦若是」的感慨；小品散文最適合睡前閱讀，短短數行，餘韻無窮，舉凡：黃永武、簡媜等人的著作，常令我百看不厭、愛不釋手。

莎士比亞曾說：「知識是我們藉以飛上天堂的羽翼。」對於我而言，讀了一本書，就像打開了生活中的一扇窗，不但可以淨化人的靈魂，沉澱人的俗慮，更可以充實內涵、擴展我們的眼界。古人曾云：「三日不讀書，便覺言語無味，面目可憎。」多讀書，可以變化我們的氣質，幽默我們的談吐，讓我們成為有趣的人。可惜現在的人讀書，往往是秉持著功利主義的目的而讀，讀書變成追求富貴的終南捷徑，不但局限了讀書的範疇，也喪失了讀書的樂趣。一個人讀書，並不只是為了應付考試、賺大錢，更要滿足內心的需要，為自己的生命找出更鮮明的意義。

全才文人蘇東坡曾寫過這麼一句詩：「人瘦尚可肥，俗人不可醫。」與其把讀書當作是得高分、找工作的利器，不如將書本視為我們人生的良友，孤獨寂書，在閒暇之中安排生活。誰說讀書不是最易得、最廉價的快樂呢？

解析

審題：

文章內容應該以論述讀書的「樂趣」為主。讀書的「方法」、「目的」、「益處」只能夠輔助成文，不可以喧賓奪主，成為文章的主要內容，否則就文不對題了。

取材：

可以寫出讀書帶來的「樂趣」，進而闡述讀書的「益處」及「樂在讀書」的重要性，最後再總結樂在書中帶給自己的收穫。

其他：

對於讀書的體會要深，切勿將讀書理解為考試得分或賺錢的捷徑，如此文章的格局就被局限住了！

⊗「仰」或→ ✓「抑」或

⊗「蠟」月→ ✓「臘」月

⊗「潸（ㄘㄣˊ）」然→ ✓「潸（ㄕㄢ）」然

⊗感「概」→ ✓感「慨」

⊗「稟」持→ ✓「秉」持

⊗範「儔」→ ✓範「疇」

⊗閒「遐」→ ✓閒「暇」

⊗徬徨無「錯」→ ✓徬徨無「措」

成語佳句

- 終南捷徑：比喻謀取官職、名利或達到目的的便捷途徑。
- 北宋黃庭堅：「三日不讀書，便覺言語無味，面目可憎。」
- 北宋蘇東坡：「人瘦尚可肥，俗人不可醫。」
- 莎士比亞：「知識是我們藉以飛上天堂的羽翼。」
- 海倫凱勒：「有人說，知識就是力量。對我來說，知識就是幸福。」
- 一個人有了知識，才能變得三頭六臂。
- 讀了一本書，就像對生活打開了一扇窗。

驚魂記

◎記敘文

說明

恐懼是人類面對可怕、無法預期的狀況時，所呈現出的自然反應。你是否有過毛骨悚然的經歷呢？請你以「驚魂記」為題目，寫出一篇涵蓋下列條件的文章：

- 描寫某些令自己感到害怕或討厭的事物。
- 描述某幾次令你毛骨悚然的經歷。
- 遇到令人害怕的狀況時，你的反應如何？

範文

從小，我就怕黑。

自我有記憶以來，每逢停電，我總是膽小地瑟縮在父母身旁，一步也不肯離開，只能緊張地覷著微弱的燭光直到睡眼矇矓。年歲漸長，我依然不改怕黑的習性，即便在霓虹閃爍的街道上，我仍舊要拉著同伴轉述，原來都是「電視」惹的禍！

因為父母工作忙碌，所以自小我就是和「電視」一起長大，是個電視兒童。一次，當我百無聊賴隨意轉台時，無意中，被一則新聞吸引，新聞的內容是說：一個本欲輕生的女子，縱身由高樓跳下時，不意竟壓死了路人，而墜樓的女子則毫髮無傷。我看著電視螢光幕中閃著紅燈的救護車，醫護人員正忙進忙出，一旁的死者家屬哭聲淒厲，而地上鮮紅的一灘血，更令人怵目驚心，一幕幕的影像已在我的心版上烙下痕跡。當晚的我，即便父母如何安撫，我就是不肯上床睡覺，這時窗外突然傳來救護車的警笛聲，嚇得我哇哇大哭，自此每到了晚上，我總是輾轉反側，無法安睡，足足折騰了父母大半年的時間。

高中時，一次晚歸的經驗更加劇了我對黑暗的恐懼。那天，我一下公車後，舉目無人的景象，頓時令我心驚膽顫，但是我也只能硬著頭皮往家的方向走。一旁的街燈閃爍著昏黃的熒光，襯著無人的街道上偶而傳來的狗吠聲，一股寒意直上心頭。霎時，路邊突然閃過一個人影，只見一個僅著底褲，戴著墨鏡的怪儘管家人不斷地追問，我也只是抿著嘴直掉眼淚。

現在的我，依舊怕黑。即使我明瞭「平生不做虧心事，夜半敲門心不驚」的道理，但是我所畏懼的是黑暗的無底深淵，窅不可測，只消張開大口，便可吞噬光明於無形。我想，或許「怕黑」的「痼疾」會跟著我一輩子吧！

解析

審題：

「記」是文體名，一種以敘事為主的文體。本文所要描寫的內容為作者個人的特殊經歷，因此在內容的撰寫上，一定要深入具體，才能引人入勝。

取材：

可以從自己平時最害怕、討厭的事物著手，例如：寫到蟑螂，可以描述自己曾與蟑螂大戰的經驗。寫到考試，可以描述考差了，被師長父母們責備的經驗等。

其他：

許多人會撰寫與「鬼」相關的內容，可以寫到某次疑似撞鬼的經歷，寫恐怖的鬼怪傳說等，但是撰寫此類內容時，應避免描述怪力亂神之說。

⊗「塞」縮→ ✓「瑟」縮

⊗睡眼「朦朧」→ ✓睡眼「矇矓」

⊗霓「紅」閃爍→ ✓霓「虹」閃爍

⊗「固」疾→ ✓「痼」疾

⊗「螢」光→ ✓「熒」光

⊗「煞」時→ ✓「霎」時

⊗「僅」管→ ✓「儘」管

⊗「泯」著嘴→ ✓「抿」著嘴

⊗「窅（ㄇㄠˇ）」不可測→ ✓「窅（ㄧㄠˇ）」不可測

成語佳句

- 百無聊賴：指無事可做，或情感沒有寄託。
- 輾轉反側：形容心事重重或因思念，翻來覆去睡不著覺。
- 喃喃自語：小聲的自己跟自己說話。
- 窅不可測：形容深不可測。
- 平生不做虧心事，夜半敲門心不驚。
- 盲目的恐懼是成功的大敵。
- 當你什麼都害怕的時候，等於把所有的機會統統推向門外。

豔陽的啟示

◎論說文

說明

大自然是一本豐富的書，藉由觀察自然界的種種景觀，我們或許可以得到啟發。請你以「豔陽的啟示」為題目，寫出一篇涵蓋下列條件的文章：

- 闡述豔陽的意涵。
- 豔陽可以與人的作為做何聯想？
- 中述自己的心得。

範文

在高溫幾達三十五度的台北街頭，只見路上行人有的以手撫額，有的撐開陽傘，莫不是為了抵擋驕陽的炙熱。等到冬風凜冽，霪雨霏霏，眾人於是又翹首盼望久未露面的陽光。強烈逼人的日光一如態度高傲的人，容易使人不快；溫暖和煦的陽光就像親切有禮的人般，反而受到歡迎，這不就是「滿招損，謙受益」的道理嗎？即使這番道理淺顯易懂，但在歷史上

呂布是我們所熟知的三國英雄，他曾經在濮陽城大敗曹操，使曹操幾乎陷入絕境。袁術舉大軍欲攻劉備時，呂布僅憑轅門射戟，便停止了袁、劉兩家的爭戰，當時的呂布實在是叱吒風雲，好不威風。可惜心高氣傲的他，不能接受謀臣陳宮的諫言，反而日夜飲酒作樂，終於狼狽地被曹操所擒，最後命喪白門樓。

法國皇帝拿破崙也是不可多得的奇才之一。他改革法國原本的舊有制度，編纂法典，並征服歐洲多國。在一次遠征莫斯科後，拿破崙下令要鑄造一枚上面鐫刻有「天上有上帝，地下有拿破崙」的紀念章，當時氣貫長虹的他，可惜被過大的野心與不可一世的自信所蒙蔽，因此在滑鐵盧一役大敗後，慘遭被流放的命運。嗚呼！英雄至此，實在令人不勝唏噓！

俗話說：「自信是成就大事業最重要的必備條件。」古往今來，所有揚名立萬的英雄豪傑沒有不具備自信的，但是，過多的自信卻容易質變為刺人的自傲，就如同過度的幽默有時也會成為傷人的諷刺般，這也就是為什麼才氣縱橫的呂布、拿破崙等人，最終會落得眾叛親離，兵敗如山倒的下場！因此，能在功

能久持！

解析

審題：

啟示類的文章屬於論說文。因此寫作方式可採「先敘後議」或「夾敘夾議」的寫法。此類文章重在個人的體會與感受，因此寫來或有不同。豔陽即指「強烈逼人的陽光」，將之與態度高傲的人做聯想，再抒發個人體悟以行文。

取材：

論說文的寫作，宜舉例加以佐證，既可增加文章的說服力，也可提高趣味性。

其他：

西洋文學名著《老人與海》一書，內容闡述奮鬥的意義，說明人生的價值不是僅在生活，而是在於奮鬥創造，是值得閱讀的好書。

⊗「嬌」陽→ ✓「驕」陽

⊗「摰」熱→ ✓「炙」熱

⊗凜「裂」→ ✓凜「冽」

⊗「蹺」首→ ✓「翹」首

⊗和「栩」→ ✓和「煦」

⊗編「篡」→ ✓編「纂」

⊗「駐」造→ ✓「鑄」造

⊗「雋」刻→ ✓「鐫」刻

成語佳句

- 霪雨霏霏：形容雨下得很久又綿密的樣子。
- 負才使氣：自恃有才能，而放任其驕氣。
- 叱吒風雲：形容聲勢威力極大，足以左右世局。
- 氣貫長虹：形容氣勢旺盛，可以貫穿彩虹。
- 藏鋒斂鍔：比喻收斂才氣，不使鋒芒外露。
- 自信是成就大事業最重要的必備條件。
- 滿招損，謙受益。
- 驕傲與自滿就是封閉自己認識真理的機會。
- 雨果：「驕傲會使所有的英雄人物受到傷害。」

附錄一：常見作文修辭法

引用法：借花獻佛法

「引用法」是指在寫作文時，引述其他人的話，或能和作文題目相呼應的名言佳句，有時候是故事、詩詞、典源或成語、俏皮話、名人的語錄等，主要的功能是借重這些被大眾認可的話，來佐證自己的論點，增加說服力。一般而言，「引用法」可分成：明引和暗引兩種。所謂「明引」就是明明白白指出引用的出處；至於「暗引」則是直接應用在文章裡，並不特別交代出處。

例一：

胡適說：「要怎麼收穫，便那麼栽。」由此可見，想要成功，一定要付出努力呀！世界上哪有什麼一步登天的事，只要我們認真地耕耘，就可以享受甜美的果實。——引述名人語錄，是明引的一種。

例二：

年過半百的他，雖然事業有成，但是憶起年輕時的種種挫折和失意，有時候也會不自覺地陷入沉思，但是「回首向來蕭瑟處，也無風雨也無晴」，他慶幸自己一路走來，能勇敢面對失敗，如今再回首前塵往事，反而能坦然地接受，也更能向未來的困難挑戰！——引述宋朝大文豪蘇軾的「定風波」，是暗引的一種。

示現法：影片播放法

「示現法」是指在寫作文時，把無法目睹的事物，包括過去、現在、未來，藉著文字的描摹，讓自己的思路如同播放機般，一幕又一幕地呈現在讀者面前。這種修辭法很適合應用在抒情文體，使人們的情感隨著畫面起伏，喜怒哀樂，自然流露。一般而言「示現」可以分成：追溯、預測、想像三種。所謂「追溯」就是把往事，如同倒帶般，再次呈現出來；而「預測」是把還沒有發生過的事，描述得活靈活現；至於「想像」則是跳脫時空的束縛，讓想像的事情彷彿呈現在眼前。

例一：

童年的我長得又瘦又黑，看起來像根長長的竹竿，米粒般的眼睛配上漏斗般的鼻子，說多怪異就有多怪異。唉！那時候我總怨嘆，醜子鴨的我，哪天才可以變成天鵝呢？——以追溯的寫法，呈現小時候自己的長相。

例二：

想到成績單發下來時，父母看了一定是鐵青了臉，接下來又是破口大罵，罵我「不上進」、「不懂得惜福」、「自甘墮落」……，然後，哭泣的母親會拉住情緒失控的父親，勸我要好好用功。——以預測的寫法，述說自己因為成績不好，被責備的情景。

例三：

午後，一旦下起雷陣雨，那斗大的雨滴劈哩啪啦地打下來，不僅全身淋得像落湯雞，心情也跟著溼答答起來。那是一種卸也卸不掉的懊惱，就像嶄新的衣服被染了其他顏色，看得人都傻眼了，心更是扭痛……——以想像的寫法，描述如果下起雷陣雨時，淋溼的自己將感到很狼狽。

具體法：神仙魔術法

「具體法」是指在寫作文時，把抽象的事物，例如：瘦、胖、快樂、寂寞、母愛等，用形容詞或完整的句子來描摹，彷彿仙女的魔法棒，一點就讓沒有生命的東西鮮活了起來。「具體」的寫法可以化腐朽為神奇，化平淡為絢麗。

例一：

他那如水桶的腰，如圓柱的大腿，邁起步伐，就像大象在走路，你說，他的身材會修長嗎？——將肥碩的體型具體呈現。

例二：

夜深了！媽媽戴著老花眼鏡，在燈光下縫補孩子的制服，好幾次，因太疲累，針拿不穩，而刺到指頭，媽媽仍打起精神，一針一線地付出心意。——將母愛的偉大具體呈現。

呼告法：情感奔放法

「呼告法」是指在寫作文時，把激動的情緒宣洩出來，有一吐為快的舒暢感，適合用在鼓舞士氣、情感表白、當頭棒喝時。「呼告」的特色是很容易喚起讀者的共鳴，牽引讀者的情感融入文章中。

例一：

同學們！加油吧！甜美的果實就在前方，等待你來摘取呢！——有激勵人心的效果。

例二：

雪！皚皚的白雪！你那純潔的心靈，冰鎮著我紛雜的心！——發自內心的情感流露。

映襯法：黑白對比法

「映襯法」是指在寫作文時，把完全相反的事物互相對照，讓白的更潔白，讓黑的更亮黑。「映襯」的寫法很容易突顯特點，加深讀者的印象，同時賦予文句力量。

例一：

這個小小的螺絲釘，卻發揮了大大的功用。——以小零件對照大功用。

例二：

哥哥瘦高如竹竿，弟弟卻矮胖如汽油桶。你相信他們是雙胞胎嗎？——以瘦高的身材對照矮胖的體型。

例三：

雖然僅是少少的一塊錢，日積月累之下，就可以變成數以萬計的錢財呢！——以微薄的錢對照龐大的錢財。

例四：

她雖然長得醜，心地卻很美。誰說其貌不揚的人，心理也不健康呢？其實心地美不美，和長相一點也無關呀！——以醜陋的臉孔對照美麗的心地。

例五：

一個不講信用的人，是被人唾棄的，誰會和言而無信的人交朋友？誰願意和他合夥創事業？相反的，守信用，一諾千金的人，就受人歡迎，做事情也容易成功。——以不講信用對照講信用。

倒反法：指桑罵槐法

「倒反法」是指在寫作文時，故意說反話，常帶有諷刺的意味。「倒反」是一種不打不成器的技巧，用得得當，很有衝擊力，若用不得當，反而讓人丈二金剛摸不著頭腦，誤會意思了。

例一：

你穿這麼短的裙子，真是保守呀！衣櫃裡那些長裙倒都不見天日了。——本要數落穿著不得體，故意說很保守來諷刺對方。

例二：

他當然孝順嘍！一年三百六十五天，天天都給父母喝粥呢！至於菜肴豐不豐盛，我看湯湯水水撈到底，盡是些青菜，素得很。——明明是責備不孝順，卻故意說天天給父母喝粥和吃青菜來反諷。

排比法：雙雙對對法

「排比法」是指在寫作文時，用相仿句型來表達一樣的概念，就像成雙成對的佳偶，穿上情人裝；也像一對對的雙胞胎，穿上同款式的衣服。「排比」運用的好，會讓句子增加力量，就好像勇士佩帶寶劍和騎上駿馬，如虎添翼，在戰場上更加的威風凜凜。大致來說，「排比」可以分成「單句排比」和「複句排比」。

例一：

人生就好比是爬山，有的人是走登山步道；有的人是走崎嶇不平的山路；還有的人是攀山越嶺。——單句排比，簡單俐落，一針見血。

例二：

知道自己膽小，就試著大聲說出看法；知道自己驕傲，就學著多聽別人的意見；知道自己暴躁，就每天寫一千次「忍」字，從寫「忍」中，逐漸領悟「忍」的智慧；知道自己優柔寡斷，就乾脆讓自己放手一搏。——複句排比，如支支正中紅心的箭，又快速又俐落。

設問法：打破沙鍋法

「設問法」是指在寫作文時，用疑問來起頭，優點是能很快地抓住讀者的眼光，引起共鳴。「設問」可分成「疑問」，不知道答案；「反問」，知道答案，卻明知故問；「發問」，為了鋪排文章而問。

例一：

為什麼你要這麼做呢？——心中沒有答案的疑問。

例二：

如果沒有努力的耕耘，又怎麼會有收穫呢？——已經知道答案的反問。

例三：

你很有優越感嗎？小心！別摔下來！你總是能夠一步登天嗎？小心！別摔下來！你是被別人捧得高高的天之驕子嗎？小心！別摔下來！——另有其他目的的發問。

頂真法：如影隨形法

「頂真法」是指在寫作文時，用前句結尾的字或詞，當作下一句的起頭，使前後句子的頭尾字詞相同，也叫作「聯珠法」。「頂真」乍看之下，好像是重複，其實是一種使句子更加流暢，容易朗朗上口的修辭法。

例一：

古之學者必有師，師者，所以傳道、授業、解惑也。（韓愈．師說）——頂真的字是「師」。

例二：

楚山秦山皆白雲，白雲處處長隨君。（李白．白雲歌）——頂真的語詞是「白雲」。

象徵法：本尊分尊法

「象徵法」是指在寫作文時，藉由看得見的實體來表達看不見的抽象事物，包括：離愁、體恤、感慨等等。「象徵」常用甲表達乙，看到甲，其實是乙的身分，就像本尊和分尊，甲即分尊，乙即本尊，本尊若難以窺其真面貌，可藉由分尊來了解。

例一：

君問歸期未有期，巴山夜雨漲秋池。何當共剪西窗燭，卻話巴山夜雨時。（李商隱．夜雨寄北）——以「卻話巴山夜雨時」來象徵對遙遙的歸期，表示無奈和不忍回答。

例二：

三日入廚下，洗手作羹湯。未諳姑食性，先遣小姑嘗。（王建．新嫁娘）——以「先遣小姑嘗」來象徵新娘子對長輩的體恤。

感嘆法：呼天搶地法

「感嘆法」是指在寫作文時，用感嘆詞來表達心中的喜怒哀樂，常見的感嘆詞有「啊」、「哇」、「唉」、「呸」、「哼」、「唉呀」等。在文句中運用適當的感嘆詞，可以豐富詞句，為平淡的情感加溫。

例一：

啊！這部小說寫得實在太感人了。——是一種讚賞的感嘆。

例二：

唉！我當初為什麼不肯和大家一起去旅行呢？——是一種悔恨的感嘆。

例三：

哼！他講的真過份，連我們都覺得憤憤不平。——是一種生氣的感嘆。

誇飾法：吹牛賣瓜法

「誇飾法」是指在寫作文時，盡可能地「語出驚人死不休」。「誇飾」可以是膨脹的，也可以是縮小的，大就要吹更大，小就要縮更小，要脫離事實的拘束，任其「誇飾」變得有創意性和幽默性。運用「誇飾」要注意必須突顯是刻意的誇張，而非是說謊或見識淺薄，以免造成誤會。

例一：

他是運動健將，跑步的速度比孫悟空的筋斗雲十萬八千里還要快呢！——放大的誇飾。

例二：

你寫字這麼小，小到連跳蚤都比你的字大呢！——縮小的誇飾。

層遞法：峰峰相連法

「層遞法」是指在寫作文時，把句子與句子間有大小、先後、難易、長短或遠近等層次關係的，依序排列，就像一山接一山，連綿不絕。「層遞」的特色是具有加強文句力量和升溫情感喜悲的效果，議論文或抒情文都適用。大致上可以分成「遞升」和「遞降」兩種。

例一：

受虐兒的鄰居接受媒體訪問時，往往無奈地說，因是別人的家務事，自己又能有什麼辦法呢？有！你可打抱不平！你也可勇敢地檢舉！你更可伸出援手！——以遞升的方式，來說明如何幫助受虐兒。

例二：

漸漸地，借據從一張，十張，百張，千張……，變成厚厚一大疊。——以遞升的方式，來描述欠下高額的債款。

例三：

花錢如果沒有節制，即使有一千萬，也會變成一百萬，變成十萬，變成一萬……，最後連一毛錢都不剩。——以遞降的方式，來說明只進不出的揮霍，終有一天會一無所有。

例四：

我兩眼盯著課本，眼皮愈來愈重，眼睛愈瞇愈細，那課本上的文字就漸漸地變小變糊變不見了。——以遞降的方式，來描述主人翁愈來愈精神不濟。

摹寫法：我手寫我口法

「摹寫法」是指在寫作文時，把心中對事物的感受，加以形容描述，讓讀者的腦海也浮現鮮明的印象，和作者產生共鳴的情感。大致上，「摹寫」可以分成四種：視覺摹寫、聽覺摹寫、嗅覺摹寫、觸覺摹寫。

例一：

記得那是一個微雨溼潤的黃昏，整個天空隱蔽在灰濛濛的帷幕之中，霪雨霏霏，像是煩人心緒的淚珠。你撐把花傘，伊人姍姍，從雨中走來。——以「視覺摹寫」來描述見到愛戀的人時心中的悸動。

例二：

婆婆聽到媳婦輕輕地搖晃著竹製的嬰兒車，嘴裡哼著「嬰仔嬰嬰睏，一瞑大一寸……」，那聲音蘊涵著濃濃的母愛，化也化不開。——以「聽覺摹寫」來描述初為人母藉著哼唱，來傳達對孩子的疼愛。

例三：

你的秀髮裡有一股淡淡的薄荷香味，涼涼的，甜甜的，那令人迷戀、繾綣的香，誰聞了都會覺得神清氣爽，更何況我呢？——以嗅覺摹寫來表達對女子的仰慕。

例四：

窗外，雨淅瀝瀝地下著。挾帶著雨絲的微風順著敞開的窗戶吹進來。溼溼的，涼涼的，雨絲輕輕地滑過手臂，轉瞬間便蒸發消失。——以觸覺摹寫來描述對雨絲的感覺。

藏詞法：玩捉迷藏法

「藏詞法」是指在寫作文時，刻意隱藏部分詞語，不說出來，有時候是藏頭，有時候是藏尾，常見於歇後語。

例一：

這怎麼能怪我呢？是你們願者上鉤呀！——姜太公釣魚。——屬藏頭的技巧。

例二：

你已經太胖了，千萬別在像豬八戒的嘴。——貪吃貪喝。——屬藏尾的技巧。

轉化法：變化本質法

「轉化法」是指在寫作文時，把所要描敘的事物，轉變其性質，變化成另一種完全不同的風貌，來加以形容描述。

例一：

當你回眸一笑，響動了我身旁四面的微風。——將「回眸一笑」轉化成可以吹動微風的無形力量，以強調對方的笑容深深打動了自己。

例二：

每當放學的鐘聲響起，我的心就跟著吟哦，將片片詩句，飄灑在你的髮梢、笑臉與舉手投足間。——將期待的心裡轉化成朗誦著情詩、飄灑熱情詩句的仰慕者。

雙關法：一箭雙鵰法

「雙關法」提指在寫作文時，所表達的字詞本身含有兩種意義，一明一暗，常帶幽默感。

例一：

前陣子我和姊姊學起文人的風雅，也想「拈花惹草」。——和栽種花草詞義雙關。

例二：

我發現他真的很熱於助人，他在教室的櫃子裡放了好幾把雨傘，以便下雨時，能借給同學……。喔！對了，講了半天，我還沒有介紹他的大名呢！他叫——戴豪仁。——和「大好人」字音雙關。

類疊法：字詞疊疊法

「類疊法」提指在寫作文時，將字或詞重疊或隔離使用，也就是反覆在同一句子或相鄰句子中出現，有表達、呼應、富節奏的功效。

例一：

吃不下飯，睡不著覺，讀不進書，做不了事。——「不」字接二連三出現。

例二：

愈來愈成熟，愈來愈有智慧，卻也對幸福愈來愈陌生。——「愈來愈」一詞接二連三出現。

例三：

有的聽起來百思不解，有的聽起來荒誕不經，有的聽起來似乎情有可原。——「有的」一詞接二連三出現。

譬喻法：如同好比法

「譬喻法」提指在寫作文時，以想像力來將所要描寫的人事物，以類似的對象來加以比喻，句子中常出現如同、就像、好比……等詞語。

例一：

你的臉龐不是如玫瑰的嬌妍豔麗，卻有著似蓮花般清新脫俗，不食人間煙火的氣質。——以玫瑰和蓮花比喻女子的臉蛋。

例二：

每個人都有權利編製自己的人生繪本。——把人生比喻成繪本，由每個人來決定內容。

鑲嵌法：拉骨長高法

「鑲嵌法」提指在寫作文時，在句子中插入無關緊要的字，主要目的是藉著加長句子，來使語意更加明顯，或是加強、和緩想要表達的意思。

例一：

這件事如果不想個一了百了的法子，恐後患無窮。——「一」和「百」的插入，有使語意更加明顯的效果。

例二：

即使他是「千不如人，萬不如人」，卻也有他選擇的權利。——「千」和「萬」的插入，有使語意比較加強、和緩的效果。

附錄二：常用成語正誤用簡明對照表

成語舉例	成語誤寫
1畫	
一了「百」了	一了「白」了
一反「常」態	一反「長」態
一見「鍾」情	一見「鐘」情
一拍「即」合	一拍「既」合
一氣「呵」成	一氣「喝」成
一無「長」物	一無「常」物
一絲不「掛」	一絲不「褂」
一「網」打盡	一「綱」打盡
一「鳴」驚人	一「嗚」驚人
一樹百「穫」	一樹百「獲」
一「鱗」半爪	一「麟」半爪
七擒七「縱」	七擒七「蹤」
九「霄」雲外	九「宵」雲外
人心所「向」	人心所「嚮」
一刀兩「斷」	一刀兩「段」
一孔之「見」	一孔之「現」
一「身」是膽	一「生」是膽
一「板」一眼	一「版」一眼
一「脈」相承	一「眽」相承
一筆「勾」消	一筆「句」消
一視同「仁」	一視同「人」
一語中「的」	一語中「地」
一盤散「沙」	一盤散「砂」
一「瀉」千里	一「洩」千里
2畫	
七「拼」八湊	七「拚」八湊
七竅生「煙」	七竅生「菸」
人才「輩」出	人才「倍」出
人浮於「事」	人浮於「世」
一寸「丹」心	一寸「擔」心
一目「了」然	一目「瞭」然
一呼百「諾」	一呼百「喏」
一狐之「腋」	一狐之「掖」
一「貧」如洗	一「貪」如洗
一絲一「毫」	一絲一「豪」
一「概」而論	一「慨」而論
一誤「再」誤	一誤「在」誤
一「箭」雙鵰	一「劍」雙鵰
一蹶不「振」	一蹶不「震」
七「零」八落	七「凌」八落
九死一「生」	九死一「身」
人心不「古」	人心不「谷」
人情「世」故	人情「事」故

成語舉例	成語誤寫
人「微」言輕	人「危」言輕
入「幕」之賓	入「暮」之賓
十拿九「穩」	十拿九「隱」
三令五「申」	三令五「伸」
三「陽」開泰	三「揚」開泰
亡命之「徒」	亡命之「徙」
千「鈞」一髮	千「均」一髮
千「嬌」百媚	千「驕」百媚
口「若」懸河	口「苦」懸河
口「蜜」腹劍	口「密」腹劍
大吹大「擂」	大吹大「雷」
大「庭」廣眾	大「廷」廣眾
大聲疾「呼」	大聲疾「乎」
孑然一「身」	孑然一「生」

成語舉例	成語誤寫
人聲「鼎」沸	人聲「頂」沸
八面「玲」瓏	八面「鈴」瓏
十萬火「急」	十萬火「疾」
三長兩「短」	三長兩「矮」
三顧茅「廬」	三顧茅「蘆」
千古「絕」唱	千古「決」唱
千萬買「鄰」	千萬買「憐」
千「錘」百煉	千「捶」百煉
口碑載「道」	口碑載「到」
口說無「憑」	口說無「平」
大「快」朵頤	大「塊」朵頤
大張「旗」鼓	大張「期」鼓
大手大「腳」	大手大「角」
寸草不「留」	寸草不「流」

成語舉例	成語誤寫
入不「敷」出	入不「付」出
力爭上「游」	力爭上「遊」
3 畫	
三元及「第」	三元及「地」
三「思」而行	三「恩」而行
亡羊「補」牢	亡羊「捕」牢
千里「迢迢」	千里「昭昭」
千「載」一時	千「戴」一時
千「巖」萬壑	千「嚴」萬壑
口「誅」筆伐	口「珠」筆伐
土豪劣「紳」	土豪劣「伸」
大「放」厥詞	大「方」厥詞
大勢所「趨」	大勢所「驅」
子虛「烏」有	子虛「鳥」有
寸草春「暉」	寸草春「輝」

成語舉例	成語誤寫
寸陰尺「璧」	寸陰尺「壁」
「尸」位素餐	「屎」位素餐
4 畫	
不卑不「亢」	不卑不「抗」
不可理「喻」	不可理「諭」
不求「聞」達	不求「問」達
不念舊「惡」	不念舊「厄」
不省人「事」	不省人「世」
不修邊「幅」	不修邊「福」
不「脛」而走	不「徑」而走
不勝其「煩」	不勝其「繁」
不稂不「莠」	不稂不「秀」
不義之「財」	不義之「才」
不稼不「穡」	不稼不「牆」
不謀而「合」	不謀而「和」
小家「碧」玉	小家「壁」玉
山雞舞「鏡」	山雞舞「境」
不可「名」狀	不可「明」狀
不甘「示」弱	不甘「勢」弱
不言而「喻」	不言而「諭」
不知所「云」	不知所「雲」
不衫不「履」	不衫不「屢」
不屑一「顧」	不屑一「故」
不逞之「徒」	不逞之「途」
不勝「枚」舉	不勝「每」舉
不「絕」如縷	不「決」如縷
不落「窠」臼	不落「巢」臼
不「蔓」不枝	不「曼」不枝
不「辨」菽麥	不「辦」菽麥
小題大「作」	小題大「做」
「干」雲蔽日	「乾」雲蔽日
不可思「議」	不可思「義」
不折不「扣」	不折不「叩」
不屈不「撓」	不屈不「饒」
不知所「措」	不知所「錯」
不「忮」不求	不「技」不求
不偏不「倚」	不偏不「依」
不勞而「獲」	不勞而「穫」
不寒而「慄」	不寒而「立」
不愧不「怍」	不愧不「作」
不違農「時」	不違農「事」
不學無「術」	不學無「數」
不遺餘「力」	不遺餘「利」

成語舉例	成語誤寫	成語舉例	成語誤寫	成語舉例	成語誤寫
中流「砥」柱	中流「抵」柱	五體投「地」	五體投「的」	六尺之「孤」	六尺之「狐」
分「庭」抗禮	分「廷」抗禮	切磋琢「磨」	切磋琢「摩」	反璞歸「真」	反璞歸「珍」
反「覆」無常	反「複」無常	天之「驕」子	天之「嬌」子	天作之「合」	天作之「和」
天花亂「墜」	天花亂「墮」	天崩地「坼」	天崩地「拆」	天理昭「彰」	天理昭「章」
天經地「義」	天經地「意」	天「羅」地網	天「蘿」地網	天「壤」之別	天「讓」之別
少安毋「躁」	少安毋「燥」	「弔」民伐罪	「吊」民伐罪	引人入「勝」	引人入「盛」
引經「據」典	引經「劇」典	心力交「瘁」	心力交「卒」	心心相「印」	心心相「映」
心花「怒」放	心花「恕」放	心「急」如焚	心「疾」如焚	心悅「誠」服	心悅「成」服
心勞日「拙」	心勞日「絀」	心「猿」意馬	心「原」意馬	心腹之「患」	心腹之「犯」
心懷「叵」測	心懷「匹」測	心曠神「怡」	心曠神「宜」	心驚膽「戰」	心驚膽「仗」
手不釋「卷」	手不釋「券」	手舞足「蹈」	手舞足「到」	支吾其「詞」	支吾其「辭」
文不對「題」	文不對「提」	「文」風不動	「紋」風不動	文過「飾」非	文過「是」非
日「積」月累	日「績」月累	日「薄」西山	日「簿」西山	比肩繼「踵」	比肩繼「腫」
水乳交「融」	水乳交「溶」	水「性」楊花	水「姓」楊花	水「漲」船高	水「脹」船高

成語舉例	成語誤寫
片言「隻」字	片言「枝」字
以力服「人」	以力服「仁」
他山攻「錯」	他山攻「措」
出「爾」反「爾」	出「耳」反「耳」
半途而「廢」	半途而「費」
司空見「慣」	司空見「貫」
左支右「絀」	左支右「拙」
平易「近」人	平易「進」人
打草「驚」蛇	打草「警」蛇
正「襟」危坐	正「經」危坐
瓜熟「蒂」落	瓜熟「帝」落
甘「拜」下風	甘「敗」下風
白駒過「隙」	白駒過「際」
目光如「炬」	目光如「巨」

成語舉例	成語誤寫
犬馬之「勞」	犬馬之「老」
以己「度」人	以己「渡」人
令人髮「指」	令人髮「直」
功成名「遂」	功成名「逐」
可操左「券」	可操左「卷」
囚首「垢」面	囚首「逅」面
平白無「故」	平白無「固」
平起平「坐」	平起平「座」
未雨綢「繆」	未雨綢「謬」
犯而不「校」	犯而不「笑」
瓦「釜」雷鳴	瓦「斧」雷鳴
生不逢「辰」	生不逢「晨」
目不交「睫」	目不交「捷」
6畫	
光風「霽」月	光風「齊」月

成語舉例	成語誤寫
5畫	
以一「警」百	以一「驚」百
以身「殉」職	以身「詢」職
「充」耳不聞	「沖」耳不聞
功虧一「簣」	功虧一「潰」
古道「熱」腸	古道「熟」腸
巧奪天「工」	巧奪天「功」
平步「青」雲	平步「輕」雲
畢「恭」畢敬	畢「躬」畢敬
正本清「源」	正本清「原」
瓜「剖」豆分	瓜「破」豆分
甘之如「飴」	甘之如「怡」
白雲「蒼」狗	白雲「倉」狗
目不「暇」給	目不「遐」給
先發「制」人	先發「製」人

成語舉例	成語誤寫
先意「承」旨	先意「成」旨
全軍覆「沒」	全軍覆「沫」
危如「累」卵	危如「纍」卵
同病相「憐」	同病相「鄰」
各行其「是」	各行其「事」
名不「副」實	名不「幅」實
名聞「遐」邇	名聞「暇」邇
因利「乘」便	因利「成」便
因「噎」廢食	因「咽」廢食
地利人「和」	地利人「合」
「妄」自菲薄	「忘」自菲薄
好景不「常」	好景不「長」
如火如「荼」	如火如「茶」
如喪考「妣」	如喪考「仳」

成語舉例	成語誤寫
先「睹」為快	先「賭」為快
再接再「厲」	再接再「勵」
同仇敵「愾」	同仇敵「慨」
吐故「納」新	吐故「訥」新
向「隅」而泣	向「偶」而泣
名列前「茅」	名列前「矛」
名「韁」利鎖	名「僵」利鎖
因「循」守舊	因「尋」守舊
回天乏「術」	回天乏「數」
夙夜「匪」懈	夙夜「非」懈
好事多「磨」	好事多「摩」
好逸惡「勞」	好逸惡「老」
如出一「轍」	如出一「徹」
如湯「沃」雪	如湯「臥」雪

成語舉例	成語誤寫
先「禮」後兵	先「理」後兵
「刎」頸之交	「吻」頸之交
同舟共「濟」	同舟共「劑」
各自為「政」	各自為「正」
向「壁」虛構	向「壁」虛構
名垂後「世」	名垂後「事」
吃裡「扒」外	吃裡「爬」外
因「勢」利導	因「事」利導
回光「返」照	回光「反」照
多愁「善」感	多愁「擅」感
好高「騖」遠	好高「鶩」遠
好整「以」暇	好整「已」暇
如法「炮」製	如法「泡」製
如雷「貫」耳	如雷「慣」耳

成語舉例	成語誤寫
如影隨「形」	如影隨「型」
如「獲」至寶	如「穫」至寶
字「斟」句酌	字「堪」句酌
年高德「劭」	年高德「紹」
曲「突」徙薪	曲「凸」徙薪
有志「竟」成	有志「盡」成
有備無「患」	有備無「犯」
死灰「復」燃	死灰「複」燃
「牝」雞司晨	「牡」雞司晨
百發百「中」	百發百「重」
老生長「談」	老生長「譚」
耳熟能「詳」	耳熟能「祥」
自出機「杼」	自出機「抒」
自「圓」其說	自「園」其說

成語舉例	成語誤寫
如數「家」珍	如數「佳」珍
如願以「償」	如願以「嘗」
守株「待」兔	守株「逮」兔
戎馬「倥」傯	戎馬「空」傯
曲意「逢」迎	曲意「奉」迎
有「恃」無恐	有「待」無恐
死心「塌」地	死心「蹋」地
汗流「浹」背	汗流「夾」背
百折不「撓」	百折不「饒」
百「煉」成鋼	百「練」成鋼
老奸巨「猾」	老奸巨「滑」
耳「濡」目染	耳「儒」目染
自強不「息」	自強不「熄」
「至」理名言	「致」理名言

成語舉例	成語誤寫
如膠「似」漆	如膠「是」漆
字字珠「璣」	字字珠「幾」
安步「當」車	安步「擋」車
扣盤「捫」燭	扣盤「門」燭
有口皆「碑」	有口皆「牌」
有條不「紊」	有條不「紋」
死有餘「辜」	死有餘「幸」
牝牡「驪」黃	牝牡「麗」黃
百步穿「楊」	百步穿「陽」
羊「質」虎皮	羊「值」虎皮
老驥「伏」櫪	老驥「服」櫪
耳鬢「廝」磨	耳鬢「斯」磨
自「掘」墳墓	自「崛」墳墓
色厲內「荏」	色厲內「任」

成語舉例	成語誤寫
血口「噴」人	血口「賁」人
行遠自「邇」	行遠自「爾」
作「奸」犯科	作「賤」犯科
作繭自「縛」	作繭自「伏」
兵連禍「結」	兵連禍「節」
別風「淮」雨	別風「准」雨
利欲「薰」心	利欲「熏」心
呆「若」木雞	呆「偌」木雞
含「垢」忍辱	含「逅」忍辱
困獸「猶」鬥	困獸「尤」鬥
壯志未「酬」	壯志未「愁」
形「銷」骨立	形「消」骨立
「投」鼠忌器	「偷」鼠忌器
李代桃「僵」	李代桃「疆」

成語舉例	成語誤寫
血氣方「剛」	血氣方「鋼」
衣「錦」還鄉	衣「綿」還鄉
作法自「斃」	作法自「弊」
克紹「箕」裘	克紹「其」裘
冷「嘲」熱諷	冷「潮」熱諷
別樹一「幟」	別樹一「識」
刪「繁」就簡	刪「煩」就簡
吹毛求「疵」	吹毛求「痴」
含英「咀」華	含英「阻」華
「囤」積居奇	「屯」積居奇
「岌岌」可危	「急急」可危
志同道「合」	志同道「和」
抓耳撓「腮」	抓耳撓「鰓」
步步為「營」	步步為「贏」

成語舉例	成語誤寫
行雲「流」水	行雲「留」水
7畫	
伶牙「俐」齒	伶牙「利」齒
作壁上「觀」	作壁上「關」
兵不「厭」詐	兵不「饜」詐
別出「心」裁	別出「新」裁
別鶴孤「鸞」	別鶴孤「孿」
「否」極泰來	「丕」極泰來
吮癰舐「痔」	吮癰舐「痣」
含「飴」弄孫	含「怡」弄孫
坐地分「贓」	坐地分「髒」
形影相「弔」	形影相「吊」
投筆從「戎」	投筆從「容」
更「僕」難數	更「樸」難數
步履為「艱」	步履為「難」

成語舉例	成語誤寫
每下愈「況」	每下愈「曠」
「沒」齒不忘	「末」齒不忘
良「莠」不齊	良「秀」不齊
言不由「衷」	言不由「中」
身敗名「裂」	身敗名「烈」
8 畫	
「並」日而食	「併」日而食
事半「功」倍	事半「工」倍
依草「附」木	依草「付」木
兩小無「猜」	兩小無「拆」
刻骨「銘」心	刻骨「明」心
刮目相「待」	刮目相「代」
呼風「喚」雨	呼風「煥」雨
和璧「隋」珠	和璧「隨」珠
奄奄一「息」	奄奄一「熄」

成語舉例	成語誤寫
沁人心「脾」	沁人心「牌」
沆「瀣」一氣	沆「泄」一氣
芒刺在「背」	芒刺在「被」
言猶在「耳」	言猶在「爾」
防不勝「防」	防不勝「妨」
並行不「悖」	並行不「背」
事必「躬」親	事必「恭」親
依樣葫「蘆」	依樣葫「盧」
兩「袖」清風	兩「柚」清風
刺刺不「休」	刺刺不「羞」
味如嚼「蠟」	味如嚼「臘」
和衷共「濟」	和衷共「齊」
「固」若金湯	「故」若金湯
「姍姍」來遲	「刪刪」來遲

成語舉例	成語誤寫
沉魚落「雁」	沉魚落「燕」
男盜女「娼」	男盜女「唱」
見風轉「舵」	見風轉「船」
言簡意「賅」	言簡意「該」
防患未「然」	防患未「燃」
並駕齊「驅」	並駕齊「趨」
「依依」不捨	「一一」不捨
「侃侃」而談	「砍砍」而談
「刻」不容緩	「克」不容緩
刺「股」懸梁	刺「骨」懸梁
「咄咄」怪事	「拙拙」怪事
和盤「托」出	和盤「拖」出
「坦」腹東床	「躺」腹東床
始終不「渝」	始終不「踰」

成語舉例	成語誤寫
孤「注」一擲	孤「柱」一擲
居心「叵」測	居心「頗」測
念「茲」在「茲」	念「滋」在「滋」
招「搖」過市	招「遙」過市
拔本塞「源」	拔本塞「元」
「抵」掌而談	「執」掌而談
放「蕩」不羈	放「盪」不羈
明目張「膽」	明目張「瞻」
明眸「皓」齒	明眸「浩」齒
東「鱗」西爪	東「麟」西爪
泥塑木「雕」	泥塑木「鵰」
沽名釣「譽」	沽名釣「魚」
「炙」手可熱	「灸」手可熱
狗「急」跳牆	狗「擠」跳牆

成語舉例	成語誤寫
孤苦伶「仃」	孤苦伶「丁」
延頸企「踵」	延頸企「腫」
所向「披」靡	所向「批」靡
披星「戴」月	披星「帶」月
拋頭「露」面	拋頭「漏」面
抱頭鼠「竄」	抱頭鼠「鑽」
明火執「仗」	明火執「杖」
明知故「犯」	明知故「患」
明「察」秋毫	明「查」秋毫
「杳」如黃鶴	「香」如黃鶴
河清海「晏」	河清海「宴」
波瀾「壯」闊	波瀾「狀」闊
物極必「反」	物極必「返」
「狐」群狗黨	「孤」群狗黨

成語舉例	成語誤寫
「宜」室「宜」家	「怡」室「怡」家
弦歌不「輟」	弦歌不「綴」
拒諫「飾」非	拒諫「是」非
披荊斬「棘」	披荊斬「刺」
拍案叫「絕」	拍案叫「決」
「拖」泥帶水	「託」泥帶水
明正典「刑」	明正典「型」
明哲保「身」	明哲保「生」
東施效「顰」	東施效「頻」
杯盤狼「藉」	杯盤狼「籍」
河清難「俟」	河清難「伺」
油腔「滑」調	油腔「猾」調
狗尾續「貂」	狗尾續「昭」
直言不「諱」	直言不「緯」

成語舉例	成語誤寫
直「截」了當	直「接」了當
肺「腑」之言	肺「府」之言
「芸芸」眾生	「云云」眾生
近在「咫」尺	近在「只」尺
金玉滿「堂」	金玉滿「棠」
「附」庸風雅	「付」庸風雅
青天霹「靂」	青天霹「厲」
9畫	
信手「拈」來	信手「黏」來
俗不可「耐」	俗不可「奈」
前車之「鑑」	前車之「見」
南鷂北「鷹」	南鷂北「鸚」
咬文「嚼」字	咬文「咀」字
威武不「屈」	威武不「曲」
後顧之「憂」	後顧之「優」

成語舉例	成語誤寫
「秉」燭夜遊	「稟」燭夜遊
舍本「逐」末	舍本「遂」末
虎視「眈眈」	虎視「耽耽」
近在眉「睫」	近在眉「捷」
金「碧」輝煌	金「望」輝煌
雨後春「筍」	雨後春「荀」
青出於「藍」	青出於「籃」
信誓「旦旦」	信誓「亘亘」
削足適「履」	削足適「屢」
前倨後「恭」	前倨後「功」
「卻」之不恭	「怯」之不恭
哀鴻「遍」野	哀鴻「偏」野
室如懸「磬」	室如懸「慶」
怒不可「遏」	怒不可「惡」

成語舉例	成語誤寫
空口無「憑」	空口無「平」
花團錦「簇」	花團錦「族」
迎「刃」而解	迎「刀」而解
近鄉情「怯」	近鄉情「卻」
金蟬脫「殼」	金蟬脫「穀」
雨過天「青」	雨過天「輕」
青「蠅」弔客	青「繩」弔客
「侯」門似海	「候」門似海
前功盡「棄」	前功盡「泣」
南風不「競」	南風不「兢」
厚顏無「恥」	厚顏無「齒」
奼紫「嫣」紅	奼紫「焉」紅
「待」人接物	「代」人接物
怒髮「衝」冠	怒髮「沖」冠

成語舉例	成語誤寫
急功「近」利	急功「進」利
「按」兵不動	「暗」兵不動
指揮若「定」	指揮若「訂」
「故」步自封	「固」步自封
昭然若「揭」	昭然若「歇」
柳暗花「明」	柳暗花「名」
流言「蜚」語	流言「飛」語
留「連」忘返	留「漣」忘返
洶湧「澎」湃	洶湧「彭」湃
玲瓏「剔」透	玲瓏「惕」透
相反相「成」	相反相「承」
相提「並」論	相提「併」論
「突」如其來	「凸」如其來
「耐」人尋味	「奈」人尋味

成語舉例	成語誤寫
急管「繁」弦	急管「煩」弦
按「部」就班	按「步」就班
拾金不「昧」	拾金不「味」
故態復「萌」	故態復「明」
星羅「棋」布	星羅「其」布
殃及池「魚」	殃及池「漁」
「流」芳百世	「留」芳百世
洞見癥「結」	洞見癥「節」
為虎作「倀」	為虎作「娼」
甚「囂」塵上	甚「蕭」塵上
相形見「絀」	相形見「拙」
相敬如「賓」	相敬如「冰」
「紈」袴子弟	「玩」袴子弟
背「井」離鄉	背「阱」離鄉

成語舉例	成語誤寫
「怨」天尤人	「怒」天尤人
「拭」目以待	「試」目以待
挑「撥」離間	挑「潑」離間
春「蚓」秋蛇	春「引」秋蛇
柔「茹」剛吐	柔「如」剛吐
「洋洋」大觀	「揚揚」大觀
流金「鑠」石	流金「礫」石
洗垢求「瘢」	洗垢求「般」
為富不「仁」	為富不「人」
畏「首」畏尾	畏「手」畏尾
相得益「彰」	相得益「章」
穿鑿「附」會	穿鑿「付」會
美「輪」美奐	美「侖」美奐
背水一「戰」	背水一「仗」

成語舉例	成語誤寫
背道而「馳」	背道而「遲」
負隅頑「抗」	負隅頑「伉」
重整「旗」鼓	重整「棋」鼓
面目可「憎」	面目可「僧」
面黃「肌」瘦	面黃「饑」瘦
風流倜「儻」	風流倜「黨」
風馳電「掣」	風馳電「製」
風聲鶴「唳」	風聲鶴「淚」
飛黃「騰」達	飛黃「謄」達
「食」指大動	「十」指大動
10 畫	
乘車「戴」笠	乘車「帶」笠
俯「仰」之間	俯「抑」之間
「俯」首貼耳	「伏」首貼耳
兼程並「進」	兼程並「近」

成語舉例	成語誤寫
苦心孤「詣」	苦心孤「旨」
赴湯「蹈」火	赴湯「倒」火
「重」蹈覆轍	「從」蹈覆轍
面紅耳「赤」	面紅耳「刺」
革故「鼎」新	革故「頂」新
風起雲「湧」	風起雲「踴」
風塵「僕僕」	風塵「樸樸」
風「靡」一時	風「糜」一時
飛「蛾」撲火	飛「鵝」撲火
食指「浩」繁	食指「耗」繁
乘「堅」策肥	乘「監」策肥
俯仰「由」人	俯仰「尤」人
「倚」老賣老	「依」老賣老
剜肉「補」瘡	剜肉「捕」瘡

成語舉例	成語誤寫
苟延殘「喘」	苟延殘「踹」
重作「馮」婦	重作「憑」婦
降格以「求」	降格以「裘」
面面相「覷」	面面相「虛」
風雨如「晦」	風雨如「誨」
風雲「際」會	風雲「濟」會
風燭「殘」年	風燭「慘」年
飛揚「跋」扈	飛揚「拔」扈
食前方「丈」	食前方「仗」
香消玉「殞」	香消玉「損」
乘龍快「婿」	乘龍快「去」
俯拾「即」是	俯拾「既」是
倒持「泰」阿	倒持「太」阿
剛「愎」自用	剛「復」自用

成語舉例	成語誤寫
「匪」夷所思	「非」夷所思
「悖」入「悖」出	「背」入「背」出
振「聾」發聵	振「龍」發聵
時乖命「蹇」	時乖命「寒」
桑間「濮」上	桑間「僕」上
殷「鑒」不遠	殷「劍」不遠
氣「象」萬千	氣「相」萬千
「涓」滴歸公	「捐」滴歸公
浩然之「氣」	浩然之「器」
珠「圓」玉潤	珠「園」玉潤
病入膏「肓」	病入膏「盲」
笑「逐」顏開	笑「遂」顏開
胸無「宿」物	胸無「素」物
舐「犢」情深	舐「讀」情深
宵衣「旰」食	宵衣「乾」食
拳拳服「膺」	拳拳服「鷹」
旁敲「側」擊	旁敲「惻」擊
根深「蒂」固	根深「帝」固
桀驁不「馴」	桀驁不「訓」
氣息「奄奄」	氣息「淹淹」
海屋添「籌」	海屋添「愁」
浮光「掠」影	浮光「略」影
「烏」煙瘴氣	「鳥」煙瘴氣
珠聯「璧」合	珠聯「壁」合
真知灼「見」	真知灼「現」
粉「飾」太平	粉「是」太平
能者多「勞」	能者多「老」
荒「謬」絕倫	荒「妙」絕倫
悔不當「初」	悔不當「出」
「振振」有辭	「正正」有辭
時不我「與」	時不我「予」
「栩栩」如生	「許許」如生
「殊」途同歸	「輸」途同歸
氣貫長「虹」	氣貫長「紅」
海市「蜃」樓	海市「脣」樓
浩浩「蕩蕩」	浩浩「盪盪」
「班」門弄斧	「搬」門弄斧
「疾」言厲色	「急」言厲色
破「鏡」重圓	破「境」重圓
紛至「沓」來	紛至「踏」來
胼手「胝」足	胼手「抵」足
草「菅」人命	草「管」人命

成語舉例	成語誤寫
「豺」狼當道	「材」狼當道
追本「溯」源	追本「訴」源
針「鋒」相對	針「峰」相對
除舊「布」新	除舊「部」新
高朋滿「座」	高朋滿「坐」
寅吃「卯」糧	寅吃「卵」糧
強「弩」之末	強「努」之末
從長「計」議	從長「記」議
捲土「重」來	捲土「從」來
「推」心置腹	「堆」心置腹
敝「帚」千金	敝「掃」千金
晨昏定「省」	晨昏定「醒」
「梧」鼠技窮	「吾」鼠技窮
欲蓋「彌」彰	欲蓋「瀰」彰
躬逢其「盛」	躬逢其「剩」
酒酣耳「熱」	酒酣耳「熟」
「釜」底抽薪	「斧」底抽薪
飢不「擇」食	飢不「折」食
鬼鬼「祟祟」	鬼鬼「崇崇」
張口「結」舌	張口「節」舌
強詞奪「理」	強詞奪「禮」
從「善」如流	從「擅」如流
掩耳盜「鈴」	掩耳盜「玲」
推本溯「源」	推本溯「原」
斬草除「根」	斬草除「跟」
望門投「止」	望門投「址」
棄如「敝」屣	棄如「蔽」屣
殺身成「仁」	殺身成「人」
逃之「夭夭」	逃之「天天」
酒囊飯「袋」	酒囊飯「帶」
閃「爍」其辭	閃「礫」其辭
馬「首」是瞻	馬「手」是瞻
11 畫	
動「輒」得咎	動「轍」得咎
張皇失「措」	張皇失「錯」
得魚忘「筌」	得魚忘「全」
情有可「原」	情有可「緣」
「掉」以輕心	「吊」以輕心
排山「倒」海	排山「到」海
斬釘「截」鐵	斬釘「接」鐵
望塵莫「及」	望塵莫「極」
條分「縷」析	條分「履」析
殺雞「儆」猴	殺雞「驚」猴

成語舉例	成語誤寫
淡「妝」濃沫	淡「裝」濃沫
「涸」轍鮒魚	「河」轍鮒魚
「烽」火連天	「峰」火連天
異口同「聲」	異口同「生」
眾目「睽睽」	眾目「癸癸」
眾怒難「犯」	眾怒難「患」
細大不「捐」	細大不「涓」
脫「穎」而出	脫「頃」而出
「荼」毒生靈	「茶」毒生靈
貪贓「枉」法	貪贓「王」法
連篇累「牘」	連篇累「讀」
魚「沉」雁杳	魚「沈」雁杳
割席「絕」交	割席「決」交
「喧」賓奪主	「暄」賓奪主
淺嘗「輒」止	淺嘗「則」止
淪飢「浹」髓	淪飢「夾」髓
「率」獸食人	「帥」獸食人
異「想」天開	異「鄉」天開
眾志成「城」	眾志成「誠」
眼花「撩」亂	眼花「瞭」亂
細針「密」縷	細針「蜜」縷
荳「蔻」年華	荳「寇」年華
「袖」手旁觀	「抽」手旁觀
「趾」高氣揚	「指」高氣揚
「逢」人說項	「憑」人說項
魚游「釜」中	魚游「斧」中
勞「燕」分飛	勞「雁」分飛
喜怒無「常」	喜怒無「長」
淋漓盡「致」	淋漓盡「至」
深思熟「慮」	深思熟「濾」
略勝一「籌」	略勝一「疇」
「盛」氣凌人	「勝」氣凌人
眾「叛」親離	眾「判」親離
移「樽」就教	移「尊」就教
終南捷「徑」	終南捷「逕」
莫「名」其妙	莫「明」其妙
「貪」小失大	「貧」小失大
通「宵」達旦	通「消」達旦
「頂」天立地	「鼎」天立地
12 畫	
「傍」人門戶	「旁」人門戶
博聞強「志」	博聞強「誌」
「唾」手可得	「垂」手可得

成語舉例	成語誤寫
循規蹈「矩」	循規蹈「距」
「惶」恐不安	「皇」恐不安
「森」羅萬象	「深」羅萬象
渾渾「噩噩」	渾渾「厄厄」
無「事」生非	無「是」生非
無精打「采」	無精打「彩」
煮豆燃「萁」	煮豆燃「其」
稍「縱」即逝	稍「蹤」即逝
絡「繹」不絕	絡「譯」不絕
虛與「委」蛇	虛與「偎」蛇
進退「維」谷	進退「唯」谷
閒雲「孤」鶴	閒雲「狐」鶴
集「腋」成裘	集「掖」成裘
「傾」家蕩產	「頃」家蕩產

成語舉例	成語誤寫
惱羞成「怒」	惱羞成「恕」
插科打「諢」	插科打「混」
「椎」心泣血	「錐」心泣血
焦頭爛「額」	焦頭爛「耳」
無所「適」從	無所「事」從
無「稽」之談	無「譏」之談
發「憤」忘食	發「奮」忘食
結草銜「環」	結草銜「鐶」
肅然「起」敬	肅然「啟」敬
街談巷「議」	街談巷「義」
開門「揖」盜	開門「依」盜
雅俗「共」賞	雅俗「供」賞
「項」背相望	「向」背相望
「勢」不兩立	「是」不兩立

成語舉例	成語誤寫
「惺惺」作態	「猩猩」作態
提綱「挈」領	提綱「契」領
殘杯冷「炙」	殘杯冷「灸」
無「妄」之災	無「忘」之災
無「的」放矢	無「地」放矢
無「獨」有偶	無「毒」有偶
登峰造「極」	登峰造「及」
絕口不「提」	絕口不「題」
虛無縹「緲」	虛無縹「渺」
視若無「睹」	視若無「賭」
開源節「流」	開源節「留」
集思廣「益」	集思廣「義」
黃「粱」一夢	黃「梁」一夢
勢「均」立敵	勢「鈞」立敵

成語舉例	成語誤寫
愛「屋」及「烏」	愛「烏」及「屋」
搖搖欲「墜」	搖搖欲「墮」
暗「箭」傷人	暗「劍」傷人
滄海一「粟」	滄海一「栗」
當「務」之急	當「物」之急
萬念「俱」灰	萬念「具」灰
節哀順「變」	節哀順「便」
群龍無「首」	群龍無「手」
「腥」風血雨	「惺」風血雨
「誠」惶「誠」恐	「成」惶「成」恐
遇人不「淑」	遇人不「熟」
鉗口「結」舌	鉗口「節」舌
墓木「已」拱	墓木「以」拱
「嶄」露頭角	「斬」露頭角
惹「是」生非	惹「事」生非
新陳代「謝」	新陳代「洩」
楚材「晉」用	楚材「進」用
「煢煢」子立	「瑩瑩」子立
「睚」眥必報	「涯」眥必報
萬箭「攢」心	萬箭「鑽」心
綆短「汲」深	綆短「及」深
肆無忌「憚」	肆無忌「彈」
「觥」籌交錯	「光」籌交錯
「綵」衣娛親	「彩」衣娛親
過目成「誦」	過目成「頌」
14 畫	
「嘉」言懿行	「佳」言懿行
寧缺毋「濫」	寧缺毋「爛」
「弊」絕風清	「敝」絕風清
「搔」頭弄姿	「騷」頭弄姿
暗度陳「倉」	暗度陳「蒼」
毀家「紓」難	毀家「抒」難
瑕不掩「瑜」	瑕不掩「逾」
萬「劫」不復	萬「節」不復
「稗」官野史	「拜」官野史
義無「反」顧	義無「煩」顧
腰「纏」萬貫	腰「財」萬貫
詰屈「聱」牙	詰屈「敖」牙
運籌「帷」幄	運籌「維」幄
鉤心鬥「角」	鉤心鬥「腳」
「嘖」有煩言	「責」有煩言
寥若「晨」星	寥若「辰」星
慘絕人「寰」	慘絕人「還」

成語舉例	成語誤寫
「截」長補短	「接」長補短
滿目「瘡」痍	滿目「愴」痍
「漫」不經心	「慢」不經心
維妙維「肖」	維妙維「俏」
「誨」人不倦	「悔」人不倦
「遙遙」無期	「搖搖」無期
鳳毛「麟」角	鳳毛「鱗」角
「戮」力同心	「戳」力同心
樂不可「支」	樂不可「止」
「緣」木求魚	「原」木求魚
蓽路藍「縷」	蓽路藍「屢」
「震」天動地	「振」天動地
「鴉」雀無聲	「鴨」雀無聲
擇善「固」執	擇善「故」執

成語舉例	成語誤寫
截「趾」適屨	截「指」適屨
滿腹經「綸」	滿腹經「論」
熙來「攘」往	熙來「壤」往
「蒲」柳之姿	「浦」柳之姿
貌「合」神離	貌「和」神離
銅「筋」鐵骨	銅「斤」鐵骨
15 畫	
厲兵「秣」馬	厲兵「抹」馬
「撥」雲見日	「剝」雲見日
盤根錯「節」	盤根錯「結」
「蔚」然成風	「尉」然成風
「銷」聲匿跡	「消」聲匿跡
養精「蓄」銳	養精「畜」銳
16 畫	
「噤」若寒蟬	「禁」若寒蟬
「歷歷」在目	「粒粒」在目

成語舉例	成語誤寫
「槁」木死灰	「稿」木死灰
漸入「佳」境	漸入「加」境
竭澤而「漁」	竭澤而「魚」
語焉不「詳」	語焉不「祥」
輕重「緩」急	輕重「暖」急
魂不「附」體	魂不「付」體
憂心「忡忡」	憂心「沖沖」
暴「殄」天物	暴「珍」天物
窮鄉「僻」壤	窮鄉「避」壤
「蓬」門蓽戶	「篷」門蓽戶
「鋌」而走險	「挺」而走險
駕輕「就」熟	駕輕「舊」熟
學以「致」用	學以「至」用
獨占「鰲」頭	獨占「熬」頭

筆畫	成語舉例	成語誤寫
	獨樹一「幟」	獨樹一「支」
	「瞠」乎其後	「撐」乎其後
	「醍醐」灌頂	「提壺」灌頂
	「黔」驢技窮	「錢」驢技窮
	「櫛」風沐雨	「節」風沐雨
	營私舞「弊」	營私舞「斃」
	矯「揉」造作	矯「柔」造作
	膾「炙」人口	膾「自」人口
18 畫	斷章取「義」	斷章取「意」
	雙瞳「翦」水	雙瞳「剪」水
	嚴懲不「貸」	嚴懲不「貨」
	「辯」才無礙	「辨」才無礙
23 畫	驚鴻一「瞥」	驚鴻一「撇」

筆畫	成語舉例	成語誤寫
	獨闢「蹊」徑	獨闢「溪」徑
	「融」會貫通	「溶」會貫通
	錦心「繡」口	錦心「鏽」口
17 畫	「勵」精圖治	「力」精圖治
	「濟濟」一堂	「擠擠」一堂
	「瞭」如指掌	「了」如指掌
	「糟」糠之妻	「蹧」糠之妻
	鍾靈「毓」秀	鍾靈「育」秀
	禮「尚」往來	禮「上」往來
19 畫	「韜」光養晦	「滔」光養晦
	「觸」目驚心	「醋」目驚心
22 畫	疊床「架」屋	疊床「加」屋
	「麟」肝鳳髓	「鱗」肝鳳髓

筆畫	成語舉例	成語誤寫
	「璞」玉渾金	「樸」玉渾金
	諱疾「忌」醫	諱疾「記」醫
	「駭」人聽聞	「害」人聽聞
	「擘」肌分理	「臂」肌分理
	濫「竽」充數	濫「芋」充數
	「瞬」息萬變	「舜」息萬變
	繁文「縟」節	繁文「辱」節
	鞠躬盡「瘁」	鞠躬盡「卒」
	「簞」食壺漿	「單」食壺漿
20 畫	嚴「刑」峻法	嚴「形」峻法
21 畫	纏綿悱「惻」	纏綿悱「側」
	「驕」兵必敗	「嬌」兵必敗
24 畫	鸞「翔」鳳集	鸞「祥」鳳集

附錄三：常見婚喪喜慶讚美題辭

婚慶類

訂婚

文定之喜
文定吉祥
喜締鴛鴦
誓約同心
緣訂三生
鴛鴦壁合

結婚

才子佳人
天作之合
天造地設
心心相印
永浴愛河
白頭偕老
百年好合
良緣天定
佳偶天成
花好月圓
花開並蒂
相敬如賓
郎才女貌
神仙眷屬
珠聯壁合
笙磬同音
琴瑟和鳴
鳳凰于飛
瓊花並蒂
鸞鳳和鳴

祝壽類

祝人長命

天賜遐齡
日月長明
多福多壽
如松柏茂
庚星煥彩
東海多壽
松柏長青
松鶴延齡
松鶴遐齡
封人三祝
晉爵延齡
海屋添籌
萬壽無疆
圖開福壽
壽比南山
福如東海
德碩年高
齒德俱尊
長命百歲
鶴壽千歲

弔唁類

男性去世

仙凡路隔
北斗星沉
羽化登仙
行誼可師
英才早逝
英氣長存
音容宛在（男女通用）
高山景行
高風亮節
痛失老成
跨鶴仙鄉

福壽全歸（男女通用）
魂兮歸來（男女通用）
德業長昭
駕鶴西歸

女性去世

彤管流芳
忘憂草謝
坤儀足式
孟母風高
流芳千古
香消玉殞
淑德永昭
溫恭淑慎
萱堂露冷
夢斷北堂
瑤池赴召
瑤島仙遊
範垂巾幗
閫範長存
懿範猶存

祝賀類

喜生子

天賜石麟
瓜瓞綿綿
百子圖開
弄璋誌喜
芝蘭新茁
啼試英聲
喜得寧馨
熊夢徵祥
德門生輝
麟趾呈祥

喜生女

弄瓦徵祥
明珠入掌
喜比螽麟
緣鳳新雛
輝增彩帨

喜新居

甲第徵祥
美輪美奐
偉哉新居
堂開華廈
棟宇連雲
華堂毓秀
華堂煥彩
福地洞天
福地傑人
雕梁畫棟

喜遷居

地靈人傑
良禽擇木
里仁為美
孟母遺風
喜報鶯遷
喬木鶯聲
綠楊合蔭
德必有鄰
德門仁里
鶯鳴出谷

喜開業

公司行號

大展經綸
大展鴻圖
大業千秋
生財有道
近悅遠來
財源恆足

商賈輻輳
貨財廣殖
陶朱媲美
開張駿發
萬商雲集
鴻猷大展

診所醫院

仁心仁術
仁術超群
妙手回春
杏林之光
良相良醫
扁鵲復生
祕傳金匱
術精岐黃
博愛濟群
華佗在世
濟世活人
懸壺濟世

文教出版

文光射斗
功垂社教
左圖右史
名山事業
坐擁百城

飯店餐廳

近悅遠來
貴客盈門
群賢畢至
賓主盡歡

喜獲勝

作文比賽

妙筆生花
金章玉句
含英咀華
一字千金
筆掃千軍
匠心獨運
文章天成
斐然成章
洛陽紙貴
筆頭開花

繪圖攝影

多才多藝
自成一格
神乎其技
鬼斧神功
游刃有餘
渾然天成
維妙維肖
舉世無雙
躍然紙上

書法比賽

力透紙背
秀麗遒勁
健筆凌雲
筆走龍蛇
龍飛鳳舞
鐵畫銀鉤

演講比賽

一鳴驚人
口若懸河
能言善道
懸河唾玉
議論風生
辯才無礙

體育比賽

允文允武

出類拔萃
生龍活虎
百步穿楊
百發百中
技藝超群
邦家之光
奏凱而歸
為國爭光
馬到成功
智勇兼全
矯首游龍

競選角逐

公正廉明
民之喉舌
光孚眾望
言重九鼎
桑梓福音
造福桑梓
痌瘝在抱
鄉邦瑰寶
實至名歸
譽隆德劭

教育人才

化雨均霑
斗山望重
百年大計
百年樹人
作育英才
杏壇之光
春風化雨
桃李芬芳
教澤永霑
絃歌不輟
誨人不倦
樂育美才
樹人大業
濟濟多士
贊天地化

政績表現

己飢己溺
仁民愛物
公正廉明
公忠體國
功在桑梓
功在黨國
民胞物與
奉公守法
涓滴歸公
造福人群
弊絕風清
憂國憂民

畢業祝福

一帆風順
友誼永固
壯志凌雲
扶搖直上
更上層樓
前程似錦
乘風破浪
國家棟材
造詣精深
學無止境
鵬程萬里
鵬搏九霄

著作出版

大筆如椽
名山事業

字字珠璣
金玉之言
金章玉句
風行遐邇
揚聲中外
斐然成章
潤色鴻業
膾炙人口

熱心公益

人溺己溺
仁愛為懷
急公好義
胞與為懷
救苦救難
雪中送炭
博施濟眾
慷慨解囊
憂民之憂
樂善好施

風景名勝

山高水長
山清水秀
水色山光
江山如畫
煙波萬頃
龍蟠虎踞

附錄四：實用分類成語

食衣住行類

一貧如洗
一擲千金
人聲鼎沸
入不敷出
千瘡百孔
大快朵頤
牛衣對泣
四海為家
左支右絀
因陋就簡
安步當車
安居樂業
坐吃山空
車水馬龍
兩袖清風
孤注一擲
弦歌不輟
東食西宿
杯盤狼藉
孟母三遷
金碧輝煌
青黃不接
南轅北轍
垂涎三尺
星羅棋布
流離失所
食指浩繁
家徒四壁
捉衿肘見
狼吞虎嚥
紙醉金迷
飢不擇食
寅吃卯糧
深居簡出
粗製濫造
通宵達旦
麻雀雖小，五臟俱全
富麗堂皇
揮金如土
渾渾噩噩
畫棟雕梁
畫餅充飢
量入為出
開源節流
集腋成裘
煥然一新
節衣縮食
熙來攘往
綽綽有餘
暴殄天物
窮奢極欲
醉生夢死
震耳欲聾
養尊處優
燈紅酒綠
錦衣玉食
餐風露宿
龍蛇混雜
聲色犬馬
蠅頭微利
靡靡之音
鶉衣百結
囊空如洗

鱗次櫛比

倫常關係類

一丘之貉
一見如故
一面之雅
上行下效
大逆不道
大義滅親
手足之情
水乳交融
兄弟鬩牆
刎頸之交
同甘共苦
同室操戈
克紹箕裘
尾大不掉
每飯不忘
沆瀣一氣
肝膽相照
坦腹東床
物以類聚
近朱者赤，近墨者黑
金屋藏嬌
金蘭之交
相依為命
相敬如賓
倦鳥知還
破鏡重圓
素昧平生
臭味相投
舐犢情深
高朋滿座
推心置腹
望子成龍
殺彘教子
莫逆之交
逐臭之夫
割席絕交
勞燕分飛
喧賓奪主
掌上明珠
煮豆燃萁
愛屋及烏
慎終追遠
管鮑之交
貌合神離
賓至如歸
數典忘祖
薪火相傳
舉案齊眉
舊雨新知
難兄難弟

言詞影響類

一言九鼎
一針見血
一語中的
一諾千金
七嘴八舌
人多嘴雜
人微言輕
三人成虎
三令五申
三姑六婆
三緘其口
三天三夜說不完
口若懸河
口碑載道
口誅筆伐

口蜜腹劍
大放厥辭
不可名狀
不脛而走
反脣相稽
天花亂墜
天經地義
以訛傳訛
出爾反爾
打開話匣子
打開窗戶說亮話
危言聳聽
名正言順
守口如瓶
有口皆碑
老生常談
耳提面命

舌敝脣焦
冷嘲熱諷
含血噴人
妖言惑眾
良藥苦口
言之鑿鑿
言不由衷
言過其實
言歸正傳
言簡意賅
言聽計從
侃侃而談
和盤托出
忠言逆耳
空口無憑
空穴來風
肺腑之言

金玉良言
金科玉律
信口開河
信口雌黃
信誓旦旦
冠冕堂皇
南腔北調
指桑罵槐
挑撥離間
流言蜚語
津津樂道
甚囂塵上
穿鑿附會
苦口婆心
食言而肥
捕風捉影
旁敲側擊

病從口入，禍從口出
紙上談兵
荒誕不經
荒謬絕倫
針鋒相對
閃爍其詞
唯唯諾諾
張口結舌
強詞奪理
斬釘截鐵
深入淺出
牽強附會
現身說法
眾口鑠金
絃外之音
脣槍舌劍
莫衷一是

陳腔濫調
單刀直入
提綱挈領
曾參殺人
期期艾艾
無的放矢
評頭論足
開門見山
當頭棒喝
道聽途說
隔靴搔癢
蜚短流長
語無倫次
暮鼓晨鐘
噤若寒蟬
瞠目結舌
頭頭是道

應對如流
舊調重彈
繪影繪聲
難言之隱
鸚鵡學舌

待人接物類

一毛不拔
一視同仁
一筆勾銷
一飯千金
一意孤行
一網打盡
七擒七縱
八面玲瓏
八竿子打不著
人情世故
入室操戈
入境隨俗
下逐客令
千里鵝毛
大公無私
小心翼翼
小手小腳
不可一世
不足掛齒
不拘小節
不苟言笑
不屑一顧
不恥下問
不速之客
不遺餘力
不吃回頭草
不分青紅皂白
不看僧面看佛面
不管三七二十一
五體投地
五十步笑百步
仁至義盡
勾心鬥角
犬馬之勞
以牙還牙
以毒攻毒
以德報怨
以鄰為壑
外圓內方
奴顏婢膝
巧言令色
打好了江山殺韓信
甘拜下風
目空一切
亦步亦趨

休戚相關
任勞任怨
各行其是
各人自掃門前雪，
莫管他人瓦上霜
妄自尊大
妄自菲薄
好漢做事好漢當
有教無類
自顧不暇
血氣方剛
吹毛求疵
含沙射影
坐山觀虎鬥
完璧歸趙
投桃報李
投機取巧

見風轉舵
卑躬屈膝
咄咄逼人
夜郎自大
幸災樂禍
拔刀相助
拋到九霄雲外
杯水車薪
狗仗人勢
狐假虎威
肥水不落外人田
虎頭蛇尾
門戶之見
前倨後恭
厚此薄彼
故步自封
既往不咎

春風化雨
看風使舵
穿針引線
赴湯蹈火
面面俱到
飛揚跋扈
俯首帖耳
借花獻佛
倒屣相迎
剛愎自用
師心自用
息事寧人
息息相關
拿了雞毛當令箭
桃李滿門
涇渭分明
笑容可掬

草草了事
逆來順受
退避三舍
高不可攀
唯命是從
推己及人
推三阻四
欲蓋彌彰
眼中釘，肉中刺
移花接木
移樽就教
粗枝大葉
袖手旁觀
責無旁貸
趾高氣揚
通情達理
雪中送炭

鳥盡弓藏
麻木不仁
循循善誘
無可厚非
畫地自限
畫蛇添足
等量齊觀
結草銜環
虛與委蛇
越俎代庖
開誠布公
陽奉陰違
順水推舟
飲水思源
傾筐倒篋
嗤之以鼻
感恩圖報

搖尾乞憐
搭在籃裡便是菜
當仁不讓
睚眥必報
置之度外
置若罔聞
落井下石
裝腔作勢
解衣推食
過河拆橋
隔岸觀火
寧可信其有，不可信其無
實事求是
察言觀色
慢條斯理
爾虞我詐

綿裡針，肉裡刺
誨人不倦
輕重倒置
敷衍塞責
暴虎馮河
墨守成規
擇善固執
親痛仇快
錦上添花
頤指氣使
優柔寡斷
孺子可教
矯枉過正
矯揉造作
舉棋不定
趨炎附勢
避重就輕

雞毛蒜皮
譁眾取寵

舉止儀容類

人面桃花
小家碧玉
天生麗質
文質彬彬
牛鬼蛇神
正襟危坐
玉樹臨風
白面書生
色厲內荏
行尸走肉
行步如飛
衣冠楚楚
沉魚落雁
沐猴而冠

秀外慧中

秀色可餐

花枝招展

亭亭玉立

修飾邊幅

容光煥發

弱不勝衣

弱不禁風

粉妝玉琢

粉墨登場

國色天香

從容不迫

望而生畏

閉月羞花

傾城傾國

溫文爾雅

落落大方

道貌岸然

獐頭鼠目

蓬頭垢面

器宇軒昂

橫眉豎目

聲色俱厲

才識聰愚類

一木難支

一孔之見

一石兩鳥

一目十行

一字千金

一氣呵成

一鳴驚人

一箭雙鵰

一竅不通

八仙過海，各顯神通

人傑地靈

人無遠慮，必有近憂

入木三分

十全十美

十年樹木，百年樹人

三折其肱

三教九流

三頭六臂

三顧茅廬

上天入地

士別三日

大惑不解

大智若愚

大雅之堂

大器晚成

小時了了

小巫見大巫

工力悉敵

工欲善其事，必先利其器

才高八斗

才疏學淺

不分軒輊

不同凡響

不自量力

不著邊際

不蔓不枝

不學無術

不識一丁

不知天高地厚

不登大雅之堂

不到長城非好漢

不入虎穴，焉得虎子

不經一事，不長一智

中流砥柱
井底之蛙
分庭抗禮
匹夫之勇
反掌折枝
天衣無縫
引經據典
心悅誠服
心猿意馬
心領神會
手不輟筆
手不釋卷
手無寸鐵
手無縛雞之力
日暮途遠
毛遂自荐
代人捉刀

以管窺天
出神入化
出類拔萃
巧奪天工
平分秋色
未雨綢繆
瓦釜雷鳴
生吞活剝
生花妙筆
目不見睫
目不識丁
目光如豆
匠心獨運
各有千秋
名不虛傳
名列前茅
名副其實

名落孫山
名師出高徒
因地制宜
因材施教
因勢利導
因噎廢食
好學近乎智，知恥近乎勇
如虎添翼
如法炮製
如雷貫耳
字斟句酌
扣槃捫燭
成竹在胸
曲突徙薪
有備無患
有聲有色

有眼不識泰山
汗牛充棟
江郎才盡
牝牡驪黃
百步穿楊
百發百中
百聞不如一見
百尺竿頭，更進一步
羽毛未豐
老蚌生珠
老馬識途
老驥伏櫪
行雲流水
別出心裁
別開生面
呆若木雞
吳下阿蒙

吳牛喘月
囫圇吞棗
坐井觀天
壯士斷腕
壯志凌雲
孜孜不倦
弄巧成拙
扶不起的阿斗
束手無策
牡丹雖好，全憑綠葉扶持
良莠不齊
初出茅廬
初試啼聲
初生之犢不畏虎
見仁見智
見機行事

並駕齊驅
乳臭未乾
事半功倍
事倍功半
刻舟求劍
刮目相看
奇貨可居
孤芳自賞
孤陋寡聞
拋磚引玉
抱殘守缺
抱薪救火
斧快不怕木柴硬
明察秋毫
易如反掌
東施效顰
狗尾續貂

盲人摸象
迎刃而解
邯鄲學步
金玉其外，敗絮其中
長袖善舞
青出於藍
削足適履
信手拈來
咬文嚼字
後生可畏
後來居上
恍然大悟
按圖索驥
指揮若定
拾人牙慧
洋洋灑灑
洞若觀火

洛陽紙貴
玲瓏剔透
相形見絀
相得益彰
相提並論
相輔相成
神乎其技
神來之筆
神機妙算
茅塞頓開
苦心孤詣
面授機宜
食古不化
首屈一指
乘風破浪
剜肉醫瘡
差強人意

徒勞無功
旁徵博引
栩栩如生
海底撈月
烏合之眾
班門弄斧
病急亂投醫
胸有成竹
胸無點墨
能者多勞
蚍蜉撼樹
酒囊飯袋
馬首是瞻
高瞻遠矚
鬼斧神工
問道於盲
強將手下無弱兵

得心應手
捷足先登
探囊取物
捨本逐末
敝帚自珍
望文生義
望塵莫及
殺雞取卵
殺雞焉用牛刀
淋漓盡致
略勝一籌
異曲同工
眼高手低
眾星捧月
笨鳥先飛
脫胎換骨
脫穎而出

連中三元
野人獻曝
閉門造車
唾手可得
循序漸進
揠苗助長
揚眉吐氣
棋逢敵手
游刃有餘
無出其右
無與倫比
無遠弗屆
無懈可擊
畫龍點睛
畫虎不成反類犬
登峰造極
登堂入室

絲絲入扣
著手成春
著作等身
買櫝還珠
貽笑大方
開卷有益
陽春白雪
雅俗共賞
雄材大略
集思廣益
飲鴆止渴
勢均力敵
愚公移山
搜索枯腸
溫故知新
滄海遺珠
瑕不掩瑜

當之無愧
當機立斷
當局者迷，旁觀者清
萬無一失
腦滿腸肥
腹有詩書氣自華
蜀犬吠日
詰屈聱牙
隔行如隔山
頑石點頭
鼠目寸光
嘔心瀝血
圖文並茂
寧為雞口，無為牛後
對牛彈琴
嶄露頭角
慢工出細活

旗鼓相當
滾瓜爛熟
滿腹經綸
漸入佳境
碩果僅存
碩學名儒
管中窺豹
管窺蠡測
維妙維肖
聞雞起舞
舞文弄墨
輕車熟路
鳳毛麟角
履險如夷
嘆為觀止
熟能生巧
箭無虛發

緣木求魚
緩不濟急
調虎離山
鋒芒畢露
震古鑠今
餘音繞梁
駕輕就熟
學以致用
獨占鰲頭
獨樹一幟
融會貫通
謀事在人，成事在天
錦囊妙計
隨機應變
雕蟲小技
靜若處子，動若脫兔
頭角崢嶸

黔驢技窮
龍飛鳳舞
勵精圖治
濫竽充數
鴻鵠之志
瞭如指掌
膾炙人口
臨渴掘井
舉一反三
舉足輕重
螳臂擋車
豁然貫通
點石成金
擲地有聲
斷章取義
甕中捉鱉
雙管齊下

鞭辟入裡
識時務者為俊傑
寶刀未老
爐火純青
觸類旁通
躍然紙上
鶴立雞群
囊螢映雪
疊床架屋
鑑往知來

品行人格類

一絲不苟
力能勝貧，謹能勝禍
十惡不赦
三思而行
上下其手
上梁不正下梁歪
亡羊補牢
土豪劣紳
不足為訓
不卑不亢
不偏不倚
不識時務
中飽私囊
文過飾非
巧立名目
巧取豪奪
光明磊落
冰清玉潔
同流合汙
吃裡扒外
如蟻附羶
安分守己
衣冠禽獸
作威作福
利欲薰心
助桀為虐
囤積居奇
坐地分贓
改邪歸正
怙惡不悛
招搖撞騙
放浪形骸
放下屠刀，立地成佛
明哲保身
玩世不恭
附庸風雅
前車之鑑
徇私舞弊
指鹿為馬
故態復萌
洗心革面
為虎作倀
狡兔三窟
苟且偷安
負荊請罪
借刀殺人
害群之馬
旁門左道
桀驁不馴
狼狽為奸
疾風知勁草
笑裡藏刀
胸無城府
能屈能伸
迷途知返
高風亮節
鬼鬼祟祟

假公濟私
偷天換日
偷雞摸狗
偷雞不著蝕把米
唯利是圖
彬彬有禮
得寸進尺
得隴望蜀
從善如流
惜墨如金
掩人耳目
掩耳盜鈴
梁上君子
貪小失大
貪得無厭
貪贓枉法
魚目混珠

唾面自乾
喪心病狂
循規蹈矩
惡貫滿盈
欺世盜名
渾水摸魚
痛定思痛
華而不實
虛有其表
虛懷若谷
趁火打劫
順手牽羊
順理成章
順藤摸瓜
傷天害理
惹是生非
想入非非

暗箭傷人
罪魁禍首
義無反顧
義薄雲天
肆無忌憚
葉公好龍
路不拾遺
兢兢業業
圖謀不軌
寧缺毋濫
寧為玉碎，不為瓦全
寡廉鮮恥
監守自盜
德高望重
潛移默化
醉翁之意不在酒
橫行霸道

遺臭萬年
隨波逐流
擢髮難數
聲名狼藉
鍥而不捨
雞鳴狗盜
懲前毖後
鵲巢鳩占
懸崖勒馬
蠢蠢欲動
鐵面無私
驕奢淫佚
變本加厲
驚世駭俗

勤勞懶散類

一勞永逸
一暴十寒

千里之行，始於足下
不勞而獲
不費吹灰之力
以逸待勞
好高騖遠
好逸惡勞
守株待兔
有志竟成
汗流浹背
拖泥帶水
焚膏繼晷
聚沙成塔
磨杵成針
臨時抱佛腳
懸梁刺股

自然景觀類

一葉知秋
山崩地裂
山雨欲來風滿樓
不毛之地
天狗食月
引人入勝
日上三竿
水泄不通
水漲船高
世外桃源
白雲蒼狗
白駒過隙
立竿見影
好景不常在，
好花不常開
姹紫嫣紅
依山傍水
呼風喚雨
欣欣向榮
波瀾壯闊
花團錦簇
雨後春筍
美不勝收
美輪美奐
風捲殘雲
風花雪月
風流雲散
風調雨順
氣象萬千
海市蜃樓
海闊天空
疾風迅雷
排山倒海
淒風苦雨
細水長流
鳥語花香
暗無天日
滄海桑田
萬籟俱寂
雷聲大，雨點小
寥若晨星
滴水穿石
滿城風雨
綠草如茵
撥雲見日
賞心悅目
龍蟠虎踞
鶯聲燕語
鶯鶯燕燕
變化多端
驚濤駭浪

萬物百態類

一日千里
一塌糊塗
一落千丈
一盤散沙
一蹴而就
七手八腳
七拼八湊
七零八落
八字沒見一撇
九牛一毛
九牛二虎
大相逕庭
小巧玲瓏
川流不息
不見經傳
不約而同

不倫不類
不勝枚舉
不謀而合
不翼而飛
井井有條
五花八門
手忙腳亂
方興未艾
日新月異
水落石出
火樹銀花
牛頭不對馬嘴
犬牙交錯
包羅萬象
司空見慣
失之毫釐，謬以千里
打鐵趁熱

本末倒置
瓜田李下
白紙上寫著黑字
目不暇接
立錐之地
光怪陸離
多多益善
如火如荼
如出一轍
如數家珍
有條不紊
此地無銀三百兩
死灰復燃
耳濡目染
車載斗量
來龍去脈
咄咄怪事

周而復始
明日黃花
物換星移
物極必反
狐狸看雞，愈看愈稀
空中樓閣
金枝玉葉
非驢非馬
前仆後繼
南橘北枳
急如星火
按部就班
拭目以待
故弄玄虛
昭然若揭
洋洋大觀
神出鬼沒

約定俗成
風馳電掣
風靡一時
風馬牛不相及
俯拾即是
兼容並蓄
根深蒂固
格格不入
浩如煙海
紛至沓來
追本溯源
參差不齊
推陳出新
望梅止渴
欲速不達
魚貫而入
無人問津

無孔不入
絡繹不絕
蛛絲馬跡
新陳代謝
滄海一粟
葉落歸根
過眼雲煙
屢見不鮮
屢試不爽
摧枯拉朽
滿目瘡痍
價值連城
層出不窮
摩肩接踵
撲朔迷離
模稜兩可
標新立異

銷聲匿跡
鴉雀無聲
應接不暇
瞬息萬變
趨之若鶩
廬山真面目

情思愛戀類

一刀兩斷
一日三秋
一刻千金
一往情深
三心二意
分道揚鑣
天涯海角
心心相印
心馳神往
石沉大海

如影隨形
百依百順
形影不離
忘恩負義
快刀斬亂麻
見異思遷
刻骨銘心
始亂終棄
拈花惹草
近水樓臺
近在咫尺
門當戶對
青梅竹馬
咫尺天涯
度日如年
乘龍快婿
倚門倚閭

海枯石爛
海誓山盟
狼心狗肺
留連忘返
望穿秋水
望眼欲穿
牽腸掛肚
逢場作戲
朝三暮四
朝秦暮楚
萍水相逢
魂不守舍
廢寢忘食
憐香惜玉
膠漆相投
歷歷在目
翻雲覆雨
覆水難收
藕斷絲連
鐵石心腸
驚鴻一瞥

成長死亡類

三長兩短
不可救藥
日薄西山
危在旦夕
回天乏術
回光返照
死於非命
老當益壯
行將就木
返老還童
苟延殘喘
音容宛在
風燭殘年
借屍還魂
病入膏肓
馬革裹屍
馬齒徒長
從容就義
捨生取義
殺身成仁
朝不保夕
無病呻吟
童顏鶴髮
視死如歸
壽終正寢
蓋棺論定
撒手人寰
諱疾忌醫
雞皮鶴髮

祝賀哀悼類

生龍活虎
妙手回春
妙語如珠
承先啟後
近悅遠來
流芳百世
香消玉殞
普天同慶
萬象更新
萬壽無疆
蒸蒸日上
蓬蓽生輝
懸壺濟世

人生際遇類

一帆風順
一步登天

一事無成
一波三折
一馬當先
一敗塗地
一場春夢
一蹶不振
九死一生
人定勝天
人浮於事
人為刀俎，我為魚肉
十死九生
十拿九穩
三生有幸
千鈞一髮
久旱逢甘雨，
　他鄉遇故知
子然一身

山窮水盡
不到黃河心不死
化險為夷
天誅地滅
天羅地網
天壤之別
天有不測風雲
引狼入室
木已成舟
水到渠成
世態炎涼
付之一炬
付諸東流
出人頭地
出其不意
功敗垂成
功虧一簣

半途而廢
半路出家
另起爐灶
失之交臂
失之東隅，收之桑榆
左右逢源
平步青雲
打草驚蛇
打落牙齒和血吞
玉石俱焚
生不逢辰
仰人鼻息
再接再厲
危如累卵
危機四伏
吃閉門羹
好事多磨

曲高和寡
有機可乘
死裡逃生
江河日下
百折不撓
百尺高樓平地起
羊入虎口
自投羅網
自食其果
行百里者半九十
作繭自縛
佛爭一爐香，
　人爭一口氣
兵敗如山倒
兵來將擋，水來土掩
別來無恙
否極泰來

困獸猶鬥
坐失良機
岌岌可危
形單影隻
忍辱負重
扶搖直上
每下愈況
身敗名裂
防患未然
防微杜漸
咎由自取
夜長夢多
孤苦伶仃
孤掌難鳴
居安思危
披星戴月
披荊斬棘

東山再起
東窗事發
東躲西藏
東不成，西不就
杳如黃鶴
歧路亡羊
泥牛入海
炙手可熱
玩火自焚
玩物喪志
盲人瞎馬
臥薪嘗膽
虎口餘生
虎落平陽被犬欺
金蟬脫殼
門可羅雀
門庭若市

南柯一夢
急流勇退
春風得意
枯木逢春
殃及池魚
洪水猛獸
相濡以沫
背道而馳
苦海無邊
苦盡甘來
重作馮婦
重見天日
重蹈覆轍
風雨飄搖
風塵僕僕
風吹不動，浪打不翻
飛來橫禍

飛黃騰達
飛蛾撲火
飛鳥各投林
首當其衝
倒繃孩兒
弱肉強食
殊途同歸
海底撈針
浮光掠影
狼狽不堪
疲於奔命
軒然大波
逆水行舟
馬不停蹄
馬失前蹄
鬼使神差
動輒得咎

寄人籬下
張冠李戴
得天獨厚
推波助瀾
望門投止
眾矢之的
逢凶化吉
逢山開路，遇水搭橋
雪泥鴻爪
魚游釜中
喪家之犬
喊天天不應，
喊地地不靈
無妄之災
絕處逢生
費了九牛二虎之力
進退維谷

開門揖盜
間不容髮
項莊舞劍，意在沛公
黃粱一夢
債臺高築
塞翁失馬，焉知非福
福無雙至，禍不單行
萬劫不復
節外生枝
隔年的黃曆不管用
僧多粥少
旗開得勝
槍林彈雨
漏網之魚
與虎謀皮
摩頂放踵
盤根錯節

窮愁潦倒
請君入甕
賠了夫人又折兵
鋌而走險
養虎遺患
養癰遺患
曇花一現
橫生枝節
樹倒猢猻散
興風作浪
隨遇而安
險象環生
龍潭虎穴
櫛風沐雨
螳螂捕蟬，黃雀在後
藏頭露尾
雞犬不寧

騎虎難下
攀龍附鳳
鎩羽而歸
離鄉背井
顛沛流離
聽天由命
變生肘腋
體無完膚
鷸蚌相爭，漁翁得利

心緒感覺類

一籌莫展
七上八下
人心惶惶
千頭萬緒
大發雷霆
不平之鳴
不共戴天

不寒而慄
六神無主
心不在焉
心血來潮
心花怒放
心急如焚
心亂如麻
心照不宣
心廣體胖
心曠神怡
心驚膽戰
手足無措
手舞足蹈
毛骨悚然
令人髮指
出人意表
可歌可泣

失魂落魄
打如意算盤
正中下懷
目瞪口呆
同病相憐
如坐針氈
如魚得水
如臨大敵
如獲至寶
如釋重負
百感交集
自怨自艾
自相矛盾
自慚形穢
自暴自棄
忍氣吞聲
忐忑不安

投鼠忌器
杞人憂天
步步為營
芒刺在背
赤子之心
走馬看花
兔死狐悲
受寵若驚
味如嚼蠟
委曲求全
居心叵測
杯弓蛇影
枉費心機
欣喜若狂
河東獅吼
沾沾自喜
虎視眈眈

垂頭喪氣
怒髮衝冠
思前想後
怨天尤人
畏首畏尾
眉飛色舞
迫在眉睫
面如土色
面面相覷
風聲鶴唳
匪夷所思
耿耿於懷
草木皆兵
骨鯁在喉
高枕無憂
庸人自擾
掉以輕心

望而卻步
望洋興嘆
深思熟慮
深謀遠慮
喜出望外
喜形於色
惴惴不安
提心吊膽
晴天霹靂
焚琴煮鶴
焦頭爛額
無地自容
無傷大雅
無精打采
猶豫不決
痛心疾首
蛟龍得水

意興闌珊
萬念俱灰
義憤填膺
慘不忍睹
滿面春風
漫不經心
裹足不前
魂不附體
憂心如焚
憤世嫉俗
暴跳如雷
樂不可支
樂不思蜀
樂極生悲
戰戰兢兢
燃眉之急
興味索然

隨心所欲
瞻前顧後
難以捉摸
觸目驚心
觸景生情
躊躇不前
躊躇滿志
顧影自憐
驚弓之鳥
驚心動魄
驚惶失措

政治仕途類

一手遮天
力挽狂瀾
大刀闊斧
尸位素餐
五日京兆

內憂外患
分崩離析
匹夫有責
天怒人怨
天網恢恢，疏而不漏
心腹之患
日理萬機
水深火熱
包藏禍心
司馬昭之心，路人皆知
只許州官放火，不許百姓點燈
外強中乾
正本清源
民不聊生
民胞物與
生靈塗炭

任重道遠
先斬後奏
同舟共濟
因循苟且
夙夜匪懈
百廢待舉
改弦易轍
束之高閣
汲汲營營
夜不閉戶
姑息養奸
官官相護
明鏡高懸
沽名釣譽
哀鴻遍野
怨聲載道
約法三章

倒行逆施
殷鑒不遠
烏煙瘴氣
草菅人命
釜底抽薪
除惡務盡
除舊布新
斬草除根
殺一警百
殺雞警猴
清規戒律
眾叛親離
眾望所歸
移風易俗
終南捷徑
脣亡齒寒
逍遙法外

陳陳相因
勞師動眾
悲天憫人
朝令夕改
傷風敗俗
暗度陳倉
楚材晉用
萬人空巷
群龍無首
運籌帷幄
雷厲風行
圖窮匕見
竭澤而漁
網開一面
綱舉目張
撥亂反正
積重難返

蕭規曹隨
縱虎歸山
繁文縟節
罄竹難書
鞠躬盡瘁
覆巢之下無完卵
雞犬不留
鞭長莫及
蠅營狗苟
離經叛道
繼往開來
蠶食鯨吞

戰爭國防類

一鼓作氣
人仰馬翻
刀光劍影
十面埋伏

土崩瓦解
不得越雷池一步
手到擒來
木牛流馬
片甲不留
以卵擊石
出生入死
出奇制勝
叱吒風雲
四面楚歌
外弛內張
左右開弓
石破天驚
先發制人
先禮後兵
先聲奪人
全軍覆沒

冰消瓦解
同仇敵愾
汗馬功勞
作壁上觀
兵多將廣
兵荒馬亂
牢不可破
快馬加鞭
投筆從戎
投鞭斷流
肝腦塗地
迅雷不及掩耳
兩敗俱傷
固若金湯
抱頭鼠竄
枕戈待旦
背水一戰

重整旗鼓
振臂一呼
氣壯山河
泰山壓卵
破釜沉舟
逃之夭夭
追亡逐北
偃旗息鼓
強弩之末
捲土重來
望風披靡
欲擒故縱
殺氣騰騰
烽火連天
牽一髮而動全身
眾志成城
速戰速決

鹿死誰手
短兵相接
勢不兩立
勢如破竹
腥風血雨
落花流水
過五關，斬六將
雷霆萬鈞
慘絕人寰
劍拔弩張
厲兵秣馬
摩拳擦掌
窮兵黷武
銳不可當
養精蓄銳
壁壘分明
聲東擊西

作文好撇步 ／ 施教麟主編. -- 初版.
-- -- 臺北市：五南，民９６
面；　　公分
含索引
ＩＳＢＮ　978-957-11-4668-3（平裝）

1.中國語言 － 作文　2.寫作法

802.7　　96001818

國家圖書館出版品預行編目資料

策畫主編　施教麟
總經理　楊士清
總編輯　楊秀麗
副總編輯　黃文瓊
封面設計　吳佳臻
出版者　五南圖書出版股份有限公司
發行人　楊榮川
地　址：台北市大安區106
和平東路二段三三九號四樓
電　話：〇二－二七〇五五〇六六（代表號）
傳　真：〇二－二七〇六六一〇〇
郵政劃撥：〇一〇六八九五－三
網　址：https://www.wunan.com.tw
電子信箱：wunan@wunan.com.tw
顧　問　林勝安律師
版　刷　中華民國九十六年三月初版一刷
中華民國一一二年九月初版三十四刷
定　價　三五〇元

★ 引導式作文教戰守則
一、引導式的說明和分析，輕鬆了解各文體的寫作技巧
二、名師親自撰寫範文，提供參考、模擬
三、提醒易犯錯字詞，牢牢記住
四、精選名言佳句，靈活運用
★ 多元化附錄輔助應用
一、常見作文修辭法
二、常用成語正誤用簡明對照表
三、常見婚喪喜慶讚美題辭
四、實用分類成語
五南文化事業
五南圖書出版公司